CECILIA GRANT

Das Versprechen der Kurtisane

CECILIA GRANT

Das Versprechen der Kurtisane

Roman

Ins Deutsche übertragen von
Kirsten Middeke

LYX
EGMONT

Die Originalausgabe erschien 2012 unter dem Titel
A Gentleman Undone bei Bantam Books,
an imprint of the Random House Publishing Group.

Deutschsprachige Erstausgabe Oktober 2013 bei LYX
verlegt durch EGMONT Verlagsgesellschaften mbH,
Gertrudenstraße 30–36, 50667 Köln

1. Auflage
Redaktion: Susanne Kregeloh
Satz: Greiner & Reichel, Köln
Printed in Germany (670421)
ISBN 978-3-8025-8872-3

www.egmont-lyx.de

Mein Dank gilt Laura
für ihr medizinisches Wissen,
ihre unermüdliche Unterstützung
und ihre aufrichtige Freundschaft
in allen Lebenslagen.

Prolog

Juni 1815

»Was zum Teufel haben Sie sich dabei gedacht, ihn zu bewegen?« Der Feldscher stank nach Blut. Im dürftigen Schein der wenigen Kerzen, die dieser Abteilung des Lazaretts zugestanden worden waren, sah er aus wie ein zerklüfteter Felsen, voller Schatten und bis zu den Ellbogen mit dem Leben anderer Männer besudelt.

»Von den Krankenträgern wollte ihn keiner mitnehmen. Ich habe stundenlang gewartet.« Nach einem Tag voll des Schreiens und Brüllens über Gewehrsalven, Kanonendonner und den Gefechtslärm zweier feindlicher Kavallerien hinweg war seine Stimme nur noch ein raues, wundes Krächzen.

Hier in der Kirche war es einerlei, dass er nicht lauter sprechen konnte. Jedenfalls war das Gebäude eine Kirche gewesen, bevor es zu diesem grausigen Dienst einberufen worden war, und vermutlich würde es wieder eine Kirche werden, wenn all diese Männer endlich nach Brüssel gebracht worden waren. Oder Brügge. In ein richtiges Krankenhaus, mit richtigen Betten statt der schmalen Bänke und des kalten Steinfußbodens. Jedenfalls sollte man sich hier demütig verhalten.

»Die befolgen nur ihre Befehle.« Der Arzt kniete sich neben die Bank, auf der Talbot lag, und tastete dessen leblose Glieder ab. Nicht ganz leblos; tot war er noch nicht. Seine Brust hob und senkte sich in einem stockenden Rhythmus, der kaum noch an Atemzüge erinnerte. »Offiziere zuerst, dann die Männer, die

die größten Chancen haben. Damit haben wir, weiß Gott, schon genug zu tun. Wir können uns nicht auch noch mit den hoffnungslosen Fällen aufhalten.«

So etwas sollte ein Arzt in Hörweite des Patienten eigentlich nicht sagen. Will hob zu einer entsprechenden Bemerkung an, schluckte sie dann aber hinunter. Es gab jetzt Wichtigeres als das Benehmen des Mannes. Zum Beispiel den Zustand von Talbots Armen und Beinen. Trotz seiner Verletzungen hatte er auf dem Feld noch Finger und Zehen bewegen können. Vielleicht war es wirklich ein Fehler gewesen, ihn herzubringen.

Nein, *mit Sicherheit* war es ein Fehler gewesen. Doch wegen der Erschöpfung, die ihm in den letzten drei Tagen wie ein torkelndes Ungeheuer schleppend, doch unaufhaltsam immer näher gekommen war, hatte er nicht mehr klar denken können.

Darüber konnte er sich später den Kopf zerbrechen. »Jedenfalls ist er jetzt hier.« Unwillkürlich übernahm er das Kommando, wie er es inzwischen gewöhnt war. Das Nebensächliche beiseiteschieben, den Weg freiräumen und dem Mann eine Aufgabe zuteilen. »Ich will Sie nicht aufhalten, ich bitte Sie lediglich, ihn sich anzusehen und für ihn zu tun, was Sie können.«

»Habe ich mich nicht klar ausgedrückt?« Der Feldscher hockte sich auf die Fersen, das Gesicht im Schatten. »Er ist an der Wirbelsäule verletzt. Er kann seine Beine nicht mehr bewegen, nicht einmal spüren. Wir können nichts für ihn tun.«

Will schluckte. Es fühlte sich an, als hätte er Schrot im Hals. »Wie können Sie so sicher sein? Sie haben ihn sich kaum angesehen. Bei dem Licht können Sie doch kaum etwas sehen. Vielleicht ist er einfach nur erschöpft, oder es liegt an den Schmerzen.« Benebelt und müde, wie er war, hörte er dennoch, wie unsinnig und verzweifelt seine Worte klangen. Er biss sich auf die Lippen und trat einen Schritt zurück.

Er stieß gegen etwas. Gegen jemanden. Einen Fußsoldaten,

der nicht das Glück gehabt hatte, von einem Leutnant auf eine der Bänke gelegt zu werden. Gekrümmt lag er auf dem Steinboden und starrte Will einen Augenblick lang aus weit aufgerissenen Augen ungläubig an, bevor er den Blick wieder in die Dunkelheit über sich richtete.

Er gab keinen Laut von sich. Andere schon. Laute, wie man sie nach einem Gefecht hörte, verstärkt durch die große Zahl der Verwundeten auf engstem Raum, durch das Echo, das von den Steinwänden widerhallte, und durch die entsetzliche Ironie der Kulisse.

Will atmete langsam ein und wieder aus. Vor zwei Tagen hatte er an der Kreuzung von Quatre Bras gekniet und hektisch versucht, seine Muskete neu zu laden – Pulver, Kugel, Papier, *schnell!* –, während die Kürassiere in ihren schrecklichen glänzenden Brustpanzern angriffen, und er hatte gedacht: *Jetzt weiß ich, wie es in der Hölle sein wird*. Etwa dreißig Stunden später hatte er diesen Gedanken revidiert: Die Hölle war eine schlaflose Nacht im eiskalten Regen, wenn man die eine Schlacht hinter sich und eine weitere vor sich hatte und in völlig durchweichter Uniform irgendeinem verängstigten jungen Mann die Hand auf die Schulter legte, weil einem keine tröstenden Worte mehr einfielen.

Dann wieder war die Hölle eine Schlacht, der Lärm und der Gestank und die gefallenen Kameraden. Dann war sie die Suche nach Überlebenden, und dann das lange Warten mit Talbot, die völlige Erschöpfung, die schwindende Hoffnung auf Hilfe und die Verzweiflung, die ihn schließlich dazu veranlasst hatte, den Mann hierherzutragen. Bei klarem Verstand hätte er diesen Fehler nicht begangen.

Bei klarem Verstand hätte er auch nicht den Fehler begangen, sich einzubilden, dass er bereits die Hölle erlebt hätte. *Das hier* war die Hölle: die Abteilung für hoffnungslose Fälle in diesem Kirchenlazarett, gebrochene Männer, die wie menschlicher Abfall einfach auf die Steine geworfen worden waren, nach Gott oder nach ihren Müttern schrien und vergeblich auf Gnade warteten.

Nein. Wenn er diese Gedanken nicht loswurde, würde er in seiner Verzweiflung ertrinken, und er hatte Besseres zu tun. »Bitte.« Der Arzt stand bereits auf, jetzt war die letzte Gelegenheit, herauszufinden, wie er ihn dazu bewegen konnte, *irgendetwas* für den Mann zu tun, den er in diese Hölle getragen hatte. »Er ist einer meiner Männer. Ich bin für ihn verantwortlich. Er hat Frau und Kinder.«

»Herrgott, Herr Leutnant, sehen Sie sich doch mal um! *Jeder* von diesen Männern wird jemanden zurücklassen. *Jeder* von ihnen wird auf dem Gewissen irgendeines Leutnants oder Sergeants oder Colonels lasten, der vielleicht irgendetwas hätte anders machen können.« Der Feldscher streckte in der Dunkelheit die Hand aus und berührte Will am Ärmel. Es war tröstlich gemeint. »Die Wahrheit ist: Auch mit einer Trage wäre es schwer gewesen, ihn sicher zu transportieren. Es hätte womöglich genauso geendet.« Auch das war tröstlich gemeint, erkannte er dumpf. »Sie haben getan, was Sie konnten. Ich schlage vor, dass Sie sich jetzt erst mal hinlegen.«

Das war's also. Er würde Talbot sterben lassen. Den Trägern hätte das Gleiche passieren können, doch Will war ihnen zuvorgekommen, ganz eindeutig. »Warten Sie.« Jetzt war es seine Hand, die nach dem Arzt griff, um ihn aufzuhalten. Er flüsterte jetzt absichtlich. »Können Sie ihm nicht wenigstens irgendwas geben? Opium? Er hat schreckliche Schmerzen.«

Doch – gütiger Gott! – er kannte die Antwort bereits, als er die Worte hervorkrächzte. Jeder verdammte Mann hier, der noch atmete, hatte schreckliche Schmerzen, und das Opium musste für die Amputationen aufgespart werden. »Es tut mir leid«, sagte der Doktor, und Will konnte nur die Hand sinken lassen und ihm nachblicken.

Aus dem Augenwinkel sah er, wie Talbots Brust sich noch immer hob und senkte, eine Verstärkung seines angestrengten Herzschlags. Wann würde es aufhören? Er hätte fragen sollen. Er rieb sich mit der Hand über das Gesicht, vom Scheitel über die Augen, die unrasierten Wangen, die matten Lippen bis zum Kinn. Dann drehte er sich um und kniete sich dorthin, wo der Doktor gekniet hatte.

»Ich bringe dich hier raus.« Der Mann hatte die Augen geschlossen, doch sein Mund zuckte und er brachte eine Art Nicken zustande. »Hier gibt es zu viele Verwundete, und die können keinen Feldscher erübrigen, nicht mal Opium. Du hast hier nichts mehr verloren.« *Für dich besteht keine Hoffnung.* Was würde es bringen, ihm das zu sagen? »Vielleicht finden wir ein anderes Lazarett, mit besserer Versorgung. Vielleicht wenigstens ein bisschen Gin.«

Gin. Unwahrscheinlich. Jedenfalls, wenn er nicht vorhatte, die Leichen nach einer Flasche zu durchsuchen. Was ihm vielleicht irgendwann zwischen jetzt und Talbots letztem Atemzug gar nicht mehr so unsinnig vorkommen dürfte.

Erschöpft raffte Will sich von der Bank auf und strauchelte beinahe, nicht unter dem Gewicht des Mannes, sondern unter der Last dessen unangebrachten Vertrauens. Während er sich zwischen toten und lebenden Körpern seinen Weg zum Ausgang suchte, beschlich ihn eine üble Vorahnung: Womöglich stand ihm die schlimmste Höllenvision erst noch bevor.

1

März 1816

Drei der Kurtisanen waren schön. Sein Blick ruhte natürlich auf der vierten. Alte Angewohnheiten waren schwer abzulegen, trotz allem, was das Leben sich einfallen ließ.

Will hatte einen Ellbogen auf dem Tisch und stützte den Kopf in die Handfläche – eine Geste, die vollstes Vertrauen in sein Spiel ausdrückte und ihm zudem einen Blick an seinem Gegenüber vorbei auf die Damen ermöglichte. Ohne jegliche Hintergedanken natürlich. Er hatte dieses Etablissement in einer ernsten Angelegenheit aufgesucht, die nichts mit Kurtisanen zu tun hatte.

Aber anschauen konnte man sie sich ja trotzdem. Mal reckte er verstohlen den Hals, mal kam eine der Damen zufällig in sein Blickfeld, und so setzte er im Laufe des Abends, während sie in wechselnden Kombinationen an ihrem gut fünf Meter vom größeren Tisch der Gentlemen entfernten Kartentisch saßen, Stück für Stück ein recht vollständiges Bild der vier zusammen. Und obwohl sie ihm alle gefielen – die dunkle Verführerin, die feuerrote Nymphe, die zierliche Blonde –, hatte es bisher nur eine geschafft, seine Konzentration ins Wanken zu bringen.

Er betrachtete sie jetzt. Sie hatte die Lider gesenkt und bewegte die Finger mit äußerster Präzision, als sie ihre Karten auffächerte. Nein, schön war sie nicht. Ansehnlich vielleicht. Oder besser gesagt reizvoll: Bei einem jungen Mann hätte die höckrige Nase gewiss ebenso vorteilhaft ausgesehen wie die hohe, energisch wirkende Stirn.

Sie betrachtete ihr Blatt, ohne es neu zu ordnen, obwohl Whist gespielt wurde und ihre drei Mitspielerinnen ihre Karten nach Farben sortierten. Dann sah sie ihre Partnerin an. Graublaue, völlig ausdruckslose Augen. Ihre Hand hätte voller Trümpfe sein können, man hätte es nicht sagen können.

»Keine Chance, Blackshear.« In einer Wolke aus Tabakqualm drangen die Worte an sein Ohr, kaum hörbar im Gemurmel eines guten Dutzends anderer Unterhaltungen. »Die sind alle schon vergeben.« Lord Cathcart schob sich seine Pfeife in den anderen Mundwinkel, während er seine Karten inspizierte. Eine Dame und eine Zehn waren kurz zu erkennen. Das Glück verschwendete sich wieder einmal an die Reichen.

»Ich hätte sowieso keine Chance«, erwiderte Will ebenso leise und schielte unter seine eigene Karte: eine Kreuz-Sieben zu seiner Pik-Sieben. »Ein jüngster Sohn ohne Vermögen kommt bei ihresgleichen ohnehin nicht weit.«

»Ach, ich weiß nicht.« Der Viscount wandte ihm leicht das fein geschnittene Profil zu. »Ein jüngster Sohn, der gerade sein Patent verkauft hat, könnte sich durchaus ab und zu nach mehr als der nächsten abenteuerlustigen Witwe umsehen.«

»Witwen sagen mir zu. Es ist weniger anrüchig, und man muss sich keine Sorgen darüber machen, ob man gerade eine Dame zu etwas verführt hat, das sie später bereuen wird.« Die Worte schmeckten hohl und falsch auf seiner Zunge, ein schales Überbleibsel des Lebens, das er einst geführt hatte. Er nickte in Richtung der Kurtisanen. »Jedenfalls sind deine Paradiesvögel dort ein wenig zu prächtig für jemanden meines Blutes.«

»Pah! Ich wette, dein Blut sieht das anders. Vor allem was die Kleine mit den markanten Gesichtszügen und dem griechischen Knoten angeht. Ich bleibe stehen«, fügte er an die Runde gewandt hinzu, als er an der Reihe war.

»Split«, sagte Will und deckte die Siebenen auf. Sein Herz schlug einen unregelmäßigen Rhythmus, der nichts mit markanten Gesichtszügen zu tun hatte. Er kaufte und konzentrierte sich auf seine beiden neuen Karten.

Eine Acht brachte die eine Hand auf fünfzehn. Mit einer dritten Karte würde er mit großer Wahrscheinlichkeit überkaufen, doch ohne standen seine Chancen, den Bankier zu überbieten, schlecht. Die zweite Hand war besser: Mit einem Ass konnte er bei achtzehn stehenbleiben oder vielleicht sogar auf einen Fünfkartentrick gehen, wenn er es als eins zählte. Wenn die nächsten drei Karten günstig ausfielen.

Die Versuchung war groß. Wie standen seine Chancen? Einundzwanzig weniger acht war dreizehn. Wie viele Dreierkombinationen gab es, die weniger als dreizehn Punkte ergaben? Bei hundertvier Karten im Spiel, acht Assen, acht Zweien, *et cetera*, und elf anderen Spielern am Tisch, die einige dieser Karten bereits auf der Hand hielten … Verdammt, er hätte in Mathematik besser aufpassen sollen. Und dafür hatte sein Vater ihn nach Cambridge geschickt – Gott hab ihn selig.

»Ich kaufe für beide Hände.« Noch zwanzig Pfund in den Topf. Besser, er kultivierte früh am Abend ein verwegenes Image, solange die Einsätze noch niedrig waren. Besonnen konnte er in ein paar Stunden immer noch spielen, wenn die meisten dieser Männer betrunken – nein, betrunken*er* – waren und Summen auf den Tisch legten, die sie am nächsten Morgen bereuen würden.

Die neuen Karten wurden ausgeteilt, und er schielte unter die Ecken. Fünf und Drei. Zwanzig und einundzwanzig. Oder zwanzig und elf, und er zwei Karten und zehn Punkte vom doppelten Gewinn des Fünfkartentricks entfernt.

Mit einer behandschuhten Fingerspitze schnippte er unbeteiligt gegen die Ecke einer Karte. Dachte er ernsthaft darüber nach? Weiterzukaufen, wo er mit einundzwanzig Schluss machen konnte? Es war sein erster Abend hier, er saß noch keine zwei Stunden am Tisch, und da forderte er sein Schicksal bereits auf diese Weise heraus?

Nun, das wäre ja nichts Neues. Mit Schicksalsschlägen kannte er sich recht gut aus, da würde der Verlust von dreißig Pfund kaum ins Gewicht fallen.

»Karte.« Er schob einen Geldschein vor seine zweite Hand.

Ein Herzbube grinste ihn an, als er die Karte aufnahm, und eine Welle der Erleichterung entkrampfte verschiedene Stellen seines Körpers. Kein Fünfkartentrick, aber er würde auch nicht für seine Verwegenheit büßen. Wenn der Geber nicht selbst einundzwanzig Punkte hatte, würde er mit mindestens einer Hand gewinnen. Vielleicht mit beiden.

»Stehen«, sagte er und stützte den Kopf wieder in die Hand, während das Spiel zu seiner Linken weiterging. Die Damen bedienten zwei Stiche lang Kreuz, während er zusah; die mit den harten Gesichtszügen zog die Karten mit graziöser Effizienz von den verschiedenen Stellen auf ihrer Hand.

Sollte Cathcart ruhig sticheln. Sie nährte die Fantasie eines Mannes, die Kleine. Sollten schöne Frauen ihre Reize ruhig zur Schau stellen wie Wäsche auf einer Leine im Wind, damit alle Welt sie sehen konnte. Eine Frau, die etwas verbarg, die ihre Reize auf dem Leib trug wie Seidenunterwäsche und einen Mann dazu herausforderte, danach zu suchen, erregte viel eher sein Interesse.

Leider konnte er es sich nicht leisten, sich auch auf andere Weise von ihr erregen zu lassen. Er seufzte. »Was ist ein griechischer Knoten?«, fragte er leise. »Wie sie ihre Haare trägt?«

»Du bist ein hoffnungsloser Fall!«, stieß der Viscount zwischen den Zähnen hervor, die Pfeife noch immer im Mund. »Deine Witwen scheinen nicht besonders viel auf sich zu geben. Dass wir uns nicht missverstehen: Die Aphrodite mit der Habichtsnase scheint auch nicht besonders wählerisch zu sein, der Gesellschaft nach zu urteilen, in der sie sich befindet.« Er ruckte das Kinn in Richtung eines Kerls am anderen Ende des Tisches, eines auf nichts sagende Weise gut aussehenden Kerls mit kantigem Kiefer, der bereits mit seinen ersten beiden Karten einundzwanzig erreicht hatte und als Nächster geben würde.

Wills Neugier war geweckt. Wie eine Wespe summte sie in seinem Bewusstsein umher, doch er verscheuchte sie. Er war nicht zum Tratschen hergekommen, und wen die Dame sich als Beschützer ausgesucht hatte, ging ihn nichts an. »Habichtsnase, findest du wirklich?« Er lehnte sich zurück und streckte die Arme aus. »Das ist aber nicht sehr nett.«

Zugegeben, dies war kein Ort, an dem es auf gute Manieren ankam. Flaschen standen auf dem Tisch. Cathcart war nicht der Einzige, der rauchte, obwohl Damen anwesend waren. Oder jedenfalls Frauen. Allerdings ging es in einer richtigen Spielhölle vermutlich noch schlimmer zu. Laut Gillray, dem Artilleristen, konnte man dort die Verzweiflung ab vier oder fünf Uhr morgens riechen. Übel riechender Schweiß umwogte dann die Verlierer, hatte er gesagt, viel stechender als der Schweiß der gesunden Verausgabung. Und warum auch nicht? Die Angst sollte ja ihren ganz eigenen Geruch haben, weshalb also nicht auch die Verzweiflung? Man sollte meinen, im Gefecht würde man das herausfinden, doch bisher hatte sich nie ein Geruch aus der immer währenden Kakofonie der Ausdünstungen hervorgetan und sich ihm als die Angst vorgestellt.

Genug davon. Er schüttelte die Handgelenke aus und streckte sich, während ein korpulenter Kerl aus dem Spiel flog und der Nächste an der Reihe war. Bei den Damen bekam die mit den harten Gesichtszügen ihren dritten Stich in Folge und notierte die Punkte auf einem Blatt Papier.

Habichtsnase. Also wirklich. Er verschränkte die Arme hinter dem Kopf. Und doch hatten ihre Nase, ihre ausdruckslosen Augen und ihr Haar von der Farbe eines Zaunkönigs unbestreitbar etwas Vogelartiges. Kalte kleine Wesen waren sie, die Vögel, trotz ihrer weichen Federn und ihres hübschen Gesangs. Sie pickten einem die Augen aus, wenn man nicht aufpasste. Was man im Krieg so alles lernte.

Der Bankier beendete das Spiel mit neunzehn, und Will war um fünfzig Pfund reicher. Wieder war er einen Schritt weiter. Er strich seinen Gewinn ein und schob die Karten dem Beschützer der Dame mit der Habichtsnase zu.

Er musste ungefähr in Wills Alter sein, der Mann mit dem kantigen Kinn. So um die fünfundzwanzig. Jetzt, da er der Geber war, setzte er eine wichtige Miene auf und richtete zuerst seine Krawatte, bevor er sich den Karten zuwandte. Herablassend neigte er den Kopf, um seine Aufmerksamkeit seinem rechten Nachbarn zu schenken, der gerade über das Mädchen sprach. »Ich muss schon sagen, Roanoke«, flüsterte er unüberhörbar, »ich hätte wetten mögen, dass du sie nicht so lange behältst. Sie ist nicht halb so hübsch wie die, die du letzten Sommer bei dir hattest. Die war wirklich reizend.«

Ein kurzes Zusammenpressen der Lippen war das einzige Anzeichen dafür, dass der mit dem kantigen Kinn gekränkt war. »Die hat mir einen Bastard angehängt.« Grüne Manschettenknöpfe funkelten im Kerzenschein, als er die Karten zusammenschob. »Das kann mit dieser hier nicht passieren.«

»Das behauptet sie!«, gab der erste Gentleman zurück. Er sprach jetzt lauter, um seinen Scharfsinn allgemein vernehmlich zum Besten zu geben.

»Es ist unmöglich.« Mit der Geduld eines Königs, der den trägen Geist seiner Günstlinge gewohnt ist, legte er den Sachverhalt dar. »Irgendetwas stimmt nicht bei ihr. Keine Blutung.«

Wie reizend. Sicherlich lag niemandem am Tisch viel daran, solche Dinge zu erfahren. Will warf dem Viscount einen Blick zu, erntete jedoch nur ein Schulterzucken. Offenbar waren dergleichen Unterhaltungen nicht unüblich.

Und schnell wurde es noch schlimmer. »Gegen so eine hätte ich auch nichts einzuwenden«, meldete sich ein Kerl in einem flaschengrünen Frack zu Wort. »Eine, die jederzeit zur Verfügung steht und nie Unpässlichkeit vorschieben kann. Wo hast du sie aufgelesen?«

»Bei Mrs Parrish.« Roanoke ließ sich Zeit damit, den Stapel der benutzten Karten geradezuklopfen, bevor er ihn mit der Bildseite nach oben unter den Stoß schob. »Und sie haben sie gut ausgebildet, muss ich sagen. Wenn's was gibt, was sie im Bett nicht tun würde, habe ich es noch nicht entdeckt.«

Mrs Parrish's. Selbst ein Mann, der noch nie einen Fuß in ein solches Etablissement gesetzt hatte, wusste das eine oder andere über diesen Ort. Es sprach sich herum. Will hatte Berichte über eine Vorrichtung gehört, die es einem Mann möglich machte, von einer Frau befriedigt zu werden, während er gleichzeitig von einer zweiten ausgepeitscht wurde. Gerüchte über Frauen, die sich selbst auspeitschen ließen oder sich irgendeiner anderen verderbten männlichen Fantasie unterwarfen. Bei was für perversen Aktionen hatte wohl Kieferknochen seine Geliebte kennengelernt?

Das ging ihn nichts an. Teufel noch mal, dergleichen Spekulationen über das Privatleben einer Dame standen ihm nun wirklich nicht gut an. Ebenso wenig wie den anderen Männern am Tisch, die Roanoke nun mit unverschämten Fragen löcherten. Tat sie dies? Erlaubte sie ihm das? Der Halunke teilte die

Karten aus und antwortete immer einsilbiger, je größer das Interesse der Männer wurde.

Wills Temperament drohte mit ihm durchzugehen; er verspürte bereits das warnende Prickeln im Rücken. Die Frau konnte das nicht überhört haben. Sie musste bemerken, wie sich ein Kopf nach dem anderen zu ihr wandte, um sie neu einzuschätzen. Und doch konnte er keine Veränderung in ihrer Miene, ihrer Haltung oder der Geschwindigkeit ihres Spiels ausmachen. Was musste es sie kosten, sich so zu beherrschen, während sie hörte, wie sie von diesen räudigen Hunden auf ein Objekt der allgemeinen Befriedigung reduziert wurde?

»Hat sie auch einen Namen?« Er hörte, wie sich seine eigene Stimme über die der anderen erhob. Was zum Teufel fiel ihm ein? Wollte er die gesamte Gesellschaft misstrauisch machen? Cathcarts Haltung verriet erhöhte Aufmerksamkeit, doch der Viscount wandte sich nicht um.

Roanoke schon. Seine kühn geschwungenen Brauen zogen sich einen Millimeter enger zusammen, bevor sie sich wieder entspannten. »Lydia«, sagte er und teilte die nächste Karte aus.

Lass gut sein, Blackshear. Doch sein Temperament meldete sich erneut zu Wort, und das warnende Prickeln im Rücken schwoll zu einem handfesten Glissando an, das ihm die Wirbelsäule entlangfuhr. »Ich meinte einen Namen, mit dem es anständig wäre, sie anzusprechen.« Verdammt. Er würde wohl nie lernen, wann er sich einzumischen hatte und wann nicht.

»Haben Sie ihr denn etwas Besonderes zu sagen?« Jetzt besaß er die ungeteilte Aufmerksamkeit des Mannes, und die der meisten anderen Anwesenden ebenfalls. Eine Spannung wie vor einem Gewitter lag in der Luft. Wenn er jetzt die richtigen Worte sagte, würde er König Kieferknochen gleich auf zwanzig Schritt gegenüberstehen.

Das wäre doch ein äußerst passendes lächerliches Ende. Wegen übertriebenen Anstands herausgefordert. Getötet wegen einer Frau, mit der er nicht einmal etwas gehabt hatte.

Die Gespräche an den anderen Tischen traten in den Hintergrund, während er sich die Szene ausmalte. Ein paar Beleidigungen, nicht zu subtil, würden völlig ausreichen. Es würde ein Leichtes sein, den Kerl so weit zu provozieren, dass er auf den Kopf zielte, während Wills eigener Schuss ihn um zehn Fuß verfehlte.

Wie schlimm würde eine solche Eskapade die Familie in Verruf bringen? Andrew würde es natürlich gar nicht gefallen. Doch Andrews Respektabilität konnte vermutlich mehrere Skandale in der Familie überstehen. Kitty und Martha waren beide verheiratet, und zwar nicht zu schlecht. Ihnen konnte er die Zukunft nicht mehr verbauen.

Nick jedoch schon. Sein zweitältester Bruder hatte politische Ambitionen und war auch jetzt noch sehr auf einen Namen ohne jeden Makel angewiesen. Ihm würde er mit seinem verwegenen Unsinn keinen Gefallen tun.

Außerdem musste er noch eine Menge Geld gewinnen. »Ich habe ihr gar nichts zu sagen.« Er artikulierte die Konsonanten überdeutlich und hielt Roanokes Blick stand. Kein Grund, völlig einzuknicken. »Ich bin es nur nicht gewöhnt, dass auf diese Weise von einer Dame gesprochen wird, und dass sie beim Vornamen genannt wird. Ich war wohl zu lange nicht in Gesellschaft. Vielleicht haben sich die Sitten geändert.«

»Waren Sie in Spanien?«, mischte sich ein Kerl mit leuchtenden Augen ein, der kaum alt genug schien, um zu so später Stunde überhaupt noch auf zu sein. »Oder sogar in Waterloo?«

Solche Leute traf man in letzter Zeit mit befremdlicher Häufigkeit. Männer, die das bittere Schicksal erlitten hatten, zu Hause bleiben zu müssen – Erben, deren Leben man nicht riskieren konnte, arme Schlucker, die das Geld für ein Patent nicht hatten zusammenkratzen können – und nun alles darüber hören wollten, was sie verpasst hatten.

»Leutnant der Infanterie bei der Dreißigsten«, nickte Will. »Quatre Bras und Waterloo.« Wenn der Milchbart mehr wissen wollte, würde er es ihm mit einem Enterhaken aus der Nase ziehen müssen.

Glücklicherweise hatte drei Plätze weiter jemand sehr entschiedene Ansichten über Wellington kundzutun, denen ein anderer Kommentare über Blüchers Strategie entgegensetzte, woraufhin die unvermeidliche Flut von Hohnrufen über den Prinzen von Oranien folgte und alle sich wie immer einig darüber waren, dass der achtzehnte Juni des vergangenen Jahres ein großer Tag in der Geschichte Englands gewesen war. Die Stimmung am Tisch schwang um; die Spannung zwischen ihm und Roanoke flackerte wie eine ausgehende Kerze und war verschwunden.

Will atmete tief durch und lehnte sich zurück. Wenigstens konnte er dergleichen Gespräche ertragen. Viele Soldaten konnten das nicht. Manchen wurde bei dem Thema so schwindlig, dass sie den Raum verlassen mussten. Andere gerieten in Wut, wenn das Grauen der Schlacht wie ein glorreicher Sport beschrieben wurde, wie tausend gleichzeitig ablaufende Boxkämpfe, denen eine Strategie hinzugefügt worden war, sowie schmucke Uniformen und Waffen, die laut knallten.

»Keine besonders brillante Taktik«, murmelte Cathcart und stieß eine Rauchwolke aus, während er die Pfeife aus dem Mund nahm.

Typisch. Die, die den Krieg nicht verherrlichten, mussten immer wieder betonen, wie knapp der Sieg gewesen war, weil die besten Soldaten sich im fernen Portugal oder Spanien befunden hatten und nur unglückselige Kinder und zweitklassige

Offiziere durch Hougoumont gestolpert waren. Das kannte er schon. Von einem Freund traf es ihn dennoch.

»Ja, eine entsetzliche Verschwendung von Menschenleben.« Er gab sich Mühe, seine Stimme unbeteiligt klingen zu lassen. »Aber auf beiden Seiten, das kann ich dir versichern.«

Der Viscount schüttelte den Kopf. »Dein Schachzug. Nicht besonders originell.« Eine Karte landete vor ihm, und er hob eine Ecke an. »Die Ehre einer Kurtisane verteidigen zu wollen. Aber es könnte trotzdem klappen. Übrigens heißt sie Miss Slaughter, deine unfruchtbare Nymphe.«

Ach so, die Kurtisane. Ja, das passte auch besser. Er kannte Cathcart jetzt seit sieben Jahren, und immer hatte der Mann das Leben als großes Spiel angesehen. Warum sollte er jetzt auf einmal eine militärpolitische Meinung haben? »Ich versichere dir, es sollte kein Schachzug sein.« Erleichterung verlieh seinen Worten Nachdruck. Ein Zerwürfnis konnte er nicht gebrauchen; in letzter Zeit hatte er ohnehin schon oft genug das Gefühl, dass seine alten Freunde ihm Fremde geworden waren. Und er stritt tausendmal lieber über eine Frau als über eine Schlacht. »Bin ich denn hier der Einzige, der Schwestern hat? Der die Grundregeln des Anstands beherrscht? Keine Frau verdient es, so etwas über sich mit anhören zu müssen.« Er konnte sich einen verstohlenen Blick nicht verkneifen, doch falls Miss Slaughter irgendetwas von seiner unbeholfenen Galanterie mitbekommen hatte, ließ sie sich nichts anmerken. Gelassen machte sie einen weiteren Strich auf ihrem Papier und lehnte sich mit gestrafften Schultern und erhobenem Kopf zurück. Ihr Blick war schonungslos und unbarmherzig wie der eines Falken. Kein einziges Mal drehte sie sich zu ihm um.

Auch das Glück war ihm diesmal nicht hold. Er verlor mit einer Hand zwanzig und mit der anderen dreißig Pfund an Mr Roanoke, was mehr als ein Drittel seines Gewinns wieder auslöschte. Mochte es ihm eine Lehre sein, sich in solche Bagatellen verstricken zu lassen. Angewidert verließ er den Tisch.

Es war einst ein Wohnhaus gewesen, dieses Gebäude, das nun den Club und seine sittenlosen Mitglieder beherbergte. Einige Wände waren durchbrochen worden, um die nötigen großen Säle und das Speisezimmer zu schaffen, doch die vorherige Verwendung der Räumlichkeiten war an vielen Stellen noch zu erkennen. Hinten im zweiten Stock gab es zum Beispiel einen kleinen Salon, in dem einige Damen saßen, denen der Sinn nicht nach Kartenspielen stand. Will wandte sich ab vom Licht und Geplauder und fand auf der Straßenseite derselben Etage eine kleine Bibliothek, die sogar noch mit Büchern bestückt war. Es gab weder Feuer noch Kerzen, doch umso wahrscheinlicher war es, dass er den Raum für sich haben würde.

Ein Bücherregal stand im rechten Winkel zum einzigen Fenster, und im Dunkel dahinter konnte er eine Form ausmachen, die sich beim Näherkommen als Sessel entpuppte. Hervorragend. Er ließ sich hineinsinken und schloss die Augen. Durch die geöffnete Tür drangen die Geräusche des Hauses an sein Ohr, entfernt und undeutlich. Stimmen. Gelächter. Leise Musik – eine Geige? – aus dem Ballsaal unter ihm. Bestimmt würde später noch getanzt werden. Eine weitere raffinierte Annehmlichkeit, die das Haus von schäbigen Etablissements wie dem Smith and Pope's abhob und auf seine vornehmere Gesellschaft hindeutete. Hier konnte ein Gentleman mit Kurtisanen Walzer tanzen, sich einen Rausch antrinken und sich zugunsten seinesgleichen in den Ruin treiben anstatt zugunsten eines namenlosen Besitzers.

Und wer bist du, sie dafür zu verurteilen? Er rutschte tiefer in den Sessel und verschränkte die Arme. Manchmal schien es ihm, als sei er gar nicht mehr fähig, sich zu vergnügen. Ganz unbeschwert. So, wie man es sollte. So, wie er es früher gekonnt hatte. Seit fast acht Monaten war er nun schon zurück in England, wich Einladungen aus und mied alte Bekannte und Freunde aus Studententagen, denen er plötzlich nichts mehr zu sagen hatte. Nur der dickhäutige, fröhliche Cathcart war geblieben, und auch der Viscount hatte es nicht der Freundschaft wegen geschafft, ihn zu überreden, sondern deswegen, weil er einen Abend im Spielclub in Aussicht gestellt hatte, just in dem Moment, in dem Will mehrere Tausend Pfund benötigte.

Etwas Hartes und Kantiges drückte gegen Wills Unterarm. Etwas in seiner Brusttasche, an das er sich gar nicht …

Gütiger Himmel. Die Tabakdose. Diesen Frack hatte er angehabt, als er zum ersten Mal bei Mrs Talbot gewesen war.

Er holte die Dose hervor, stand auf und hielt sie auf der ausgestreckten Hand um das Bücherregal herum ins Mondlicht, das durch das Fenster fiel.

Dass ein Mann mit bescheidenem Einkommen einen so hübschen Gegenstand besessen hatte! Ein goldener Verschluss, goldene Scharniere und eine Jagdszene aus Emaille auf dem Deckel. Vermutlich war die Dose einiges wert. Deswegen hatte er sie auch in der Tasche behalten, als er gesehen hatte, wie die Talbots die anderen Kleinigkeiten, die er zurückgegeben hatte, begrapscht hatten. Wenn Mrs Talbot wieder unabhängig von ihren Verwandten war, würde er ihr die Dose zurückgeben, damit sie sie für das Kind aufbewahren konnte. In Geldnot würde sie dann nicht mehr sein, also bestand keine Gefahr, dass sie in Versuchung kommen würde, sie zu verkaufen.

Er schloss die Finger über der Dose, dann sah er sie wieder an. Wenn er die Hand bewegte, glitzerte die Emaille im Mondlicht.

Heute Abend grübelte er einfach zu viel. Solange er nicht Herr seiner Gedanken war, würde er miserabel spielen. Abermals verbarg er die Dose in der Hand und zog den Arm zurück.

Gerade wollte er sie wieder einstecken, da hörte er Schritte auf dem Korridor. Ohne so recht zu wissen, weshalb, sank er wieder in den Schatten des Sessels und zog die Füße aus dem einfallenden Mondlicht. Sonderbar, was der Krieg für unerklärbare Reflexe bei ihm hinterlassen hatte. Es war ja nicht so, als wären die Franzosen dafür bekannt gewesen, sich an jeden Mann einzeln heranzuschleichen. Und natürlich war es sehr unwahrscheinlich, dass die Schritte eine Bedrohung für ihn darstellten.

Zwei Paar Füße waren es, das eine leichter als das andere, und sie kamen unverkennbar in seine Richtung. Ein Mann und eine Frau. Ja, das hätte er sich denken können. Er hatte sich selbst oft genug zu diesem Zweck bei irgendeiner Zusammenkunft eines dunklen Raums bedient, in seinen unbeschwerten Tagen.

Irgendetwas hielt ihn davon ab, sofort aufzustehen. Vielleicht die Aussicht, erklären zu müssen, was er hier ganz allein in der Dunkelheit getrieben hatte. Oder seine Sturheit, denn schließlich war er zuerst hier gewesen; warum also sollte er ihren verkommenen Absichten weichen? Jedenfalls saß er noch immer im Sessel in der Dunkelheit, als zwei Silhouetten sich im Türrahmen abzeichneten und den Raum betraten. Die größere Person wandte sich um, um leise die Tür zu schließen, und kurz bevor es ganz dunkel wurde, blinkte im letzten Licht aus dem Korridor ein grüner Manschettenknopf auf.

Roanoke mit seiner Geliebten. Oder vielleicht mit einer anderen Frau – das war eigentlich wahrscheinlicher, denn mit seiner Geliebten konnte sich Kieferknochen ja auch zu Hause in Ruhe vergnügen, anstatt in dunklen Winkeln herumzuschleichen. Die Tür schnappte ein und Will gab den Gedanken, sich unverzüglich zu empfehlen, auf. Sie sollten lieber erst anfangen, und wenn sie abgelenkt waren, würde er sich davonstehlen. Vielleicht konnte er vorher noch die Identität der Dame in Erfahrung bringen – doch zu welchem Zweck? Falls Miss Slaughter betrogen wurde, ging ihn das nichts an. Wollte er sich etwa beim Essen einen Platz an ihrer Seite ergaunern und vage, düstere Andeutungen darüber machen, was er gesehen hatte?

Die Frage erübrigte sich. Die beiden gingen direkt auf den Fenstererker zu, und er erkannte sie schon an ihrer Haltung. Aufrecht und irgendwie unnahbar, so als hielte sie sogar die Luft, die sie umgab, auf Distanz. Als sie den Erker betraten, hätte er die Hand ausstrecken und ihre Röcke berühren können – Gott sei Dank, dass ihre Augen sich noch nicht so gut an die Dunkelheit gewöhnt hatten wie seine. Die Gardinenringe schrammten über die Stange und das Mondlicht verschwand fast völlig. Dann Stille, bis auf das leise Rascheln von Stoff. Was auch immer sie als Nächstes vorhatten, verlangte offenbar keine Worte.

Zweifellos gab es Männer, die es genossen hätten, heimlich Zeuge solcher Geschehnisse zu werden. Gern hätte er einem von ihnen seinen Platz überlassen. Alles, was er gewollt hatte, war eine Viertelstunde Ruhe und Dunkelheit; jetzt musste er sich den müden Kopf darüber zerbrechen, wie er diesen Raum – auch wenn er in jeder Hinsicht den besseren Anspruch auf ihn hatte – am besten ungesehen verlassen konnte.

In dreißig Sekunden würde er es versuchen. Vorher würden sie vielleicht nicht ausreichend abgelenkt sein. Wenn er aber länger wartete, würden sich ihre Augen zu gut an die Dunkelheit gewöhnt haben.

Unartikulierte Laute kamen zum Rascheln des Stoffs hinzu. Vorsichtig legte er die Hände auf die Armlehnen. Zwanzig Sekunden. Nicht mehr.

Zum Henker mit diesen brünstigen Narren. Zum Henker mit ihr, dass sie es Kieferknochen gestattete, sie auf diese Weise zu benutzen, keine vierzig Minuten nachdem er auf so schändliche Weise mit ihrem Namen hausieren gegangen war. Bedeutete ihr denn ihre Würde gar nichts? Dann würde auch er sich keine Gedanken mehr darüber machen, bloß damit Cathcart ihn damit aufziehen konnte.

Neunzehn, zwanzig. Sie schienen beschäftigt zu sein. Behutsam erhob er sich aus dem Sessel und warf einen verstohlenen Blick hinter dem Regal hervor, nur um sicherzugehen, dass sie ihn nicht bemerken würden.

Im Aufstehen hielt er inne.

Er war auf etwas Schäbiges vorbereitet gewesen, auf einen rohen Akt zwischen einem zudringlichen Grobian und einer Dirne, die ihr Metier bei Mrs Parrish gelernt hatte. Und natürlich war es an sich schon schäbig, sich überhaupt in die Bibliothek zurückzuziehen, und Kieferknochen war schäbig, den Mund an ihrem Hals, die Hände überall auf ihrem Körper.

Doch *sie* … Er wollte verdammt sein, wenn er auch nur annähernd das richtige Wort dafür fand, sie zu beschreiben. *Schäbig* war jedenfalls weit gefehlt.

Mit erhobenem Kinn und geschlossenen Augen stand sie vor dem Vorhang und ihr Körper wiegte sich voller Lust. Will sah zu, wie sie die Arme – nackt, wie er jetzt erkannte – über den Kopf hob und mit schlangenartiger Anmut die Handgelenke kreuzte wie eine jener Tänzerinnen, die einen Mann verhexen und dazu bringen konnten, einem anderen Mann den Kopf abzuschlagen. Ihre nackten Finger gruben sich in eine Falte des Vorhangs, und er wusste, wie sich der Samt anfühlen musste – üppig und sinnlich wie das Schnurren einer Katze. Er wusste auch, wie es sich anfühlen würde, der Samt zu sein und sich bereitwillig von ihr einfangen zu lassen.

Er klammerte sich am Bücherregal fest und ließ den Blick an der geschmeidigen Kurve ihres erhobenen Arms hinabwandern, bis er wieder auf ihrem erhobenen Gesicht ruhte. Hatte er etwas an ihrer Schönheit auszusetzen gehabt? Im Mondlicht, so gedämpft es auch war, sah er, wie sie wirklich war. Ihre markanten Züge warfen wilde Schatten; Licht und Dunkelheit tanzten ihr verwegen über Nase, Wangen und Kinn. Ihre Haut war blass wie der Mond selbst, blass und verlockend wie ein Opal am Grunde eines stillen Sees. Ein blasser Hals. Blasse Schultern. Blasse Brüste, die herrlich geformt waren und fast aus dem in Unordnung gebrachten Mieder quollen. Doch dort würde er nicht hinschauen. Überhaupt sollte er jetzt endlich gehen.

Ein letzter Blick in ihr Gesicht. Sie neigte den Kopf ganz leicht nach links, dann nach rechts, wie um die Muskeln ihres Genicks zu dehnen; dann ließ sie das Kinn sinken und brachte die Komposition von Licht und Schatten zur Ruhe. Und dann öffnete sie die Augen und blickte direkt in seine.

Sie sagte nichts. Sie stob nicht davon, zerrte nicht hastig an ihrem Mieder, das ihr Liebhaber hinabgezogen hatte, und bedeckte sich auch nicht züchtig mit den Armen. Nur ihre aufgerissenen Augen verrieten, dass sie sich entblößt fühlte. Und auch das nur für den Bruchteil eines Augenblicks, der allerdings ausreichte, um Will das Gefühl zu geben, ein entsetzlicher Flegel zu sein.

Die Ecke des Bücherregals grub sich schmerzhaft in seine Hand, doch er konnte sich einfach nicht abwenden, geschweige denn sich entschuldigend verneigen und aus dem Raum stürzen. Wie erstarrt stand er da, während sie die Fassung wiedererlangte und ihr Gesicht einen trotzigen Ausdruck annahm. *Verurteile mich, wenn du es wagst.* Dann verschwand auch dieser Ausdruck und sie setzte wieder ihre falkenhafte, ausdruckslose Miene auf. Sie sah an ihm vorbei, durch ihn hindurch, und dann ganz weg.

Er war es nicht wert, von ihr beachtet zu werden. Ob er zusah oder nicht, hatte nicht mehr die geringste Bedeutung für sie. Ihre Hände verließen ihren Platz am Vorhang und kamen mit tänzerischer Geschmeidigkeit auf den Oberarmen des ahnungslosen Roanoke zu liegen, der während des kurzen Dramas an ihrem Hals zugange gewesen war, jetzt aber begann, ihre Röcke zu raffen.

Und endlich ließ Will das Regal los. Was jetzt kam, wollte er nicht sehen. Vermutlich würde er es in seinen Träumen sehen, und das wäre bereits Qual genug.

Ein Anflug von Starrsinn zwang ihn in eine Verneigung. Sie sah nicht zu ihm herüber, und weder sie noch König Kieferknochen blickten auf, als er sich mit einiger Verspätung endlich leise zur Tür stahl, sie gerade weit genug öffnete, um hindurchschlüpfen zu können, und sie dann geräuschlos hinter sich schloss.

Sie erschienen nicht zum Abendessen. Will kämpfte sich durch drei Gänge, doch der tollkühne Hunger in seinem Magen nagte unbesänftigt weiter.

Zwecklos. Sie war nichts für ihn. Sie gefiel ihm, und sie regte seine Fantasie an, zugegeben, doch das machte sie keineswegs einzigartig unter den Frauen. Wenn er sich irgendwann wieder auf eine Frau einlassen würde, dann müsste sie schon noch ein paar weitere Qualitäten vorzuweisen haben. Bis jetzt hatte er Miss Slaughter noch nicht einmal sprechen hören; wer sagte ihm, dass sie sich nicht als hohlköpfige Kratzbürste entpuppen würde?

Das wäre ihm gar nicht so unlieb. Dann würde sie ihn weniger ablenken.

Was auch immer die beiden so sehr beschäftigt hatte, dass sie das Abendessen verpasst hatten, war offenbar beendet, als das Kartenspiel weiterging. Roanoke setzte sich an den Vingt-et-un-Tisch, und diesmal setzte sich seine Geliebte auf seinen Schoß. Von der konzentrierten Haltung, die sie beim Whist an den Tag gelegt hatte, war nichts mehr zu erkennen; sie lehnte sich zurück, legte den Kopf an seine Schulter und sah dem Spiel unbeteiligt unter halb geschlossenen Lidern hervor zu. Alles an ihr erinnerte an eine Löwin, die sich soeben mit fetter Beute vollgefressen hatte und mindestens eine Woche lang nicht mehr an Nahrung oder an überhaupt irgendetwas zu denken brauchte.

Will wandte den Blick von ihr ab. Er hatte hier etwas zu tun, eine Mission. Er hatte einen Plan, für den er dreitausend Pfund benötigte, und so, wie es um seine Konzentration bestellt war, standen die Chancen weiß Gott schlecht.

Es wurde drei Uhr, dann vier – Cathcarts reich verzierte Taschenuhr lag zwischen ihnen, da es im Raum keine Uhren gab – und er hatte fast zweihundert Pfund eingespielt. Die Männer machten ihre Einsätze unaufmerksam, manche dösten sogar ein und mussten geweckt werden, wenn sie an der Reihe waren. Wer hier einen kühlen Kopf bewahrte, konnte mit der Zeit recht gut dastehen.

Der Viscount stieß ihm den Ellbogen in die Rippen und nickte in die Richtung, in die Will ganz entschlossen *nicht* geblickt hatte. Roanokes Kopf war nach links gesunken. Seine Brust hob und senkte sich schläfrig. Miss Slaughter lehnte noch immer an seiner rechten Schulter. Sie hatte sich seiner Karten bemächtigt und betrachtete sie mit mildem Interesse. Er kam nicht umhin, zu bemerken, dass sie noch immer keine Handschuhe trug. Vielleicht lagen sie immer noch in der Bibliothek auf dem Boden. Bei dem Gedanken daran lief ihm eine wenig hilfreiche Gänsehaut über den Rücken.

»Sie spielt?« Den ganzen Abend hatte sich noch keine Dame an den Spieltisch gesetzt.

»Das habe ich auch noch nie gesehen.« Cathcart kam schon wesentlich länger hierher und musste es wissen. »Doch es sieht ganz so aus, als hätte sie die Absicht, nicht wahr?«

Und tatsächlich machte sie keine Anstalten, Roanoke zu wecken, als die Reihe an ihn kam. Ohne auch nur das geringste Zögern nahm sie fünfzig Pfund aus seinem Vorrat, erhöhte den Einsatz und sah den Geber auffordernd an.

Die Karte landete vor ihr und sie schielte unter eine Ecke. »Stehen«, sagte sie.

Der Klang ihrer Stimme versetzte Wills ganzen Körper in Schwingung. Selbst einem so kurzem Wort verlieh sie Charakter. So dosiert konnte man sie genießen, diese Stimme. Eine süße Kostprobe, wie ein ganz kleines Glas Likör. Von größeren Mengen konnte man gewiss trunken werden. In einem Überfluss konnte man baden. Sie hatte bereits einen Platz in seinen Träumen reserviert; jetzt wusste er auch, dass sie dort sprechen würde. Unaufhörlich.

Vingt-et-un würde sie jedoch nicht spielen. Leider stellte sie sich als wenig geschickt darin heraus. Sie kaute auf der Unterlippe, während sie die Karten betrachtete, spielte wechselhaft und überkaufte sich in drei von fünf Runden, bis das Schicksal endlich Mitleid mit ihr bekam und sie mit einem Ass und einer Zehn segnete, und der Bank. Sorgfältig strich sie die Karten ein und schob sie durcheinander, um die aufgedeckten Blätter schon vor dem Mischen zu trennen, als könne sie mit der akribischen Ausübung dieser neuen Pflicht wettmachen, was ihr an taktischem Geschick abging. Sie mischte, ließ ihren Nachbarn abheben, und teilte aus.

Und Will begann zu verlieren. Er kaufte bei einer Hand von zwölf, und ein König brach ihm das Genick. Er blieb bei neunzehn stehen, und sie hatte zwanzig. Selbst als er sich klopfenden Herzens bis zur Einundzwanzig vorangetastet hatte, Acht-Sieben-Zwei-Vier, deckte sie ein Ass und zwei Fünfen auf – und gewann dank des Bankvorteils. Fünfmal hintereinander gab sie und schlug ihn jedes Mal, bis ein älterer Kerl mit zwei Karten einundzwanzig hinlegte und sie endlich ablöste.

So schmeckte der Ruin. Wie ein Mund voll Asche, oder voller Sägespäne. In weniger als einer halben Stunde war sein Gewinn von zweihundert Pfund auf zwanzig zusammengeschrumpft. »Einfach Pech, Blackshear«, murmelte der Viscount, der lediglich fünfzig verloren hatte. Will machte sich nicht die Mühe zu antworten.

Miss Slaughter sah ihn an. Ausdruckslos zwar, aber ihr Blick war auf ihn gerichtet. Sie nahm Roanokes Gewinn auf und zählte einige Scheine ab, dann blickte sie wieder auf. Will brauchte nicht zu zählen. Er wusste – er spürte in Mark und Bein –, dass es genau einhundertachtzig Pfund waren.

Den beträchtlichen Rest legte sie zu Roanokes Gewinn. Den Blick immer noch auf ihn gerichtet faltete sie seine Verluste, einmal, zweimal, und steckte sie sich seelenruhig in den Ausschnitt. Dann wandte sie sich interessanteren Dingen zu und studierte ihre neuen Karten.

2

Edward war zum Reden aufgelegt. Zur Hölle mit ihm. Warum konnte er sich nicht umdrehen und einschlafen, wie es sich für Männer gehörte? Aber natürlich hatte er sich am Kartentisch ausgeschlafen. Wahrscheinlich hätte sie das Doppelte von seinen Gewinnen abzwacken können, ohne dass er etwas gemerkt hätte.

»Was hältst du von einer kleinen Gesellschaft in Chiswell?« Er lag auf dem Rücken und betrachtete im Kerzenlicht seine Fingernägel.

»Im März?« Das Bett roch nach hemmungsloser Fleischeslust. Jeder Atemzug erinnerte sie eindringlich an ihre kopflose Gier, ihre Maßlosigkeit. Vor fünf Minuten hatte sie unbändig nach ihm gehungert. Jetzt fühlte sie sich übersättigt, so als hätte sie Unmengen von Pudding auf einmal verschlungen und bereute es nun. Das nächste Mal würde sie es besser wissen, wenn sie sich an dieses ungute Gefühl erinnerte.

Nein, das würde sie nicht. In den letzten sechs Monaten hatte sie es jedenfalls nie geschafft.

»Nächsten Monat, dachte ich. Nach den Osterfeiertagen. Wenn das Parlament nicht mehr tagt und die Leute sich langweilen. Im April wird hoffentlich auch das Wetter besser sein. Der Winter war verdammt kalt. Und lang. Entsetzlich lang. Und kalt.«

Wenn er doch nur schweigen würde! Wenn sie ihn ansah, seine haselnussbraunen Augen und die elegante Geometrie von Wangen und Kinn, konnte sie sich leicht vorstellen, er sei ein gebildeter Mann. Ein anregender Gesprächspartner, nachdenklich, neugierig, das Gehirn unter dem modischen Caesar-Schnitt immer am Arbeiten.

Wenn er sprach, war er ein beschämendes, böse zugerichtetes Andenken an ihre Pudding-Orgie, und sie wünschte sich von ganzem Herzen, dass irgendein Diener kommen und aufwischen würde.

»Das wird bestimmt ganz bezaubernd.« Lydia gähnte mit vorgehaltener Hand. Vielleicht konnte sie ihn anstecken, sodass er schneller müde wurde.

»Ganz bestimmt.« Nachdem die eine Hand offenbar für passabel befunden worden war, betrachtete er nun die Nägel der anderen. »Nur müsste ich vermutlich für Unterhaltung im Haus sorgen, falls dieses Wetter anhält.«

»Vermutlich. Soll ich die Kerze ausmachen?«

»Nicht nötig, das mache ich gleich.« Keine Chance. Solange er in ihrem Bett lag, war an Schlaf nicht zu denken, und bis er endlich die Augen schloss und das Bewusstsein verlor, würde sie sich nicht einmal ausruhen können. »Was soll ich mir für die Damen einfallen lassen, was meinst du?« Er ließ die Hand sinken und sah sie an. »Zur Unterhaltung meine ich. Was ist denn gerade in Mode?«

Woher zum Teufel soll ich das wissen? Meine letzte Gesellschaft war in einem früheren Leben. Sie biss sich auf die Zunge. »Spiele sind immer beliebt. Bogenschießen, wenn das Wetter mitspielt. Vielleicht einige dieser Spiele mit Augenbinden und Küssen und so weiter.« Wie neu, wie aufregend ihr solche Spiele einst erschienen waren! Beim Versteckspiel hatte sie sich in der dunklen Orangerie ihres Vaters zum ersten Mal von Arthur berühren lassen. Mit jedem Atemzug hatten sie den Duft von Zitrusfrüchten und feuchter Blumenerde eingesogen, und jede behutsame Bewegung ihrer Hände und Lippen und

Kleider war schweigend geschehen, damit sie sich nicht verrieten.

Vermutlich konnte sie den Anfang ihres Falls auf genau jenen Tag datieren, falls sie sich auch nur eine Minute lang mit dem Hergang ihres Falls befassen wollte. Oder auch nur einen Gedanken an Arthur verschwenden.

»Es kommt natürlich auf die Gäste an. Für Damen wie die, die heute Abend anwesend waren, wären solche Spiele vielleicht eine nette Kuriosität. Aber wenn du an respektablere Damen gedacht hast …«

»Um Himmels willen, nein!« Er lachte, als hätte sie etwas sehr Abwegiges gesagt. »Ich bin sechsundzwanzig, Lydia. Ich habe noch Jahre Zeit, bis ich an respektable Damen denken muss.«

Fünf Jahre vielleicht. Höchstens. Aber ihrer würde er noch viel früher überdrüssig werden. Und wenn sie bis dahin nicht genug Geld beiseitegelegt hatte, um ihre Zukunft zu sichern, würde sie sich nach einem neuen Beschützer umsehen müssen. Oder vermutlich ins Bordell zurückkehren.

Es wäre zu ertragen, wenn es sein musste. Hatte sie es nicht achtzehn Monate lang ertragen, bevor Edward es sich in den Kopf gesetzt hatte, sie zu behalten? Am Anfang hatte sie es sogar gewollt, um sich ganz und gar von innen auszulöschen.

Inzwischen hatte sie andere Pläne. »Ich habe heute eine Weile für dich gespielt, als du eingenickt warst.« Besser, er hörte es von ihr, als von jemand anderem.

»So? Kluges Mädchen. Und? Hattest du Glück?«

Glück. Gütiger Gott. Wie gleichgültig musste man sein, um so etwas dem Glück zu überlassen? »Ich glaube schon. Ich glaube, ich habe ein bisschen was für dich gewonnen.« *Vierhundertachtzig Pfund, um genau zu sein.* Dreihundert davon steckten jetzt in seiner Westentasche.

»Gut gemacht.« Er verschränkte die Finger und streckte die Arme nach oben aus. »Die anderen sollen sagen, was sie wollen. Ich weiß, was ich an dir habe.«

Das wissen die jetzt auch. Dafür hast du ja gesorgt. Bei all den unverfrorenen Bemerkungen, die sie heute hinunterschluckte, war es ein Wunder, dass ihr Mieder noch nicht aus allen Nähten platzte. Eine Respektlosigkeit nach der anderen lag ihr auf der Zunge: *Was willst du von mir? Was interessiert mich ein Mann, der ein Paar Fünfen splitten will? Sei still, schlaf jetzt, geh weg. Komm zurück, wenn du wieder eine Erektion hast.*

Irgendwann übermannte ihn der Schlaf doch, und nachdem sie vier Minuten lang seinen gleichmäßigen Atemzügen gelauscht hatte, schlüpfte Lydia aus dem Bett. Still – still wie der Maulheld, der ihnen in der Bibliothek nachspioniert hatte – nahm sie ihren Morgenmantel von einer Stuhllehne, zog ihn an und schlich über den Teppich zu der Kerze, die Edward doch nicht mehr ausgemacht hatte. Mit der freien Hand vor der Flamme ging sie ins Ankleidezimmer und schloss die Tür hinter sich.

Am Fenster standen ein Tisch und ein Stuhl. Über der Stuhllehne hing ein Tuch, das sie schon viele lange, kalte Nächte hindurch begleitet hatte. Und in einer Schublade lagen neben den hundertachtzig Pfund, die sie geschickt aus ihrem Mieder geschmuggelt hatte, vier Kartenspiele, ohne Joker. Sie nahm zwei davon und stellte die Kerze ab.

Hoffentlich würde er ihr keinen Ärger machen, der Maulheld. Sie hätte sich nicht mit ihm anlegen sollen. Er spielte wie jemand, der nicht gut verlieren konnte, und womöglich war er schlauer, als er aussah. Auch wenn das bei Männern so selten der Fall war.

Eine nach der anderen zogen die Karten vorbei, und die Zahlen fügten sich in ihrer ganzen unbefleckten Schönheit zu immer neuen Kombinationen zusammen. König. Drei. Fünf. Sieben. Ass, die schönste von allen. Lydia sortierte sie nach Rang, von der niedrigsten bis zur höchsten, von links nach rechts.

Zum Teufel mit ihm. Zum Teufel mit ihm und seinem Waterloo-Pathos. Das Leben der Männer, die im richtigen Feldzug gelandet waren, war fortan eine einzige lange, funkensprühende Parade, egal wie sie sich vor Ort geschlagen hatten. Das Leben der Männer, die im falschen Feldzug gelandet waren, verlosch im Schüttelfrost, und niemand außer einer einsamen Schwester erinnerte sich daran, dass sie überhaupt je gelebt hatten.

Fröstelnd zog sie sich das Tuch fester um die Schultern. Irgendwo jenseits des allgegenwärtigen Nebels verblassten die Sterne und das erste fahle Morgenlicht streifte den Himmel. Bald würde Jane aufstehen und Feuer machen, und Kaffee, der sie wärmen und ihr Gehirn wach halten würde.

Also dann. Zwölf Spieler um den Tisch, zwei Kartenspiele, frisch gemischt. Zwei Karten pro Spieler, verdeckt. Spieler Nummer fünf würde eine geborene Einundzwanzig aufdecken. Schön für ihn, aber schlecht für die Zusammensetzung des restlichen Stoßes. Spieler Nummer eins würde zwei neue Karten kaufen, also musste er mindestens drei niedrige haben. Spieler Nummer zwei würde sich überkaufen. Sechs, Sechs und Dame, sagen wir. Damit läge das Verhältnis von hohen und niedrigen Karten im Stoß bei etwa dreiundzwanzig zu einundzwanzig, oder eins und fünfundneunzig Tausendstel zu eins.

Methodisch legte Lydia die Karten aus und hakte sie ab. Edward würde noch mehrere Stunden schlafen. Genug Zeit, sich durch beide Stapel zu zählen und ein paar Hände zu spielen, um zu sehen, an welchen Stellen sie dank ihrer Berechnungen beherzt setzen konnte.

Und dank Leutnant Maulheld und Männern wie ihm, die den Fehler begingen, sie zu unterschätzen, würde sie sich Abend für Abend Scheine in den Ausschnitt stecken können, die sie gewonnen hatte – auf ehrliche Weise oder anderswie. Und der Tag, an dem sie sich endlich freikaufen konnte, würde immer näher rücken.

Das ehrlose Leben hatte auch sein Gutes. Einen komfortablen Lebensstil natürlich. Das Metier selbst, wenn man einen sympathischen Partner hatte, der gut darin war. Zugang zu exotischen, faszinierenden Orten, die keine respektable Dame je zu Gesicht bekam. Und die Bekanntschaft mit Menschen, die bei einem gesitteten Abendessen in Lancashire gar nicht erst auftauchen würden.

»Ich meine lediglich, dass du ihn nicht so von dir sprechen lassen solltest.« Maria blätterte schwungvoll im *Ackermann's*. »Stell ihn vor die Wahl: Er kann deine Reize entweder erleben oder öffentlich diskutieren. Beides geht nicht.«

Maria hatte gut reden. *Sie* konnte einem Gentleman vermutlich tatsächlich ein solches Ultimatum stellen und erwarten, ernst genommen zu werden. Mit ihrer gertenschlanken Figur, ihrer elfenbeinfarbenen Haut und ihren himmelblauen Augen war sie einfach zu gut für diese Welt. Sie sollte eigentlich irgendwo auf einem gläsernen Hügel thronen und den Prinzen, die auf halbem Wege zu ihr strauchelten, mitleidige Blicke zuwerfen, oder auf irgendeinem Fels in der Brandung ihr goldenes Haar auskämmen, anstatt in der Bond Street beim Schneider zu sitzen und sich zu überlegen, wofür sie das Geld, mit dem sie ausgehalten wurden, ausgaben.

Die Geliebten der Londoner waren weit entfernt von dem, was ein behütetes Landei sich so ausmalte. Als sie in Edwards Kreise eingeführt worden war, hatte sie besser gekleidete

Versionen der Frauen von Mrs Parrish's erwartet – roh, ungebildet und ihrem schäbigen Los teilnahmslos ergeben.

Stattdessen hatte sie Maria kennengelernt, und die dunkle, verwegene Eliza. Beide waren von höherem Stand als sie, beide hatten eine vornehme Erziehung genossen, und beide waren so großmütig, über Lydias Bordell-Vergangenheit hinwegzusehen und ihr auf gleicher Augenhöhe zu begegnen.

Lydia zuckte die Schultern und blätterte in ihrem eigenen Katalog. »Ich wette, die Herren sprechen alle so über uns, wenn wir nicht zugegen sind. Was hätte ich davon, wenn er sich verstellen würde?«

»*Höflichkeit* zum Beispiel.« Maria blätterte zwei Seiten um, betrachtete und verwarf die Angebote mit besonnener Effizienz. »Wir sind doch kein Vieh, dessen Vorzüge man wie ein Marktschreier anpreisen muss.«

»Ach, ich weiß nicht.« Eliza, die ihr gegenübersaß, legte das Journal beiseite, lehnte sich vor und verschränkte die Arme auf der Tischplatte. »Womöglich könnte Lydia von ein wenig Werbung profitieren. Der Waterloo-Kerl war definitiv interessiert. Er hat jedenfalls schleunigst deinen Namen in Erfahrung gebracht.«

»Der Waterloo-Kerl soll sich um seine eigenen Angelegenheiten kümmern.« Ein unbeteiligter Tonfall, der nichts als leichte Ungehaltenheit bei der Erinnerung verriet. »Und es ist ja nicht so, als hätte er meinen Namen aus irgendeinem schamlosen Motiv heraus erfahren wollen. Er wollte doch bloß mit seinen ach so überlegenen Manieren angeben.«

»Ich hätte nichts dagegen, wenn er meinen Namen hätte in Erfahrung bringen wollen, egal aus welchem Motiv heraus! Habt ihr seine Schultern gesehen? Breit wie eine ausgewachsene Eiche. Ein Zugpferd! Ich wäre nicht abgeneigt, sie näher kennenzulernen.«

»Ich finde, es spricht für ihn, dass er sich eingemischt hat.« Maria warf Lydia einen missbilligenden Blick zu. »Und ich gebe zu, er hat ein angenehmes Äußeres. Einen kräftigen Mund, das spricht für ihn. Und schöne, dunkle Augen.«

»Glutaugen. Augen wie glühende Kohlen.«

Herrgott noch mal. »Glühende Kohlen sind orange. Der Gentleman hat braune Augen.« Doch während sie Eliza verbesserte, wurde ihr klar, was ihre Freundin gemeint hatte. So dunkel es in der Bibliothek gewesen war, hatte sie doch das Feuer in seinem Blick gesehen. Als sie die Augen geöffnet hatte, war ihr gewesen, als hätte sein Blick Löcher in sie gebrannt. Und einen Augenblick lang hatte sie sich nackt gefühlt. Nackter, als sie sich je mit einem zahlenden Kunden gefühlt hatte.

Aber nur einen Augenblick lang. Und er hatte schließlich dafür bezahlt. Ihre Liebesdienste hätte er wesentlich billiger haben können, wenn sie geneigt gewesen wäre.

Sie seufzte und schob den Katalog von sich. »Sucht *ihr* für mich aus! Ich glaube, mir steht eins so gut oder schlecht wie das andere.« Wenn Edward sie gefragt hätte, hätte sie ihm gesagt, dass er sein Geld nicht für Kleider verschwenden sollte, von denen keines sie schöner machen würde und von denen keines irgendetwas damit zu tun haben würde, was er mit ihr tat.

Na ja, höchstens wenn er fernab von jedem Bett etwas mit ihr tat. Zum Beispiel in der Bibliothek im *Beecham's*.

Sie senkte den Blick und fuhr mit dem Zeigefinger die Nähte ihres anderen Handschuhs entlang, während die anderen beiden Damen die Schnittmuster durchgingen und darüber debattierten, welcher Stil ihr am besten stehen würde. Ob sie ihnen von dem Vorfall in der Bibliothek hätte erzählen sollen? Zumindest Eliza hätte herzlich darüber gelacht, und der Gentleman hätte sich jedes Mal, wenn er ihnen über den Weg lief, mit einem wissenden Schmunzeln konfrontiert gesehen.

Doch das Risiko, dass die Geschichte irgendwann Edward zu Ohren gekommen wäre, war zu groß gewesen. Und womöglich hätte er es ihr übel genommen, dass sie ihn nicht auf der Stelle auf den Spion aufmerksam gemacht hatte. Er reagierte in solchen Situationen nicht immer besonnen. Besser, sie verließ sich auf ihren eigenen Kopf.

»Das hier.« Maria legte ihr einen aufgeschlagenen Katalog vor. »In Indigo, würde ich sagen, mit königsblauen Borten, und du musst deine Saphire dazu tragen. Und das hier.« Sie bemächtigte sich kurzerhand Elizas Bandes und legte ihn über den ersten. »Das Überkleid in Dunkelviolett, das Unterkleid noch dunkler. So dunkel wie möglich, wie eine schwarze Pflaume. Wenn sie das Unterkleid aus gestrickter Seide machen können, wird es deine Figur sehr vorteilhaft unterstreichen.«

»Alles, was von meinem Gesicht ablenkt, dürfte vorteilhaft für mich sein.« Doch sie spürte, wie ihr dummes Herz seltsam zu klopfen begann, als sie die Muster betrachtete. Das erste Kleid hatte etwas Griechisches; die Ärmel waren geschlitzt und die hohe Taille wurde von einer Schärpe gebildet, die zwischen den Brüsten gekreuzt und im Rücken verschnürt wurde. Das zweite bestand aus einem einfachen, engen Unterkleid und einem durchscheinenden Überkleid, das auf der Brust geschlossen wurde und sich unter dem Busen öffnete wie ein äußerst unzureichender Mantel. Diese Kleider waren nichts für ein verschämtes junges Fräulein. So etwas konnte nur eine souveräne Frau tragen, die Aufsehen erregen wollte.

»Ach, fang doch nicht schon wieder davon an!« Marias Zurechtweisung wand sich sanft am Rande ihrer Gedanken entlang; das Hauptaugenmerk richtete Lydia weiterhin auf die Schnittmuster. »Damen ohne besondere Schönheit haben es zu großem Einfluss gebracht und sind als *Verführerin* bezeichnet worden. Das könnte dir auch gelingen, wenn du endlich damit aufhören würdest, jeden darauf hinzuweisen, wie unansehnlich du bist. Lass die Herren das doch selbst entscheiden.«

»Na schön, ich lasse mir beide machen. Gestrickte Seide und alles.« Das würde bestimmt mehr kosten, als es ihre Kleider sonst taten. Vielleicht sollte sie beim nächsten Mal etwas weniger von Edwards Gewinn abzwacken.

Und das tat sie. Drei Tage später waren sie wieder im *Beecham's* und ihr Beschützer nickte eine Runde nach dem Mischen ein. Bei den ersten Anzeichen seiner Schläfrigkeit hatte Lydia begonnen, sich die ausgespielten Karten zu merken, und jetzt hatte sie eine recht gute Vorstellung davon, was noch im Stapel war. Bei jedem Twist oder Bust verkürzte sich die Liste ein wenig, am Ende einer Runde, wenn alle Karten aufgedeckt wurden, änderte sie sich dramatisch, und Lydia passte ihre Taktik an.

Und sie gewann. Still und leise, ohne auffällig hohe Wetten mästete sie Edwards Einsätze, bis er ein halbes Dutzend Kleider aus feinster chinesischer Seide und indischem Musselin hätte bezahlen können. In der letzten Runde blieb sie bei fünfzehn stehen, weil noch zu viele Zehnerkarten im Spiel waren, lehnte sich zurück und sah zu, wie einer nach dem anderen überkaufte, auch der Bankier.

Leutnant Maulheld allerdings nicht. Er sah sie von der anderen Seite des Tisches aus an, als beide ihre Gewinne einstrichen. Vielleicht hoffte er, sie würde sich wieder etwas in den Ausschnitt stecken. Da konnte er lange warten. Sie stopfte so viele Scheine wie möglich in Edwards zahllose Taschen – was den Rest betraf, so musste er auf die Ehrlichkeit seiner Mitspieler hoffen –, stand auf und verließ den Raum ohne jede Eile mit bescheidenen fünfzig Pfund in der Hand.

Auf dem Korridor im dritten Stock gab es ein Fenster zur Straße; ein guter Ort, um sich vom Trubel weiter unten zurückzuziehen und ein paar klare Gedanken zu fassen. Es musste fast drei Uhr sein. Am Himmel verschwammen die Umrisse des Halbmonds im Nebel.

Fünfzig Pfund. Sie steckte die gefalteten Scheine zwischen Hemd und Korsett. Fünfzig plus hundertachtzig machte zweihundertdreißig, in nur fünf Tagen. Hätte sie sich doch schon vor Wochen getraut zu spielen, als Edward sie zum ersten Mal hergebracht hatte! Bei ihrer Scheu geschähe es ihr ganz recht, wenn er des Clubs überdrüssig werden und sich einen anderen Ort zum Spielen suchen würde, wo Frauen keinen Zugang hatten, bevor sie genug gewonnen hatte.

Solche Gedanken führten zu nichts. Noch weniger hilfreich war es, sich die Wahrscheinlichkeit auszurechnen, mit der er ihrer noch vor dem *Beecham's* überdrüssig werden würde. Nichts als Mutmaßungen, die ihr keinen Anhaltspunkt boten. Daran durfte man gar nicht denken.

Mit dem Zeigefinger fuhr sie die Bleirute zwischen zwei rautenförmigen Glasscheiben entlang. Wenn man jede Raute mittig vertikal und horizontal teilte, konnte man die Dreiecke zu Rechtecken zusammensetzen und so die Größe des Fensters errechnen. Dieses hier, mit sechs Reihen zu vier und fünf Reihen zu drei Rauten, war achtundvierzigmal so groß wie die Fläche einer einzelnen Raute.

Dergleichen Dinge hatte Henry immer mit ihr durchexerziert, bis er Vater endlich zu einem Hauslehrer hatte überreden können. Bis heute konnte Lydia an keinem Bleiglasfenster vorbeigehen, ohne an ihren Bruder erinnert zu werden, und an dessen eifrigen Stolz, wenn er hinter ihr gestanden und zugesehen hatte, wie sie noch schneller als er zum richtigen Ergebnis gelangte.

Sie ließ die Hand an der Scheibe hinabgleiten. Zweifellos hätte er nicht gutgeheißen, in welche Dienste sie ihren Verstand jetzt stellte. Egal. Er hätte zu Hause bleiben sollen, wenn er sich einmischen wollte. Wenn er nicht in den Krieg gezogen wäre, hätte er vermutlich bald mitbekommen, was sich zwischen ihr und Arthur abspielte, und wäre vermutlich eingeschritten, bevor sie einen so folgeschweren Fehler hatte machen können. Dann hätten Mutter und Vater an jenem Tag keinen Grund gehabt, in der Kutsche zu sitzen. Und alles wäre vielleicht ganz anders gekommen.

Lydia wischte sich mit dem Handrücken über beide Wangen. So viel zu sinnlosen Mutmaßungen. Entschlossen wandte sie sich zur Treppe um.

Nach vier Schritten löste sich eine schwarze Gestalt aus den Schatten an der Wand und trat ins Mondlicht. »Auf ein Wort, Miss Slaughter!«

Sie schrak mit klopfendem Herzen zurück. Wie zum Teufel war er hier hochgekommen, ohne dass sie etwas gehört hatte? Und wie lange hatte er ihr schon aufgelauert und sie heimlich beobachtet? Sie atmete tief durch, um ihr klopfendes Herz zur Ruhe zu zwingen und ihm keinen noch größeren Triumph zu gönnen. Sie würde nichts sagen und ihn auch nicht ansehen. Stehenzubleiben und kaum merklich das Kinn zu heben war die einzige Ermunterung, die sie ihm zugestand.

Mehr bedurfte es offenbar auch nicht. »Ich will meine hundertachtzig Pfund zurück«, verkündete er.

Armer, törichter Leutnant, zu sehr an Gehorsam gewöhnt. »Das kann ich mir vorstellen«, sagte sie und drängte sich an ihm vorbei.

Oder auch nicht vorbei, denn plötzlich war er da, und ohne dass er den Arm ausgestreckt hätte, um sie zu berühren oder festzuhalten, versperrte ihr sein Körper den Weg. Schwarzer

Rock. Lederhosen. Wahrhaftig breitschultrig wie eine ausgewachsene Eiche. Sie würde ihm nicht ins Gesicht sehen. Doch diesmal würde sie auch nicht zurückweichen.

Er ebenso wenig. »Verzeihen Sie, dass ich mich nicht klar ausgedrückt habe.« Er sprach leise, jetzt, da die Entfernung zwischen ihnen so gering war. »Sie haben mich vor vier Tagen um hundertachtzig Pfund betrogen. Ich fordere Sie auf, sie zurückzugeben.«

Ein kurzer Anflug von Panik durchfuhr sie, wurde aber sofort von kaltblütiger Empörung abgelöst. »Betrogen?« Sie sprach zu seiner Krawatte, die unübersehbar von einem Fehlen jeglichen geometrischen Bewusstseins zeugte. »Können Sie diese Unterstellung beweisen?«

»Bestreiten Sie sie?« Sein Atem berührte ihre Stirn. Zweifellos wollte er sie mit seiner Größe, seiner Nähe und seinen kühnen Anschuldigungen einschüchtern.

Viel Glück. »Ich dachte es mir. Sie haben keinen Beweis. Entschuldigen Sie mich.« Forsch wandte sie sich nach links, doch wie ein Schatten war er sofort wieder vor ihr. Also gut. Jetzt, wo sie den ersten Schrecken überwunden hatte, jagte er ihr kein bisschen Angst mehr ein. Sie trat zurück bis zur Wand, verschränkte die Arme und wartete.

Er folgte ihr, hielt diesmal aber mehr Abstand. Einen knappen Meter von ihr entfernt lehnte er sich mit der Schulter an die Wand, den Körper ihr zugewandt. »Ich habe Sie heute Abend beobachtet. Ich habe gesehen, wie Sie am Ende bei fünfzehn stehengeblieben sind. Das deutet sehr darauf hin, dass Sie die Karten des Bankiers kennen, oder wissen, was noch im Stapel ist.« Endlich sah sie ihn an. Da waren sie, seine Augen. Warm und eindringlich glommen sie im mondbeschienenen Korridor. »Ich bin überzeugt davon, dass Ihre anfänglichen Verluste an jenem Abend Absicht gewesen sind. Die Unsicherheit, die Unbeholfenheit, das Kauen auf der Lippe – alles gespielt, um die Männer, und mich insbesondere, in Sicherheit zu wiegen. Niemand hat Ihnen irgendwelches Können zugetraut, und deswegen hat auch keiner darauf geachtet, dass Sie beim Austeilen nicht tricksen.«

»Ein Jammer.« Sie war dieser Sache gewachsen. »Sie können mir nicht sagen, auf welche Weise ich betrogen haben soll. Ich muss Ihre Verluste Ihrem eigenen Unvermögen zuschreiben.«

Sein Blick hing an ihren Lippen, während sie sprach, und er legte den Kopf schief wie ein neugieriger Hund. »Wo sind Sie geboren?«, fragte er, als sie geendet hatte.

»Wie bitte?«

»Das ist kein Cheapside-Akzent, den Sie da haben, und auch sonst kein Londoner Akzent, den ich kenne. Wo sind Sie aufgewachsen?«

»Ich fürchte, mein Stand hat bei Ihnen falsche Vorstellungen hervorgerufen, Sir.« Ihre Worte waren geeignet, die Luft zwischen ihnen zum Gefrieren zu bringen.

»Wirklich.« Er antwortete geistesabwesend, immer noch gefesselt von ihrem Mund. Vermutlich war er vom Mysterium ihres Akzents dazu übergegangen, sich andere mögliche Verwendungsweisen ihrer Lippen und Zunge vorzustellen.

»Was die Freiheiten betrifft, die Sie sich im Umgang mit mir erlauben dürfen. Mir persönliche Fragen zu stellen und sich herauszunehmen, meinen Namen zu gebrauchen, den ich Ihnen nie genannt habe.«

»Ja. Verzeihen Sie. Meine Name ist Blackshear.«

»Ich habe nicht gefragt. Es interessiert mich auch nicht. Und ich muss sagen, Leutnant Blackshear …«

»Einfach nur *Mister* Blackshear. Ich habe mein Patent verkauft.« Er betrachtete kurz den Teppich, und als er wieder aufblickte, war er ganz bei der Sache und hatte die Ablenkung, die von ihrer Stimme und ihrem Mund ausging, vergessen. »Warum sollten Sie ein Interesse daran haben, mich zu übervorteilen und um den Gewinn eines Abends zu bringen?«

»Diese Angelegenheit beginnt, mich zu ermüden.« Sie ließ die Worte geradeaus auf die gegenüberliegende Wand marschieren. »Wenn Sie keinerlei Beweise für meinen angeblichen Betrug vorbringen können, schlage ich vor, dass Sie das Thema fallen lassen.«

Sie schwiegen. Er trat einen Schritt von der Wand zurück, legte eine Hand auf die Tapete und betrachtete seine gespreizten Finger. Männer und ihre Hände! Wie Edward, der auch immer vertieft in den Zustand seiner Nägel war. Dabei gab es da doch gar nichts Interessantes zu …

»Ist es wegen der Bibliothek?«

Wieder dieser blitzartige Augenblick der Nacktheit. »Ich weiß nicht, wovon Sie …«

»Ersparen Sie uns das, Miss Slaughter. Mir und sich selbst.« Sein Tonfall wurde rauer, obwohl er nach wie vor die Tapete ansprach. So musste er geklungen haben, wenn er mit seinen Kameraden in der Armee gesprochen hatte. »Ist das der Grund für Ihre Feindseligkeit? Sind Sie nie auf den Gedanken gekommen, dass ich vielleicht *vor* Ihnen im Raum gewesen sein könnte, ohne das geringste Interesse, mich in Ihre Angelegenheiten einzumischen oder Zeuge eines erotischen Spektakels zu werden?«

Wollte er sie jetzt beschämen? Da hatte er sich die falsche Hure ausgesucht. »Bitte, Mr Blackshear.« Sie wandte sich um, die Schulter an der Wand, um ihn anzusehen. »Ich bin durchaus in der Lage, ein erotisches Spektakel zu inszenieren, wenn ich es wünsche. Was Sie gesehen haben, war weit davon entfernt.«

Das wäre eigentlich ein gelungener Abschluss gewesen. Doch sie blieb. Vielleicht waren seine Augen daran schuld. Der Ausdruck darin, als sein Blick von seiner Hand zu ihrem Gesicht geschossen war … was hatte Eliza noch mal genau gesagt? Über Kohlen? Man konnte sich leicht vorstellen, dass hinter diesen Augen ein kleines Männchen saß, das sie mit winzigen Blasebälgen zu kleinen Schwelbränden anfachte.

»Daran zweifle ich nicht.« Sein Blick brannte zu einem gleichmäßigen Glühen herunter. Er lehnte die Schulter wieder an die Wand und ließ die Hand den schmalen Streifen Tapete hinuntergleiten, der zwischen ihren Armen lag. Ein halber Meter. Es entging ihr nicht; der Abstand zwischen ihnen und die Bewegung seiner Hand. In ihrem Metier kam man einfach nicht umhin, dergleichen Dinge zu bemerken. »Ich möchte nur, dass Sie die Möglichkeit erwägen, dass *ich* in dieser Sache der Leidtragende gewesen sein könnte«, sprach er währenddessen weiter. »Bedrängt und nur darauf bedacht, mich so schnell wie möglich zu entfernen, ohne die Situation noch prekärer zu machen.«

»Wenn ich mich recht entsinne, hatten Sie es nicht besonders eilig.«

»Nein. Sie haben ganz recht.« Seine Wange, jetzt, wo sie hinsah, hatte unter den kurz rasierten Koteletten einen ganz leichten Schatten. Ihre Handfläche kribbelte. Drei Uhr morgens. Seine letzte Rasur musste einen Tag her sein. »Ich hatte es schon eilig, aber ich habe mich … ablenken lassen. Vermutlich schulde ich Ihnen dafür eine Entschuldigung.«

»Das will ich meinen.« Hatte er sich vorgebeugt? Hatte er. Deswegen war ihr Tonfall in einen tieferen, wärmeren, um nicht zu sagen intimeren Bereich hinabgestiegen.

»In Ordnung.« Plötzlich funkelten seine Augen maliziös. »Ich bitte um Verzeihung, falls ich irgendeine Form des Anstands verletzt habe, die es einer Dame erlaubt, sich in der Öffentlichkeit ihrem Herrn Beschützer hinzugeben. Kriege ich jetzt mein Geld zurück?«

»Himmel noch mal!« Ihr Tonfall schoss wieder in seine gewohnte Oktave. »Wer hat Sie gelehrt, sich zu entschuldigen?«

»Eine gestrenge Gouvernante, die ich bei jeder Gelegenheit, die sich bot, ignoriert habe. Wer hat Sie gelehrt, zu fluchen wie ein Gentleman?«

»Das geht Sie nichts an. Und welcher Soldat, der etwas auf sich hält, würde *Himmel noch mal* als Fluchen bezeichnen?«

»Ich sagte doch, ich habe mein Patent verkauft! Jetzt halte ich mich an die Umgangsformen eines Gentleman, und Gentlemen sagen vor Damen nicht *Himmel noch mal*.« Abrupt verzog sich sein Mund zu einem schiefen Grinsen, das eine kleine Lücke zwischen seinen beiden Vorderzähnen offenbarte. Er machte sich über sie lustig, wies darauf hin, dass *sie* es gewesen war, die den Ausdruck gebraucht hatte, und vermutlich auch auf die Absurdität, mit einer Frau wie ihr vornehme Anstandsformen zu wahren.

Unsäglicher, unbedachter Mann! Wie konnte er es wagen, sie aufzuziehen, sie mit so unverhohlenem Frohsinn anzulächeln, ganz so, als erwarte er, sie würde ihn erwidern? Ein Soldat sollte eigentlich besser wissen, wer Freund und wer Feind war.

»Geben Sie mir das Geld, Miss Slaughter.« Mit tiefer, honigsüßer Stimme begann er ihr zuzureden. »Sie haben mir eine glänzende Abfuhr erteilt und mich beim Spiel vorgeführt. Genug der Rache dafür, dass ich sie *in flagranti* erwischt habe. Das Geld kann für Sie doch nicht von Bedeutung sein.«

So viel zu der Frage, ob er schlauer war, als er aussah. »Sagen Sie mal, was glauben Sie eigentlich, was ich Ihrer Meinung nach für ein Leben führe, in dem Geld nicht von Bedeutung wäre?«

»Sie werden ausgehalten.« Unverzüglich passte er sich ihrem nüchternen Tonfall an, keine Spur mehr von Honig. »Jemand bezahlt all Ihre Ausgaben, von Ihren feinen Handschuhen und Hauben bis hin zum Dach über Ihrem Kopf. Vielleicht bedeutet Ihnen Geld auch etwas, aber mir, der ich für alles selbst aufkommen muss, bedeutet es mehr.«

So sah er sie also. Weder als Freund noch als Feind, sondern als gedankenloses Wesen, das weiter keine Sorgen hatte als das nächste feine Kleid. Der Gedanke an die beiden Schnittmuster drängte sich auf, frivol und vorwurfsvoll. Sie ballte die Fäuste. »Aber Sie sind ein Gentleman. Ein Mann. Sie haben doch so viele Vorteile.«

»Aber keine, die meine Kerzen bezahlen oder mir die Stiefel flicken.«

»Doch! Sie können sich um eine Anstellung bemühen. Vielleicht keine, die die hohen Erwartungen und vornehmen Gewohnheiten erfüllt, zu denen Sie vielleicht erzogen worden sind, aber für einen Mann gibt es in London doch tausend ehrbare Möglichkeiten, seinen Unterhalt zu verdienen.« Ihr fiel noch etwas ein. »Und für Ihr Offizierspatent müssen Sie doch auch etwas bekommen haben. Jetzt, wo der Krieg vorbei ist, wird dergleichen doch sicher hoch gehandelt.«

»Natürlich.« Er klang ungehalten. »Doch ein Teil dieses Geldes steht mir nicht zur Verfügung, und ich brauche jeden Penny dessen, was übrig ist.«

»Dann will ich doch sehr hoffen, dass Sie das Geld nicht beim Spiel riskieren.«

»Miss Slaughter!« Der kleine Mann mit dem Blasebalg war wieder am Arbeiten; ein solcher Blick musste ihre Knie einfach weich werden lassen. »Wenn es nur um mich ginge, hätte ich die Angelegenheit längst auf sich beruhen lassen. Doch auch andere hängen davon ab, was ich aus diesen hundertachtzig

Pfund machen kann. Es ist von äußerster Wichtigkeit, dass Sie sie zurückgeben.«

Die Dringlichkeit in seiner Stimme brachte ihre Unnachgiebigkeit kurz ins Wanken. Er sagte die Wahrheit. Er brauchte das Geld für etwas Wichtiges.

Nun, sie ebenfalls. »Solange Sie nicht beweisen können, dass ich Sie betrogen habe, sind Dritte und ihre äußerste Wichtigkeit nicht von Belang.« Sie würde ihm demonstrieren, welchen Tonfall man in einer solchen Diskussion anzuschlagen hatte. »Ich glaube, wir brauchen diese Unterhaltung nicht fortzusetzen.« Mit einem Nicken stieß sie sich von der Wand ab und wandte sich zur Treppe.

»Bitte, Miss Slaughter.« Seine Stimme, leise und unverstellt, bannte sie wie ein Pfeil in die Brust. »Ich werde Ihnen nicht drohen. Ich werde nicht betteln. Wie Sie schon sagten, kann ich nicht beweisen, dass Sie sich das Geld unrechtmäßig angeeignet haben. Ich kann Sie lediglich meiner Not versichern und an die Großmut Ihres Herzens appellieren.«

Sie wandte sich halb um. Nicht weit genug, um ihn anzusehen. »Mein Herz.« Der arme Narr hätte seine Zeit nicht effektiver verschwenden können, wenn er Pennys in einen Brunnen ohne Boden geworfen hätte. »Mr Blackshear, Sie kommen drei Jahre zu spät.« Sie schritt zur Treppe, und diesmal machte er keine Anstalten, sie aufzuhalten.

3

Wieder die dunkle Bibliothek mit dem mondbeschienenen Fenstererker. Seine Hände, die die gepolsterte Sessellehne umklammerten. Er sollte nicht hinsehen diesmal. Sie würde wütend werden. Sie hatte es nicht geschätzt, dass er im Korridor auf den Vorfall zu sprechen gekommen war. Zweifellos würde sie eine Möglichkeit finden, ihm noch mehr Geld abzuluchsen, töricht wie er war.

Doch er konnte nicht anders. Langsam, aber unaufhaltsam wie die Flut erhob er sich aus dem Sessel und versuchte, einen einzigen verbotenen Blick auf sie zu erhaschen. Noch einen Zentimeter, und noch einen, und er konnte am Bücherregal vorbeiblicken.

Beinahe hätte man meinen können, sie bestünde selbst aus Mondlicht. Mondlicht, das wogte und waberte wie auf dem Meer, wenn man die Küste hinter sich gelassen hatte. Sie hielt den Kopf schräg und die Arme über dem Kopf verschlungen. Wenn doch nur dieser verflixte Roanoke nicht im Weg wäre … Und dann, als habe sie seine Gedanken gelesen, ließ sie einen blassen Arm sinken, legte die Hand auf seine Brust und stieß ihn weg.

Roanoke taumelte zurück und löste sich – wie zuvorkommend von ihm – in Luft auf. Sie öffnete die Augen.

Will klopfte das Herz bis zum Hals, in seinen Ohren rauschte es. Würde sich jener entsetzliche Ausdruck der Verwundbarkeit in ihrer Miene wiederholen? Doch nein. Sie nahm seine Anwesenheit fast ohne Regung zur Kenntnis, nur ihre Mundwinkel zuckten. Diesmal hatte er sie nicht überrumpelt. Sein Puls beruhigte sich wieder.

Sie machte keine Anstalten, ihre entblößte Schulter zu bedecken. Ruhig und ohne Scham sah sie ihn an. Ihr Arm schlängelte sich wieder den samtenen Vorhang empor. Den anderen Arm ließ sie langsam sinken und streckte ihn ihm entgegen. Sie krümmte den Zeigefinger und winkte ihm.

Ja! Er trat am Bücherregal vorbei ins Licht. Und sie genoss, was sie sah: Ihr Blick wanderte an seiner Gestalt hinab, und ihre Augen weiteten sich.

Bilde dir nichts ein! Sie hat in einem Freudenhaus gearbeitet. Sie wird alle Größen kennen. Wessen Stimme mischte sich da ein? Ah, seine eigene. Wie sonderbar.

Einerlei. Die Dinge sahen viel versprechend aus. Die Ungereimtheiten konnte er später klären. Er stand einen Augenblick lang still, damit sie ihn in Ruhe betrachten konnte, und als ihr Blick zu seinem Gesicht zurückgekehrt war, trat er zu ihr. Schatten zu Mondlicht. Sie würden wundervoll zusammen spielen, so wie es Schatten und Mondlicht immer taten.

Ein Geräusch … ein Vogel? In diesem Haus, mitten in der Nacht? Nein, das wäre … er hatte ein Fenster offengelassen … für die Morgenluft, damit er nicht zu lange … Nein. Nein! Jeden dieser Gedanken zu Ende zu denken würde entsetzliche Folgen haben; er kam zwar gerade nicht darauf, welche, doch nein! Sie zu identifizieren wäre womöglich auch schon fatal.

Er spürte etwas Drängendes in sich, als er ihr Gesicht in die Hände nahm. Ein dezenter Rosenduft umgab sie. Er hatte ihn wahrgenommen, wann immer er ihr in jenem dunklen Korridor nah genug gekommen war. Jetzt würde er gleich erfahren, ob sie auch nach Rosen schmeckte. Schnell legte er die Lippen auf ihren Mund.

Doch sie war fort. Seine Hände griffen ins Leere, wo eben

noch ihr Gesicht gewesen war. Verzweiflung überkam ihn – so nah – und plötzlich spürte er eine Berührung am Ärmel.

Irgendwie war sie hinter ihn gelangt, lautlos und flink, doch egal, denn jetzt zog sie ihn zu sich herum, drängte ihn in die Falten des Samtvorhangs, dorthin, wo sie eben noch gestanden hatte … und dann … und dann … starrte sie ihn an, wild wie ein Falke, und sank auf die Knie.

Ja! Oh, Gott, ja! »Schnell.« Sonderbar ungeschickt kämpften seine Finger mit den Knöpfen. »Es ist ein Traum, weißt du, und wir müssen es schaffen, bevor ich …« Doch nein, es war ein Fehler gewesen, es laut auszusprechen. Schon fühlte sich der Samt in seinem Rücken wie Leinen an, und die mitternächtliche Dunkelheit wich. »Schnell, bitte!« Dabei wusste er doch, dass *bitte* bei ihr nicht wirkte. »Vielleicht kannst du …« Nein, sie löste sich auf, genau wie Roanoke, während er sich hektisch von Knopf zu Knopf vorarbeitete. Sie lehnte sich vor, langsam, öffnete die Lippen, doch er vernahm bereits Straßenlärm. Pferde. Rufe. Verfluchtes offenes Fenster!

Endlich konnte er sich von seinen Hosen befreien und verspürte eine einzige, schwache Berührung ihrer Lippen … doch sie reichte nicht aus. Er erwachte, steif, gierig und allein im Bett.

Will strich mit der Hand über die leere Weite der Matratze. Eines Tages würde er aufwachen und eine Frau würde neben ihm liegen. Eines Tages würde er nicht mit seiner eigenen Hand vorliebnehmen müssen.

Er berührte sich dennoch, und schloss die Augen, als seine Fingerspitzen über die empfindliche Haut strichen. Was er brauchte, wenn es an der Zeit war, war eine lebenslustige, unbekümmerte Partnerin mit Frohsinn für zwei. Eine Frau, die die Dinge leichtnahm, und die nichts riskieren musste, um bei ihm zu sein.

Was er nicht gebrauchen konnte, war die Geliebte eines anderen, und erst recht keine so unerbittliche. Eine, die sich ihrer Erbarmungslosigkeit rühmte. Die ihn mit Anspielungen auf erotische Spektakel verspottete. Die sich einfach seines Geldes bediente.

Sein Atem beschleunigte sich. Er arbeitete jetzt mit der ganzen Hand. Wie unheimlich sie ausgesehen hatte, als sie vor ihm gekniet hatte! Die Stellung so unterwürfig, doch die Augen wild wie die eines Ungeheuers, das ihn bei lebendigem Leibe verspeisen wollte, um anschließend das Gewölle wieder auszuspeien. Natürlich hatte *er* sie dazu gemacht – es war schließlich sein Traum –, doch was sagte das über ihn aus? Es war ein weiterer Hinweis darauf, dass er nicht unbeschadet nach England zurückgekehrt war.

Wie dem auch sei. Seine Hand sandte schnelle Wirbel der Lust von seinen Lenden zu seiner Schädeldecke, und er brauchte jetzt gar nichts weiter zu denken, als sich ihre Erbarmungslosigkeit in ihrer befriedigendsten Ausprägung auszumalen. Und die Erbarmungslosigkeit, mit der er antworten würde, indem er sie in der Bibliothek auf den Fußboden zwang und ihr zeigte, dass das, was sie bisher für Lust gehalten hatte, nur ein blasser Abklatsch war.

Ja, würde sie mit ihrer Stimme wie Likör sagen. Er hörte es schon. Sie würde seinen Namen aussprechen, und sie würde das köstlichste, aufreizendste Stöhnen ausstoßen, das je an ein sterbliches Ohr gedrungen war, während er sie von einem Höhepunkt zum nächsten trieb.

Er keuchte, krümmte sich und ergoss sich in die Laken. Der Atem brannte ihm in der Kehle und im Mund und hinterließ einen leicht beschämten Nachgeschmack, als er wieder in sein einsames Bett sank. Herrgott. Offensichtlich war er nicht mehr ganz richtig im Kopf. Vielleicht würde er nie wieder normalen

Umgang mit einer Frau haben können. Ganz zu schweigen von einer Dame. Was fiel ihm ein, auf diese Weise von einer Kokotte zu träumen, die mit ihrer Verachtung für ihn nicht hinter dem Berg hielt?

Er war zu lange enthaltsam geblieben. Nach seiner Heimkehr war er so oft und so heftig von düsteren Stimmungen heimgesucht worden, dass es ihm undenkbar erschienen war, sich mit einer Frau einzulassen. Selbst jetzt, da die Anfälle der Schwermut langsam nachließen, war er dieser Meinung ... Er hatte eine Schuld zu begleichen, ein Versprechen einzulösen, Wiedergutmachung zu leisten, bevor er daran denken konnte, der Lust nachzugeben.

Will schlug die Decke zurück und schwang seinen verschwitzten Körper aus dem Bett in die erschreckende Kälte der Morgenluft. Er hatte schon gewusst, warum er das Fenster offen gelassen hatte. Heute gab es kein Ausschlafen; seine Schwester würde in einer guten Stunde da sein, und dann musste er sich einer erneuten Prüfung seiner Bußfertigkeit unterziehen. Wo hatte er nur seine gute Weste gelassen?

Lydia umklammerte ihr Retikül und wand sich die Kordel fester ums Handgelenk. Auf dem Weg vom Clarendon Square in die Threadneedle Street war sie nicht überfallen worden, und jetzt, als sie in der imposanten Halle der Bank stand, musste sie wohl nicht mehr mit Taschendieben rechnen. Dennoch grub sie die Finger fest in den Beutel und betastete durch die Seide hindurch immer wieder die Scheine im Inneren, auf denen sie ihre Zukunft aufbauen würde.

Einhundert Pfund. Hundertdreißig zu Hause in der Schublade. Fehlten nur noch siebzehnhundertsiebzig.

Zweitausend Pfund, zu fünf Prozent angelegt, würden ihr jährlich einhundert einbringen. Von einhundert Pfund konnte eine alleinstehende Frau respektabel leben. Nicht luxuriös – das Haus würde klein sein, die Kerzen aus Talg, und vermutlich würde sie sich an Tee ohne Zucker gewöhnen müssen – doch es würde ausreichen, alles instand zu halten, und etwa zehn Pfund pro Jahr würde sie wohl für ein Dienstmädchen erübrigen können.

Sie warf einen flüchtigen Blick auf Jane, die geduldig auf der Bank saß und wartete, während ihre Herrin sich anstellte. Sie war ein gutes Mädchen – fleißig und klaglos – und verdiente etwas Besseres, als auf undurchsichtigen Missionen von einem Ende der Stadt zum anderen geschleift zu werden.

Doch eine respektable Dame ging eben nicht ohne Begleitung aus, und schon gar nicht in Geschäftsangelegenheiten. Und da Lydia heute als eine respektable Dame auftrat, musste Jane die Begleitung spielen.

Ein Angestellter in einem Frack hatte soeben die Geschäfte eines Mannes mit Brille abgewickelt und winkte Lydia heran. Gehorsam stand Jane auf und kam herbei. Sie humpelte. Wahrscheinlich hatte sie sich auf dem langen Marsch aus Somers Town eine Blase zugezogen. Auf dem Rückweg würden ihnen die zwei Meilen lang werden.

Darüber konnte sie sich den Kopf zerbrechen, wenn es so weit war. Sie setzte sich und zupfte die dunkelblauen Röcke ihres schlichtesten, respektabelsten Kleids zurecht. Jane setzte sich zwei Sekunden später – sie hatte genau aufgepasst, als Lydia ihr erklärt hatte, wie sich die Begleiterin einer Dame zu verhalten hatte –, und dann nahm auch der Angestellte Platz und faltete die Hände auf dem Tisch. Er lächelte, und eine süffisante Heiterkeit entstellte bereits jetzt seine Züge, vom Scheitel seiner Perücke bis zu seinem unzulänglichen Kinn.

Lydia räusperte sich und saß so gerade, wie sie konnte. »Ich möchte einen Rentenversicherungsbrief erwerben.« Hatte sie das richtig gesagt? »Als Geldanlage. Die Navy-Annuität, um genau zu sein.«

»Wir sind alle stolze Unterstützer der Navy, nicht wahr?« Auch seine Stimme triefte vor Heiterkeit, als er ihren inbrünstigen Patriotismus mit einem ernsten Nicken zur Kenntnis nahm. »Aber wir bieten auch noch andere Rentenbriefe an. Die Navy-Annuität ist noch ganz neu, aber Sie haben bestimmt auch von konsolidierten Pfandbriefen gehört? Eine solide Investition, schon seit dem letzten Jahrhundert, und besonders Damen zu empfehlen, die ein festes Einkommen wünschen.«

Herrje. Er hielt sie für einen Holzkopf. »Wenn ich richtig verstehe, garantiert mir jeder Annuitätsbrief per Definition eine feste Jahresrente. Die Consols bringen momentan nur drei Prozent. Die Navy bietet fünf.« Sie warf Jane einen herrischen Blick zu. »Das haben Sie mir doch aus der Zeitung vorgelesen, nicht wahr, Miss Collier? Fünf Prozent?«

Jane spielte ihre Rolle glänzend. Sie nickte unterwürfig und warf dem Bankangestellten gleichzeitig einen entschuldigenden Blick zu.

»Na also. Ich habe mich für die Navy entschieden.«

Der Angestellte legte den Kopf in den Nacken, wie um sie aus der Ferne besser einschätzen zu können. »Haben Sie einen Vertreter dabei?«

Glauben Sie denn, ich würde ganz allein hier aufkreuzen, wenn ich einen hätte? »Die Summe ist nicht so groß, als dass ich einen benötigen würde.« Nicht den Blick senken. Nicht wegschauen! Und um Gottes willen nicht mit der Stimme zittern! »Vorläufig möchte ich nur hundert Pfund anlegen.«

Sie sah, wie er eine Augenbraue hochzog, bevor er sich vorbeugte und nach einem trockenen Federkiel griff, mit dem er sich mehrmals nachdenklich an die Unterlippe tippte. »Das ist in der Tat eine sehr kleine Investition. Sogar die Annuität der

Navy würde Ihnen am Jahresende nur fünf Pfund extra einbringen.«

»Sie kommen zum gleichen Ergebnis wie ich.« *Haben Sie viele Kunden, die sich fünf Prozent von hundert nicht selbst ausrechnen können?* »Fünf Pfund mehr, als ich sonst hätte.«

Der Federkiel tippte weiter. Seine Augen nahmen einen sonderbaren Ausdruck an, und seine Stirn kräuselte sich, so als wären sie und ihre hundert Pfund nicht nur absurd, sondern auch irgendwie beunruhigend.

Unverschämter Gockel. Sie rückte auf die Stuhlkante. »Die hundert Pfund sind ja nur ein Anfang. Ich hoffe, dass ich bald mehr anlegen kann.«

»Waren Sie schon einmal Kundin hier?« Sein Blick schoss von ihren Augen zu ihrem Mund und zu ihrer geschmackvollen Goldkette, und die Stirnfalte vertiefte sich. Er kratzte sich mit dem Ende des Federkiels die Nase.

»Nein, ich hatte bisher noch nicht das …« Lydia stockte und sog die Luft ein. Sie schmeckte plötzlich wie brackiges Wasser.

Etwas in seiner Haltung, oder wie er seinen Kopf hielt, hatte eine Tür in ihrer Erinnerung geöffnet, und nun stürzte der Inhalt auf sie ein.

Sie war noch nie seine Kundin gewesen. Aber er der ihre.

Sie schlug die Augen nieder und wand sich die Bänder ihres Retiküls so eng um das Handgelenk, dass die Durchblutung abgeschnitten wurde. Sie hatte im Bordell so wenig wie möglich auf Gesichter geachtet und versucht, die, die sie gesehen hatte, sofort wieder zu vergessen. Doch sie war nicht immer ganz erfolgreich gewesen.

Sie räusperte sich, um ihr Schweigen zu überspielen. »Ich hatte noch nicht das Vergnügen, nein.« Sie zwang sich, aufzublicken.

Jetzt ergab sein sonderbarer Ausdruck Sinn. Er versuchte,

sie einzuordnen. Und in dem Augenblick, in dem es ihm gelang, sah sie es sofort. Seine Augenbrauen zogen sich zusammen und seine Nasenlöcher weiteten sich. Sein Mund verzog sich langsam zu einem wollüstigen Grinsen, und er ließ den Blick lüstern über ihre Gestalt gleiten.

Und dann über Janes.

Lydia sprang auf. Allein wäre sie vielleicht geblieben und hätte die Beleidigung erduldet. Darin hatte sie weiß Gott Übung.

Doch Jane hatte nichts Schlimmeres verbrochen, als eine Stellung als Hausmädchen bei der Geliebten eines Gentlemans anzunehmen. Vermutlich hatte sie noch nie von *Mrs Parrish's* gehört, und sie brauchte auch jetzt nichts davon zu erfahren.

»Ich werde meine Zeit nicht länger mit Ihren sinnlosen Fragen verschwenden.« Sie schob sich vor ihr Dienstmädchen, um Jane vor seinen schmutzigen Blicken zu schützen. »Wenn Sie die hundert Pfund einer Dame als zu unbedeutend für Ihre Aufmerksamkeit betrachten, werde ich mich anderswo nach einer Geldanlage umsehen. Kommen Sie, Miss Collier.«

Der Mann stand nicht einmal auf. Er sah sie lediglich an, und sah Jane an, mit einem Ausdruck, der ihr Innerstes in Aufruhr versetzte. Sie wandte sich ab und verließ die Bank, so schnell sie konnte, beziehungsweise so schnell es der wunde Fuß ihres verdutzten Dienstmädchens zuließ. Verflucht sei ihre Selbstsüchtigkeit! Zwei Meilen weit hatte sie das arme Mädchen durch die Stadt gescheucht, und nun musste sie sie zwei Meilen weit zurückscheuchen, für nichts und wieder nichts. Jetzt würden die hundert Pfund ihr nicht einmal die erhofften zusätzlichen fünf Pfund einbringen.

Martha fuhr ausgerechnet in einem offenen Zweispänner mit roten Rädern vor. Ihre aufrechte, ernsthafte Gestalt wollte nicht so recht zu der schillernden Equipage passen, und ihr schlichtes Kleid wurde von der schicken grünen Samtlivree des Dieners hinter ihr völlig in den Schatten gestellt. »Es war nicht meine Idee, das darfst du mir glauben«, sagte sie, nachdem Will sich neben sie gesetzt und ihr die Zügel abgenommen hatte. »Mr Mirkwood hat darauf bestanden. Er findet, das gehört sich so, bei einem Anstandsbesuch.«

»Hat er diesen Wagen gefahren, als er dir den Hof gemacht hat?« Die Pferde ließen sich wunderbar lenken – sie waren lebhaft und aufmerksam und natürlich auch perfekt ausgewählt, beide glänzend schwarz und von gleicher Größe.

»Er hat mir nicht wirklich den Hof gemacht. Wie auch.« Martha starrte geradeaus. »Wir haben uns kennengelernt, als ich gerade frisch verwitwet war. Ich habe ihn als Grundbesitzer schätzen gelernt. Und als Mr Russells Besitz dann an dessen Frau fiel, war Mr Mirkwood so gut, um meine Hand anzuhalten.« Sie war immer heftiger errötet, während sie gesprochen hatte, und glühte jetzt geradezu.

Die Dinge änderten sich wohl, wenn man fort war. Das Leben ging ohne einen weiter und nahm bisweilen unerwartete Wendungen, und die Menschen, zu denen man zurückkehrte, waren nicht mehr ganz dieselben. Seine zugeknöpfte kleine Schwester hatte während seiner Abwesenheit Geschmack an der Ehe gefunden und nicht nur einmal, sondern gleich zweimal geheiratet. Der erste Mann würde ihm wohl gesichtslos bleiben, da er gestorben war, als die Ehe noch keine zwölf Monate alt gewesen war. Der zweite war nur allzu gegenwärtig: ein extravaganter Genussmensch, der keine Zeit verloren hatte, sie zu schwängern, und dank dessen sie mit befremdlicher Häufigkeit errötete.

»Und wie geht es der kleinen Augusta?« Er zügelte das Gespann, um eine Fußgängergruppe die Straße überqueren zu lassen. Die Pferde reagierten auf die kleinste Andeutung.

»Sehr gut. Sie ist robust.« Das war keine Selbstverständlichkeit für die Blackshear-Geschwister, von denen ebenso viele vor oder kurz nach der Geburt gestorben waren, wie überlebt hatten. »Sie hat angefangen, überall herumzukrabbeln und sich an den Möbeln hochzuziehen. Vermutlich keine außerordentliche Leistung für ein Kind von zehn Monaten. Ich bilde mir jedenfalls nicht ein, dass es jemanden außer der Mutter und dem Vater interessiert.«

»Onkel auch, das kann ich dir versichern.« Gott. Wie war es nur so weit gekommen? Hatten sie nicht gerade erst nebeneinander im Schulzimmer gesessen, sieben und zehn Jahre alt, sie aufrecht und aufmerksam, er zum Zerreißen gespannt, wann Miss York sie endlich nach draußen entlassen würde? »Spricht sie schon?«

»Mr Mirkwood glaubt, ja. Ich bin noch nicht überzeugt. Aber du kannst gern jederzeit kommen und sie dir ansehen.« Sie sah ihn aus ihren dunklen Augen an. »Ich wünschte, du würdest uns mal besuchen.« Da war die Besorgnis. Der Versuch, ihn tiefer in den Kreis der Familie zu ziehen, wo er endlich über das, was ihn so plagte, hinwegkommen und wieder zu dem Bruder werden würde, an den sie sich erinnerte. »Ich könnte ein Abendessen ausrichten und die Dame einladen, die wir jetzt gleich besuchen.«

»Hat Kitty dir denn gar nichts darüber beigebracht, wie man sich als verheiratete Schwester benimmt? Du musst Damen einladen, die *du* ausgesucht hast, und je weniger Interesse ich habe, desto energischer musst du sie mir aufdrängen.« Er nahm eine Hand von den Zügeln und zwickte in die Krempe ihrer Haube. »Mrs Talbot solltest du jedenfalls von deiner Liste streichen. Sie ist keine zukünftige Schwägerin, sondern nur die Witwe von jemandem aus meinem Regiment. Ich habe ihm versprochen, ab und zu nach ihr zu sehen, falls ihm etwas … zustoßen sollte. Hoffentlich bist du nicht zu vornehm geworden, um dich in Camden Town sehen zu lassen.«

Er hielt den Blick auf die Straße gerichtet und wartete auf eine Möglichkeit, die schwerfällige Bierkutsche vor sich zu überholen, doch er spürte die unentwegte Aufmerksamkeit seiner Schwester. Spürte, wie sie seine Erklärung durchging, die Worte sanft aufwirbelte und sich wieder setzen ließ wie eine Wahrsagerin die Teeblätter. »Hast du schon oft nach ihr gesehen?«

Will schüttelte den Kopf. »Vor ein paar Monaten war ich dort, um ein paar von Talbots Sachen zurückzubringen. Briefe und so. Einen reinen Anstandsbesuch wollte ich lieber in weiblicher Begleitung machen.«

»Ja, das gehört sich so.«

»Es ist vor allem vernünftig. Allein würde mir schnell der Gesprächsstoff ausgehen, aber sie hat einen kleinen Sohn, etwa zwei Jahre alt. Vermutlich könnt ihr eine Viertelstunde damit verbringen, euch über Kinder auszutauschen.«

»Camden Town.« Mit ihren Lederhandschuhen strich Martha sich die wollenen Röcke glatt, so als verlange die wenig vornehme Gegend, in die sie fuhren, ein noch tadelloseres Auftreten, als sie ursprünglich beabsichtigt hatte. »Das ist ein weiter Weg von St. James' für einen Anstandsbesuch.«

»Mit einem so feinen Gespann kommt einem kein Weg weit vor.« Er ließ die Zügel schnellen und schnalzte, als sich eine Lücke im Verkehr auftat. »Dein Mann wird mir zustimmen.« Er spürte ihre Enttäuschung ob seiner Flucht ins Scherzhafte, verspürte sogar selbst so etwas wie Trauer darüber, dass er sich ihr nicht anvertrauen konnte. Doch wie sollte er ihr jemals erklären, was er dieser Frau schuldete? Also wand er sich die Zügel um die Hand und konzentrierte sich auf den Verkehr.

Die fünfzehn Minuten vergingen, Gott sei Dank, recht schnell. Nicht, dass es an Mrs Talbot irgendetwas auszusetzen gegeben hätte. Er konnte sich sogar gut vorstellen, wie ein Soldat Kraft daraus schöpfen konnte, sich auf eine Heimkehr zu ihr zu freuen. Zu ihrer sanften Anmut, ihrer warmen, unaffektierten Freundlichkeit und ihren lieben hellblauen Augen.

Sie zeigte das Kind vor, das Martha auch gebührend bewunderte. »Er sieht seinem Vater ähnlich, nehme ich an?«, fragte sie, nachdem sie ihm über die ungeschorenen goldbraunen Locken gestrichen hatte.

»Wie aus dem Gesicht geschnitten. Hoffentlich bleibt es so. Von meinem Mann gibt es nicht einmal ein Miniaturporträt. Jamey ist alles, was ich habe.« Mrs Talbot blickte von ihrem Kind zu Martha hinüber und setzte so abrupt ein Lächeln auf, dass ihre Trauer nicht zu übersehen war.

Will wandte den Blick ab und sah auf seine Hände. Nein. Auf das Sofakissen. Blauer Brokat, so abgenutzt, dass stellenweise fast schon die Füllung durchschien.

»Er hat zwar kein Bild hinterlassen, aber eine stattliche Summe Geld, die der Junge bekommt, wenn er volljährig wird. Das Glück haben nicht viele Kinder.« Das war die andere Mrs Talbot, Frau seines Bruders und Mutter mehrerer Kinder, die nicht das Glück gehabt hatten, ihren Vater zu verlieren und früh auf eigenen Füßen stehen zu dürfen. »Ein Jammer, dass er es nicht so angelegt hat, dass Mrs Talbot herankommen kann, um sich an der Miete und den anderen Ausgaben zu beteiligen. Ich kann mir nicht vorstellen, dass jemand, der auch nur die geringste Selbstachtung hat, gern von Almosen lebt.«

»Wenn ich von dem Geld gewusst hätte, hätte ich ihn darum gebeten«, sagte die Witwe und errötete. »Aber über dergleichen Dinge haben wir nicht gesprochen.« Ihre stocksteife Haltung sprach Bände. Vermutlich hatte sie sich noch keine zwei

Sekunden lang entspannt, seit sie in dieses Haus gekommen war, wo man sie an jeder Ecke daran erinnerte, welch eine Last sie und Jamey waren.

Er betrachtete wieder das alte Kissen und fuhr mit dem Finger über das Blumenmuster im Damast. Herrgott, wie er diese Hilflosigkeit hasste! Sie musste von hier fortgebracht werden, in ein eigenes Haus, doch das stand nicht in seiner Macht, und er konnte auch nicht sagen, wann es in seiner Macht stehen würde.

Der Rest des Besuchs drehte sich um Kleinkinder und ihre Eigenarten, insbesondere darum, wann mit den ersten Zähnen zu rechnen war, und endlich war die Viertelstunde um und es war Zeit, sich zu verabschieden.

»Wie ist ihr Mann gestorben?«, fragte Martha, als Will in die Kutsche kletterte. Auf einmal musste er sich darauf konzentrieren, nicht zu straucheln.

»In Waterloo. Ich kann nicht …« Er setzte sich, griff nach den Zügeln und wandte sich halb zu ihr um. »Ich kann mir nicht vorstellen, dass du seine Wunden im Detail beschrieben haben möchtest.«

»Wunden.« Sie überlegte. »Es war also kein schneller Tod?«

»Nein. Das war es nicht.« Mit weiteren Einzelheiten brauchte er sie nicht zu belasten. Besser, sie wusste nicht, wie lange man noch aushalten konnte, ein elendes Stück Unrat, auf das weder das Leben noch der Tod besonders enthusiastisch Anspruch erhoben. »Aber ich habe Mrs Talbot etwas anderes erzählt.« Er ließ die Zügel schnalzen und die Pferde setzten sich in Bewegung.

Sie haben getan, was Sie konnten, hatte der Feldscher gesagt. *Es hätte womöglich genauso geendet.* Er hatte sich die Worte so oft vorgesagt. Warum konnte er nie Absolution darin vernehmen?

»Das war gut von dir.« Das Lob seiner Schwester fühlte sich an wie Stecknadeln, mit denen auf ihn eingestochen wurde. »Sie war dankbar für den Besuch, das hat man gesehen. Vermutlich fristet sie ein ziemlich tristes Dasein, so eingeengt, und mit dieser unangenehmen Schwägerin.« Aus den Augenwinkeln sah er, wie sie ihn stirnrunzelnd ansah. »Wie kommt es, dass sie auf die Wohltätigkeit ihrer Familie angewiesen ist? Bekommt sie als Kriegswitwe denn keine Rente?«

»Talbot war kein Offizier.« Er stellte die Füße zurecht, einen vor, den anderen zurück, und lockerte den Griff um die Zügel. »Die Armee versucht, verheiratete Männer möglichst aus den Mannschaften herauszuhalten, und zahlt den Witwen solcher Männer gar nichts.«

»Des Risikos muss er sich bewusst gewesen sein. Aber es ist trotzdem bedauerlich, dass eine Witwe unter den Entscheidungen zu leiden hat, die ihr Mann getroffen hat.«

Er hat auch gelitten, Martha. Glaub mir, er hat mehr gelitten, als du dir jemals vorstellen kannst. Und dafür kannst du dankbar sein! Den halben Besuch über hatte er gegen die düstere Stimmung angekämpft, und plötzlich war er es müde, zu kämpfen. Sollten sie doch kommen, die Trauer und die Wut und der Trübsinn, und auch die unermüdlichen Selbstvorwürfe, die in seinem Inneren umherwirbelten wie Schwaden von Kohlenstaub. Er war ihre Gesellschaft weiß Gott inzwischen gewohnt.

»Äußerst bedauerlich, da hast du recht«, sagte er so unbeschwert, wie er konnte. »Es ist eine Schande, dass es für Witwen keinen vernünftigen Versorgungsplan gibt.«

Das war genau das richtige Thema, um seine Schwester den ganzen Rückweg über zu beschäftigen. Will brauchte nur ab und zu ein zustimmendes Grunzen beizusteuern, und als High Holborn in Sicht kam, war sie vom schweren Los der Kriegswitwen über die grundlegende Ungerechtigkeit des Patentsystems zu Gott weiß was noch allem übergegangen. Er hatte längst den Faden verloren.

Doch plötzlich brachte ihr veränderter Tonfall seine Aufmerksamkeit zurück. »Sieh dir diese armen Frauen an!« Sie deutete an ihm vorbei auf seine Straßenseite. »Ich glaube, eine von ihnen ist verletzt.«

Will schaute. Wenn die beiden in die andere Richtung geblickt hätten, hätte er sie nicht erkannt. Nichts an ihrer Haltung oder ihrer Gestalt war ihm vertraut. Sie trug ein einfaches, hochgeschlossenes blaues Kleid und ging langsam, einen Arm um die Taille eines Mädchens geschlungen, das sich auf sie stützte und bei jedem zweiten Schritt nur mit dem Ballen auftrat. Ihr Gesicht war dem Mädchen zugewandt, und sie sagte etwas. Vermutlich sprach sie ihm Mut zu, oder sagte irgendetwas anderes, das sie ihrem Ziel einen weiteren Schritt näher brachte.

Er atmete tief ein. Er spürte die zerbrechliche Last des Mädchenarms, als läge er auf seiner eigenen Schulter. Er wusste genau, wie sich das Gewicht einer anderen Person auf die Balance auswirkte. Wenn man jemanden auf dem Rücken trug, musste man sich nach vorn beugen. Wenn man jemanden auf dem Arm hatte, musste man seinen Schwerpunkt tiefer ins Becken verlagern. Eine Person an der Seite verursachte bestimmt irgendwann Schmerzen in der Wirbelsäule und im Nacken.

Er atmete aus. »Ich kenne diese Dame.« War sie eine Bekanntschaft, zu der er sich vor der Familie bekennen wollte? Zu spät, das hatte er soeben getan. »Die größere. Oder jedenfalls sind wir uns schon begegnet.« Er hatte das Gespann bereits zur Seite gelenkt. Er konnte nicht anders.

Sie kann dich nicht leiden, sagte eine von Kohlenstaub heisere Stimme in seinem Kopf. *Sie wird keine Hilfe von dir an-*

nehmen wollen. Und bilde dir ja nicht ein, du könntest damit wiedergutmachen, was du bei Talbot falsch gemacht hast! Zum Teufel mit der Stimme. Sie brauchte Hilfe, und das war alles, was zählte.

Sein Herz klopfte mit überraschender Heftigkeit, als er sich aus der Kutsche lehnte und ihren Namen rief.

4

»Miss Slaughter!«

Lydia blickte auf. In einem lackierten Zweispänner, der neben ihr am Straßenrand hielt, saß Mr Blackshear, mit einer jungen Dame an seiner Seite.

Das Blut schoss ihr heiß in die Wangen. Sie wäre niemals so ungezwungen mit ihm umgegangen, wenn sie gewusst hätte, dass es eine junge Dame gab. Und zwar eine ausgesprochen hübsche, mit dunklen Augen und von zierlicher Gestalt, in einem hellbraunen Kleid mit passendem Mantel.

Er nahm den Hut ab, die Zügel mit der anderen Hand fest umklammert. »Darf ich Ihnen meine Schwester, Mrs Mirkwood, vorstellen?«, fragte er, und auf einmal war die Ähnlichkeit offensichtlich. Das Haar, das unter ihrer Haube hervorblickte, war zwar heller und ihr Mund hatte nicht diesen schelmischen Ausdruck, doch die Augen waren die gleichen. »Martha, das ist Miss Slaughter.« Er nickte in Janes Richtung. »Hat Ihre Freundin sich verletzt? Können wir vielleicht behilflich sein?«

Als schämte sie sich nicht bereits genug für das, was sie dem Mädchen aufgebürdet hatte. »Nicht wirklich verletzt. Ich habe Miss Collier heute einen zu weiten Weg zugemutet, und ich fürchte, sie hat sich eine Blase gelaufen.«

Die Schwester lehnte sich herüber. »Wo wollen Sie denn hin?«

»Clarendon Square, in Somers Town.« Ein Funke Hoffnung glühte sinnlos in ihr auf. In der Kutsche war kein Platz für eine dritte Person.

»Da kommen wir gerade her. Wir haben in Camden Town einen Besuch gemacht.« Sie sagte etwas zu ihrem Bruder, der ebenso leise antwortete. Dann übergab er ihr die Zügel und sprang vom Wagen herab.

»Bitte erlauben Sie Mrs Mirkwood, Sie zu fahren.« Er klang befangen und förmlich, meilenweit entfernt von dem Mann, der mit der Hand die Tapete entlanggefahren war und sie des Betrugs bezichtigt hatte. »Ich gehe sowieso viel lieber zu Fuß. So hätten Sie beide Platz, wenn es Sie nicht stört, etwas zusammenzurücken.« Er wartete und schwieg, äußerlich ruhig bis auf die Finger, die nervös mit seiner Hutkrempe spielten.

Sie spürte, wie Jane den Arm enger um sie legte. Schüchtern oder hoffnungsvoll? »Könnte ich kurz mit Miss Collier sprechen?«, fragte Lydia, und Mr Blackshear trat mit einer Verbeugung einige Schritte zurück.

»Du solltest mitfahren.« Sie wandte sich ab, um ungestört sprechen zu können. »Zu dritt wird es sehr eng, und ich habe nichts dagegen, zu Fuß zu gehen. Aber du solltest fahren. Je schneller du nach Hause kommst, desto schneller kannst du dich in den Sessel setzen und ein warmes Fußbad nehmen.«

»Das sind ehrenwerte Leute, nicht wahr?« Jane warf einen besorgten Blick auf die Kutsche. »Mit einer Fremden möchte ich nur fahren, wenn Sie ihnen vertrauen.«

Dass das Mädchen *ihrem* Urteil über die Ehrenhaftigkeit so offensichtlich respektabler Leute vertraute, schnürte Lydia die Kehle zu. Sie hatte wirklich etwas Besseres verdient. »Ich vertraue ihnen voll und ganz. Sonst würde ich dich niemals mitfahren lassen.« Sie drückte ihrem Dienstmädchen kurz die Hand. »Versuch, diskret zu sein, wenn du mit ihr sprichst. Aber wenn sie herausfindet, dass ein Gentleman meine Rechnungen bezahlt, ist das auch kein Drama. Ich werde sie wohl kaum wiedersehen.«

Jane nickte und Lydia wandte sich wieder um. »Ihr Angebot ist sehr freundlich. Wenn Sie mein Mädchen fahren würden, wäre ich Ihnen sehr verbunden. Ich selbst gehe zu Fuß.«

Mr Blackshear kam sofort herbei, und der Diener in der grünen Uniform sprang von seinem Trittbrett, um Jane auf den Sitz zu helfen, von wo aus sie ihre Umgebung mit einiger Zufriedenheit betrachtete. Bruder und Schwester verabredeten noch kurz ihr nächstes Treffen, und dann ergriff sie die Zügel und lenkte das Gespann reibungslos in den Verkehr. Der Diener sprang wieder auf und Jane winkte.

»Das war sehr gut von Ihrer Schwester.« Sie standen nebeneinander und sahen der Kutsche nach. Jetzt würde sie sagen, was gesagt werden musste, und wenn es sie umbrachte. »Und noch besser von Ihnen, nach allem, was passiert ist.« Ohne den Blick von der Kutsche abzuwenden, sah sie, wie er sich umwandte und sie betrachtete. Sie atmete tief durch. »Ich danke Ihnen, dass Sie sich von unserem letzten unangenehmen Abschied nicht davon haben abhalten lassen, einer Dame in Not behilflich zu sein.«

Er blickte von ihr zu seinem Hut, den er noch immer in den Händen hielt und nun mehrmals umdrehte. »Es freut mich, wenn ich von Nutzen sein kann«, sagte er nach einer Weile. Dann drehte er sich plötzlich zu ihr um, setzte den Hut wieder auf – eine Hand vorn, eine hinten, um ihn ganz leicht schräg zu stellen – und sagte: »Somers Town also. Sollen wir?«

Überraschung durchzuckte sie, und dann Ärger darüber, dass sie dieses Missverständnis nicht vorhergesehen hatte. »Verzeihen Sie.« Sie trat einen Schritt zurück und bemühte sich um einen mehr als distanzierten Tonfall. »Ich gehe natürlich allein. Ich hätte mich klarer ausdrücken müssen.«

»Kommen Sie, Miss Slaughter! Sie können doch unmöglich glauben, dass ich das erlauben werde.«

Er hatte genau das Falsche gesagt. Und genau das, was Lydia brauchte. Die Rettungsleine, an die sie sich klammern und mit deren Hilfe sie sich aus dem Morast der ungebetenen Gefühle ziehen konnte, die sie schon den ganzen Tag plagten. Die Panik, als der Bankangestellte sie erkannt hatte. Die Frustration über ihr Scheitern, nicht nur in der Bank, sondern auch was die Fürsorge für ihr Dienstmädchen betraf. Die Scham in jenem Moment, als sie Mrs Mirkwood für etwas anderes als seine Schwester gehalten hatte. All das konnte sie nun hinter sich lassen, wenn sie sich stattdessen an die Wut über eine weitere männliche Anmaßung klammerte.

Sie fuhr herum und wand die Schnur ihres Retiküls abermals um ihr Handgelenk. »Sie haben mir gar nichts zu erlauben. Oder zu verbieten.« Ohne Knicks wandte sie sich ab und ließ ihn stehen.

Offenbar hatte sie ihn keine Sekunde lang überrumpelt. Sofort war er da, schnell wie ein Schatten sowohl bei Tag als auch bei Nacht, immer an dem Ort, wo sie hinwollte, jedoch diesmal mit einem der Tageszeit angemessenen gebührenden Abstand. »Ich habe mich unglücklich ausgedrückt.« Er neigte das Haupt, um ihr in diesem Punkt zuzustimmen, doch als er sie wieder ansah, funkelte in seinen kaffeebraunen dunklen Augen noch immer dieselbe Entschlossenheit. »Was ich sagen wollte, ist, dass ich Sie keinesfalls allein durch die Straßen Londons wandern lassen werde. Ich kann nicht glauben, dass Sie mir etwas Derartiges zutrauen. Hätte ich geahnt, dass das Ihre Absicht ist, hätte ich niemals der Entführung Ihres Dienstmädchens zugestimmt.«

Nein. Wag es ja nicht, dir um mich Sorgen zu machen! »Ich bedaure das Missverständnis.« Sie atmete einen leichten Stärkegeruch ein. Er hatte sich heute besondere Mühe mit seiner Krawatte gegeben. Oder vielleicht mit seinem Hemd, dessen frisches Leinen sich bei jedem seiner Atemzüge unter seiner kupferfarbenen Weste hob und …

Wie dem auch sei. Sie schüttelte sich innerlich. »Wenn Sie auch nur zwei Sekunden lang darüber nachdenken, werden Sie mir sicherlich zustimmen, dass es meinen Interessen ganz und gar nicht dienlich wäre, mit einem anderen Mann gesehen zu werden, und erst recht nicht mit einem, der in einer zugespitzten Diskussion über mich bereits die Aufmerksamkeit meines Beschützers auf sich gezogen hat.«

Fehler. Fehler. Seine Augen weiteten sich, er biss die Zähne zusammen und schien irgendwie größer und breitschultriger zu werden. Er machte Anstalten, sie an der Schulter zu berühren, zog seine Hand jedoch abrupt zurück, so als hätte er sich verbrannt. »Soll das …« Sein Blick wanderte ihr Gesicht auf und ab, auf der Suche nach Hinweisen. »Wollen Sie damit sagen, dass Sie etwas von ihm zu befürchten haben?«

Sein wilder, eindringlicher Blick ließ sie erschaudern. Er hatte kein Recht, zu fragen oder sie so anzusehen. Er irrte sich vollkommen, und überhaupt ging es ihn nichts an. »Er schlägt mich nicht, falls es das ist, was Sie sich vorstellen. Aber wenn er mich für untreu hält, könnte ich seinen Schutz verlieren. Grund genug zur Besorgnis, das versichere ich Ihnen.«

Er musterte sie, wie er vermutlich oft unzuverlässige Soldaten gemustert hatte. Seine dichten schwarzen Brauen zogen sich zusammen, während er die Aufrichtigkeit ihrer Worte einzuschätzen versuchte. »Also gut«, sagte er schließlich. »Dann folge ich Ihnen in zwei Metern Entfernung. Niemand wird sehen, dass wir zusammengehören.«

»Ein Block Entfernung wäre besser.«

Er schüttelte den Kopf, kurz, aber bestimmt. »Ein Block ist zu weit, um noch helfen zu können.«

»Ich weiß nicht, was Sie sich vorstellen, dass mir …«

»Ihr Beutel«, sagte er, ohne den Blick von ihrem Gesicht abzuwenden. »So, wie Sie ihn halten, vermute ich, dass Sie mehr darin haben als einen Fächer und ein Taschentuch. Jeder halbwegs zurechnungsfähige Dieb wird dasselbe vermuten. Aus sechs Schritt Entfernung kann ich einen Mann noch einholen, aber auf einen ganzen Block möchte ich es lieber nicht versuchen.«

Muskulös und entschlossen, wie er war, sah er aus, als könne er beim Pferderennen mithalten. Sie selbst würde er jedenfalls mühelos einholen, sollte sie einen Fluchtversuch unternehmen. Sie schlug den Blick nieder und lockerte die Kordel des Retiküls.

»Es tut mir leid, Miss Slaughter.« Er hatte die Stimme gesenkt. »Ich weiß, ich klinge herrisch, und ich verstehe, dass Sie sich davon gekränkt fühlen. Aber Sie werden mich trotzdem nicht davon abbringen, Sie sicher nach Hause zu bringen, und je länger wir hier stehen und diskutieren, desto größer wird die Wahrscheinlichkeit, dass wir zusammen gesehen werden, wie Sie befürchten.«

Sie sah kurz auf. Seine Augen funkelten energisch. *Er braucht das.* Federleicht schwebte die Erkenntnis herbei. In ihrem Metier lernte man schnell, die Dinge zu erahnen, die ein Mann brauchte. Auch die, die nichts mit körperlichen Bedürfnissen zu tun hatten.

Sie ging los. Er ließ sie vorbei und folgte ihr – vermutlich – in sechs Schritt Entfernung. Unter all den Schritten um sie herum konnte sie seine nicht heraushören.

Es ging also gar nicht um sie. Er war einer dieser Männer, die sich immer um irgendjemanden oder irgendetwas kümmern mussten. Einer, der gegen jeden Drachen, den er finden konnte, ins Feld zog. Das hatte er bereits am ersten Abend gezeigt, als er sich in ein Gespräch eingemischt hatte, das ihn nichts anging, um eine Dame zu verteidigen, die er noch nicht einmal kannte.

Keine Stunde später hatte er allerdings in der dunklen Bibliothek gestanden und sich gründlich angesehen, was ihn nichts anging. In dem Moment war er mehr Mann als nobler Ritter gewesen. Daran sollte sie gelegentlich denken.

Und sie dachte daran, als sie endlich am Clarendon Square ankam. Ihr Genick verkrampfte sich. Falls er irgendwelche unbotmäßigen Absichten verfolgte – falls er sich einbildete, auf bestimmte Weise für seine Ritterlichkeit entlohnt zu werden –, dann war jetzt der Moment. Mit ein paar langen Schritten würde er sie einholen und seine edle Fürsorglichkeit Lügen strafen. Und sie würde seine Anmaßung mit der abgrundtiefen Verachtung beantworten, die eine solche Falschheit verdiente.

Er kam nicht. Auf der Türschwelle drehte sie sich endlich um und erblickte ihn in einiger Entfernung, seine Aufmerksamkeit scheinbar auf das eindrucksvolle Polygon-Building in der Mitte des Platzes gerichtet.

Sie entspannte sich und machte eine kleine, ihn fortscheuchende Geste. *Es ist gut jetzt. Sie können gehen.* Er antwortete mit einer Handbewegung und einem Fingerzeig. *Weiter. Öffnen Sie die Tür und gehen Sie hinein.*

Sie tat es. Auf dem Weg nach oben hielt sie im ersten Stock an und sah an der Straßenseite aus dem Fenster. In der Ferne machte sich eine kleine Gestalt in einem dunkelgrauen Rock auf den weiten Weg nach Hause. Wo auch immer das war. Nach Osten ging er, an der Südseite des Platzes entlang, bis er hinter dem Polygon-Building verschwunden war. In dem Augenblick fiel ihr etwas ein: Die hundertachtzig Pfund hatte er mit keinem Wort erwähnt.

Lydia legte die Hand an die Glasscheibe, deren Einfassung

ihn zuletzt umrahmt hatte. Dann raffte sie die Röcke und eilte nach oben zu Jane.

»Mit ein wenig Mühe könntest du sie ihm ausspannen, schätze ich.« Lässig lehnte Lord Cathcart im Ballsaal des *Beecham's* an der Wand, die Arme verschränkt und einen Fuß gegen die Täfelung gestützt. Er nickte in Richtung von Miss Slaughter, die sich schon durch das halbe Set getanzt hatte. Als wäre Wills Aufmerksamkeit nicht ohnehin gefesselt.

»Du irrst dich. Sie hat etwas gegen mich.« Will verschränkte ebenfalls die Arme. »Außerdem kann ich sie mir nicht leisten. Und wenn ich Roanoke derart verärgern würde, wäre ich hier vermutlich nicht länger willkommen.« Er schüttelte den Kopf. »Das Risiko ist es nicht wert.« War es auch nicht.

»Das *Beecham's* ist nur ein Club von vielen. Du würdest schon was anderes finden.« Cathcart stellte den Fuß ab und stützte den anderen gegen die Wand. »Du könntest eins der Häuser ausprobieren, wo um höhere Einsätze gespielt wird. Vermutlich könnte ich dich ins *Watier's* reinkriegen. Oder wir könnten die wirklich heruntergekommenen Etablissements besuchen, falls du auf Abenteuer aus bist.«

Verlockend war es schon. Es war bereits der neunte März, sein dritter Abend im *Beecham's*, und alles in allem hatte er von den dreitausend Pfund, die er Fuller bis Ende April bringen musste, erst sechzig eingespielt. *Ein* guter Abend in einer Spielhölle mit hohen Einsätzen, und er könnte die gesamte Summe gewinnen.

Ein schlechter Abend, und er könnte nicht nur die sechzig, sondern auch die achthundert, die noch von seinem Patent übrig waren, verlieren.

»Das mit den Clubs überlege ich mir. Das mit der Mätresse nicht.« *Lügner*. Erst am Morgen hatte er sich in allen Einzelheiten ausgemalt, wie es wäre. Nach einem Traum, in dem sie ihm – unermüdlich – dafür gedankt hatte, dass er so freundlich gewesen war, sie nach Hause zu begleiten.

Weiter durfte es natürlich nicht gehen. Nach ihrem kurzen Gespräch in der Tottenham Court Road musste ihm das absolut klar sein. Sein Blick wanderte von Miss Slaughter zu Mr Roanoke, der gerade eine andere Tanzpartnerin hatte und ihr soeben etwas ins Ohr flüsterte. Eine düstere Wut braute sich in Will zusammen.

Nein, nein, nein! Er trug bereits die Verantwortung für eine Dame, die nicht ihm gehörte, und die Anspruch auf sein ganzes Mitleid und sein ganzes Ehrgefühl hatte. Warum zum Teufel sollte er sich in das Schicksal einer Frau einmischen, die sein gut gemeintes Anerbieten verachtete? Die ihn verdammt noch mal um hundertachtzig Pfund betrogen hatte, die zu verlieren er sich nicht leisten konnte?

»Ich gehe ins Kartenzimmer«, sagte er abrupt und stieß sich von der Wand ab. Disziplin! Er war hier, um Geld zu gewinnen, nicht um sich nach den falschen Frauen zu verzehren. Von nun an würde er sich auf seine Aufgabe konzentrieren.

Und das tat er vorbildlich, sogar nachdem Roanoke hereingeschlendert war und ihm gegenüber Platz genommen hatte, Mätresse auf dem Schoß. Um vier Uhr morgens hatte Will hundert Pfund mehr, als er mitgebracht hatte, und sein Kopf war immer noch so klar wie sechs Stunden zuvor, als er in den Club gekommen war. Wie üblich waren einige der Männer um ihn herum eingeschlafen, und mehrere der übrigen waren betrunken genug, um so manche Fehlentscheidung zu treffen, wenn sie an der Reihe waren. Die Aussichten waren in jeder Hinsicht viel versprechend. Natürlich musste Miss Slaughter, die seit etwa einer Stunde für Roanoke spielte, ganz am Ende einundzwanzig aufdecken, sodass sie in der nächsten Runde nicht nur mit dem Geben an der Reihe war, sondern auch die Bank bekommen würde.

Will schob seine Karten aufgedeckt über den Tisch und zögerte, seine Hand zurückzuziehen, gerade lange genug, um ganz leicht Miss Slaughters Fingerspitzen zu berühren. Zum ersten Mal an diesem Abend sah sie ihn an.

Er würde sie in keiner Weise kompromittieren. Doch falls sie ihn verstehen wollte, musste ihr klar sein, was er dachte. *Ich passe auf, was du mit diesen Karten tust. Glaube bloß nicht, dass du mich ein zweites Mal hereinlegen kannst!*

Sie zeigte keine Reaktion. Ihr Blick ruhte teilnahmslos auf ihm wie auf einer Tapete, während ihre Hände aus allen Richtungen die Karten zusammenschoben. Sie blickte einen der anderen Spieler an, und erst als sie einen zufälligen Haufen vor sich liegen hatte, wandte sie sich den Karten zu.

Falls sie irgendwelche Tricks anwandte, war jetzt der Zeitpunkt. Doch sie klopfte lediglich den Stoß gerade und begann zu mischen, und zwar ziemlich behäbig, bevor sie ihren linken Nachbarn abheben ließ. Dann teilte sie die erste Karte aus, auf deren Grundlage jeder Spieler setzte.

Mit Daumen und Fingern nahm Will die Karte auf, sodass seine und ihre Fingerabdrücke zusammenfielen. Karo-Ass. Teufel! Sie *wollte* ihn in Versuchung führen.

Ihm gegenüber betrachtete sie ihre eigene Karte, und ihre Stirn kräuselte sich leicht. Vielleicht spielte sie heute ehrlich. Vielleicht hatte sein warnender Blick Erfolg gehabt. Jetzt, da er darüber nachdachte, fiel ihm auf, dass sie die Karten beim letzten Mal angesehen hatte, als sie sie zusammengeschoben hatte. Vermutlich hatte sie sie irgendwie heimlich sortiert.

Teufel noch mal. Ein Ass! Was wäre er für ein Mann, wenn er da nichts riskierte? Er schob fünfundzwanzig Pfund in die Mitte.

Eine zweite Karte wurde ausgeteilt. Will schielte unter die Ecke und erblickte eine Pik-Drei. Vierzehn insgesamt, oder vier, wenn er wollte. Mit der dritten Karte konnte er unmöglich überkaufen, und er hatte zwei Möglichkeiten, auf einundzwanzig zu kommen. Wenn er natürlich als Nächstes eine Zehnerkarte aufdeckte, würde das die Aussichten ändern. Eine harte Vierzehn wäre wesentlich weniger attraktiv.

Sein Nachbar beendete seinen Zug und Miss Slaughter blickte ihn wieder an. »Möchten Sie noch eine Karte kaufen?«

»Ich könnte auch twisten! Es sei denn, Sie haben die Regeln geändert?« Es waren die ersten Worte, die sie wechselten, seit er sie überredet hatte, sich von ihm nach Hause begleiten zu lassen. Dass er sich dessen bewusst war – dass sie viel besser miteinander bekannt waren, als sie schon den ganzen Abend über vorgaben –, war die einzige Entschuldigung dafür, dass ihre Frage ihn nicht sofort stutzig gemacht hatte.

»Natürlich«, murmelte sie mit gesenktem Blick, wie aus Verdruss über ihren Fehler. »Kaufen oder twisten.«

Jetzt wurde er *sehr* stutzig. Sie kannte die Regeln. Daran zweifelte er kein bisschen.

Sie hatte mit voller Absicht gesprochen. Sie riet ihm, zu kaufen.

Zu wessen Vorteil jedoch? Wollte sie ihm helfen, oder machte sie sich einen Spaß daraus, ihn abermals zu prellen, obwohl er es besser wissen sollte?

Sie hatte das Kinn vorgestreckt und sah ihn an, geduldig und teilnahmslos. Zum Henker mit seiner Begriffsstutzigkeit und ihrem Pokerface. Er wurde nicht im Geringsten schlau aus ihrer Miene. Wenn sie auf seinen Ruin aus war, so verrieten Augen und Mund nicht das leiseste Anzeichen davon, weder kribbelige Ungeduld noch kaltherzige Entschlossenheit.

Er legte den Kopf schief und schielte unter das Ass. »Noch

eine, verdeckt«, sagte er und zählte weitere fünfundzwanzig Pfund ab.

Die Karte kam und er sah sie an. Kreuz-Zwei. Seine Nackenhaare stellten sich auf. Zwei plus drei plus eins waren sechs. Das war schon mehr als der halbe Fünfkartentrick, und er hatte noch fünfzehn Augen Platz.

Was zum Teufel führte sie im Schilde? Falls irgendetwas nicht mit rechten Dingen zugegangen war, so hatte er es nicht bemerkt. Doch wie wahrscheinlich war es, dass er drei so niedrige Karten nacheinander gezogen hatte, ohne dass sie nachgeholfen hatte? Er warf ihr einen Blick zu, doch ihre Miene verriet wie immer gar nichts.

Ohne Frage musste er noch mindestens eine Karte kaufen. Eine Fünf oder etwas Niedrigeres würde ihm den Fünfkartentrick und den doppelten Gewinn garantieren. Er schob ihr das Geld hin.

Und natürlich war die nächste Karte eine Sechs. Harte zwölf: eine Zehn oder eine Bilderkarte wäre jetzt fatal. Wenn alles dem Zufall überlassen war, war so eine Karte längst überfällig. Und wenn die verflixte Kreatur ihm gegenüber die Fäden zog, konnte sie ihn auf grausame Weise ins Unheil stürzen, nachdem sie ihn mit ihren Zweien und Dreien und Assen geködert hatte.

Kaufen, hatte sie gesagt. In diesem Raum war *nichts* dem Zufall überlassen.

Will lehnte sich zurück und trommelte mit den Fingern gegen die Lippen, während er seinen Blick scheinbar abwesend auf ihr ruhen ließ. Wenn sie ihm doch nur ein Zeichen geben würde … aber dann würde er immer noch nicht wissen, ob er ihr vertrauen sollte. Vielleicht würde er sich auch einbilden, dass etwas in ihren leeren Augen aufglomm, irgendeine kryptische Botschaft, die nur für ihn bestimmt war, irgendeine chiffrierte Nachricht, die er so lange entschlüsseln würde, bis sie *Vertrau mir* bedeutete. Und dann? Sollte er?

Es war auch gar nicht so wichtig. Er musste ohnehin eine Karte nehmen; die Frage war nur, ob er den Einsatz erhöhen sollte oder nicht. Fünfundsiebzig Pfund waren ihr sowieso schon sicher, falls sie ihn gerade prellte. Die fünfundzwanzig, die er sparen würde, wenn er jetzt einen Rückzieher machte, würden seinen verletzten Stolz nicht annähernd aufwiegen.

Er lehnte sich wieder vor. »Wenn schon, denn schon«, sagte er und warf zwei Zehner und einen Fünfer in den Topf.

Wie von einer Sprungfeder getrieben bewegte sich ihr Daumen und zog in einer einzigen, fließenden Bewegung eine Karte vom Stapel, die sie mit den Fingerspitzen auffing und ihm zuschob.

Er deckte sie auf. Pik-Ass. Seine Lungen füllten sich mit wunderbarer, verrauchter Luft, und erst da wurde ihm klar, dass er nicht mehr richtig geatmet hatte, seit sie begonnen hatte auszuteilen.

»Schön gemacht, Blackshear!« Eine unerwartete Freundlichkeit von seinem linken Nachbarn, einem Herrn, dessen Namen in Erfahrung zu bringen er sich nicht die Mühe gemacht hatte. Er grinste – es fiel ihm ganz und gar nicht schwer – und nickte dem Mann zu.

Gütiger Gott. Zweihundert Pfund in einer einzigen Runde. Seine hundertachtzig zurück, und zwanzig obenauf. Das Doppelte von dem, was er in den letzten sechs Stunden mühsam zusammengeklaubt hatte, und mehr als dreimal so viel, wie er bisher im *Beecham's* gewonnen hatte. Die Karten schnappten wundervoll, als er sie alle aufdeckte. Miss Slaughter sah nicht einmal hin; sie war bereits mit dem nächsten Spieler beschäftigt.

Es wurde weitergespielt, doch das Spiel konnte ihn jetzt nicht mehr besonders interessieren. Auf der Höhe seines Erfolgs aufzuhören war Disziplin von der süßesten Sorte. Und er wollte doch wohl hoffen, dass er klüger war, als ihr Geschenk nicht zu schätzen zu wissen, oder das Schicksal herauszufordern – zur Hölle, *sie* herauszufordern –, indem er auch nur einen Teil seines Geldregens in einer weiteren Runde aufs Spiel setzte.

Als der letzte Spieler gestorben war und die Bankerin die drei Spieler, die mehr als sie gewonnen hatten, ausgezahlt hatte, strich Will sein Geld ein und stand auf. Er zögerte kurz und kämpfte gegen den Drang an, auf ein Zeichen zu warten, auf ein nur ihm verständliches Zeichen der Anerkennung dessen, was geschehen war.

Sie sah nicht auf. Im Gegenteil, sie lehnte sich mit schweren Augenlidern zurück an die Schulter des Mannes, auf dessen Knien sie saß, und legte träge eine Hand an dessen Kinn.

Recht so. Mochte es ihm eine Lehre sein. Er nahm seine Handschuhe und zwängte ungeduldig die Finger hinein, während er davonging.

Sie kann dich nicht leiden. Sie will dich nicht. Sie ist weder großzügig noch freundlich. Gute, stärkende Worte, die er sich den ganzen Weg über vorsagen sollte.

Doch bei jedem Mal fragte er sich, was in sie gefahren sein mochte, ihm seine hundertachtzig Pfund zurückzugeben.

5

Mit einem geheimnisvollen Lächeln strich die Frau im Spiegel über den indigoblauen Stoff ihres Kleids und über die blauen Seidenbänder, die sich auf ihrem Busen kreuzten und direkt darunter die Fülle des Stoffs rafften. Wo die meisten ihrer Kleider ihre Kurven lediglich andeuteten, stellte dieses sie ungeziert und ohne jede Entschuldigung zur Schau. Das war die Form, die zu ihr gehörte.

»Es steht dir sehr gut, ich wusste es.« Maria hatte ihr gemustertes weißes Musselinkleid bereits anprobiert und sah mit selbstzufriedener Miene von einem Stuhl aus zu. »Der Schnitt schmeichelt deiner Figur, aber es ist nicht ganz so gewagt wie das violette.«

»Mir gefällt das violette besser.« Eliza stand vor dem nächsten Spiegel und verrenkte sich den Kopf, um den Rücken ihres eigenen Kleids zu bewundern, einer aufregenden Kreation aus Goldstickerei mit einer breiten roten Borte. »Das hier überlässt bis auf deinen Busen alles der Fantasie. Das violette wird fast an dir kleben, wenn du dich bewegst.«

Das würde es. Das Unterkleid aus gestrickter Seide war so figurbetont geschnitten, dass darunter kaum Platz für einen einzigen Unterrock sein würde. Das Überkleid hatte einen traditionelleren Schnitt, aber es war aus so dünner Gaze, dass jeder, der Augen hatte, das eng anliegende Unterkleid darunter bewundern konnte, soviel er wollte.

»Sie sind beide prachtvoll.« Maria stand auf, um Lydias geschlitzten Ärmel zurückzuziehen, damit mehr von der königsblauen Seide darunter zum Vorschein kam. »Aber ich finde, zu Mr Moss' Musikabend solltest du dieses hier tragen.«

Eliza stöhnte. »Er erwartet nicht wirklich, dass wir kommen, oder? Einer gefallenen Frau könnte man so etwas Langweiliges ruhig ersparen, finde ich. Warum muss ich genauso viel Harfengeklimper und Gejaule in einer Sprache, die kaum die Hälfte der Anwesenden versteht, über mich ergehen lassen wie ein respektables Fräulein?«

»Kurtisanen *sind* respektabel, wie oft muss ich dir das denn noch sagen?« Maria warf einen missbilligenden Blick Richtung Spiegel, während sie den zweiten Ärmel zurechtzupfte. »Selbst eine Musikbanausin wie du sollte den gesellschaftlichen Anlass zu schätzen wissen. Weiß Gott eine willkommene Abwechslung vom Spielclub.«

Lydia strich abermals mit der Handfläche über den Stoff. Sie sollte das Kleid jetzt wieder ausziehen und einpacken lassen. »Mr Roanoke hat davon gesprochen, nächsten Monat eine Hausgesellschaft zu geben. Hat er das einem eurer Gentlemen gegenüber erwähnt?«

»Eine Hausgesellschaft?« Eliza fuhr herum. »Na, das klingt doch viel versprechend! Was meinst du, wird er Captain Waterloo einladen? Ungebundene Herren machen sich bei einem solchen Ereignis immer gut.«

Ungebundene Herren. Captain Waterloo. Also wirklich. »Er ist kein Captain. Er *war* Leutnant, aber er hat sein Patent verkauft, also ist er jetzt vermutlich gar nichts mehr.« Die Worte klangen nicht sehr anmutig in ihren Ohren. So dankte sie ihm also seine Freundlichkeit gegenüber Jane.

Aber sie hatte sie ihm bereits beim Spiel gedankt, oder etwa nicht? Man musste sich solche Großzügigkeit ja nicht zur Gewohnheit werden lassen. »Er ist einfach nur ein Gentleman«, sagte sie nach einer Pause. So viel war dem Anstand geschuldet. »Einfach nur *Mr Blackshear*, falls ihr seinen Namen wissen wollt. Habe ich gehört.« Sie winkte einer der Ankleidedamen und verschwand in der Kabine.

»Blackshear.« Eliza ließ sich den Namen wie eine reife Orange auf der Zunge zergehen. »Gefällt mir.«

Na dann konnte Eliza sich ja mit ihm vergnügen, wenn sie alle nach Chiswell fuhren. Warum auch nicht? Vermutlich würde es ihm guttun. Wenn er seinen Drang, den Retter spielen zu wollen, ablegen konnte, würde er sich mit ihr bestimmt gut amüsieren. Und Eliza sich mit ihm.

Lydia hob die Arme, und indigoblaue Seide glitt knisternd über ihre Haut. Sie fühlte den kühlen Stoff an ihren Schultern und im Gesicht. In der Kabine gab es auch einen Spiegel, wenn auch nur einen kleinen und weniger guten. Die Frau darin sah ganz und gar nicht geheimnisvoll aus. In Hemd und Mieder war sie nicht mehr als die Summe ihrer Enttäuschungen: verlassen, verwaist, unfruchtbar, müde und einsam, und schon lange nicht mehr zu retten.

Sie wandte ihrem Spiegelbild den Rücken zu. Was für ein Unsinn. Retten. Das war nie möglich gewesen. Und selbst wenn, hätte sie es nicht gewollt. Sie hätte jedem Mann, der es versuchen wollte, ins Gesicht gelacht.

Das Geschäft war vom Lachen der Damen erfüllt. Vielleicht ging es immer noch um Captain Waterloo. Für Lydia war das Thema beendet.

Weinroter Satin verhüllte die Welt, als ihr das alte Kleid über den Kopf gestreift wurde.

Er war freundlich zu ihr gewesen. Sie hatte sich mit dem, was ihr am meisten bedeutete, erkenntlich gezeigt. Sie waren quitt, und nun konnte sie sich wieder wichtigeren Dingen zuwenden.

Jack Fuller trug seine Narben offen zur Schau. Er war ein fröhlicher, blonder Teufel von einem Mann gewesen, als sie sich vor zwei Jahren beim Dreißigsten Infanterieregiment kennengelernt hatten. Der Logik nach dürfte sein Haar immer noch blond sein, doch jetzt wuchs es nur noch an vereinzelten Stellen, und außerdem war es extrem kurz geschoren, vielleicht um den Kontrast zu den Stellen, an denen nie wieder Haar wachsen würde, möglichst gering zu halten. Er konnte sich wohl glücklich schätzen, noch am Leben zu sein. Ob er es tat, hatte Will nie herausgefunden.

»Sie wird ein Dreimaster, getakelt wie diese hier, aber größer. Dreihundertfünfzig Tonnen, nicht bloß dreihundert.« Auf seinen dicken Gehstock gestützt schritt Fuller zur Backbordreling hinüber. Er hatte nicht nur Verbrennungen davongetragen, sondern hinkte auch. Niemand hatte sich die Mühe gemacht, zu amputieren, denn niemand hatte erwartet, dass er überleben würde, und das verwundete Bein war krumm zusammengewachsen.

Will folgte. In den Warenhäusern auf dem Kai lag die Ladung, die einige Tage zuvor gelöscht worden war. »Holz läuft im Augenblick gut, schätze ich.«

»Mehr als gut.« Fuller drehte sich um und deutete mit dem Stock. »Siehst du, wie am Südufer gebaut wird? Ein neuer Kai, ganz dem Holzhandel gewidmet. Wir werden dort hoffentlich bald ein Lagerhaus haben, das genau auf unsere Fracht zugeschnitten ist.«

Das Schiff schaukelte ruhig auf den Wellen des Flusses. Die Rah und die Takelage waren abgenommen worden und lagen auf dem Deck. Für eine Landratte sah es nach einem heillosen Durcheinander aus. Mit jedem Atemzug drang Will Werggeruch in die Nase und erinnerte ihn an seine beiden Überfahrten über den Kanal. Verglichen mit den Entfernungen, die dieses

Schiff zurücklegte, war das kaum mehr als ein Schritt über den Rinnstein gewesen.

»Und natürlich hat sich der amerikanische Markt in den letzten paar Jahren geöffnet.« Er nahm den Stock wieder unter den Ellbogen. »Dem unabhängigen Händler steht jetzt alles offen. Keine East India Company, die einem alles wegschnappt, wie beim Tee.«

»Dein Geschäft läuft erstaunlich gut, wenn man bedenkt, dass du gar nicht vorhattest, das Familienunternehmen zu übernehmen.«

Fuller lachte, ein einzelnes Bellen, das seinen Mund schmerzhaft verzog und auf der ruinierten Haut um seine Augen herum überhaupt keine Spuren hinterließ. »Mein Geschäft läuft erstaunlich gut, wenn man bedenkt, dass ich eigentlich irgendwo in Hougoumont in einem Massengrab verrotten sollte, meinst du wohl, während mein Bruder ausrechnet, wie viele Auswanderer die Überfahrt nach Neufundland bezahlen müssen und wie viele Dauben und Eichenmasten zurückkommen müssen, damit die Reise sich lohnt.« Er drehte sich wieder zum Nordufer um. »*Er* war derjenige mit dem Talent für so was, und unser Vater vor ihm. Ich glaube, es ist nur mein falscher Familienstolz, der mich davon abhält, alles vor die Hunde gehen zu lassen.«

Ein Hoch auf den falschen Familienstolz, und noch eins auf die unverwüstliche praktische Veranlagung der Händlerschicht! Das war ein einfallsreicher und verdammt fleißiger Haufen. Kaum ein blaublütiger Gentleman, der in Fullers Zustand aus dem Krieg zurückgekommen war, hätte wohl das Zeug dazu gehabt, mit seinem Leben nach diesen neuen Regeln noch einmal von vorne anzufangen. Ein vornehmer Investor tat zweifellos gut daran, sein Geld in solche Hände zu legen.

Die Frage war nur, ob der Händler sich dem Investor anvertrauen sollte. Dreitausend Pfund hatte er dem Mann versprochen. Im Augenblick hatte er elfhundertsechzig, und zwar inklusive dem, was er für Miete und seine sonstigen Ausgaben brauchte.

Will bückte sich und hob einen Werg- und Pechklumpen auf, der sich aus den Fugen zwischen den Deckplanken gelöst hatte. Das Zeug musste ständig erneuert werden, hatte Fuller erklärt, sowohl auf See als auch im Hafen. Irgendjemand war immer damit beschäftigt, ein Segel zu flicken, einen neuen Spat zu machen oder das Deck mit Salzwasser zu schrubben. Keine Zeit für Grübelei auf so einer Seereise. »Hast du schon mal darüber nachgedacht, mitzufahren?« Er verzwirbelte die Fasern zwischen den Fingern. »Selbst einen Blick auf die Neue Welt zu werfen?«

Fuller schüttelte den Kopf. »Zu gefährlich. Stürme, Krankheit, verfaulter Proviant, ausgegangener Proviant … Ich habe dem Tod einmal ins Auge gesehen, und ich glaube nicht, dass ich ihm ein zweites Mal von der Schippe springen könnte. Aber du könntest es dir vorstellen?« Er warf Will einen Blick über die Schulter zu. »Du hättest Lust auf eine Atlantiküberquerung?«

»Auf Stürme und verfaulten Proviant ganz sicher nicht.« Jetzt hatte er Pech am Finger. *Idiot*. Für neue Handschuhe hatte er im Augenblick wirklich nicht das Geld. »Aber ich gebe zu, dass mich die Vorstellung reizt, alles zurückzulassen und noch mal ganz von vorne anzufangen.«

»Die Option habe ich nicht. Dieses Gesicht begleitet mich, wohin ich auch gehe.« Fuller senkte den Blick und sah den Wellen zu. »Und das, was man zurücklässt, sieht aus der Ferne nur noch halb so schlecht aus. Ein Klotz am Bein zum Beispiel. Wenn ich geahnt hätte, dass ich als Bruchware zurückkommen würde, hätte ich das erstbeste Mädchen geheiratet, das mich genommen hätte. Dann hätte sie mich jetzt am Hals, inklusive Narben und allem.«

»Ich schätze, die meisten Männer kommen auf die eine oder andere Weise beschädigt zurück.« Die Worte hingen zaghaft in der Luft, so als sähen sie sich danach um, ob ihnen weitere folgen würden oder nicht. »Vielleicht nicht unbedingt so, dass eine Heirat ausgeschlossen ist, aber in manchen Fällen so, dass es der Frau gegenüber unfair wäre. Ich hätte keiner meiner Schwestern einen Mann gewünscht, der sie mit Albträumen belastet, oder der vergisst, wo er sich befindet, und bei jedem lauten Geräusch glaubt, wieder auf dem Schlachtfeld zu stehen.«

»Ich habe von dergleichen Leiden gehört«, nickte Fuller, ohne sich umzudrehen, sodass Will ihm so viel oder so wenig anvertrauen konnte, wie er wollte.

»Mich plagt nichts so Schlimmes.« Er wandte sich um und warf den Pechklumpen in die Themse, wo er ihn sofort zwischen all dem sonstigen Unrat auf der Wasseroberfläche aus den Augen verlor. »Es ist nur so, dass sich meine Gemütslage verändert hat. Ich glaube, die Ehe verlangt eine gewisse … zuversichtliche Grundhaltung, und ich … ich kann irgendwie nicht mehr so viel Zuversicht aufbringen wie früher.«

Unter ihnen tanzte das Treibgut auf den Wellen. Will lehnte schweigend mit dem Rücken an der Reling und ließ den Blick von Fuller zu seiner Linken nach unten auf das Wasser wandern. Auch Worte tanzten dort, Worte, die auszusprechen er einst anmaßend genug gewesen war.

Ich bringe dich ins Krankenhaus. Und dann nach Hause zu deiner Familie. Ich schwöre bei meiner Seele, ich lasse dich nicht sterben!

Auch andere Worte, die er niemandem gegenüber je aussprechen würde: *Mit einer Trage hätte es womöglich genauso geendet. Vielleicht war er sowieso schon verloren. Aber das werde ich nie wissen.*

Und: *Er hat mir vertraut. Er hat zu mir aufgesehen und an ein Versprechen geglaubt, das ich niemals hätte geben dürfen.*

Und dann das pechschwarze Stück Treibgut, das zu düster war, sich überhaupt in Worte fassen zu lassen. Unvollständige Erinnerungsfetzen, die ihm niemals gänzlich aus dem Sinn gingen. Der nasskalte Morgen. Seine Hände. Der Puls an Talbots Hals, der geduldig gegen seinen Daumen pochte. Die Geräusche.

Was hättest du sonst tun sollen? Ihn noch Gott weiß wie viele Stunden länger leiden lassen, zwischen den Leichen auf dem Feld, oder in dieser Höllenkirche?

Will sog die kalte Luft ein. Er hatte wieder eine depressive Phase. Nur eine Phase. Phasen gingen vorbei. Bis jetzt hatte er sie alle unbeschadet überstanden, und das würde er auch diesmal.

»Das ist vermutlich keine Seltenheit. Fehlende Zuversicht.« Am Klang von Fullers Stimme erkannte Will, dass dieser den Kopf erhoben hatte und nun den Horizont ansprach. »Aber ich könnte mir trotzdem vorstellen, dass eine Frau die Rettung wäre. Eine warmherzige, verständnisvolle Frau. Eine hoffnungsvolle Frau, die einen aufmuntern kann, wenn es einem an Zuversicht mangelt, und die einen daran erinnert, was gut ist an einem selbst und an der Welt. Es gibt nichts Besseres, um einen Mann ans Leben zu binden. Außer Kindern vielleicht, und die würden mit etwas Glück folgen.«

Trauer wallte in Wills Kehle auf und ab und hinterließ einen metallenen Nachgeschmack. Schlimm genug, dass er selbst für eine solche Frau und für Kinder nicht mehr geeignet war – für Fuller bestand wenig Hoffnung, dieses Glück jemals zu erfahren, und in seiner Beschreibung hatte nicht eben wenig

Sehnsucht mitgeschwungen. Welch ein grausamer Ort die Welt doch war, alles in allem.

»Da hast du zweifellos recht.« Er wandte sich wieder dem Deck zu. »Ich fürchte nur, ich habe nicht wirklich die Geduld für die Anlässe, bei denen man solchen Frauen begegnet. Menschenansammlungen. Musikalische Soireen. Kartenabende mit höflichen, winzigen Einsätzen.«

»Soireen?« Fuller legte den Kopf schief wie ein Hund, der eine unerwartete Witterung aufgenommen hatte und sie aus dem allgemeinen Geruch herauszufiltern versuchte.

»Ein sinnloser Zeitvertreib der Hochwohlgeborenen.« Will rieb den Fleck auf seinem Handschuh zwischen Daumen und Zeigefinger. »Irgendeine Dame, die nicht im Traum daran denken würde, öffentlich aufzutreten, singt etwas vor oder spielt Klavier, und alle Anwesenden geben vor, sich dabei prächtig zu amüsieren, ob es stimmt oder nicht.«

»Kurios. Aber ich muss gestehen, dass ich an so was in der Richtung gedacht habe, als ich dir die Beteiligung angeboten habe.« Er machte eine vage Handbewegung. »Du bist ein Gentleman. Du kennst dich mit Soireen aus und so. Ich habe fest vor, dich den Amerikanern zu präsentieren, wenn sie kommen. Mit dir wird mein Geschäft viel imposanter und vornehmer wirken, als wenn ich allein dastehe.«

Will nickte lachend, obwohl ihn ein ungutes Gefühl beschlich. *Und ich muss gestehen, dass ich alles andere als sicher bin, dass ich das Geld bis Ende April auftreiben kann. Ich kann dir nicht guten Gewissens empfehlen, mich in deine Pläne einzubeziehen.*

Nein. Er würde das Geld auftreiben. Irgendwie. Der März war noch nicht einmal halb vorbei. Offenbar besaß er doch mehr Zuversicht, als er angenommen hatte, denn er war noch nicht bereit, aufzugeben.

»Musikalische Soireen«, murmelte er stattdessen. »Dann sollte ich mich wohl besser darüber schlaumachen. Ich glaube, ich bin gerade diese Woche zu einer eingeladen.«

Selbstmitleid war etwas für Schwächlinge. Nicht für sie. Zwar hatte sie früher auch gelegentlich vor einem Publikum wohlgesinnter Nachbarn singen dürfen, doch es konnte nicht schaden, sich in Erinnerung zu rufen, dass man sie immer erst als Dritte oder Vierte aufgefordert hatte, nachdem die talentierteren jungen Damen an der Reihe gewesen waren.

Lydia streifte den zweiten Handschuh ab und ließ ihn sich in den Schoß fallen. Mr Moss hatte definitiv zu viel Geld. Sie hatte durch drei geöffnete Türen gespäht und in jedem Raum mindestens ein halbes Dutzend brennender Kerzen und ein Kaminfeuer entdeckt.

Und in diesem Raum endlich den Kartentisch.

Sie teilte den Stoß und mischte, und die Karten rauschten lieblich wie Applaus. Das war genug der Anerkennung für sie. Sie spürte, ohne hinzusehen, wo acht Karten ungestört beieinanderblieben und keine Karte aus ihrer anderen Hand dazwischenfuhr. Das sollte ihr erst einmal eine dieser Nachtigallen drüben im Salon nachmachen.

Acht Karten, neun Karten, zehn, elf waren ungetrennt durch den Mischvorgang gekommen, als sie aus dem Augenwinkel eine schwarz gekleidete Gestalt in den Türrahmen treten sah. Ein Muskel in ihrem Nacken zuckte. Mr Blackshear. Sie wusste es, ohne sich umzudrehen. Sie hatte ihn im Salon in der letzten Reihe entdeckt, als sie sich in der Pause hinausgestohlen hatte, und offenbar hatte sie genauer auf seine Garderobe geachtet, als ihr bewusst gewesen war.

Auch auf seine Weste. Es war die kupferfarbene, die er auch in der Tottenham Court Road getragen hatte, als er mit seiner

Schwester aus Camden Town gekommen war. Selbst aus dem Augenwinkel konnte sie sehen, wie das exorbitante Kerzenlicht den Stoff aufleuchten ließ.

Wem in Camden Town konnte dieser Putz gegolten haben? Erst jetzt fragte sie sich das.

Aber das ging sie nichts an. Er konnte besuchen, wen er wollte. Sie hatte ihm sein Geld zurückgegeben, und jetzt gingen sie wieder getrennte Wege. Sie teilte zwei Karten aus, ohne aufzublicken. »Spionieren Sie mir nach, Mr Blackshear?« Nur für den Fall, dass er glaubte, sie wieder überraschen zu können.

»Ganz und gar nicht. Verzeihen Sie die Störung.« Der Stoff seiner Weste funkelte, als er eine Verbeugung andeutete. »Ich habe bemerkt, dass Sie sich abgesondert haben.«

»Ich dachte, es sei Pause gewesen.«

»Ja, natürlich. Ich meinte von der Gruppe beim Buffet. Ich hoffe, es ist alles in Ordnung?«

»In bester Ordnung.« Sie deckte die erste Karte auf – Kreuz-Ass – und die zweite – Kreuz-König. »Aber ich muss gestehen, dass Sie mir besser gefallen haben, als Sie aufmarschiert sind und mich des Betrugs bezichtigt haben. Mit Ritterlichkeit und guten Manieren kann ich nichts anfangen.«

»Dann spreche ich eben ganz offen.« Wie schnell er den Mantel des Edelmuts ablegte. Interessant. »Ich habe nach Ihnen gesucht, denn ich möchte Sie etwas fragen. Vermutlich können Sie sich denken, worum es geht.«

Und ob sie das konnte. Er hätte schon ein Holzkopf von allererster Güte sein müssen, um über das, was sich am Samstag im *Beecham's* abgespielt hatte, nicht stutzig zu werden. Darüber war sie sich im Klaren gewesen, bevor sie ihm das Karo-Ass ausgeteilt hatte. Und hatte es dennoch getan.

Nun, er durfte fragen, soviel er wollte. Er würde ja sehen, was für Antworten er bekam. »So?« Sie reckte das Kinn, sah ihn endlich an und drehte sich zu ihm um, einen Arm auf dem Tisch, den anderen auf der Stuhllehne. »Vermutlich wollen Sie mein neues Kleid bewundern.«

»Nein. Es geht um etwas ganz anderes.« Er machte dennoch eine Pause und ließ den Blick über die indigoblaue Seide streifen. »Aber das Kleid verdient in der Tat ein Kompliment. Ich denke, da wird mir kein Mann auf der Welt widersprechen.«

»Gut möglich. Ich rate Ihnen dennoch, sich Ihre Lobrede aufzusparen, bis Sie mein anderes neues Kleid gesehen haben.« Mit einer ausladenden Handbewegung nahm sie König und Ass wieder auf.

»Miss Slaughter … flirten Sie mit mir?« Seine Augen zogen sich kurz zusammen, wie bei einem Seemann, der die Fahne eines Schiffs am Horizont zu erkennen versuchte. Dann verzog sich sein Mund und ein Lächeln breitete sich auf seinem Gesicht aus, während sich seine Haltung entspannte und er sich mit Arm und Schulter gegen den Türrahmen lehnte. »Sind Sie so verzweifelt, dass Ihnen jedes Mittel recht ist, um mich von meinem Anliegen abzulenken?«

Das war doch mal ein Mann nach ihrem Geschmack, lebhaft und angriffslustig. »Unsinn.« König und Ass verschwanden präzise platziert im Stapel. »Wenn ich im Sinn hätte, Sie abzulenken, hätte ich ja mit meinem erotischen Spektakel beginnen können.«

Oh, wie ihm das gefiel! Seine Augen verengten sich abermals, seine Lider senkten sich und sein Grinsen wurde boshaft. »Eine Solodarbietung also? Ich bin fasziniert.«

»Ja, vielleicht.« Ha! Als wenn sie sich so leicht schockieren ließe. »Vielleicht aber auch eine Darbietung, die die Mitwirkung eines Freiwilligen aus dem Publikum erfordert.« Sie schuldete diesem Mann nichts. Sie brauchte ihre Worte nicht auf die Goldwaage zu legen, wie bei Edward. Sie konnte so frech werden, wie es ihr gefiel.

»*Das* hätte mich vermutlich in der Tat abgelenkt. Flirten jedoch nicht.« Seine Haltung war noch immer entspannt, doch er war nicht von seinem Anliegen abzubringen. »Ich möchte wissen, was am Kartentisch im *Beecham's* geschehen ist, als wir uns zuletzt gesehen haben.«

Sie teilte den Stoß und mischte. »Da hatten Sie eine bemerkenswerte Glückssträhne, wenn ich mich recht entsinne.«

»Pah. *Sie* haben mir diese Karten zugeschanzt.« Sie blickte nicht auf, doch sie spürte seine geduldige Ruhe. Er hatte nicht vor, den Raum ohne eine Antwort zu verlassen. »Ich will mich ganz gewiss nicht beklagen, im Gegenteil.« *Ah, wieder dieser tiefere Tonfall.* Der, mit dem er sie schließlich überredet hatte, sich von ihm nach Hause bringen zu lassen. »Aber ich kann mir beim besten Willen nicht vorstellen, wie Sie das gemacht haben. Oder warum.«

Sie spielte mit den Augenbrauen, um noch konzentrierter auszusehen, und senkte den Blick. »Niemand außer Ihnen hat mich je des Betrugs bezichtigt.«

»Vermutlich, weil Sie so gut sind.« Schmeichelei. Und vermutlich wahr. »Sie wissen, dass ich nichts verraten werde. Das läge nicht gerade in meinem Interesse, oder?«

Vielleicht nicht. Vielleicht doch. Das war aber gar nicht der Punkt. Er würde sie nicht verraten, egal ob es in seinem Interesse lag oder nicht. Es gab Dinge, die eine Frau einem Mann bereits nach wenigen Begegnungen anmerken konnte, und das hier merkte sie ihm an.

Sie sollte ihn natürlich wegschicken. Sich mit einem Mann hier einzuschließen, vor allem, wo Edward im Hause war, wäre unklug.

Aber Edward hatte mal wieder zu tief ins Glas geschaut und

würde vermutlich die zweite Hälfte des Konzerts verschlafen. Er würde gar nicht mitbekommen, ob sie zurückkam oder nicht, und außerdem hatte sie heute Abend bei ihm einen Stein im Brett, wegen des neuen Kleids, das bereits einmal ausgezogen worden war, als er sie abgeholt hatte, und zweifellos ein weiteres Mal ausgezogen werden würde, wenn er sie zurückbrachte.

Und es war ja auch nicht so, als hätte Mr Blackshear etwas Unanständiges vor. Er wollte sich mit ihr über Karten unterhalten.

Niemand wollte sich je mit ihr über Karten unterhalten.

»Schließen Sie die Tür.« Sie klopfte den Stoß auf dem Tisch gerade. »Setzen Sie sich.«

Mit sechs Schritten war er beim Stuhl auf der anderen Seite des Spieltischs. Für einen Mann, der marschieren gelernt haben musste, war sein Gang erstaunlich entspannt und nonchalant. Das hatte sie natürlich nicht bemerken können, als er sechs Schritte hinter ihr gegangen war.

Er setzte sich. Sie lehnte sich ein wenig vor, um den Stoß vor ihn zu legen, und entdeckte einen unerwarteten Geruch. Bay Rum. Der war in jenem Korridor im *Beecham's* nicht da gewesen. Was auch immer ihn zu seiner feinen Garderobe veranlasst hatte, hatte offenbar auch neues Haarwasser erforderlich gemacht.

Das ging sie nichts an. »Teilen Sie zehn Hände aus.« Sie setzte sich auf, und der nelkenähnliche Geruch verflog wie die letzten Fetzen eines angenehmen Traums. »Nicht weniger als drei Karten pro Hand, nicht mehr als fünf.«

Er teilte aus, flüssig und schweigend, und ohne Fragen zu stellen. Sehr lobenswert.

»In Ordnung«, sagte sie, als er fertig war. »Jetzt decken Sie sie bitte auf, sodass alle Karten zu sehen sind.« In ihren Handgelenken, in ihrem Hals, in der Brust hämmerte ihr Puls erwartungsvoll, während ihre Gedanken ruhig wurden und alle Dinge und Geräusche im Raum glasklar hervortraten.

Der sanfte, liebliche Rhythmus seiner Finger auf der Tischplatte und auf den Karten. Das dumpfe Schnappen der Karten, als er sie umdrehte. Das leise Rascheln, als er sie auseinanderschob, um ihr jeden König, jede Zehn, jede Sieben und jede Drei zu zeigen. Er lehnte sich zurück, und als sie aufblickte, sah sie, dass er sie erwartungsvoll anschaute, die Brauen ein winziges bisschen zusammengezogen.

Sie verschränkte die Hände auf dem Tisch. Streckte und krümmte die nackten Finger. Gestattete ihrem Mund ein sphinxähnliches Lächeln. »Also dann. Sprechen Sie.«

»Sprechen?« Ihr Lächeln hatte ihn angesteckt, es umspielte jetzt auch seine Mundwinkel. »Über welches Thema?«

»Das Thema ist egal. Es geht darum, mich abzulenken.« Den Blick noch immer auf sein Gesicht gerichtet begann sie, die Karten einzusammeln.

»Sie ablenken.« Seine Augenbrauen zuckten und zogen sich diabolisch zusammen. »Ich fürchte, ich habe kein erotisches Spektakel einstudiert.«

Ja. Genau so etwas. »Ich hätte auch nichts dergleichen erlaubt. Sie sollen mich durch Worte ablenken. Das Thema überlasse ich jedoch Ihnen. Bis ich die letzte Karte eingesammelt habe, dürfen Sie so ungezwungen sein, wie Sie möchten.« Die Karten sangen geradezu, als sie sie zusammenschob und jede einzelne geschickt in den wachsenden Stoß einfügte.

»Das klingt ja beinahe wie eine Herausforderung, Miss Slaughter.« Die Sache mit der Ritterlichkeit sollte er lieber ganz aufgeben – so, wie er sich jetzt auf seinem Stuhl geradezu fläzte, ein Handgelenk lässig auf der Tischkante, war er unendlich viel interessanter. »Sie haben doch sicher Strümpfe an, oder?« Und hier kam der Tonfall, den er zum Verführen anschlagen würde, sanft und rau zugleich, wie ein Vorgeschmack darauf, wie sich seine wettergegerbten Soldatenhände anfühlen würden.

Doch das würde sie nicht erlauben. Freie Hand ließ sie ihm nur bei der Themenwahl. »Natürlich trage ich Strümpfe.« Ihr eigener Tonfall veränderte sich nicht im Geringsten.

»Welche Farbe haben die Strumpfbänder?« Er hielt ihren Blick.

»Blau, heute Abend.« Sie hielt seinen Blick.

»Blau.« Er wiederholte das Wort, wie um von ihm Besitz zu ergreifen. Auf diese Weise könnte er Stück für Stück von einer Dame Besitz ergreifen, wenn sie keinen starken Willen besaß und nicht mit anderen Dingen beschäftigt war.

»Ja, blau. Das hätten wir also. Soll das etwa Ablenkung sein?« Natürlich sollte sie seine Gedanken spüren wie heiße Fingerspitzen, die sich bis zu der Stelle emporstahlen, an der ihr Strumpfband befestigt war. Und vermutlich würde sie das. Später. Im Augenblick verstärkten seine Worte nur die Klarheit, mit der die wichtigen Fakten zu ihr durchdrangen. Hier musste eine Kreuz-Dame liegen, und ihr linker Daumen wusste genau, an welcher Stelle sie sie in den Stoß schieben musste.

»Geben Sie mir Zeit.« Seine Stimme wurde noch ein wenig tiefer. »Dunkelblau, wie Ihr Kleid, oder mittel, wie die Borte?«

»*Königsblau* heißt es, nicht *mittel*! Und ich sagte ja bereits, dass Ihre Zeit begrenzt ist.« Sie warf ihren Kopf ein wenig zurück, um zu zeigen, wie unbeeindruckt sie war. »Falls Sie vorhaben, all meine Unterwäsche durchzugehen, sollten Sie sich beeilen.«

»Aber eilige Männer verpassen so viel! Es ist schön, bei diesen Dingen zu verweilen.«

Verweilen. Bei den Strumpfbändern auch noch. »Sie müssen ein grausamer Liebhaber sein.« Noch drei Karten. »Ein dermaßen langsames Vorspiel muss die Dame ja völlig aus dem Konzept bringen.«

»Das war doch meine Aufgabe, oder nicht? War ich denn wenigstens ein bisschen erfolgreich?«

»Sehen Sie selbst.« Sie klopfte den Stoß einmal mit der Kante auf den Tisch, um ihn zu glätten, und legte ihn vor Will.

Er hob ihn auf. Das Kreuz-Ass lag oben. Mit seinen langen geschickten Fingern zog er die Karte ab, und die nächste, und die übernächste, und die danach.

Ohne Zweifel war sie eingebildet. Wie sollte sie das auch nicht sein, während seine Züge vor Verblüffung weich wurden wie Butter? Asse, Zweien, Dreien, Vieren, alle in perfekter Reihenfolge. Er warf ihr einen Blick zu. Fünfen, eine Sechs, Siebenen. Eine Acht hatte sich zwischen den Siebenen versteckt, nicht weil er sie abgelenkt hatte, sondern weil ihre Finger sich manchmal verschätzten. Als er beim Pik-König angelangt war, saß er aufrecht und machte ein Gesicht wie Paris von Troja, als die drei Göttinnen aufgetaucht waren und von ihm verlangt hatten, die Schönste von ihnen auszuwählen.

So hatte sie noch nie ein Mann angesehen. So würde sie wohl auch nie wieder ein Mann ansehen. Unter seinem Blick fühlte sich ihr Innerstes einen Augenblick lang an wie ein geniales, feines Uhrwerk und nicht wie fehlbares Fleisch. Und plötzlich erkannte sie, dass sie gern für immer in diesem Augenblick verweilt hätte, wenn sie die Wahl gehabt hätte. Jeden verbleibenden Augenblick ihres Lebens hätte sie sich unter diesem verwandelnden Blick sonnen können.

Nein. Nicht verwandelnd. So *war* sie. Sie *war* so geschickt, so komplex, so brillant. Sie hatte das immer schon gewusst. Und nun wusste es auch jemand anderes.

6

»Wie zum Teufel haben Sie das gemacht?« Will war wie vom Donner gerührt, seine ganze Aufmerksamkeit erwartungsvoll auf sie gerichtet. Wie eine griechische Göttin sah sie ihn an, selbstsicher, mächtig, atemberaubend, und trotz des göttlichen Kleids, das ihre Figur umfloss und das Blau ihrer Augen unterstrich, war ihm, als hätte sie sich soeben vor ihm entblößt.

»Ich habe ein gewisses Talent für Zahlen und ein gutes visuelles Gedächtnis.« Sie legte eine Hand auf der Tischplatte in die andere. »Und geübte Finger natürlich.«

Entblößt? Teufel noch mal. Jetzt trug sie ihre ganze Nacktheit stolz zur Schau. Er berührte den Pik-König, der ganz oben lag. »Sie haben sich diese Karten angesehen, als ich sie umgedreht habe, und sich alle zehn Hände gemerkt, ohne ein weiteres Mal hinzusehen?«

»Ich hatte ein Bild im Kopf.« Stiller Stolz erhellte ihre Züge und schwang in ihrer Stimme mit. »Auf diese Weise erinnere ich mich. Wenn Sie eine Liste mit achtunddreißig Karten aufsagen würden, könnte ich sie vermutlich nicht wiederholen. Aber wenn ich sie sehe, kann ich mir eine Art Lageplan machen.«

»Achtunddreißig? Haben Sie sie gezählt?«

»Nicht bewusst. Aber die Hände hatten drei, drei, fünf, vier, drei, vier, fünf, vier, vier und drei Karten.«

»Gütiger Gott.« Er versuchte gar nicht erst, nachzurechnen. »Ihr Gedächtnis sagt Ihnen also, wo sich jede Karte befindet, und Ihr Zahlenhirn verrät Ihnen, wie Sie sie stapeln müssen.

Aber wie bringen Sie sie in diese Reihenfolge? Sie haben mir die ganze Zeit in die Augen gesehen.«

»Übung.« Sie lockerte die Hände. »Ich habe meinen Fingern beigebracht, wie sich sechs Karten anfühlen, oder neunzehn, oder achtunddreißig. Vermutlich hätten Sie sehen können, wie ich nach der richtigen Stelle getastet habe, wenn Sie zugesehen hätten. Aber als ich sagte, Sie sollten mich ablenken, habe ich darauf gesetzt, dass Sie ein Thema wählen würden, das Sie ebenfalls ablenkt.« Da war es wieder, dieses wissende, verführerische Lächeln. Dasselbe, das seinen Verstand zum Teufel gejagt und ihn über Strumpfbänder hatte sprechen lassen. »Normalerweise kommt es nicht so genau, wissen Sie. Oft brauche ich lediglich abwechselnd hohe Karten und niedrige Karten. Oder, an jenem Abend, auf den Sie angespielt haben, eine Serie von niedrigen Karten. Das ist viel einfacher, wie Sie sich vorstellen können.«

Hölle und Verdammnis! Sie beherrschte sechs verschiedene Arten der Hexerei und plauderte darüber wie über eine Handarbeit. Er riss den Blick von ihrem Gesicht los, um die Karten zu betrachten. »Aber Ihre ganze Arbeit muss doch zunichtegemacht werden, wenn Sie mischen.«

»Wenn man richtig mischt, kann man eine Reihe von Karten unberührt lassen. Man muss lediglich agile Daumen haben und viel üben.«

»Na gut, aber jemand anderes hebt doch ab. Ich bin mir ganz sicher, dass es der Gentleman zu ihrer Linken war, an jenem Abend. Sie konnten doch nicht beeinflussen, wo der Stapel geteilt werden würde.«

»Das ist das geringste Problem.« Sie lehnte sich vor, sammelte die achtunddreißig Karten ein und schob sie mit den übrigen vierzehn wieder zu einem Stoß zusammen. »Bitte heben Sie ab.« Die Karten landeten fein säuberlich vor ihm.

Er legte die Finger um gut die Hälfte der Karten und hob sie hoch.

»Halt.« Er hielt inne. »Sehen Sie, wo Sie den Stoß geteilt haben?« Er hätte alle Kerzen im Raum löschen können und im hellen Schein ihres Stolzes noch immer ausgezeichnet gesehen.

»Ungefähr in der Mitte. Etwas tiefer.«

»Etwa sechzig Prozent.« Sie nickte in Richtung seiner Hand. »Jeder hebt so ab. So einfach ist das. Man platziert die Karten, die man haben will, in den unteren vierzig Prozent, und der Spieler, der abhebt, legt sie einem ganz nach oben.«

Zum Teufel mit ihr. Tausendmal. Zum Teufel mit ihrem Wagemut, ihrem Strahlen und ihrer ausgekochten Fingerfertigkeit. Er fühlte sich aufgekratzt und unbeschwert wie ein Junge, der einem Zirkusjongleur zusah, dabei hatte er mehr als genug Gründe, sich nie wieder unbeschwert zu fühlen. »Moment!« Logisch denken konnte er trotzdem noch. »Sie mussten doch auch den Männern vor mir Karten geben. Und Sie konnten nicht wissen, wie viele sie kaufen würden. Sie müssen eine ganze Menge niedriger Karten zur Hand gehabt haben, um sicherzugehen, dass ich sie bekommen würde. Wie konnten Sie da verhindern, die anderen Herrschaften ebenfalls damit auszustatten?«

»Sie waren nicht alle niedrig.« Sie streckte die Hand aus.

Er gab ihr den Stapel. Seine Fingerspitzen kribbelten, als sie ihr zartes Handgelenk berührten.

»Ich habe zu diesem Zweck auch ein paar Bilderkarten eingestreut.« Sie klopfte den Stapel an der Tischkante glatt. »Aber ich habe dafür gesorgt, dass Sie keine bekommen. Wenn man geübte Daumen hat, kann man die oberste Karte weit genug hochziehen, um einen Blick darunter zu werfen. Und wenn sie einem nicht gefällt, kann man die zweite Karte, die jetzt ein wenig freiliegt, unter der ersten herausziehen und an deren Stelle austeilen.« Sie ließ ihren Worten Taten folgen, nahm er an, obwohl er im Leben nichts Ungewöhnliches feststellen konnte. »Sehen Sie? Herz-König.« Mit dem Zeigefinger bedeutete sie ihm, aufzudecken. »Der Pik-König lag oben.«

Als er seine Karte aufdeckte, starrte ihn der Herz-König an – ein ziemlich ausdrucksloser Geselle in diesem Blatt. Eine Sekunde später landete der Pik-König daneben. Als ob sie glaubte, dass er einen Beweis brauchte.

Er lehnte sich zurück. »Miss Slaughter, ich bin sprachlos.« Vermutlich machte er so ein ähnliches Gesicht wie der Herz-König. »Wo um alles in der Welt haben Sie das alles gelernt?«

Ihre Miene veränderte sich, doch wie immer konnte er die Bedeutung nicht ergründen. »Wir haben uns mit Kartenspielen die Zeit vertrieben. In jenem Etablissement, in dem ich früher gearbeitet habe.« Sie fixierte einen Punkt irgendwo über seiner rechten Schulter. »Eine Frau dort hat mir das mit dem Mischen und dem Austeilen beigebracht, und nachdem ich das erst einmal gemeistert hatte, kam mir in den Sinn, dass ich mir mein Gedächtnis und meine Begabung für Zahlen zunutze machen könnte. Mit irgendetwas muss man sich ablenken, wenn man …« Sie zügelte den Gedanken scharf wie ein störrisches Pferd und sah ihn wieder an. »Ich spiele gut Vingt-et-un, auch wenn ich nicht gebe, weil ich immer darauf achte, welche Karten schon gespielt worden sind. Das ist nicht verboten. Nur aufmerksam.«

»Vermutlich ein sehr wichtiger Unterschied für Sie.«

Sie grinste, wieder voll pflichtvergessener Selbstgefälligkeit. Dann verschwand das Grinsen. »Ich könnte es Ihnen beibringen.«

»Wie bitte?«

Ein eifriges, berechnendes Leuchten lag in ihren Augen. Sie

setzte sich auf und lehnte sich sogar ein wenig vor. »Nicht, sich die Karten so zu merken wie ich. Ich glaube nicht, dass man das lernen kann. Aber ich könnte Ihnen einige Misch- und Austeiltechniken zeigen, und ich könnte Ihnen beibringen, wie man sich merkt, welche Karten noch im Spiel sind.«

»Ich vermute, Sie würden eine Gegenleistung erwarten.« Er konnte sich im Leben nicht vorstellen, was das sein mochte.

»Ich habe etwas Geld, das ich gern anlegen möchte.« Nein, *darauf* wäre er nie und nimmer gekommen. »Ich brauche einen Gentleman, einen Anwalt oder Notar, der als mein Bevollmächtigter auftritt.« Sie verschränkte die Hände auf der Tischplatte und betrachtete sie. »Ich könnte mir vorstellen, dass Sie in der Armee die eine oder andere Bekanntschaft geschlossen haben. Vielleicht kennen Sie ja einen geeigneten Mann, und womöglich könnten Sie ihn … dazu bewegen, Ihnen einen Freundschaftsdienst zu erweisen und einer … einer Frau wie mir diesen Gefallen zu tun.« Als sie geendet hatte, waren ihre Wangen feuerrot und sie blickte nicht auf.

Woher kam auf einmal diese Befangenheit? Zuvor hatte sie nie auch nur das geringste Anzeichen dafür erkennen lassen, dass sie sich schämte für das, was sie war. Selbst als er sie an jenem Abend über den Körper des sie begrapschenden, brünstigen Mannes, der ihre Rechnungen bezahlte, hinweg angesehen hatte, hatte sie ungeniert zurückgestiert. Wieso war sie dann jetzt …

Etwas drang von außen in sein Bewusstsein wie Kieselsteine, die in einen Teich geworfen wurden. Zum Knistern des Feuers im ansonsten stillen Raum gesellten sich die Klänge eines entfernten Cembalos.

»Gütiger Himmel.« Er sprang auf. »Das Konzert! Das habe ich völlig vergessen. Sie müssen zurück!«

Sie blinzelte ihn an und runzelte die Stirn.

»Mr Roanoke wird Sie ganz sicher vermissen. Wenn er bemerkt, dass auch ich nicht da bin, könnte Sie das in große Schwierigkeiten bringen.« Was zum Teufel hatte er sich nur dabei gedacht, jede Vorsicht in den Wind zu schlagen und keinen Gedanken mehr an ihre Sicherheit zu verschwenden, nur weil sie ihn zu verwegenen Spielchen eingeladen hatte? Mit offenem Munde hatte er Kartentricks bestaunt, anstatt darauf zu dringen, dass sie sich wieder unter die Gesellschaft mischte.

Ihre Stirn glättete sich und ihr Gesicht wurde starr wie eine Maske. »Ich versichere Ihnen, dass er heute Abend nicht in der Verfassung sein wird, mir besondere Aufmerksamkeit zu schenken. Und ich muss gestehen, dass ich etwas übertrieben habe, auf der Straße, was die Gefahr betrifft, mit Ihnen gesehen zu werden. Was auch immer er von Ihnen halten mag – meiner ist er sich absolut sicher. Ich habe nichts zu befürchten.«

Wie im *Beecham's* sah er sie über den Tisch hinweg an und konnte nicht sagen, ob sie log oder nicht.

Egal. Er wusste, was sich gehörte. »Dennoch empfehle ich mich.« Er trat hinter seinen Stuhl und schob ihn ordentlich unter den Tisch. »Ich gehe nach Hause. Eine Person, die zu spät zum Konzert zurückkehrt, gibt den Leuten weniger Stoff für Spekulationen als zwei.«

»Und sind wir uns einig? Ich bringe Ihnen bei, besser zu spielen, und Sie finden einen Gentleman, der mich bei der Bank vertritt?« Ihre verschränkten Hände verkrampften sich. »Wir könnten nächste Woche beginnen, wenn wir beide im *Beecham's* sind. Wir könnten uns um Mitternacht in einem der Räume im Obergeschoss treffen. Dort kommt nie jemand hin.«

Das hat mir gerade noch gefehlt. Um Mitternacht allein mit dir an einem Ort, wo nie jemand hinkommt! Eine Antwort, eine vernünftige, reife Antwort lag ihm auf der Zunge.

Doch eine unbequeme Erinnerung drängte sich auf: der Geruch von Werg und das sanfte Wogen des Decks unter seinen Füßen. Alles hing davon ab, dass er schneller zu Geld kam als bisher.

»Mitternacht. In Ordnung.« Er ließ die Stuhllehne, die er umklammert hatte, los. »Aber nur Vingt-et-un, und nur ehrliches Spiel. Für andere Dinge habe ich nicht die Nerven.« Die Entscheidung war klug. Er hatte vernünftige, solide Gründe, ihr Angebot anzunehmen. Und dennoch beschlich ihn bei seiner Abschiedsverbeugung das ungute Gefühl, dass er im Begriff war, eine riesengroße Dummheit zu begehen.

Im Gemurmel zwischen zwei Stücken hastete sie durch den Gang und glitt neben Edward auf die Bank. Er wachte nicht auf. Mr Blackshears Sorge war unbegründet gewesen. Um nicht zu sagen vermessen.

Ihr Beschützer bewegte sich im Schlaf und sein Schenkel drückte gegen ihren. Sie drückte zurück, bis sie das Strumpfband spürte, ihr blaues Strumpfband, und den Bund des Strumpfs, den es hielt. Dieses Strumpfband hatte vor ein paar Stunden bereits nebst Strumpf und Kleid in einem Haufen auf dem Boden gelegen, die Beute einer schnellen, zielstrebigen Eroberung. Edward hielt nichts vom *Verweilen*, weder bei Strumpfbändern noch bei anderen Dingen.

Sie ballte die Hände in ihrem Schoß zu Fäusten und bekam eine Falte Stoff zu fassen. Er wusste, was ihr gefiel. Er gab es ihr. Was wollte sie mehr?

Miss Slaughter, ich bin sprachlos.

Und wenn schon. Sie konnte Männer auf ganz andere Weise sprachlos machen. Geeignetere Männer. Sie wandte den Kopf, um Edwards Profil betrachten zu können. Ein Kinn wie aus Granit. Wangen wie mit dem Zollstock gezogen. Lippen, die mit vollendeter Symmetrie lächelten und dabei Zähne offenbarten, die jedes Pferd vor Neid hätten erblassen lassen. Sie hatte nie einen besser aussehenden Mann gehabt – soweit sie sich erinnern konnte. Und dieser bildete sich etwas darauf ein, sie zu befriedigen. In den Genuss kamen viele Frauen nie.

Sie ließ eine Hand auf sein Bein wandern. Heute Nacht würde sie ihn in Schutt und Asche legen. Sich selbst auch. Wie die Brandung an einem Felsen würde sie sich an ihm zerschlagen, so oft und so lange wie nötig war, bis kein Quäntchen menschlichen Gefühls mehr übrig war.

Ihre Finger tasteten sich vor, bis sie seinen Hosenknopf erreichten. Seine Augen öffneten sich schlaftrunken, und als er genug geblinzelt hatte, um die Situation zu verstehen, verzog sich sein Mund zu einem Lächeln, das ihr alles versprach, einfach alles, was sie sich je von einem Mann erhoffen konnte.

7

Kein Flirten diesmal. Er würde sich voll und ganz auf das konzentrieren, was sie ihm beibrachte, damit sie schnell fertig werden und niemand sie vermissen würde.

Unzählige Male rief Will sich zur Ordnung, als er zwei Tage später im *Beecham's* auf sie wartete. Bei Mr Moss war er zu freizügig mit ihr umgegangen. Wenn seine eigene Ehre ihm schon nichts bedeutete, so sollte er doch wenigstens an sie denken. An ihre Stellung bei König Kieferknochen und so weiter. Das war nur recht und billig.

Viermal hatte er sich bereits aus dem Spielzimmer gestohlen, um einen Raum im Obergeschoss einzurichten, und als Mitternacht kam, war er fertig. Aus einem Gerümpelhaufen in einem Zimmer am Ende des Korridors hatte er einen Spieltisch, zwei Stühle und einen Kerzenleuchter besorgt, in dem jetzt drei aus dem Speisesaal stibitzte Kerzen brannten. Auch einen Teppich, um ihre Schritte zu dämpfen. Bei Weitem nicht so nobel wie der Salon, in dem sie zuletzt zusammengesessen hatten, doch zweifellos würde der Ort seinen Zweck erfüllen.

Er stand mit verschränkten Armen in der Tür und blickte zur Treppe, als eine knarrende Diele ihre Ankunft ankündigte. Ein einziger erwartungsvoller Funke schoss seinen Rücken empor. Er würde ihn nicht Feuer fangen lassen.

Stufe für Stufe kam sie in sein Blickfeld, ihm den Rücken zugewandt, eine fahle Gestalt in einem fahlen Kleid im Halbdunkel des Treppenaufgangs. Ein Geist auf einer Mission. Als sie die letzte Stufe erklommen und den Geländerpfosten umrundet hatte, wandte sie ihm ihr Gesicht zu. Mondlicht durchflutete von der Straßenseite her den Korridor und ergoss sich über ihre Züge.

Ausdruckslose Augen. Energische Stirn. Haar von der Farbe schwachen Kaffees, und eine wirklich auffallende Nase. *Löse mein Rätsel*, sagte das Gesicht zu ihm, wie immer. *Pack mich aus. Erkunde mich.* Mehr Funken wanderten seine Wirbelsäule empor. Dieses Rendezvous war vermutlich eine ganz entsetzlich schlechte Idee gewesen.

Etwa drei Meter von ihm entfernt blieb sie stehen und musterte ihn ihrerseits. Etwas in ihrer Miene veränderte sich, als ihr Blick wieder zu seinen Augen wanderte. »Sie machen das nicht zum ersten Mal. Eine Dame in einsame Winkel locken. Ich sehe es Ihnen an.«

Du willst es mir aber auch nicht leicht machen, nicht wahr? »Wenn mich meine Erinnerung nicht trügt, ging die Initiative von Ihnen aus.« Er löste die Arme und trat vom Türrahmen zurück, um sie vorausgehen zu lassen, und damit sie ihm nicht noch mehr ansehen konnte. Ein weiterer Kommentar lag ihm auf der Zunge, über eigene Nasen und eigene Türen, Glashäuser und Steine, und über die Bibliothek unter ihnen, doch die Klugheit siegte und er schluckte ihn hinunter.

»Völlig richtig.« Sie ging an ihm vorbei und betrat das Zimmer. »Mir scheint nur, Sie sind nicht annähernd der Gentleman, für den Sie gern gehalten werden möchten.«

»Dieses Mal schon.« Jetzt da sie das Gespräch auf so delikates Terrain gebracht hatte, konnte er zumindest ohne Umschweife sprechen. »Erlauben Sie mir ein offenes Wort: Wir sind jetzt zum dritten Mal allein – zum vierten Mal, wenn Sie mitzählen, dass ich hinter Ihnen die Straße entlanggegangen bin – und ich halte es für meine Pflicht, Ihnen zu versichern, dass nichts Unschickliches geschehen wird.« *Nichts Unschick-*

licheres als eine geheime Zusammenkunft mit der Geliebten eines anderen jedenfalls. »Ich werde mir keine Freiheiten herausnehmen. Sie haben mein Wort.«

Sie stand vor einem Kamin aus weißem Stein und das Kerzenlicht flackerte über ihr vogelartiges Gesicht und ihr stilles, stilles Lächeln. »Sehr gut. Schließen Sie die Tür und setzen Sie sich.«

Er tat es. Sie blieb stehen.

»Wir beginnen mit ein wenig Theorie.« Sie verschränkte die Arme auf dem Rücken und begann, wie eine Lehrerin auf- und abzuschreiten. »Warum zieht ein Spieler mit Verstand Vingt-et-un Spielen wie beispielsweise Roulette vor?«

»Vermutlich, weil der Ausgang eines Roulettespiels einzig und allein vom Glück abhängt. Ist das Ihr anderes neues Kleid?« Nein. Eindeutig der falsche Kommentar. Aber ihr Lächeln war ihm irgendwie unter die Haut gegangen, und das Kleid hatte seine Aufmerksamkeit erregt, als sie sich bewegt hatte, und da war ihm die Frage von ganz allein über die Lippen gekommen.

»Das hier? Ich bitte Sie! Sagte ich nicht, dass es der Traum aller Männer ist? Welcher Mann würde sich von einem schlichten weißen Musselinkleid erregen lassen?« Sie hatte beinahe die Tür erreicht; jetzt machte sie kehrt. »Und was Ihre Antwort betrifft: Lassen Sie uns von nun an nicht mehr von *Glück* sprechen. Ein kluger Spieler kennt nur Wahrscheinlichkeit.«

»Wahrscheinlichkeit. Natürlich.« Er wollte verflucht sein, doch er fühlte sich ein wenig an seine adleräugige Gouvernante aus Kindertagen erinnert.

»Genauer gesagt ist die Gewinnwahrscheinlichkeit bei den meisten Spielen in jeder Runde gleich. Bei jedem Würfelwurf, bei jeder Drehung des Roulettekessels stehen die Chancen genauso wie in jeder Runde davor.« So, wie sie die Hände auf dem Rücken verschränkte, wurden ihre Schultern zurückgezogen und ihr Busen angehoben, wodurch das Mieder eng anlag. Er blickte an ihr vorbei zur Wand. »Bei Vingt-et-un verändern sich die Gewinnchancen in jeder Runde, so lange, bis neu gemischt wird. Wenn man aufpasst, kann man entsprechend setzen.«

»Natürlich. Hohe Einsätze, wenn die Wahrscheinlichkeit groß ist, eine gute Karte zu bekommen, niedrige, wenn nicht.«

»Natürlich. Sie verstehen also das Konzept der Wahrscheinlichkeit? Im Gegensatz zu Glück?« Sie legte den Kopf sehr schief und blieb hinter dem Stuhl ihm gegenüber stehen. In ihrer Stimme schwang eine wenig schmeichelhafte Dosis Zweifel mit.

»Genug, um zu spielen, würde ich sagen.«

»Also gut. Spielen wir. Aber noch nicht Vingt-et-un.« Sie ergriff das Kartenspiel, das er bereitgelegt hatte. »Möchten Sie vielleicht eine Wette abschließen?«

»Um Geld spielen? Mit Ihnen? Wohl kaum.« Er lehnte sich zurück und verschränkte die Arme. »Aber wenn Sie mir etwas anderes anbieten möchten ...« Ja, das *klang* provokant, doch er hatte sie ja bereits seiner ehrenvollen Absichten versichert. Sie wusste, dass sie nichts von ihm zu befürchten hatte.

Und in der Tat lag keinerlei Furcht in ihren Augen, als ihr Blick zu ihm schoss. Sie hatte soeben die Karten sortiert; jetzt hielten ihre Finger inne. Einen spekulativen Augenblick lang ruhte ihr Blick auf seinem Gesicht. Dann wanderte er hinab, langsam und ohne Hast wie halbgeschmolzene Eiskrem auf einem abschüssigen Teller. Krawatte. Schultern. Hände auf dem Tisch. Der Tisch selbst, unter dem der Rest von ihm verborgen war. Dann zurück zu den Karten. Sie sortierte zügig weiter.

»Gütiger Himmel, Miss Slaughter!« Ihre Kühnheit weckte ein halbes Dutzend Impulse in ihm, nicht zuletzt den ganz und gar unpassenden Drang, zu lachen. »Haben Sie mich gerade im Geiste entkleidet und für nicht gut genug befunden?«

Ihr Mund verzog sich zu einem heimlichen Lächeln, nur für sie selbst und die Karten bestimmt. »Wie sollte ich das beurteilen?« Sie fischte eine Karte aus dem Stapel und legte sie auf den Tisch. Herz-Drei. »Es ist eine sehr ungenaue Kunst, jemanden im Geiste zu entkleiden. Entsetzlich viel hängt von der eigenen Vorstellungskraft ab. Jedenfalls was die interessanten Teile betrifft.«

»Ich erspare Ihnen die Mühe: Er ist groß.« Na hervorragend. Keine fünf Minuten war er in ihrer Gesellschaft, und schon war es so weit gekommen. »Und bevor Sie etwas erwidern, lassen Sie mich bitte beteuern, dass Sie mir das glauben müssen, denn ich habe nicht die Absicht, meine Behauptung unter Beweis zu stellen, weder als Wetteinsatz noch auf sonstige Weise.«

Ihr Lächeln wurde breiter, so abrupt, als hätte er die Hand ausgestreckt und sie gekitzelt. »Ich würde niemals an Ihren Worten zweifeln. Alle Männer sind großzügig ausgestattet, nicht wahr? Zumindest alle Männer, die den Weg ins Bett einer Hure finden, haben unweigerlich den größten, den sie je gesehen hat.« Die Karo-Zwei fand sich neben der Herz-Drei ein. »Um ehrlich zu sein, will ich mich aber auf dergleichen Spiele auch nicht einlassen. Ich wollte Sie nur provozieren, wegen Ihrer vorbildlichen Manieren. Ich werde in Zukunft versuchen, davon abzusehen.«

»Ja, bitte *versuchen* Sie es.«

Das Lächeln wurde noch breiter, und sie legte das Pik-Ass zu den anderen beiden Karten, bevor sie endlich Platz nahm. Den restlichen Stoß legte sie neben den Kerzenleuchter und begann völlig nüchtern, sich den rechten Handschuh auszuziehen. »Worum spielen wir dann, Blackshear?«

Mehrere seiner inneren Organe tauschten die Plätze, als er

sie seinen Namen ohne Anrede aussprechen hörte. Er wandte den Blick ab, während sie langsam die alabasterglatte Haut ihres Arms entblößte. »Eine Frage.« Ja, damit könnte er sie aus dem Konzept bringen. »Wenn ich gewinne, stelle ich Ihnen eine Frage, die Sie beantworten müssen. Wenn Sie gewinnen, dürfen Sie mich fragen.«

Sie streifte den Handschuh ab und ließ ihn sich in den Schoß fallen. »Ich könnte lügen.«

»Das ist mir völlig klar.«

Sie zog am zweiten Handschuh. »Und Sie wissen noch nicht einmal, welches Spiel ich vorschlagen will.«

»Nicht nur das; ich weiß, dass Sie keine Skrupel davor haben, zu schummeln.« Er zuckte die Schultern. »Los.«

»Eigentlich ist das Spiel nicht besonders gut zum Wetten geeignet. Aber das macht nichts.« Der Handschuh löste sich und platschte auf den anderen, Leder auf Leder. Ihre nackten Hände stahlen sich vor, um Ass, Zwei und Drei vom Tisch zu fegen, aus seinen Augen. Sie tat etwas mit den Karten, ein Mundwinkel verzog sich kaum merklich. Dann kamen sie zurück, verdeckt, und wurden vor ihm aufgereiht. »Sagen Sie mir, wo das Ass liegt, dann dürfen Sie mir eine Frage stellen.«

»Nirgendwo. Sie haben es ausgetauscht, während ich nichts sehen konnte.«

Abermals breitete sich ihr Lächeln so blitzschnell aus, als hätte die Freude sie ganz plötzlich und unerwartet überkommen. »Falsch. Aber Ihre Idee gefällt mir, also gebe ich Ihnen noch eine Chance. Raten Sie!«

»Ihnen ist hoffentlich klar, dass ich darauf ebenso wenig Geld verwetten würde wie beim Roulette.« Dennoch tippte er mit Zeige- und Ringfinger auf die mittlere Karte.

Ihre Hand kam hinzu, doch statt seine Karte aufzudecken, deckte sie die linke auf. Karo-Zwei. »So, Mr Blackshear.« In ihren

Augen funkelte das Kerzenlicht besonders hell. »Wenn ich Ihnen die Möglichkeit einräumen würde, sich jetzt anders zu entscheiden – würden Sie es tun?«

»Will«, sagten seine Lippen, seine Zähne und seine Zunge, ohne die Erlaubnis seines Gehirns.

Ihre Stirn runzelte sich tief.

»Ich verrate Ihnen meinen Vornamen.« Er räusperte sich. »Und gebe Ihnen natürlich die Erlaubnis, ihn zu benutzen.« Plötzlich fühlte sich sein Gesicht heiß an. »Und nein danke, ich bleibe bei meiner Wahl. Die mittlere.«

»Dann verstehen Sie das Konzept der Wahrscheinlichkeit nicht so gut, wie Sie denken.« Sein Name schien sie nicht im Geringsten zu beeindrucken.

»Was genau verstehe ich denn Ihrer Meinung nach falsch?« Warum musste sie denn gleich so gehässig sein? »Zwei Karten sind übrig. Jede ist mit einer Wahrscheinlichkeit von eins zu zwei das Ass. Da ich keinerlei Anhaltspunkte habe, kann ich doch ebenso gut meiner spontanen Eingebung folgen.«

»Herr im Himmel! Bitte sagen Sie nicht, dass Sie beim Spiel auf *Eingebungen* vertrauen!« Man hätte meinen können, er hätte gerade zugegeben, sich von einer Zigeunerin Tipps aus der Kristallkugel geben zu lassen. Sie lehnte sich vor, die Unterarme auf dem Tisch, und ihr ganzer Körper strotzte vor beflissener Zielstrebigkeit. »Sie schätzen die Wahrscheinlichkeit falsch ein. Ihr ursprünglicher Tipp hat eine Chance von eins zu drei, die andere Karte zwei zu drei. Sie sind ein Narr, wenn Sie sich nicht umentscheiden!«

War sie jetzt völlig verrückt geworden? »Zwei Karten. Eine ist das Ass. Wie um alles in der Welt kommen Sie darauf, dass die Wahrscheinlichkeit nicht bei fünfzig Prozent liegt?«

»Weil es am Anfang *drei* Karten waren. Sie hatten eine Chance von eins zu drei. Das ändert sich doch nicht, bloß weil wir eine der anderen Karten ansehen.« Ihr Oberkörper beugte sich weiter vor, näher zur Tischplatte. »Überlegen Sie doch mal, Blackshear!« Er konnte sehen, wie sich ihr Busen erregt hob und senkte. Ihre Züge waren voll energischer Konzentration; sie beschwor ihn geradezu, es zu verstehen. »Sie sagten doch selbst, Sie würden hierauf niemals Geld verwetten. Deswegen doch wohl, weil Ihnen die Gewinnwahrscheinlichkeit zu gering war.«

»Am Anfang ja, genau.«

»Am Anfang war Ihnen klar, dass Ihre Wahl bei einer Chance von eins zu drei *wahrscheinlich* falsch sein würde.« Ihre Konzentration war heiß und schwer, er spürte sie wie ein Paar warmer Hände auf dem Gesicht. »Das Ass war *mit größerer Wahrscheinlichkeit* eine der beiden anderen Karten. Oder wollen Sie das bestreiten?«

Nun, nein. Er konnte es nicht bestreiten. Ihre Tirade begann beinahe, nach so etwas wie Logik zu klingen.

»Dann vergessen Sie alles andere und denken Sie nur daran: Ihre erste Wahl war *wahrscheinlich* falsch. Warum sollten Sie dann nicht davon Abstand nehmen, wenn Sie die Chance bekommen?« Sie glühte verführerisch, wie eine Frau, die von Leidenschaft beherrscht und gleichzeitig angetrieben wurde, und Will hätte jeden Penny seiner elfhundertsechzig Pfund darauf verwettet, dass kein Liebhaber je solche Innbrunst in ihr hervorgerufen hatte wie Zahlen und Wahrscheinlichkeiten.

Und er hatte keine gute Antwort auf ihre Frage. Oder vielleicht doch. Er legte den Ellbogen auf den Tisch, stützte das Kinn in die Hand und deckte mit der freien Hand die mittlere Karte auf.

Pik-Ass. Er sah sie an und gestattete sich eine ganz leicht angehobene Augenbraue.

Oh, was für ein Hornissennest! Sie starrte ihn an, in ihrer

Kehle arbeitete es stumm, der Mund war zusammengepresst und der Busen behielt seinen köstlichen Rhythmus bei.

Zweifellos würde er ebenso entstellt aus diesem Rendezvous hervorgehen wie Jack Fullers Bein. Wie kam es dann, dass er der nächsten Salve dieser wenig warmherzigen und wenig verständnisvollen Frau so unbeschwert entgegensah? Sie besaß keine der Eigenschaften, die einen Mann daran erinnerten, was gut war an sich und an der Welt. Sie konnte keine Kinder bekommen, die ihn ans Leben binden würden. Doch zum Teufel mit Kindern, mit der Welt, mit ihm und allem, was noch gut an ihm sein mochte. Diese Dinge mussten draußen vor der Tür warten. Für diese paar Minuten war sie mit ihrem Feuereifer die ganze Welt für ihn, und alles Leben, was er brauchte.

Gott. Er war ein hoffnungsloser Fall. Entweder verstand er das Konzept wirklich nicht, oder seine eigenwillige Spielweise erschien ihm erfolgversprechender als die schlichten Wahrheiten, die zu vermitteln sie sich solche Mühe gab.

Lydia stützte die Hände auf den Tisch, spreizte die Finger so weit wie möglich, um sich Halt zu geben, und atmete tief durch. »Ja, in einem von drei Fällen ist Ihre Wahl die richtige.« Der tiefe Atemzug hatte seine Aufmerksamkeit erwartungsgemäß auf ihren Busen gelenkt, wo sie jetzt verweilte. »Das ist genau das, was *eins zu drei* bedeutet. Auf lange Sicht ist es besser, sich umzuentscheiden. Würden Sie mir vielleicht die Höflichkeit erweisen, mir ins Gesicht zu sehen, wenn ich spreche? Meinen Busen können Sie gern eingehend in den Pausen betrachten, falls ein Busen eine solche Neuheit für Sie ist.«

Sein Blick traf den ihren und sein Mund verzog sich vor Freude. »Bitte sagen Sie mir, dass Sie so zu König Kieferknochen sprechen!«

»Zu wem?« Sie wusste genau, wen er meinte.

»Zu Ihrem Beau mit dem breiten, kantigen Kinn. Bitte sagen Sie mir, dass Sie ihm vorschreiben, wann er welchen Körperteil von Ihnen betrachten darf und wann nicht. Ich male mir das gerade in den schönsten Farben aus.«

Sie hatte ihn zu sehr ermuntert mit ihrer Flirterei. Sie musste ihn wieder zur Ordnung rufen. »Sein Name, lassen Sie sich erinnern, ist Mr Roanoke. Mein Umgang mit ihm geht Sie nichts an. Und ich wäre Ihnen sehr verbunden, wenn wir uns jetzt wieder auf unseren Unterrichtsgegenstand konzentrieren könnten.«

»Der Unterricht, richtig.« Er starrte die Karten stirnrunzelnd an, so als sähe er sie zum ersten Mal. »Ich glaube, ich habe das Spiel gewonnen, Miss Slaughter. Sind Sie bereit für meine Frage?«

»Ja. Fragen Sie.«

Ein Lächeln erleuchtete sein Gesicht, doch als er das Kinn hob, um das Wort an sie zu richten, hatte er jede Spur des spielerischen Triumphs verwischt. Er betrachtete sie, ohne den Kopf schräg zu legen, die Lippen zu schürzen, oder eine Hand ans Kinn zu legen. Er wusste genau, was er fragen wollte. Vielleicht schon seit einer ganzen Weile.

»Was ist vor drei Jahren passiert?« Im lässigsten Plauderton sprach er die Worte aus.

Ihre Finger, noch immer gespreizt, wanderten langsam über die Tischplatte zurück, bis sie die Daumen um die Kante legen und sich dort festhalten konnte. Er erinnerte sich. *Sie kommen drei Jahre zu spät*, hatte sie gesagt, oder so ähnlich, und er hatte die flatterhaften Worte eingefangen wie einen Schmetterling und die ganze Zeit über aufbewahrt.

Abwartend sah er sie an. Er wusste, dass er sie nicht durchschauen konnte. Er musste sich mit der Antwort zufriedengeben, die sie ihm gab.

Lydia senkte den Blick. Einer ihrer Finger fand eine Delle in der Tischplatte. Eine tiefe Kerbe, vielleicht von einer Zigarre, die irgendein Rüpel dort vergessen hatte, zu betrunken, um es zu bemerken, bis sie diese schmale Furche ins Holz gebrannt hatte, gerade groß und lang genug für das letzte Glied ihres kleinen Fingers. »Mehrere Dinge sind in jenem Jahr schiefgegangen. Gegipfelt hat alles schließlich im Tod meiner Eltern.«

»Beide zugleich?«

Das war eine zweite Frage. Sie hatte nur einer zugestimmt. Doch sie konnte sie beantworten und dennoch vieles für sich behalten.

Sie nickte. »Sie waren auf Reisen. Es gab einen Unfall.« Selbst diese Halbwahrheiten fühlten sich an, als risse ihr irgendeine Kreatur mit scharfen Klauen das Fleisch von den Knochen.

»Das tut mir leid.« Sie wollte kein Mitleid. »Ich habe auch beide Eltern verloren. Nicht gleichzeitig, aber so etwas ist trotzdem immer ein schrecklicher Schlag. Ich weiß, wie das ist.«

Tun Sie das? Sind Ihre Eltern mit gebrochenen Herzen gestorben? Zugrunde gerichtet von der Schande, die Sie über die Familie gebracht haben? Haben Sie sie verloren, nachdem Sie alles andere weggeworfen hatten? Falls er noch ein Wort über das Thema verlor, würde sie womöglich etwas sehr Unbesonnenes sagen.

Er sagte aber nichts mehr. Er hob die drei Karten auf und mischte sie. »Vermutlich möchten Sie jetzt diese Übung ein paar Dutzend Mal wiederholen, um Ihre Behauptung über die Wahrscheinlichkeit zu beweisen?«

»Ja.« Sie ließ von der Kerbe im Tisch ab und ihre Hände entspannten sich wieder. »Genau das möchte ich.«

Sie behielt recht. Natürlich. Dreiundsechzigmal wiederholten sie die Übung, und zweiundzwanzigmal wählte Will die falsche

Karte. Es war tatsächlich so einfach. Die Karte, die sie ihm zeigte, war nie das Ass. Das Ass war immer entweder die Karte, die er gewählt hatte, oder die, die übrig blieb. Es hing also tatsächlich alles davon ab, ob er am Anfang richtig oder falsch tippte, und bei einer Wahrscheinlichkeit von eins zu drei tippte er meistens falsch.

»Verstehen Sie langsam?« Etwas an ihr hatte sich in der letzten halben Stunde verändert. Neben den stolzen, zielstrebigen Eifer war etwas Neues getreten. Der beinahe verletzliche Wunsch – er maßte sich nicht an, es *Bedürfnis* zu nennen – zu teilen, was ihr so viel bedeutete, und zu sehen, dass jemand anderes es verstand und zu schätzen wusste.

Hatte er diese Veränderung herbeigeführt? Hatte er mit seiner Frage eine Bresche in ihren Panzer geschlagen, durch die er nun zu ihr durchdringen konnte?

Darüber konnte er später nachdenken. »Sie haben mich überzeugt.« Er schlug das Notizbuch zu, in dem er die richtigen und falschen Tipps verzeichnet hatte, und steckte es wieder ein. »Beziehungsweise haben die Ergebnisse mich überzeugt. Ich verstehe das Grundprinzip jetzt, obwohl mein intuitives Logikempfinden sich zuerst dagegen gesträubt hat.«

»Der Intuition sollte man ebenso wenig vertrauen wie der Eingebung.« Sie nahm die drei Karten auf und steckte sie einzeln wieder in den Stoß. »Wenn Sie aufhören, auf dergleichen Dinge zu hören, und nur dem vertrauen, was Sie über Häufigkeit und Wahrscheinlichkeit wissen, haben Sie den meisten Ihrer Gegner etwas voraus. Ich hoffe, ich konnte Sie heute Abend ein wenig davon überzeugen.«

»Heißt das, dass wir für heute Schluss machen?« Seine Stimme klang hohl vor aufgesetzter Unbekümmertheit. Bis zu diesem Zeitpunkt war ihm gar nicht bewusst gewesen, wie schlecht er darauf vorbereitet war, diese kleine Welt, in der sein Wert nur an seinem Verständnis für Wahrscheinlichkeiten gemessen wurde, wieder zu verlassen.

An ihrer Reaktion erkannte er, dass sein Tonfall ihn verraten hatte. Ihre Lippen verengten sich, während ihr Blick über sein Gesicht huschte. Als wenn seine Empfindungen dort geschrieben stünden. »Ich denke, das sollten wir«, sagte sie schließlich. Sie legte das Kartenspiel vor ihm hin. »Ich schlage vor, wir gehen mit fünf Minuten Abstand wieder nach unten, und in verschiedene Räume. Ich gehe nach Ihnen. In den Ballsaal. Sie können aus den anderen Räumen frei wählen.«

»In Ordnung.« Er steckte die Karten ein und erhob sich. »Kann ich auf eine weitere mitternächtliche Unterrichtsstunde zählen, wenn wir uns das nächste Mal hier begegnen?«

Sie nickte und betrachtete ihre auf dem polierten Tisch verschränkten Finger. Sie schwieg.

Will schob seinen Stuhl unter den Tisch. Sie blickte nicht auf. Ihre Stirnfalten vertieften sich, und ihre Finger arbeiteten schwerer. Vermutlich ging sie jede Ungezwungenheit, die sie sich gestattet hatte, durch und bereute sie. Flickte die Schwachstelle in ihrem Panzer. Zählte jeden Zentimeter, den sie ihm entgegengekommen war, um die Distanz zurückzuerobern.

Es gab nichts, was er tun konnte, also überließ er sie ihren Gedanken, verbeugte sich und ging.

»Mr Blackshear«, sagte sie, als seine Hand den Türknauf berührte. »Will.«

Er drehte sich um. Sie hatte die Hände zu einer doppelten Faust geballt und starrte darauf, als sei eine unendliche Weisheit auf einem kleinen Zettel darin verborgen. Ihre Wangen waren, wenn ihn nicht alles täuschte, leicht gerötet.

»Ich glaube, mein Vorname wurde bereits in Ihrer Gegenwart erwähnt. Ich weiß nicht, ob Sie sich erinnern.«

»Lydia.« Der Name fiel wie das Alltäglichste der Welt von seinen Lippen, wie die Antwort auf ein altbekanntes Rätsel, denn nur so konnte er sie beruhigen.

Sie nickte und sah aus, als würde sie ihr Angebot am liebsten sofort wieder zurücknehmen.

Also empfahl er sich, bevor sie die Gelegenheit dazu hatte. Und ließ sich den Namen auf dem Weg zurück ins Speisezimmer auf der Zunge zergehen wie einen edlen Wein. Ob seine Füße beim Gehen auch nur eine einzige Treppenstufe berührten, konnte er nicht sagen.

8

König Kieferknochen. Also wirklich.

Mit Zeige- und Mittelfinger der linken Hand hielt Lydia Edwards Kinn hoch. Mit der rechten zog sie das Rasiermesser darüber. Die winzigen Bartstoppeln wichen der Klinge, die den Hals empor, unter dem Kiefer entlang und dann über sein rechteckiges Kinn fuhr. Sie schlackerte das Messer durchs Wasser und streifte es gewandt an einem Handtuch ab, erst die eine, dann die andere Seite.

Er hatte die Augen geschlossen, als sie ihn eingeseift hatte, und saß noch immer so da: den Kopf in den Nacken gelegt, die geöffneten Hände auf der Hose, ruhig und entspannt und daran gewöhnt wie ein … nun, wie ein König. Vielleicht sogar einer mit markanten Kieferknochen. Sie ging erneut ans Werk und legte zwischen den eingeseiften Stoppeln eine weitere Spur glatter Haut frei.

Im Spiegel sah sie ihre eigene Gestalt hinter ihm, züchtig und strebsam, wie des Königs fleißiger Kammerdiener. Oft verrichtete sie diese Arbeit nackt oder in irgendeinem interessanten Aufzug. Heute trug sie ihr schlichtestes Nachthemd mit dem kleinsten Ausschnitt und einen eng geschnürten Flanell-Morgenmantel. Sie hatte eine Unterrichtsstunde vorzubereiten und keine Zeit für ausschweifendes Geschmuse.

»Übrigens«, sagte er, als die Klinge sein Kinn verließ und einen Bogen durchs Sonnenlicht beschrieb. »Ich fürchte, ich muss dich leider bitten, dich im *Beecham's* nicht mehr mit meinen Karten zu vergnügen.«

»Wie bitte?« Ihre Hand erstarrte kurz über der Schüssel.

»Die Besitzer machen sich Sorgen um ihren Ruf.« Er behielt die Augen geschlossen. »Eine Dame, die mit den Gentlemen spielt, erinnere ein wenig zu sehr an die weniger vornehmen Lasterhöhlen, hat man mir mitgeteilt. Es tut mir leid, Liebling. Ich weiß, wie gern du dieser Beschäftigung nachgegangen bist.«

Nenn mich nicht Liebling! Sie tauchte die Klinge ein. Wie er sie nannte, sollte ihre geringste Sorge sein.

Sie hatte immer gewusst, dass es mit ihren Abenden am Spieltisch jederzeit vorbei sein konnte. Eigentlich hätte sie darauf vorbereitet sein sollen. »Mir war nicht bewusst, dass ich Anlass zu Missfallen gegeben habe.« Vierhundert und zehn Pfund lagen in der Schublade dort drüben am Fenster, und vierhundert und zehn Pfund reichten bei Weitem nicht aus.

»Ich ebenfalls nicht, sonst hätte ich dich früher darauf aufmerksam gemacht. Jetzt sind wir beide klüger.«

In der Tat. Das Rasiermesser schepperte gegen die Porzellanschüssel; das Geräusch verhalf Lydia zu neuer Entschlossenheit. Wenn ein Weg ihr versperrt war, dann würde sie eben einen anderen finden müssen. Sie streifte die Klinge wieder am Handtuch ab und legte einen unbeschwerten Tonfall auf. »Es gibt Spielhöllen, in denen Damen spielen?«

»*Damen* würde ich sie nicht nennen.« Sein halb glatter und halb strubbliger Hals erbebte unter einem Kichern. »Verzweifelte Gestalten, und die Inhaber wissen es. Die haben keine Skrupel, einer Frau ihren letzten Penny aus der Tasche zu ziehen und sie dann mit … anderen Zahlungsmitteln weiterspielen zu lassen.«

»Das klingt entsetzlich.« Noch ein langer Strich seinen Hals empor. »Man spielt also gegen das Haus und nicht gegeneinander wie im *Beecham's*?«

»Oh ja. Der Kerl, der die Karten gibt oder das Rad dreht, ist ein Angestellter. Keine Chance, seine Schulden erlassen zu bekommen.«

Keine Chance, sich am Stoß zu schaffen zu machen. Sie wirbelte die Klinge im Wasser herum und sah dann im Spiegel zu, wie sie eine Bahn auf seinem Hals von Bartstoppeln befreite. »Warum sollte man zu derartigen Konditionen spielen? Nie Bankier zu sein ist doch bei Spielen wie Vingt-et-un, wo man bei Gleichstand verliert, ein erheblicher Nachteil.«

»Die Regeln sind anders.« Aha, jetzt wurde es spannend. »Ich glaube, in manchen Häusern ist ein Unentschieden einfach ein Unentschieden und niemand zahlt. Und in manchen Häusern gibt es Sonderregeln für den Bankier.«

»Sonderregeln?« Sie wiederholte die Worte im Plauderton, doch ihre Aufmerksamkeit gewann eine Schärfe, die die Rasierklinge vor Neid hätte erblassen lassen.

»In manchen Häusern dürfen die Spieler bei fünfzehn stehenbleiben, während der Bankier bis siebzehn ziehen muss. Und dann *muss* er stehenbleiben. Oft wird auch die erste Karte offen ausgeteilt.«

Sie hatte das Messer von seinem Hals weggehalten, während er sprach, und ein plötzliches Aufblitzen verriet ihr, dass ihre Hand zitterte. Sie überspielte ihre Aufregung, indem sie das Messer in die Schüssel gleiten ließ und energisch im Wasser herumwirbelte. »Der Bankier bekommt seine erste Karte offen?«, fragte sie, nur um etwas zu sagen.

»*Alle* Spieler bekommen ihre erste Karte offen. Das verschafft also vermutlich niemandem einen Vorteil.«

Törichter Narr! Und ob das ein Vorteil wäre! Möglichkeiten taten sich auf … Offene Karten. In den späteren Runden würde das unendlich hilfreich sein, um zu wissen, was noch im Spiel war. Selbst in den frühen Runden wäre es interessant, die erste Karte des Bankiers zu kennen. Wenn er ein Ass hatte, wusste sie, dass seine Chancen gut standen, und konnte entsprechend setzen. Das, zusammen mit der unsäglich eleganten Regel, dass er weiterkaufen musste, bis er siebzehn hatte …

Etwas über ihr erregte ihre Aufmerksamkeit. Ein Dutzend Lichtflecken tanzte zum Rhythmus der Rasierklinge im Wasser. Sie ließ ihre Hand still werden und sah zu, wie die Flecken langsamer wurden und schließlich stillstanden wie eine gelöste Gleichung. Vielleicht konnte sie Berechnungen anstellen. Es gab zu viele Variablen, um genau zu wissen, wie sie jeweils spielen musste, doch mit Papier und Bleistift, und Stunden harter, befriedigender Arbeit könnte sie vielleicht …

»Lydia.« Das Wort rammte ihr wohlklingendes Gedankenkonzert wie eine schrillende Klarinette. Sonderbar. Sie hatte gar nicht gewusst, dass es eine richtige und eine falsche Art gab, ihren Namen auszusprechen. »Träumst du?« Er hatte endlich die Augen geöffnet, um nachzusehen, weshalb ihre Dienste ausgesetzt hatten.

»Entschuldige. Das Licht hat mich abgelenkt.« Sie wischte die Klinge trocken und sah in den Spiegel. Er hatte die Augen wieder geschlossen.

Manche Männer wussten, wie man eine Dame ansah und ihr das Gefühl gab, *gesehen* worden zu sein. Oder vielleicht mussten sie gar nicht wissen, wie. Manche Männer taten es einfach.

Wie dem auch sei. Hier war der Mann, an den sie sich gebunden hatte, und hier war die Aufgabe, die unmittelbar vor ihr lag. Sie ergriff das Messer, legte es an seine Wange und zog. Die Seife türmte sich auf der Klinge auf. Doch manche Männer – sie kam nicht umhin, das zu bemerken – hätten sie dabei angesehen. *Erzähl mir, was dich beschäftigt*, hätte ein solcher Mann vielleicht gesagt. *Was denkst du?* Vielleicht hätte er es sogar erraten: *Es hat mit Karten zu tun, stimmt's?*

Sie nahm das Messer weg und klopfte die Seife ab. Ein Klecks Schaum und Stoppeln fiel leise platschend ins Wasser und vermischte sich mit dem übrigen Treibgut. Manche Männer hatten keinen Kammerdiener, nicht einmal eine Mätresse, und mussten sich selbst um ihre Rasur kümmern. Standen vielleicht hemdlos vor dem Spiegel, ein Handtuch nachlässig über die muskulöse Schulter geworfen.

Nicht, dass an Edwards Schulter irgendetwas auszusetzen gewesen wäre. Überhaupt brauchte er sich mit seiner Statur vor niemandem zu schämen. Und dennoch wandte sie sich ab, nachdem sie den letzten Strich getan, die Seife von seinem Gesicht gewischt und dabei im Spiegel gesehen hatte, wie bereits wieder unverkennbare Absichten in ihm erwachten. Sie griff nach seiner Weste.

»Genau zur rechten Zeit!« Energisch schüttelte sie die Weste aus. »Ich glaube, ich höre unten schon deine Kutsche kommen.« Wirklich genau zur rechten Zeit. Normalerweise folgten der Rasur mehrere Minuten besonderer Aufmerksamkeiten, wenn nicht gar eine Rückkehr ins Bett.

Er warf einen Blick über die Schulter zum Fenster, obwohl er die Straße natürlich gar nicht sehen konnte. Ein Mundwinkel zuckte unentschlossen. Seine Handfläche, die auf seinem Oberschenkel lag, strich über den Hosenstoff. Offenbar kämpfte er insgeheim mit der Berechnung der Fragen, wie schnell sie sein konnte, wie lange er den Fahrer anständigerweise warten lassen konnte, und ob er schon so erregt war, dass die ersten beiden Fragen keine Rolle mehr spielten.

Eine winzige Bewegung ihres Daumens über die fein gearbeitete Schulternaht der Weste war das einzige äußerliche Anzeichen ihres Unbehagens. Was würde sie tun, falls er von ihr verlangte, sich hinzuknien? Sie hatte ihn noch nie abgewiesen.

Nein. Ich möchte nicht. Neue Worte lungerten auf ihrer Zunge herum. Sie konnte sie schmecken. Sie spürte, wie sie sich in ihrer Mund- und Nasenhöhle anfühlen würden. Sie stellte sich Edwards Überraschung vor, doch ihre Gedanken schraken vor dem zurück, was sie sich als seine Reaktion auf offenen Widerstand ausmalte.

Egal. Eine kluge Frau brauchte sich gar nicht offen zu widersetzen. »Eine wirklich schöne Weste.« Sie trat einen Schritt näher. »Hast du sie extra für das Mittagessen mit deiner Mutter ausgewählt?« Sie würde seine Mutter so oft erwähnen, wie nötig war, um sein Feuer zu ersticken.

»Verflucht noch mal, Lydia!« Missmutig stand er auf. »Warum musstest du unsere Zeit mit Tagträumen und Geschwätz über Karten verplempern? Ich hatte keine Ahnung, dass es schon so spät ist. Beim nächsten Mal musst du dich besser konzentrieren.«

»Das werde ich«, sagte sie, als sie ihm in die Weste half. »Meine Schuld«, und »Deine Mutter kann sich wirklich glücklich schätzen, einen so pflichtbewussten Sohn zu haben.« Noch ein halbes Dutzend solcher kleinen Schmeicheleien brachte sie an, bis sich die Haustür endlich hinter ihm schloss.

Einen Augenblick lang blieb sie mit dem Rücken an die Tür gelehnt stehen und presste die Handflächen in den Türrahmen. Alle Muskeln spannten sich, unverständlicherweise, als ob Edward kehrtmachen und an die Tür trommeln würde, um doch noch Ansprüche zu stellen – was er natürlich nicht tun würde – und als ob sie die Hacken in den Boden rammen und sich mit aller Kraft und ihrem ganzen Gewicht dagegenstemmen würde.

Was sie natürlich nicht tun würde. Nicht tun konnte. Dennoch stand sie da und blickte auf ihre Abscheu hinab wie eine Seiltänzerin auf ein Haifischbecken, bis sie Hufgeklapper vernahm, als die Kutsche auf die Straße fuhr. Dann schnürte sie die sonderbaren Empfindungen fest zusammen, verstaute sie und machte sich an die Arbeit.

»Ich kann sie ehrlich nicht auseinanderhalten. Du?« Nicks Stimme war kaum mehr als ein Murmeln, obwohl es unwahrscheinlich war, dass ihm jemand zuhörte.

»Das winzige mit dem roten Gesicht, das noch nicht mal den Kopf heben kann, ist Andrews Jüngster. Master Frederick. Der Kleine, den Kitty gerade auf dem Arm hat.« Will nickte in Richtung der Ecke des Raums, in der gerade die Babys herumgereicht wurden.

»Na, *das* hätte ich dir auch gerade noch sagen können!« Sie waren schließlich alle extra eingeladen worden, um den jüngsten Neuzugang der Familie kennenzulernen, doch irgendwie war das Ereignis zu einer großen Fruchtbarkeitsfeier der Blackshears ausgeufert. Zehn Kinder gab es bereits in der nächsten Generation, und alle zehn waren im Salon seines ältesten Bruders anwesend. Einige taten ihr Bestes, gerade zu sitzen und sich der Ehre würdig zu erweisen, andere waren so glücklich, noch gar nichts von Manieren zu verstehen. »Das Allerkleinste wiederzuerkennen ist keine Kunst. Wenn sie etwas älter werden, sehen sie plötzlich alle gleich aus.« Nick deutete auf das Sofa neben dem Fenstererker, um das herum alle standen. »Ich glaube, einer der beiden, die auf Mirkwood herumkrabbeln, könnte mein Patenkind sein, aber ich will verdammt sein, wenn ich weiß, welcher.«

»Guck mich nicht so an. Ich hätte schwören mögen, das wären beides Mädchen.« Vermutlich sollte er das nicht sagen – zweifellos wären die Eltern zutiefst beleidigt, wenn sie ihn hören könnten – doch Nicks schlecht verhohlenes Prusten hatte eine heilende Wirkung, der er einfach nicht widerstehen konnte. Es musste Jahre her sein, dass er mit seinem Bruder so unbeschwert und sorglos hatte lachen können. Oder überhaupt mit einem seiner Geschwister.

Am anderen Ende des Raums sah seine ältere Schwester von dem Kind auf, das sie gerade bewundert hatte, und lächelte. Kitty war das genaue Gegenteil von Miss Slaughter, ging ihm auf. Er brauchte keine halbe Sekunde, um ihr anzusehen, welche Freude und Erleichterung sie darüber empfand, dass ihre beiden Brüder heimlich über irgendetwas lachten, wie sie es in unbeschwerteren Tagen so oft getan hatten.

Er wandte den Blick von den Emotionen in Kittys Gesicht ab und schaute vage in Richtung des Sofas, auf dem Marthas Mr Mirkwood und Kittys Mr Bridgeman sich unterhielten. Vermutlich würde er sich irgendwann wieder unter diesen Menschen zu Hause fühlen. Immerhin waren sie seine Familie, sein Blut, die einzigen Seelen auf der Welt, die seine Erinnerungen an eine kränkliche Mutter und einen ernsten Vater, die die Welt der Lebenden zu früh verlassen hatten, teilten.

Und dennoch drückte er sich seit seiner Rückkehr, die inzwischen Monate zurücklag, vor Besuchen. Mit Nick hatte er noch am meisten zu tun gehabt, doch das war vor allem dem Geschäftlichen geschuldet. Selbst jetzt, wo er weiter hätte herumalbern können, rief die Pflicht. Er zupfte sich einen Fussel von der Manschette. »Erinnerst du dich an diesen Grigsby, dem du mich vorgestellt hast? Der die Geldanlage eingerichtet hat?«

»Habe ihn gestern erst gesehen, in der Nähe von *Lincoln's Inn.*« Nick drehte sich zu ihm um und widmete ihm seine ganze Aufmerksamkeit. »Willst du seine Dienste schon wieder in Anspruch nehmen? Noch ein Waisenkind gefunden, das einen anonymen Wohltäter braucht?«

Will schüttelte den Kopf. »Diesmal geht es um eine Dame, der ich einen Gefallen tun möchte.«

»Hoffentlich nicht die Mutter? Nach allem, was Grigsby mir erzählt hat, hast du schon mehr für diese Familie getan, als man von dir erwarten konnte.«

Grigsbys Diskretion ließ offenbar zu wünschen übrig. Und über das Ausmaß von Wills Verpflichtung durfte dieser sich kein Urteil erlauben. »Nein, nicht die Mutter. Und das Geld ist ihr eigenes. Eine Bekannte von mir möchte ihre Ersparnisse anlegen, aber sie ist nicht in der Lage, einen Vertreter zu finden, der das für sie abwickeln würde. Ich habe versprochen, mich umzuhören.« Will verschränkte die Arme im Rücken und reckte die Schultern, um sorglose Teilnahmslosigkeit vorzutäuschen.

»Irgendeine unverheiratete Tante?« Sein Bruder blickte eher verblüfft als misstrauisch drein. Zum Glück. »Du umgibst dich in letzter Zeit mit sonderbarer Gesellschaft.«

Will nickte unverbindlich. Die Worte schmeckten unschön nach Meineid. »Ich kenne sie über jemanden in dem Club, in den ich gehe.« Das entsprach ganz und gar der Wahrheit.

Nicks Neugier wurde nun in andere Bahnen gelenkt, und Will sah sich gezwungen, ein paar Worte über das *Beecham's* zu verlieren, ohne es jedoch näher zu beschreiben. Nick hatte nie einen Fuß in irgendeinen Spielclub gesetzt und wusste mit dem Namen nichts anzufangen. Aus den Augenwinkeln sah Will jedoch, dass Mr Mirkwood sich abrupt aufrichtete und ihnen einen raschen Blick zuwarf, bevor er sich plötzlich mit großem Interesse in eine Unterhaltung mit Kittys Bridgeman vertiefte. Er konnte sich einfach nicht verstellen, der Mann seiner kleinen Schwester. Vor seiner Hochzeit war er ein ziemlicher Tunichtgut gewesen, wenn man Andrew glauben durfte, und der Name *Beecham's* war ihm ganz offenbar geläufig.

Und tatsächlich stand er auf, sobald Nick sich auf die Suche nach einem kleinen Imbiss gemacht hatte, und kam mit

Kind auf dem Arm herbeigeschlendert. »Halten Sie das hier mal kurz, ja?«, sagte er und streckte Will das Mädchen entgegen. Ein mieser Trick. Mit Kind auf dem Arm konnte Will sich schlecht entschuldigen und die Flucht ergreifen.

»Weiß meine Schwester, dass Sie Ihre Tochter als *das hier* bezeichnen?« Einen Augenblick lang zögerte er – selbst ein kräftiges Kleinkind erschien ihm unglaublich zerbrechlich –, doch dann ließ Mirkwood los und Will trug ihr ganzes Gewicht. Ihre Arme breiteten sich zu beiden Seiten aus und ihre Füße traten in die Luft, so als wollte sie abheben wie ein Vogel. Panik lief Will den Rücken hinunter. Wenn er sie fallen ließe … diese winzigen, verletzlichen Knochen … Mit unbequem abstehenden Ellbogen zog er sie an sich und legte ihr die Hände unter die Ellbogen. Sein Herz schlug so stark, dass sie es spüren musste. Zum Teufel mit Eltern und ihren Kindern. So hielt man sie bestimmt nicht, aber was konnte …

»Nicht an die Schulter legen. Sonst ergeht es Ihnen wie mir.« Mirkwood hatte ein Taschentuch hervorgeholt und betupfte einen Fleck auf seinem tadellos sitzenden Frack. »Setzen Sie sie sich am besten auf den Schoß und halten Sie sie im Rücken. Dann kann sie sich umsehen und Sie ansehen. Sie haben ein Gesicht, wie Kinder es lieben.«

»So? Und was für ein Gesicht wäre das?« Zaghaft setzte er das Kind zurecht. Als er sie zuletzt gesehen hatte, bei seinem einzigen Besuch in Marthas vornehmem Haus in der Brook Street, war ihre Tochter ein teilnahmsloses Bündel von drei Monaten gewesen. Inzwischen war sie wesentlich agiler.

»Dunkle Haare und dunkle Augen. Mr Bridgeman sieht sie auch sehr gerne an.« Er faltete das Taschentuch, um eine saubere Stelle zu finden, und wischte ihr das Kinn ab. Sie sabberte, als hätte sie die Tollwut, und beäugte Wills Gesicht mit gefesselter Aufmerksamkeit, wie ihr Vater versprochen hatte.

Wie absurd doch ihre Unschuld war! Sie hatte noch keine Ahnung, welche Fehler ein Mensch in seinem Leben machen konnte, und welche Verwüstung sie mitunter anrichteten. Für sie gab es nur das, was sie sehen konnte: schwarze Haare, schwarze Augenbrauen, braune Augen und einen Mund, der unfreiwillig zu lächeln begann. »Sie kommt nach Ihnen, nicht wahr?« Mit der freien Hand ergriff Will eine Locke ihres hellen Haars – lockiger und heller als alles, was in seiner Familie je vorgekommen war.

»Ich denke, ja. Hauptsächlich.« Der Dummkopf betupfte schon wieder seine Schulter, dabei war Will völlig klar, dass er bloß einen Vorwand zum Reden suchte. »Alles bis auf die Augen.«

»Du hast richtige Blackshear-Augen, stimmt's?« Er hielt nichts von der Babysprache, der manche Leute ihre Kinder aussetzten, doch er gab seiner Stimme einen hohen Tonfall, damit sie wusste, dass seine Worte nur für sie bestimmt waren. Ihre flaumigen Augenbrauen zogen sich zusammen, als grüble sie über ein wissenschaftliches Problem.

Ob ihr irgendetwas an ihm bekannt vorkam? Sicher erinnerte sie sich nicht an ihn, aber vielleicht erinnerten seine Augen sie an ihre Mutter? Er schenkte ihr ein Lächeln, und sofort strahlte sie zurück, und ihr aufgerissener, zahnloser Mund war von solcher Herrlichkeit, dass er beinahe den Blick abwenden musste.

»Ich wusste, dass Sie ihr Typ sind.« Der Bastard wickelte ihn mühelos um den Finger, trotz seiner durchsichtigen Taktik. Er faltete das Taschentuch und steckte es endlich wieder ein. »Folgendes, Blackshear.« Endlich kamen sie zur Sache. »Es ist so: Niemand hier kann mich besonders gut leiden.«

»Außer Mrs Mirkwood, will ich doch hoffen.«

»Natürlich.« Er nickte knapp und machte ein Gesicht, das

für seine Verhältnisse vermutlich als ernst durchgehen konnte. »Aber nachdem ich sie dazu überredet habe, so kurz nach dem Tod ihres Mannes wieder zu heiraten, und … na ja, und aufgrund gewisser Bedenken, was meinen Ruf betrifft, haben sich Ihre Brüder und Ihre ältere Schwester nie so recht für mich erwärmen können. Ich bräuchte dringend einen Verbündeten in dieser Familie.«

Will wartete misstrauisch ab.

»Wenn es also irgendetwas geben sollte, mit dem ich Ihnen einen Gefallen tun könnte, würden Sie mir eine große Freude machen.«

Oh je. Wohltätigkeit. Ausgerechnet als Brüderlichkeit getarnte Almosen. Will legte den Kopf schief und spielte mit den winzigen Fingern des Babys, die sich sofort um seine schlossen.

»Ich habe eine ganze Menge Geld und niemanden zu versorgen. Verzeihen Sie das Thema.« Aus den Augenwinkeln sah Will, wie er den Teppich anstarrte, so als sei er nicht sicher, ob er fortfahren sollte. »Vielleicht gehen Sie ja der Gesellschaft wegen ins *Beecham's*. Die meisten Männer gehen aus anderen Gründen. Und ich sehe verdammt noch mal nicht ein, weshalb einige Familienmitglieder unter fehlendem Kapital leiden sollten, und dem womöglich auf unkluge oder erniedrigende Weise abzuhelfen suchen, während andere mehr als genug haben.« Seine gut gemeinten Worte brannten wie heiße Asche, und er wusste es, und irgendwie machte es das umso schlimmer.

»Ihr Angebot ist sehr großzügig.« Er klang wie ein Schuljunge, der versäumt hatte, sein Gedicht zu üben. »Sollte ich je in eine solche Situation geraten, werde ich darauf zurückkommen.« Er richtete jedes Wort an das Kind, das mit immer ernsterer Miene zuhörte.

Vermutlich benahm er sich absurd. Doch nicht Mirkwood, sondern er hatte einem Sterbenden versprochen, sich um dessen Frau zu kümmern. Das Versprechen, die Sühne, die Schuld lastete auf Wills Schultern, und was wäre er noch wert, wenn er einem anderen erlauben würde, ihm diese Bürde abzunehmen? »Sie ist ein entzückendes Kind, Ihre Augusta.« Er ergriff sie unter den Armen und hielt sie dem Vater hin. »Sie müssen sehr stolz sein.«

»Es gibt kaum etwas, auf das ich stolzer sein könnte.« Gott segne ihn, er wusste, wann es genug war. »Martha wünscht sich sehr, dass Sie uns mal besuchen kommen. Nichts Formelles.« Er beschäftigte sich damit, das Kind zurechtzusetzen und wandte den Blick halb ab, so als wüsste er, dass auch dies womöglich ein heikles Thema war.

»Ja, das hat sie mir auch schon gesagt. Hoffentlich kann ich mir bald einen Tag dafür freinehmen. Wenn Sie mich jetzt entschuldigen möchten, ich habe noch etwas mit meiner älteren Schwester zu besprechen, und ich sehe gerade, dass sie ihre Unterhaltung beendet hat.« Und fort eilte er, damit die guten Absichten dieses Mannes und das einnehmende Wesen des Kindes seinen Entschluss, keine Almosen anzunehmen, nicht am Ende doch noch ins Wanken brachten.

»Wie viele Karten, die zehn Punkte wert sind, gibt es in einem kompletten Kartenspiel?« Lydias Miene wurde wärmer, als sie sich zum Kerzenleuchter vorbeugte und begann, den linken Handschuh auszuziehen. Ihr Gesicht wurde heute von ein paar wohlplatzierten Locken umrahmt, die bei jeder Bewegung wippten und ihn ablenkten.

»Sechzehn.« Er konzentrierte sich wieder. »Zehnen und Bilderkarten, je vier. Bleiben sechsunddreißig andere Karten, falls das Ihre nächste Frage gewesen wäre.«

»Gut. Sie sind auf dem richtigen Weg.« Sie schob die Stulpe des Handschuhs hinunter und begann, die Finger zu befreien.

»Wie ist das Verhältnis von Nicht-Zehnerkarten zu Zehnerkarten?«

Von einer einfachen Divisionsaufgabe sollte er eigentlich nicht überfordert sein. Wie oft ging sechzehn in sechsunddreißig? »Zwei, Rest vier. Zwei ein Viertel. Es gibt zweieinviertelmal so viele Nicht-Zehnerkarten wie Zehnerkarten. Das ist aber nicht das neue Kleid, oder? Ich meine fast, mich zu erinnern, Sie darin bereits gesehen zu haben.« Es war ein langweiliges rötliches Ding, weit davon entfernt, Kurven zu betonen.

»Ich versichere Ihnen, Mr Blackshear, wenn Sie das Kleid sehen, werden Sie nicht zu fragen brauchen.« Sie bekräftigte ihre Versicherung mit einer energischen Kopfbewegung, die die Locken tanzen ließ, während sie den Handschuh abzog und sich in den Schoß fallen ließ.

»So langsam zweifle ich an der Existenz dieses Kleids. Und bald werde ich womöglich auch Ihre Expertise in Vingt-et-un infrage stellen. Letzte Woche haben wir den ganzen Unterricht damit zugebracht, das Pik-Ass zu suchen, und heute bedrängen Sie mich mit Mathematikaufgaben. Ob wir wohl jemals dazu kommen werden, eine Runde zu spielen?«

»Alles zu seiner Zeit.« Ihre Stimme konnte alles wie ein lüsternes Versprechen klingen lassen. Sie entledigte sich des zweiten Handschuhs und ergriff die Karten. »Ich teile jetzt ganz langsam aus. Sie zählen die Zehnerkarten und die anderen Karten.« Mit dem Daumen ließ sie die Herz-Sieben auf den Tisch schnappen, dann die Pik-Dame und die Kreuz-Drei. »Wie steht es?« Sie hatte den Kopf leicht geneigt und blickte ihn unter ihren Wimpern hervor mit gestrengen Brauen an.

»Vierunddreißig zu fünfzehn.«

»Verhältnis?«

Er hatte befürchtet, dass sie das fragen würde. »Zwei, Rest vier. Zwei und ein Drittel, fast.«

»Zwei und vier Fünfzehntel. Eher ein Viertel als ein Drittel.« Sie deckte einen Buben auf, dann eine Neun, ein Ass, eine Vier. Und warf ihm wieder diesen Blick zu, wortlos diesmal.

»Einunddreißig – vierzehn. Ein Verhältnis von …« Himmel. Er *war* überfordert.

»Ich kann sehen, wie Sie denken! Das will ich nicht sehen.«

»Ha! *Das* sagen Sie bestimmt *nicht* oft zu König Kieferknochen.« Die Worte kamen einfach, ungebeten und halblaut. »Zwei und …« Rest drei, vierzehn durch drei … »Etwas mehr als ein Fünftel.«

»Drei Vierzehntel. Sie brauchen nicht zu runden. Und bitte konzentrieren Sie sich auf die Karten. König Kieferknochen lassen Sie bitte meine Sorge sein.«

Drei. Sieben. König. Acht. Achtundzwanzig zu dreizehn. An die Zählerei konnte man sich vermutlich gewöhnen. Vielleicht würde das Rechnen ihm mit der Zeit auch leichter fallen.

Plötzlich schüttelte sie den Kopf, weil ihr eine gelockte Haarsträhne ins Gesicht gefallen war, und er blickte auf, just in dem Moment, als ihr Gesicht den Kerzen zugewandt war.

Und da hätte sie genauso gut die Sichelzwölf oder die Dahliendame aufdecken können – er nahm nichts mehr von den Karten wahr. Jede Frau, die kein solches Profil hatte, war zu bemitleiden. All die Frauen mit Stupsnasen, Schmollmündern, temperamentlosen Brauen und zierlichem Kinn. Neben Lydia Slaughter musste ein hübsches Mädchen aussehen wie das Werk eines Bildhauers, der so lange hier und da noch ein Stückchen weggenommen hatte, bis die energische Schönheit des Marmors gänzlich unterdrückt und erstickt worden war.

»Ich bin raus.« Sie brauchte gar nicht weiterzumachen. »Ich bin durcheinandergekommen.«

Sie nickte mit zusammengepressten Lippen. Sie hatte nichts anderes erwartet. »Wir sind bei sechsundzwanzig zu zwölf. Das

Mitzählen erfordert Übung. Fürs erste Mal haben Sie sich ganz annehmbar geschlagen.«

»Ehrlich gesagt ist mir noch nicht klar, weshalb ich zwischen zehn und nicht zehn unterscheiden soll.«

»Gehen Sie in Spielhöllen, Mr Blackshear?« Zehn, Ass, Dame. Sechsundzwanzig zu neun.

»Bis jetzt nicht. Ich fürchte den Ruin.«

»Das soll allerdings vorkommen.« Sechs, Bube, Ass, Sieben. »Es soll aber auch faszinierende Vingt-et-un-Variationen geben, in solchen Etablissements.«

»So?« Vierundzwanzig zu sieben. Drei und … Mist.

»Ich habe zum Beispiel gehört, dass der Bankier in manchen Spielhöllen erst bei siebzehn stehenbleiben darf, dann aber stehenbleiben *muss*. Können Sie sich vorstellen, wie diese Regel das Spiel verändert?«

»Natürlich. Zum Beispiel würde man niemals bei fünfzehn oder sechzehn stehenbleiben, es sei denn, man hätte Grund zu der Vermutung, dass der Bankier sich überkaufen wird.« Ah! »Es sei denn, es gäbe ein sehr hohes Verhältnis von Zehnerkarten zu Nicht-Zehnerkarten im verbleibenden Stapel. Leider bin ich schon wieder durcheinandergekommen.«

»Neunzehn zu sechs. Drei und ein Sechstel. Ganz und gar nicht viel versprechend.« Abrupt legte sie die Karten aus der Hand. »Man hat mir mitgeteilt, dass ich hier nicht mehr am Spieltisch der Herren erwünscht bin. Es gehöre sich nicht.«

»Das tut mir leid.« Es sollte ihm sogar ausgesprochen leidtun, ihr nicht mehr beim Austeilen zusehen zu dürfen, als Einziger in ihre Hexerei eingeweiht. »Und jetzt wollen Sie in den Spielhöllen Ihr Glück versuchen?« Es sollte Clubs geben, in denen Damen mit den Herren spielten.

»Ich will nirgends *mein Glück versuchen*. Himmel!« Was war er doch für ein schändlicher Mann, dass er es so liebte, von ihr zurechtgewiesen zu werden. »Ich sagte doch bereits, dass ich mich nie auf das Glück verlasse. Ich habe einen Plan.«

Natürlich hatte sie das. Und das bedeutete mit ziemlicher Sicherheit, dass er sie nur noch selten zu Gesicht bekommen würde. Er setzte sich auf und sammelte die Karten ein, um sich mit etwas anderem zu beschäftigen als mit der plötzlichen herben Enttäuschung. »Und König Kieferknochen hat nichts dagegen, seine Abende an einem solchen Ort zu verbringen?« Und seine Frau mitzunehmen? Etwas mehr Stolz hätte er ihm schon zugetraut.

»König Kieferknochen hat nichts damit zu tun. Haben Sie nicht aufgepasst, Blackshear?« Sie verschränkte die Hände auf dem Tisch und sah ihm direkt in die Augen. »Mit *Ihnen* will ich dorthin.«

9

Er war nicht begeistert. Sie sah es an der scharfen senkrechten Falte auf seiner Stirn.

Vielleicht hätte sie noch etwas mehr flirten sollen. Vielleicht hätte sie das violette Kleid anziehen sollen. Nicht zu ändern. Sie lehnte sich vor.

»Wir spielen beide nicht zum Spaß. Sie tragen die Verantwortung für andere Menschen, sagten Sie einmal, und ich trage die Verantwortung für mich selbst. Ich muss eine bestimmte Summe gewinnen, und zwar schnell.«

»Ich ebenfalls.« Er drehte die Karten um, eine nach der anderen. Die Falte war immer noch da. Er blickte auf. »Stecken Sie in Schwierigkeiten?«

»Nicht mehr und nicht weniger als jede Dame, deren Absicherung von den Launen eines Mannes abhängig ist. Ich möchte mich von dieser Sorge befreien und denke, dass mir dafür zweitausend Pfund reichen müssten.«

»Hat Mr Roanoke denn keine Vorsorge für Sie getroffen?« Stirnrunzelnd betrachtete er die Karten. »Ich dachte, das sei so üblich, wenn es … dazu kommt. Ich dachte, man vereinbart gleich am Anfang etwas.«

»Normalerweise ist das so.« Sie räusperte sich. »Doch Sie haben vielleicht gehört, dass ich in einem Freudenhaus gearbeitet habe, als Mr Roanoke sich entschloss, mich zu engagieren. Ich wusste nichts von Vereinbarungen oder Verträgen.«

»Aber er.« Ein Mundwinkel zuckte. »Er hätte Ihnen sagen müssen, was üblich ist.«

»Er hat Mrs Parrish eine ansehnliche Summe für mich gezahlt, und vielleicht wird er mir ja auch etwas davon abtreten. Aber in Ermangelung eines Vertrags kann ich mich darauf nicht verlassen.« Sie setzte sich auf. Er brachte sie aus dem Konzept. Wenn sie nicht aufpasste, würde er ihr bald wieder Fragen über ihre Vergangenheit stellen. »Ich habe momentan vierhundertzehn Pfund. Ich brauche also noch tausendfünfhundertneunzig. Jetzt, da ich hier nicht mehr spielen kann, scheinen die Spielhöllen mir die beste und einzige Chance zu sein.«

Sein Mund zuckte. Er griff nach der Pik-Sieben und drehte sie zwischen den Fingern, von Ecke zu Ecke. »Ich brauche etwas mehr als Sie. Dreitausend insgesamt, und zwar bis Ende nächsten Monats. Im Augenblick habe ich nur die vierhundert, die ich hier gewonnen habe, und weitere achthundert vom Verkauf meines Patents, wovon ich allerdings auch noch etwas für Miete und laufende Kosten brauchen werde, während die dreitausend ihre Arbeit tun.« Er sah sie an. »An Spielhöllen hatte ich bisher noch nicht gedacht.«

»Ich weiß, Sie befürchten, Geld zu verlieren.« Sie neigte den Kopf, nur eine Spur. »Doch wenn Sie erst einmal gelernt haben, die Zehnerkarten zu zählen und entsprechend zu setzen, werden Sie in einem solchen Etablissement besser dran sein als im *Beecham's*, wegen der anderen Regeln. Das verspreche ich Ihnen.«

Sein Gesicht zuckte. Ihr Versprechen war offensichtlich nicht viel wert.

Von etwas anderem sprechen. Ihn einwickeln. »Was für Pläne haben Sie mit den dreitausend? Ich nehme an, etwas Besseres, als sie bei der Bank zu den üblichen fünf Prozent anzulegen.«

Die Pik-Sieben erfuhr noch einige weitere Umdrehungen. Er war es offensichtlich nicht gewohnt, dergleichen Dinge mit einer flüchtigen Bekanntschaft – einer Frau obendrein – zu erörtern, doch noch etwas anderes beschäftigte ihn. Das Thema war heikler, als es hätte sein sollen. »Ich habe einen Bekannten im Holzhandel«, sagte er schließlich. »Er möchte sich ein zweites Schiff anschaffen und braucht das nötige Kapital. Ich wäre sein Teilhaber und bekäme einen guten Anteil des Gewinns.«

»Gut genug, um sich und eine weitere Person zu versorgen.«

»Richtig.« Die Karte drehte sich schneller. Seine Stirn runzelte sich und er starrte auf seine Finger.

»Eine Dame?« Gütiger Gott. Das ging sie doch nichts an.

»Wie bitte?« Die Karte kam zum Stillstand und hing zwischen zwei Fingerspitzen. Er sah sie entgeistert an.

»Ich wollte nicht – ich dachte nur …« Sie war es nicht gewohnt, zu erröten. Plötzlich konnte sie ihm nicht in die Augen sehen und heftete den Blick auf die Kerzen zu ihrer Linken. »Als wir uns auf der Straße getroffen haben, als Sie aus Camden Town kamen, da hatten Sie so feine Kleider an, und ich …« *Was in Gottes Namen tat sie da?* »Wie man sie vielleicht zu einem Damenbesuch trägt.«

»Stimmt. Richtig.« Kurze, knappe Antworten, so als könne er sich nicht auf seine Stimme verlassen.

»Es war nur so eine Vermutung. Es tut nichts zur Sache.« Der Ruß der Kerzen drang ihr in die Augen. Großartig. Jetzt sah es so aus, als sei sie wegen der Dame in Tränen ausgebrochen. »Jedenfalls hoffe ich, dass Sie über meinen Vorschlag nachdenken werden, oder sich wenigstens überlegen, ob Sie mir helfen wollen, herauszufinden, in welchen Clubs Damen Zutritt haben, und wo die Regeln, die ich erwähnt habe, zur Anwendung kommen. Wissen Sie vielleicht, wie spät es ist?« Sie waren auf jeden Fall schon viel zu lange hier.

Er suchte in seinen Kleidern und brachte eine Uhr zum Vorschein. Schnell wischte sie sich mit den Fingerknöcheln die Augen, während er den Deckel aufschnappen ließ. »Viertel nach zwölf. Wir können hier Schluss machen. Ich verstehe das System, jetzt brauche ich nur Übung.« Er sah sie einen Augenblick lang an, die geöffnete Uhr noch immer in der Hand, als suchte er nach etwas, das er sagen konnte. Dann lächelte er. »Eine ganze Menge Übung, wenn ich in den Spielhöllen mit Ihnen mithalten soll.«

Er hatte zugestimmt! Erleichterung durchfuhr sie in warmen Wellen und kappte die Verbindung zwischen Gedanken und Worten – vielleicht war es auch allein sein Lächeln gewesen. »Sie sollten bald beginnen. Bevor zu viel Zeit verstreicht.« Die nächsten Worte jonglierte sie wie heiße Kartoffeln, halb gewillt, sie fallenzulassen. »Sie könnten zu mir kommen. Ungefähr ab drei Uhr bin ich allein. Die meisten Nachmittage verbringe ich sowieso mit solchen Dingen.«

Sie hatte den Kopf gesenkt, um die Karten einzusammeln, daher konnte sie nur erahnen, welche Wirkung ihre Worte hatten. »Es tut mir leid.« Die Uhr schnappte zu, das Geräusch wurde von seiner Hand gedämpft. »Aber unter den gegebenen Umständen halte ich das für keine gute Idee.«

Er hatte recht. Das war ja das Schlimme. Sie wusste noch viel besser als er, was passieren würde, wenn Edward erführe, dass ein anderer Mann zu Besuch gewesen war. Und Jane eine solche Heimlichtuerei aufzubürden wäre ungerecht. »Wie Sie meinen.« Sie schob die Karten über den Tisch und tastete nach ihren Handschuhen. Es würde einige Zeit dauern, bis sie ihre Finger hineingezwängt hatte, und sie brauchte erst wieder aufzublicken, wenn er gegangen war.

Sein Stuhl schrammte über den Teppich, als er ihn vorschob, und seine schwarz gekleidete Gestalt stand auf und erschien am Rande ihres Gesichtsfelds. Vielleicht würde er sich verbeugen. Sie würde zu sehr mit ihren Handschuhen beschäftigt sein, um es zu sehen. Sie zog sich den rechten über das Handgelenk und bahnte sich mit den Fingern den Weg hinein. Undeutlich nahm sie wahr, wie er das Kartenspiel einsteckte und sich entfernte. Ein, zwei, drei, vier Schritte über den Teppich zur Tür. Das war's.

»Lydia.« Seine Stimme wanderte zu ihr zurück wie eine Hand, die sie zwang, sich umzudrehen. Er hatte sich nicht umgedreht. »Verdammt. Muss ich es laut sagen?«

»Ich weiß nicht. Ich weiß nicht, was Sie meinen.« Ihr Puls hämmerte ihr bis zum Hals.

Seine Schultern hoben und senkten sich mit einem tiefen Atemzug. Sein Gesicht wandte sich gerade weit genug um, dass sie beinahe sein Profil sehen konnte. Seine Hand blieb auf dem Türknauf liegen. »Ich möchte wahnsinnig gern mit dir ins Bett.«

»Aber ich dachte, es sollte nichts passieren!« Sie klang heiser und verstört, wie eine Frau, die in einem brennenden Bett aufgewacht war.

»Das wird es auch nicht. Aus mehreren Gründen, nicht nur wegen Mr Roanoke.« Er drehte den Türknauf. »Wir flirten zum Spaß, und das können wir auch weiterhin. Du brauchst keine Angst zu haben, dass ich …« Er vollendete den Satz nicht, sodass sie sich vorstellen konnte, was er alles nicht tun würde. »Aber mach dir keine Illusionen. Ich will dich. Ich will dich schon seit jenem ersten Abend, an dem du mich geprellt hast.«

Sein Tonfall war in die Tiefe hinabgestiegen, halb Schatten, halb dunkle Schokolade, wie seine Augen.

»Und wenn ich zu dir nach Hause käme, und dein Bett nur eine Tür entfernt wüsste … Ich hätte Angst, dass ich deine Interessen vergesse. Und meine. Und ich kann es mir nicht …« Er brach plötzlich ab, legte den Kopf in den Nacken und richtete den Blick zum Türsturz. »Ich habe genug Fehler gemacht, glaub mir. Einen weiteren kann ich nicht gebrauchen.« Eine Sekunde der bleiernen Stille folgte. Dann verneigte er sich und war verschwunden, ohne eine Antwort abzuwarten.

Besser so. Denn bei dem Sturm, der in ihrem Kopf tobte, und dem Frosch, der ihr im Hals saß, hätte er lange darauf warten müssen.

»Wollen Sie dieses Kleid denn nie tragen?« Jane stand an der Mangel und hob zwischen Daumen und Zeigefinger den hauchdünnen violetten Stoff an. »Sie haben es jetzt schon anderthalb Wochen, und Mr Roanoke hat es noch gar nicht zu Gesicht bekommen.«

»Ich warte noch auf die richtige Gelegenheit.« Mit dem Bleistift in der Hand schob sich Lydia eine Haarsträhne hinters Ohr. »Und Mr Roanoke gefällt das, was ich anhabe, sehr gut.«

»Mhm.« Das Mädchen überlegte. »Ist das Sarsenett? Das Schwarze?«

»Ich weiß nicht. Irgendeine gestrickte Seide jedenfalls. Schwarz, sagst du? Ich dachte, es sei ein dunkles Violett.« Der Bleistift wurde stumpf. Zweimal hatte sie ihn schon angespitzt, und bald würde sie schon wieder zum Messer greifen müssen.

Drei Schwierigkeiten gab es bei Vingt-et-un im Wesentlichen: Erstens musste man Wetten auf seine Kartenhand abschließen. Zweitens musste man die jeweilige Runde spielen. Und drittens musste man sich eine langfristige Wettstrategie zurechtlegen. Denn eine vernünftige Strategie hing von Wahrscheinlichkeiten ab, und je länger der Beobachtungszeitraum, desto genauer *Ich möchte wahnsinnig gern mit dir ins Bett.*

Sie kniff die Augen zu. Nein. Öffnete sie. Richtete den Blick auf den Zettel mit den Zahlen, Buchstaben, Klammern und Wurzelzeichen, die allesamt noch zu keiner idealen Strategie geführt hatten. Sie bemerkte, dass die Knöchel der Finger, mit denen sie den Bleistift umklammerte, weiß hervortraten.

Das war doch lächerlich. Sie war doch keine verschämte Jungfrau! Und so, wie Mr Blackshear immer mit ihr flirtete, musste ihr doch klar gewesen sein, dass er nichts gegen ein kleines Abenteuer einzuwenden gehabt hätte. Er war ein Mann, verflixt noch mal! Männer hatten nie etwas dagegen. Warum zum Teufel zauberte die Tatsache, dass er es offen zugegeben hatte, ihr einen nervösen Schmetterlingsschwarm in den Bauch?

Ein leises Räuspern riss sie aus ihren Gedanken. Das Mädchen stand noch immer an der Mangel, die Hände verschränkt. »Möchten Sie noch lange auf ihn warten?«

Lydia verrenkte den Hals nach der Uhr auf dem Frisiertisch. Es war nach Mitternacht. Edward hatte um zehn kommen wollen. Sie legte den Bleistift hin und stand auf. »Ich habe noch einiges zu tun, aber ich kann mich auch vorher fertig machen. Mr Roanoke muss etwas dazwischengekommen sein.« Das kam gelegentlich vor. Jane machte sie zurecht und frisierte sie zum Ausgehen, und dann fand Edward eine interessantere Beschäftigung und versetzte sie.

Das machte keinen guten Eindruck auf eine junge Dame. *Wahre Männer tun so etwas nicht*, sollte sie ihr sagen. *Ein Mann, dem du etwas bedeutest, hält sein Versprechen.* Doch wie konnte sie? Arthur hatte sie wirklich etwas bedeutet, und dennoch hatte sein Versprechen unter dem Gewicht der elterlichen Missbilligung nachgegeben wie morsche Dielen.

Zu viele Männer drängten sich in diesen kleinen Raum. Edward. Arthur. Mr Blackshear und seine kühnen Geständnisse. »Jane, weißt du, was eine Martingale ist? Beim Glücksspiel?« Sie setzte sich an den Frisiertisch und zwang sich wieder zur Konzentration.

»Ich glaube nicht. Ich habe immer nur um Pennys gespielt.«

Jane zog den Perlenschmuck, den sie Stunden zuvor in Lydias Frisur gesteckt hatte, wieder heraus.

»Das Prinzip ist einfach: Jedes Mal, wenn man verliert, verdoppelt man den Einsatz.« Viel besser. Sie fühlte sich gleich viel ruhiger. »Sagen wir, du setzt einen Penny, und du verlierst. Dann setzt du danach zwei Pennys. Wenn du dann gewinnst, hast du deinen Penny zurück, plus einen Penny Profit.«

Das Mädchen nickte pflichtschuldig und legte die Perlen ordentlich auf ein lackiertes Tablett.

»Natürlich kannst du wieder verlieren, und dann bist du schon drei Pennys im Minus. Aber wenn du in der nächsten Runde vier Pennys setzt, und gewinnst, hast du alle drei zurück, plus einen mehr.« Sie schloss die Augen und beugte den Kopf nach unten, damit Jane die Haarnadeln herausziehen konnte. »Das Prinzip und das Ergebnis sind immer gleich, egal wie oft man seinen Einsatz verdoppeln muss. Irgendwann gewinnt man eine Runde und bekommt seine Verluste zurück, plus einen Penny. Aber das System hat einige klare Nachteile.« Sie öffnete die Augen und sah ihr Dienstmädchen im Spiegel an. »Kannst du dir denken, welche?«

»Na ja, es ist ein ziemlicher Aufwand für einen Gewinn von bloß einem Penny.« Jane ließ eine Handvoll Haarnadeln in eine Schale purzeln und griff nach der Haarbürste.

»Es muss ja kein Penny sein. Man nimmt vermutlich eher zehn Pfund, oder fünfzig, oder hundert. Theoretisch bekommt man in einem Martingalespiel seine Verluste zurück und erhalt dazu eine Wetteinheit Profit, egal, wie groß diese Wetteinheit ist.« Ein ungehorsamer Gedanke schoss dazwischen: *Mr Blackshear hätte das sofort verstanden.*

Und dann ein noch schlimmerer: *Vielleicht hätte er trotzdem gern darüber diskutiert. Nackt, im Bett.*

Das war alles Edwards Schuld. Er hatte sie allein gelassen,

und jetzt gab sie sich Tagträumen von andern Männern hin. »Der größte Nachteil ist, dass das System nur mit einem unbegrenzten Budget funktioniert.« Sie hob die Arme, damit Jane ihr das Kleid aufschnüren konnte. »Eine sehr lange Pechsträhne ist zwar unwahrscheinlich, aber nicht unmöglich. Auch wenn man mit tausend Pfund in einen Spielclub geht, wäre, selbst wenn man mit nur zehn Pfund beginnt, bei neun Niederlagen in Folge Schluss. Man hätte fünfhundertelf Pfund verloren und nur vierhundertneunundachtzig übrig, also könnte man nicht mehr verdoppeln.«

»Ich habe noch nie eine Dame kennengelernt, die so gut mit Zahlen umgehen kann, wie Sie. Dürfte ich Sie bitten, aufzustehen?«

Indigoblaue Seide – oder *dunkelblaue*, wie manche sagten – umgab sie einige Sekunden lang und unterbrach sie in ihrem Vortrag. Zwei knöchellange Unterröcke folgten. Dann sah sie sich im Spiegel, in Hemd und Korsett, und fuhr unbeirrt fort. »Was für mich aber noch problematischer ist: Die Strategie geht davon aus, dass die Gewinnchancen bei jedem Einsatz gleich hoch sind. Bei Vingt-et-un erkennt der aufmerksame Spieler jedoch von Runde zu Runde *variierende* Gewinnchancen. Wenn der Stoß viel versprechend ist, muss man höhere Einsätze machen. Auf keinen Fall sollte man verdoppeln, wenn die Chancen schlecht stehen.«

»Verstehe.« Jane hatte gelernt, das an passenden Stellen zu sagen, ob sie verstand oder nicht. »Dann werden Sie sicher etwas Besseres erfinden.« Sie teilte Lydias Haar und legte es ihr zu beiden Seiten über die Schultern, bevor sie begann, das Korsett aufzuschnüren.

»Falls ja, werde ich es dir beibringen.« Lydia neigte wieder den Kopf. »Du wirst deine Freundinnen um all ihre Pennys bringen.«

Sie machte einen ziemlich wilden Eindruck, wie sie so unter ihren Wimpern und zwischen den offenen Haaren hervorblickte. So würde ein Mann sie sehen, wenn er sie eigenhändig auszog, bevor er mit ihr ins Bett ging.

Ärger peitschte sie, und sie zwang sich, den Blick von ihrem Spiegelbild abzuwenden. *Bett.* Haha. Als ob der ausgeblichene Teppich dort oben nicht ausreichen würde. Er könnte sie auch einfach über den Tisch legen und ihre Röcke anheben, oder sie gegen die Tür drängen und auf ihre Zehenspitzen hochziehen.

Nein. Sie wäre immer noch zu klein. Er würde unelegant in die Knie gehen müssen, wie es große Männer immer taten, wenn sie sich unbedingt stehend paaren wollten. Sie könnte dem abhelfen, indem sie sich an ihn klammerte, so als klettere sie auf einen Baum, ein Bein auf seiner Hüfte und das andere um seinen Rücken geschlungen. In dieser Position konnte man nicht lange verweilen und sich Zeit für Nettigkeiten lassen. Sie würden ihre Neugier mit ungehemmter, unemotionaler Effizienz befriedigen, und fertig.

Würden sie aber nicht. Er hatte seine Gründe. Hatte er gesagt.

Sie griff nach einem Riechfläschchen und drehte es. Eine nach der anderen reflektierten die kleinen Glasflächen das Kerzenlicht. Eine Dame brauchte nicht lange zu grübeln, um darauf zu kommen, was für Gründe das sein mochten. Er war anderweitig versprochen, oder jedenfalls interessiert, und wollte die Bekanntschaft nicht beleidigen, indem er seinem Verlangen nach ihr nachgab.

Das sprach für ihn. Ein Mann, der seine Lust zügeln konnte, würde vermutlich auch in einer Spielhölle einen klaren Kopf bewahren. Das war schließlich das Wichtigste. Der Rest lenkte sie bloß ab.

Energisch stellte sie das Fläschchen hin. Sie hatten eine Abmachung. Sie würde ihm beibringen, wie man strategisch spielte, und er würde die Spielhöllen auskundschaften und ihr beizeiten einen Vertreter für das Geschäftliche besorgen. Weiter nichts. »Ich glaube, ich muss den Wahrscheinlichkeitsunterschied zwischen einem bekannten und einem unbekannten Stoß in Betracht ziehen«, sagte sie und las in Janes Miene geduldige Resignation.

Sonntagmorgen. Er hätte im Bett bleiben sollen. Im düsteren Ziegelturm der St.-James-Kirche läuteten die Glocken, als Will vorbeiging. Menschen in ihrem ernsten Sonntagsstaat strömten ihm entgegen, und er bahnte sich seinen Weg wie einer dieser Fische, die Stromschnellen und Wasserfälle emporschwimmen mussten, um endlich nach Hause zu gelangen.

Er hatte noch keinen Fuß in diese Kirche gesetzt, seit er wieder in England war. Auch in St. George's am Hannover Square hatte er sich nicht blicken lassen, obgleich Andrew oder die eine oder andere seiner Schwestern ihn immer wieder einluden. Nicht so einfach, zu wissen, was das Protokoll vorschrieb für jene, die ihre unsterbliche Seele verwirkt hatten.

Will vergrub die Hände tief in den Taschen und schlang seinen Mantel enger um sich, um den kalten Wind abzuhalten. Natürlich war es nicht an ihm, sein Urteil zu fällen. Die Soldaten der Welt hätten wahrhaftig schlechte Aussichten, wenn es ewige Verdammnis bedeutete, ein Leben zu nehmen. Genug von ihnen bevölkerten allsonntäglich die Kirchen, um auf eine gewisse Zuversicht schließen zu lassen, was das betraf. Sein Fall war indes gerade anders genug, um ihn davon abzuhalten, sich ihnen anzuschließen.

Ein loses Ende seines Schals flatterte im Wind; er stopfte es unter den Mantel. Ewige Verdammnis. Ein schönes Thema für einen Morgenspaziergang. Doch immerhin bewahrte es ihn davor, an das zu denken, was er zu Miss Slaughter gesagt hatte. Zu Lydia. Er schüttelte den Kopf, wie um die Erinnerung daran zu vertreiben. Was war nur in ihn gefahren, so zu ihr zu sprechen?

Doch früher oder später hätte er etwas sagen müssen. Sie hätte es sowieso bald gemerkt, denn er konnte sich nicht gut verstellen. Jetzt spielten sie wenigstens mit offenen Karten. Doch genug gegrübelt. Er hatte gesagt, was er gesagt hatte, und konnte es nicht mehr zurücknehmen.

Nach Süden und nach Osten trugen ihn seine Füße, durch die sonntägliche Ruhe der Stadt, bis er die London Bridge erreicht hatte und den Upper Pool überblicken konnte. In letzter Zeit war er mehr als einmal hierhergekommen, um dem Schiffsverkehr zuzusehen und sich in Erinnerung zu rufen, was er von Fuller gelernt oder sich selbst angelesen hatte. Das nächste ankernde Schiff war eine zweimastige Brigg, zu klein für eine Fahrt auf offener See, also vermutlich in der Küstenschifffahrt eingesetzt. Kohle vielleicht. Oder Wolle. Irgendeine Ware aus dem nördlichen Landesinneren, mit der London versorgt wurde. Eigentlich unglaublich, wie alles funktionierte, wenn man so darüber nachdachte.

Er verschränkte die Arme auf der Steinbrüstung und ließ sich den Wind ins Gesicht wehen, der das Wasser kräuselte und leicht salzig schmeckte. An alledem teilzuhaben, das wäre schon was. Obwohl es natürlich vorerst nur darum ging, eine Summe zu erwirtschaften, die Mrs Talbot unabhängig machen würde. Damit sie nicht länger in so beengten Verhältnissen leben musste. Damit sein Wort wieder etwas wert war. Aber davon abgesehen, ebenso wie davon, dass er auch sein eigenes Einkommen sichern musste, würde es ihm eine gewisse Befriedigung verschaffen, seinen bescheidenen Teil zu diesem großen Wirtschaftszweig beizutragen. Zu ehrlichem Handel und Wandel. Eines Tages würden die Leute vielleicht in Häusern wohnen, deren Holz *er* übers Meer hatte befördern lassen.

Es war nicht das Leben, für das er erzogen worden war, wohlgemerkt. Andrew würde vermutlich kreidebleich werden, wenn ihm zu Ohren käme, dass einer der Blackshear-Brüder auch nur im Entferntesten in Handelsgeschäfte verwickelt war.

Doch ein erstgeborener Sohn hatte in aller Regel auch mehr Nutzen von den feinen Rangunterschieden als ein nachgeborener Sohn. Besonders wenn der Jüngere Schulter an Schulter mit Metzgerssöhnen auf dem Schlachtfeld gestanden hatte.

Will wandte sich um, lehnte sich mit dem Rücken an die Balustrade und betrachtete die Stadt zu seiner Rechten. London. St. James's Palace. Clarendon Square, irgendwo hinter den Häusern.

Seine Zukunftspläne hingen mehr und mehr von Miss Slaughter ab. Er durfte nicht vergessen, was er alles zu verlieren hatte, wenn er zu freizügig mit ihr umging. Er musste vorsichtiger sein denn je. Jetzt, da er ihr offenbart hatte, wie es um ihn stand, konnten sie dieses Thema hoffentlich auf sich beruhen lassen und sich ganz der Komplexität des Vingt-et-un-Spiels widmen.

10

Es gab jedoch noch andere Möglichkeiten, wie er ihren Pakt ruinieren konnte, und zwei Abende später war er nah dran.

»Wie kann dir denn nicht klar sein, dass drei Achtel mehr sind als fünf Vierzehntel? Wie kann dir das nicht klar sein?«

Sie hatte ihr irritierendes Hin- und Hergehen für einen Moment unterbrochen, damit ihr Zorn ihn mit größtmöglicher Zielgenauigkeit treffen konnte, und stand, die Hände in die Hüften gestemmt, vor ihm.

»Verdammt, Lydia, mein Gehirn funktioniert eben nicht auf diese Weise! Genauso wenig wie das der meisten anderen Menschen.« Er hatte den Kopf in die Hand gestützt und fuhr sich erschöpft mit den Fingern durchs Haar.

Sie machte drei Schritte und kam wieder zurück. »Stell es dir bildlich vor.«

»Das *kann* ich nicht!«

»Es ist doch ganz einfach: zwei Rechtecke, nebeneinander, das eine teilst du mit sieben, das andere mit dreizehn waagerechten Linien. Dann sieht man doch …«

Widerwillig musste er lachen. »Himmel! Für dich ist es wirklich so einfach, oder? Und du kannst dir gar nicht vorstellen, wie es für andere Leute ist.«

Sie machte einen Schritt auf ihn zu, ließ die Hände sinken und ballte sie zu Fäusten. »Du findest das wohl komisch. Für mich ist es aber weniger amüsant.« Sie sah aus wie ein kleines Mädchen, das erbost darüber war, von seinen älteren Geschwistern nicht ernst genommen zu werden. Ob sie ältere Geschwister hatte? Oder überhaupt Geschwister? Er schweifte schon wieder ab. »Ich habe Stunden um Stunden, einen ganzen Bleistift und Unmengen Papier darauf verwendet, ein System auszuarbeiten, mit dem du deine Gewinnchancen bestimmen und dementsprechend setzen kannst. Wenn du nicht einmal in der Lage bist, das Verhältnis der Karten zueinander zu erkennen, war das wohl alles vergebens.«

»Gut möglich.« Er ließ die Hand sinken und begann, mit den Fingern auf die Tischplatte zu trommeln, um seinen Ärger abzubauen. »Aber wenn, dann liegt es nicht an meinen durchschnittlichen geistigen Fähigkeiten. Es liegt an deiner Entscheidung, ein Wettsystem auszutüfteln, das auf der Annahme beruht, ein durchschnittliches Gehirn würde erkennen, dass drei Achtel mehr sind als fünf Vierzehntel.«

Sie starrte ihn unheilvoll an wie ein Habicht, der in seinem Jagdrevier einen Rivalen gestellt hatte. Ihr Blick zuckte über sein Gesicht. »Dann musst du eben alles in Hundertstel umrechnen«, sagte sie plötzlich mit neuer Entschlossenheit. »Drei Achtel sind achtunddreißig Hundertstel, und fünf Vierzehntel sind sechsunddreißig Hundertstel.«

Gütiger Gott. Er umfasste die Tischkannte und stemmte sich daran hoch. »Lydia! *Das kann ich nicht!*«

»*Doch*. Du musst nur üben.« Die Aggressivität seiner Bewegung spornte sie nur noch mehr an. Energisch machte sie kehrt und zog den Stuhl ihm gegenüber zurück. »Division hast du doch sicher in der Schule gelernt. Du kannst alles auf zwei Nachkommastellen runden.« Sie setzte sich. »Vermutlich musst du es am Anfang schriftlich üben, aber wenn du jeden Tag eine Weile …«

»Nein.« Er legte alles, was er über Ruhe und Diplomatie wusste, in diese eine Silbe. »Es tut mir leid, aber das halte ich für Zeitverschwendung.« Noch mehr Ruhe und Diplomatie, um die gekränkte Falte in ihrer Stirn zu glätten und die Härte aus ihren zusammengepressten Lippen zu nehmen. »Die Wahrscheinlichkeit, dass ich darin jemals so gut werde, dass ich diese Berechnungen anstellen und gleichzeitig einem Spiel folgen kann, ist einfach zu gering, um den Zeitaufwand zu rechtfertigen.« Er ließ den Tisch los und richtete sich auf. Nach einem ganzen Tag im Sitzen verlangte es seine Beine nicht nach einem Stuhl.

Sie ruckte das Kinn nach links, so als seien die Kerzen ihrer Weisheit würdiger als er. »Aha.« Eine Flamme flackerte, als sie sprach. »Du willst es also nicht einmal versuchen. Damit sinken deine Chancen von gering auf nicht vorhanden, falls es dich interessiert.«

Er trat drei Schritte zurück und lehnte sich mit verschränkten Armen an die Wand. Warum machte er sich eigentlich die Mühe, ihrer Übellaunigkeit mit so wohlüberlegten Worten zu begegnen?

»Ich gebe mir gerade die größte Mühe, höflich zu bleiben, *Miss Slaughter*, und auf die Gefühle Rücksicht zu nehmen, die ich vermutlich verletzt habe, indem ich jemandes Lieblingsbeschäftigung als Zeitverschwendung bezeichnet habe.«

»Auf meine *Gefühle* brauchst du keine Rücksicht zu nehmen.« *Gefühle* standen *Glück* und *Eingebung* in nichts nach, wenn es darum ging, ihre Abscheu zu erregen. »Ich habe dich nie darum gebeten, auf meine *Gefühle* zu achten.« Mit den Fingerspitzen hielt sie das Wort weit von sich wie eine Küchenmagd, die in der Speisekammer eine tote Ratte gefunden hatte. »Alles, worum ich gebeten habe, war, dass du das Spiel ernst nimmst und dir auch nur einen Bruchteil der Mühe gibst, die ich investiert habe, um dir jeden möglichen Vorteil zu verschaffen, wenn es ans Setzen geht. Es tut mir leid, dass du dich dazu nicht imstande siehst.« Alles an ihr – die steife Haltung, das abgewandte Gesicht, die Arme, denen er ansah, dass sie unter dem Tisch die Hände rang – war eine stumme Zurückweisung jeglichen Mitleids und jeglicher Freundlichkeit, die er womöglich hatte anbringen wollen.

Erschöpft atmete er langsam aus und richtete den Blick zur Decke. Selbst schuld. Er konnte sich nur allzu gut vorstellen, weshalb sie so ungehalten war.

Er stieß sich von der Wand ab und kniete sich vor den Kerzen an den Tisch, sodass seine Augen auf einer Höhe mit ihren waren.

Durch die Flammen hindurch sah sie ihn misstrauisch an und presste die Lippen zusammen, wandte sich aber nicht ab.

»Sag mir die Wahrheit.« Aus dieser Entfernung – einem halben Meter vielleicht – brauchte er sich um keinen besonderen Tonfall zu bemühen. Die Bedeutung der Worte würde ausreichen. »Nimmst du mir übel, was ich beim letzten Mal gesagt habe, als wir hier in diesem Raum waren? Ist es das?«

»Ja, das glaubst du jetzt natürlich!« Obwohl sie ihm immer noch zugewandt war, richtete sie den Blick wieder auf die Kerzenflammen. »Ich bin eine Frau, also kann ich unmöglich gemeint haben, was ich gesagt habe. Nein, es muss an meinen *Gefühlen* liegen, dass ich verärgert bin.« Jetzt schwang das Küchenmädchen die Ratte am Schwanz hin und her, wie um sie über eine entfernte Hecke zu schleudern. »Oder ich muss immer noch beleidigt sein wegen irgendetwas, das du vor drei Tagen gesagt hast.«

»Lydia.« Er fasste nach der Tischkante, Finger oben, Daumen unten. »Du bist nicht naiv. Du weißt ganz genau, was ich meine.« Er wartete und ließ seine Worte wirken.

Sie starrte in die Flammen, bis ihre Augen tränten. Die Lippen zitterten nicht, sie weinte nicht; es war eher so, als bestrafte sie sich absichtlich für irgendein Vergehen. Ein-, zwei-, dreimal kniff sie die Augen zusammen, bis das Wasser überfloss und sich seinen Weg über beide Wangen bahnte. Im Kerzenschein glitzerte es wie ein stummer Vorwurf, und sie machte keine Anstalten, es wegzuwischen.

An den Kerzen vorbei blickte sie ihn an. »Ich bin nicht böse wegen dem, was du gesagt hast. Es wäre doch ziemlich lächerlich von mir, einem Mann so etwas übelzunehmen.«

Er sah seinen Fingern zu, wie sie sich auf dem verblassten Eichenholz der Tischplatte krümmten und wieder streckten. Das war nicht die Antwort, die er wollte. Es wäre ihm lieber gewesen, wenn sie wütend auf ihn gewesen wäre – auf *ihn*, Will Blackshear – wegen der konkreten Worte, die er zu ihr gesagt hatte, als dass sie ihm mit derselben hämischen Herablassung Absolution erteilte wie jedem anderen Mann auf der Welt. Er legte den Kopf schief und erwog seine Worte vorsichtig. »Es war nicht unwahr, was ich gesagt habe. Aber ich wünschte von ganzem Herzen, es wäre unwahr, wenn es das Einvernehmen, zu dem wir gelangt sind, zerstört. Ich habe an jenem Abend überstürzt gesprochen und nicht bedacht, wie meine Worte auf eine Dame wirken mussten, die so viel Erfahrung mit Männern hat wie du. Ich möchte für dich nicht bloß ein weiterer Rüpel sein, der dich benutzen will.«

»Weshalb interessiert es dich, was ich von dir halte?« Sie wand sich geradezu bei dem Gedanken, und Will fand etwas Neues über sie heraus: *Ich will dich* brachte sie nicht annähernd so sehr in Verlegenheit wie *Ich habe dich gern und möchte nicht, dass du schlecht von mir denkst.*

Und ihre Frage war absolut berechtigt: Weshalb bedeutete ihm ihre hohe Meinung so viel? Er umklammerte die Tischkante fester. »Zum einen natürlich wegen unserer Abmachung. Ich muss lernen, was du mir beibringen kannst. Ich kann es mir nicht leisten, das durch deplatzierte Offenheit aufs Spiel zu setzen.« Er würde ihr noch etwas mehr geben. Schließlich hatte sie ihm vom Verlust ihrer Eltern erzählt, er schuldete ihr etwas. »Außerdem bist du die erste Person, die ich wirklich kennengelernt habe, seit ich wieder in England bin. Du bist die Erste, die ausschließlich den Mann beurteilt, der ich jetzt bin.« Sein Magen drohte Purzelbäume zu schlagen, doch er preschte vor, obwohl er den Blick dabei auf die nicht brennende Kerze im letzten Arm des Leuchters heften musste. »Ich bin sehr viel unsicherer als früher, ob ich die gute Meinung einer Dame verdiene.«

Es war so still im Raum, dass er ihren Atem hören konnte. Gott allein wusste, was sie dachte. Sie räusperte sich. »Weil der Krieg dich verändert hat?« Ein kurzer Blick verriet ihm, dass sie mit ihren Handschuhen beschäftigt war und mit einem Finger die Nähte entlangfuhr.

»Es ist schwer, das einer Frau zu erklären – jemandem, der nie gedient hat, meine ich.« Wieder fixierte er den letzten Arm des Kerzenleuchters. »Aber ich schätze, die wenigsten kehren unverändert zurück.«

»Das kann ich mir vorstellen.« Der Satinhandschuh flüsterte, während sie ihn zwischen den Fingern rieb. »Mein Bruder war Soldat. Allerdings ist er gar nicht zurückgekehrt.«

»Das tut mir leid.« Er nahm die kalte Kerze aus dem Leuchter. »War er dein einziger Bruder?« Vielleicht hätte er ihr ein Zuhause geben und sie vor ihrer jetzigen Situation bewahren können.

Sie nickte. »Sein Name war Henry.« In der Pause, die folgte, konnte er beinahe hören, wie sie überlegte, ob sie mehr sagen sollte. »Erinnerst du dich an die Walcheren-Expedition vor sieben Jahren?« Ihre Finger ließen vom Handschuh ab und sie sah ihn an.

»Natürlich.« Ein entsetzlicher Schlamassel war das gewesen.

Die Truppen waren in einem Sumpfgebiet stationiert gewesen, und durch die grassierenden Seuchen waren mehr Männer umgekommen als im Kampf. Er hielt den Kerzendocht in eine Flamme. »Dort ist er gestorben?«

»Am Fieber.« Als die Kerze aufleuchtete, glitzerten ihre Augen wie Eis. »Er hatte nicht einmal die Ehre, im Kampf zu fallen.«

»Das hat sehr wenig mit Ehre zu tun, das kannst du mir glauben.« Er steckte die Kerze zurück, tastend, um den Blick nicht von ihr abwenden zu müssen. »War er auch so gut mit Zahlen?«

Überraschung zuckte über ihr Gesicht – diese Frage hatte sie nicht erwartet – und dann ein Lächeln wie die aufgehende Sonne, das jede Verkrampfung in ihm zu lösen und zu wärmen schien. »*Gut* ist gar kein Ausdruck, Will! *Ich* habe eine mechanische Begabung für Zahlen, doch *er* hatte ein tiefes Verständnis, und ein Interesse an abstrakten Konzepten, das ich nicht teile. In seiner Gegenwart habe ich mich immer ein bisschen wie eins von diesen Zirkuspferden gefühlt, die mit ihren Hufen Antworten klopfen.«

»Er muss sehr stolz auf so eine Schwester gewesen sein.« Sieben oder acht Gedanken und Gefühle jagten in ihm umher. Allen voran: *So sieht sie also aus, wenn sie jemanden liebt.*

»Ja, vermutlich.« Das Lächeln verschwand. Er hatte etwas Falsches gesagt, oder die Erinnerung an den Bruder war der Erinnerung an seinen Tod gewichen.

Auf einmal war das Bedürfnis, sie zu trösten, übermächtig, so verheißungsvoll wie das Gerücht von einer Oase, das einen Mann tagelang dürstend durch die Wüste stolpern lässt. Zahlen. Karten. So musste er es machen. »Ich wünschte, ich hätte entweder ein tiefes Verständnis *oder* eine mechanische Begabung, doch ich fürchte, wir müssen der Tatsache ins Auge sehen, dass ich niemals so rechnen können werde, wie du es gern hättest.«

Er ließ den Tisch los und richtete sich wieder auf. »Wäre es vielleicht möglich, dass du die Berechnungen anstellst und mir die Information irgendwie heimlich zukommen lässt?«

Ihre Augen weiteten sich; beinahe konnte er durch sie hindurchblicken auf das Feuerwerk, das soeben in ihrem Gehirn losging. Gütiger Gott! Diesmal hatte er genau das Richtige gesagt. Es schien sogar, als hätte er sie mit einer schlauen Idee verblüfft.

»Ja!« Vergessen waren Krieg, Fieber und Zirkuspferde. »Ja, so machen wir es. Ich kümmere mich um alles. Ich sage dir, wie viel du setzen sollst, und ob du kaufen oder stehenbleiben musst. Wir denken uns einen Geheimcode aus.« Sie runzelte die Stirn und starrte eindringlich auf die Tischplatte. Vier Sekunden später blickte sie wieder auf. »Mr Blackshear, können Sie Französisch?«

Diesmal ging Lydia als Erste. Das Geräusch, mit dem die Tür sich hinter ihr schloss, war unendlich befriedigend. Die Aussichten, die noch vor einer Stunde so düster gewesen waren, funkelten jetzt wie ein Kristallkronleuchter, und falls Mr Blackshear tatsächlich darauf aus war, die hohe Meinung einer Dame zu verdienen, brauchte er bloß mit mehr Ideen wie dieser herauszurücken.

Herr im Himmel, weshalb war sie nicht selbst darauf gekommen? Sie würde sich um die Berechnungen kümmern, und er würde das nötige Kapital beisteuern, um die unvermeidlichen Fluktuationen im Ergebnis auszugleichen. Er würde ihr natürlich vertrauen müssen, und sie musste sich seines Vertrauens würdig zeigen. Doch wo es ein gemeinsames Interesse gab, sollte sich das von ganz allein einstellen.

Sie stieg die Stufen hinab, leichtfüßig und zufrieden mit sich und der Welt, bis sie auf dem Treppenabsatz Maria erblickte, die mit verschränkten Armen dastand und missbilligend auf die Stufen nach unten starrte.

Die Angst legte ihre kalten Finger um Lydia. Mit gerafften Röcken ging sie die letzten Stufen hinab. »Was ist los?« *Guck nicht so schuldbewusst, du hast dir nichts vorzuwerfen!*

»Mr Roanoke hat vor einer halben Stunde im Salon nach dir gesucht.« Maria sah sie nicht an. »Eliza hat ihn dazu überredet, ein Set mit ihr zu tanzen. Inzwischen dürften sie beim zweiten sein, und wenn er noch nicht misstrauisch geworden sein sollte, stehst du tief in ihrer Schuld.«

»Woher wusstet ihr, wo ich bin?« Lydia klammerte sich an der Balustrade fest, denn der Boden schien plötzlich unter ihren Füßen zu verschwinden.

»Für wie dämlich hältst du uns?« Mit einer energischen Kopfbewegung setzte Maria sie der ganzen Wucht ihres Tadels aus. »Eliza hat schon vor zwei Wochen bemerkt, dass du verschwunden warst, und du weißt ja, auf was für Gedanken sie dann immer gleich kommt. Als du dann vorigen Freitag wieder weg warst, hat sie sich umgesehen, um herauszufinden, welcher der Herren fehlte. Danach war es nicht besonders schwer, zu erraten, wo ihr wart – hier gibt es nicht viele stille Winkel.«

»Wir haben bloß Karten gespielt.« Warum klang die Wahrheit wie ein Ammenmärchen? »Du weißt doch, wie gern ich spiele.« Doch Maria wusste es nicht. Sie konnte nicht wissen, dass Karten Lydia mehr bedeuteten als irgendeiner ihrer Freundinnen. Nur Mr Blackshear kannte diesen Teil von ihr.

»Das geht mich nichts an. Mr Roanoke hat sowieso nur einen geringen Anspruch auf deine Treue. Aber Diskretion sollte dir etwas mehr bedeuten, und je länger wir hier herumstehen, desto mehr Zeit haben die Leute, deine Abwesenheit zu bemerken.«

»Wir haben wirklich nur Karten gespielt!« Sie raffte die Röcke und lief vor Maria die nächste Treppe hinab. *Keine Panik.* Edward war nicht so aufmerksam wie die Damen – vermutlich war ihm noch gar nichts aufgefallen.

Doch sie durfte nicht riskieren, ihm Grund zum Misstrauen zu geben. Kurzentschlossen sprach sie über die Schulter. »Dennoch werde ich dem Herrn mitteilen, dass wir uns nicht mehr treffen können. Ich danke dir für die Warnung, und ich verspreche euch, dass es nicht wieder vorkommen wird.« Mr Blackshear und sie mussten sich anderswo treffen. Sie hatte keine Ahnung, wie sie das machen sollten.

Sie fand Edward im Ballsaal, völlig eingenommen von Eliza, die sehr gern Männer einwickelte, wenn es um eine gute Sache ging. Als das Set auseinanderging, hatte Lydia sich eine Geschichte über plötzliche Kopfschmerzen und einen Moment an der frischen Luft zurechtgelegt, und zusammen mit der Freude, die Edward der Tanz bereitet hatte, und gefolgt von der halben Stunde in der Bibliothek, für die er sie ursprünglich gesucht hatte, stellte sie ihn völlig zufrieden.

»Hoffentlich war es ein erstklassiges Kartenspiel«, sagte Eliza, als sie eine Weile später mit Lydia abseits der Tanzfläche im Ballsaal stand. Unschuldig sah sie den Tänzern zu, doch ihre Stimme triefte vor Vergnügen.

»Ich schwöre bei meiner Seele, mehr war nicht. Hat Maria dir etwa etwas anderes erzählt?« Sie tastete nach einer Haarsträhne, die sich in der Bibliothek selbstständig gemacht hatte, und beschäftigte sich damit, sie wieder festzustecken.

Aus den Augenwinkeln sah sie, wie Eliza den Kopf schüttelte. »Sie hasst Getratsche, wie du weißt. Und ich denke, sie glaubt dir. Vielleicht glaube sogar ich dir schon halb.« Eliza zuckte die Schulter oder seufzte; Lydia konnte es nicht genau sehen. »Warum solltest du lügen, wenn ein solcher Skandal dich in meiner Achtung nur noch steigen lassen würde?«

»Na hoffentlich weiß ich eure große Güte zu schätzen.« Lydia presste die Lippen zusammen. Die unausgesprochenen Fragen beantwortete sie nicht. *Warum Mr Blackshear? Warum heimlich? Wann habt ihr das arrangiert, und warum riskierst du deine Position dafür?* Sie trug das Herz eben nicht auf der Zunge. Warum hatte sie dann aber so von Henry gesprochen?

»Für *seine* Beweggründe würde ich allerdings nicht die Hand ins Feuer legen. Wer weiß, ob diese Sache mit den Karten nicht der erste Schritt einer komplizierten Intrige ist?«

»Dann lässt der zweite aber ganz schön auf sich warten, oder?« Genug von diesem Thema. Sie stieß sich von der Wand ab. »Ich werde mich ab sofort nicht mehr oben mit ihm treffen. Das habe ich Maria auch schon gesagt, und das werde ich dem Gentleman ebenfalls sagen.«

Und sie tat es, als er zufällig am Ende des Ballsaals in der Nähe einiger Topfpalmen stand, die es ihr erlaubten, unbemerkt mit ihm zu sprechen. Er nickte besorgt. Offensichtlich machte er sich Vorwürfe, doch er sprach sie nicht laut aus, um das kurze Gespräch nicht unnötig zu verlängern.

»Wir sind sowieso fast bereit für die Spielhöllen«, sagte sie, ehe er vorschlagen konnte, den Plan gänzlich zu begraben. »Aber wir müssen uns zumindest noch einmal beraten, nachdem du dir die Clubs angeschaut hast.«

»Ich könnte vielleicht ein Treffen arrangieren.« Stirnrunzelnd betrachtete er den nächsten Palmenkübel. »Ich habe einen Freund, der …« Er brach ab und sah sie an. »Kann ich dir schreiben?« Seine Effizienz ließ ihr ein wohliges Kribbeln über den Rücken laufen. Wie schnell er sich mit den veränderten Umständen arrangierte und alles Nötige in die Hand nahm. Eine Gewohnheit aus Soldatentagen, ohne Zweifel.

»Ich gebe dir die Adresse. Alles Weitere überlasse ich dir.«

Für gewöhnlich hätte sie zumindest wissen wollen, was für einen Treffpunkt er im Sinn hatte. Doch wenn sie sich in der Spielhölle auf ihn verlassen musste, konnte sie damit ebenso gut sofort beginnen.

Wills erster Eindruck der ersten Spielhölle, in die er je seinen Fuß gesetzt hatte, war, dass die Leute, die ihm von derartigen Etablissements erzählt hatten, es versäumt hatten, auf die Inneneinrichtung einzugehen. Schlagartig wurde ihm klar, was das *Beecham's* zu sein versuchte, aber bei Weitem nicht war.

»Gaff nicht so, wenn's geht«, murmelte Cathcart. »Sonst bist du gleich abgestempelt.«

Und Will schrieb es sich hinter die Ohren: *Gaffen!* Wenn er in eine Hölle ging, um ernsthaft zu spielen, konnte es nicht schaden, so zu tun, als hätte er noch nie ein Kartenspiel aus der Nähe gesehen.

Nicht, dass es ihm schwerfallen würde, Überraschung zu heucheln. Die dunkle, unscheinbare Treppe und die drei Türen, die sich auf dem Weg ins Allerheiligste hinter ihnen geschlossen hatten, hatten ihn auf etwas Heruntergekommenes, Zweckmäßiges vorbereitet. Einen verrauchten Raum mit vielleicht ein, zwei Bildern an den schmierigen Wänden, derbe Motive, mittelmäßig in der Ausführung.

Stattdessen funkelte der Saal geradezu. Der riesige Kronleuchter funkelte tatsächlich; sein Licht wurde von großen, goldgerahmten Spiegeln zurückgeworfen, die vermutlich das Schummeln erleichtern sollten. Schön waren sie trotzdem. Die Rechtecke in der weißen Kassettendecke waren dezent mit Gold abgesetzt und harmonierten elegant mit dem gebohnerten Parkettfußboden.

Für einen Ort mit einem solch unschönen Zweck sah der Raum erstaunlich ansprechend aus. Das war allerdings auch gut so, denn es gab keine Fenster, die irgendeine andere Aussicht geboten hätten.

Außerdem war es fraglich, wie viel die Kunden, die ihre ganze Aufmerksamkeit auf zweieinhalb Meter grünen Wolltuchs, das Klackern des Rads, das Fallen eines Würfelpaars oder den Sprung der obersten Karte aus dem Schlitten richteten, von der prachtvollen Einrichtung überhaupt mitbekamen.

»So, jetzt hast du es gesehen. Können wir endlich weitergehen?« Zu seiner Rechten klopfte Nick seine Manschette ab, als hätten sich in den zehn Sekunden, die sie im Raum waren, bereits irgendwelche schädlichen Partikel darauf abgesetzt. Aber vermutlich hatte Nick sich von vornherein vorgenommen, nicht begeistert zu sein.

Das Beecham's *wird mir langsam langweilig*, hatte Will zu Cathcart gesagt. *Wollen wir nicht mal ein paar Spielhöllen besuchen?* Cathcart war natürlich zu jeder Schandtat bereit gewesen, hatte umgehend eine lange Nacht der Ausschweifung geplant und vorgeschlagen, den ernsten, strebsamen Nick von seinem Schreibtisch zu zerren und mitzunehmen. Fast schon fühlte er sich an die Universität zurückversetzt. Zu wie vielen solcher zweifelhaften Ausflüge hatte der Viscount sie in den zwei Jahren, die sie gemeinsam studiert hatten, überredet, und wie oft hatte sein Bruder beteuert, dass er nichts mehr mit solchem Unsinn zu tun haben wollte?

»Ein bisschen mehr Enthusiasmus, Blackshear, wenn ich bitten darf!« Cathcart übernahm die Führung und trat rückwärts auf die Tische zu. »Zumindest wirst du die Übel dieses Ortes bei einem deiner politischen Salons in allen Einzelheiten beschreiben können.«

»Ich glaube eher, dass es gegen mich verwendet werden wird.« Nick schnipste gegen die andere Manschette, falls die erste Geste seine Abscheu nicht hinreichend klargemacht haben sollte. »Einer meiner Gegner wird meine Tauglichkeit anzweifeln und alle möglichen Halunken in den Zeugenstand rufen, die mich in einer Spielhölle gesehen haben. In mehreren Spielhöllen. Wie viele wollt ihr euch ansehen?«

»So viele, bis meine Neugier gestillt ist.« Will klopfte seinem Bruder auf die Schulter. »Komm schon. Je eher wir beginnen, desto schneller sind wir fertig.«

»Und was soll's sein?« Der Viscount nickte von einem Tisch zum anderen. »Hazard? Chemin-de-Fer? Roulette? Welchen Weg in die Verdammnis bevorzugen wir?«

»Etwas, wo man niedrig setzen kann. Ich will mich ja nicht gleich ganz am Anfang ruinieren.« Keine Frauen hier, also brauchte er den Vingt-et-un-Tisch gar nicht auszukundschaften. Aber er wollte seine Begleiter auch nicht misstrauisch machen, also musste er ein wenig bleiben, bevor er vorschlug, weiterzuziehen.

»Na dann Roulette. Das gibt deinem Bruder den größtmöglichen Anlass zur Missbilligung.«

Die anderen beiden lieferten sich freundschaftliche Rededuelle wie in Cambridge-Zeiten. Will folgte ihnen ins Getümmel und kämpfte sich zum großen Roulette-Rad vor. Eine lange Nacht lag vor ihm, und er war kein bisschen müde.

Fünf Tage später, fast eine Woche, seit er sie zum letzten Mal gesehen hatte, kämpfte Will gegen den Drang an, Miss Slaughter seinen Arm anzubieten, als sie die Ostseite des Russell Square englangschritten. In der Öffentlichkeit durften sie nur die entferntesten Bekannten sein.

»Ich habe ihm nicht erzählt, wie ich das Geld beschaffen will.« Will verschränkte seine rastlosen Arme im Rücken. »Die Sache mit der Spielhölle habe ich als eine Art Jux dargestellt, einen Gefallen, den ich dir tue.«

Sie nickte beherzt. »Ich werde nichts Gegenteiliges sagen.« Ihr Kinn hob sich und sie wandte ihr Gesicht in seine Richtung. »In welchem Verhältnis stehen wir seiner Meinung nach?«

»Das habe ich offen gelassen. Er weiß, dass wir diskret sein müssen, also hat er vermutlich die naheliegenden Schlüsse gezogen. Aber er kann sich auch denken, dass wir einfach zu mir hätten gehen können, wenn wir etwas wirklich Schändliches vorhätten. Was auch immer er vermutet – ich versichere dir, dass er zu höflich ist, um eine Bemerkung zu machen.«

»Das wird sicher interessant.« Sie grinste ihn an, fröhlich und boshaft, so als wäre sie tatsächlich seine Geliebte. Oder vielleicht seine Freundin.

Er hatte Glück mit seinen Freunden. Jack Fuller hatte seiner höchst außergewöhnlichen Bitte – *Ich habe etwas mit einer Frau zu besprechen, und ich benötige einen Ort, wo wir uns unbeobachtet treffen können* – mit ausdrucksloser Miene zugehört und ihm seine Wohnung angeboten, ohne auch nur mit der Wimper zu zucken.

Allerdings konnte Jack Fuller auch gar nicht mehr mit der Wimper zucken. »Eins solltest du wissen.« Will sprach schneller, denn sie näherten sich bereits der Vordertür, und bückte sich ein wenig, um nicht so laut sprechen zu müssen. »Er hat in Hougoumont schwere Verbrennungen davongetragen, und die Narben haben ihm ein ziemlich abenteuerliches Aussehen verliehen. Nicht, dass du dich erschreckst.«

Sie nickte abermals und traf schweigend die Vorbereitungen, die eine Dame so traf, bevor sie einem abenteuerlich aussehenden Mann vorgestellt wurde. Als sie das Haus betraten und von einem Diener in den Salon geführt wurden, bewunderte Will aufs Neue, wie ihre Miene ihre Geheimnisse zu bewahren wusste. Sie überstand die Vorstellung mit formvollendeter Höflichkeit, ihr Lächeln wirkte keinen Augenblick lang versteinert und ihr Blick wanderte auch nicht zu Fullers beschädigtem Bein, als der Mann von seinem Schreibtisch aufstand, um sie zu begrüßen. Man hätte meinen können, dass nichts Außergewöhnliches an Fullers Aussehen gewesen wäre, oder aber dass Miss Slaughter täglich Männern mit verbrannten Gesichtern begegnete.

Doch sie war nicht bloß höflich. Innerhalb von Minuten erkannte Will, dass sie den Mann mochte, und dass Fuller seinerseits sehr angetan von ihr war. Sie erklärte ihm ihre Vingt-et-un-Strategie und erzählte von den Tausenden von Karten, die sie in einsamen Stunden ausgeteilt hatte, um sich mit den Wahrscheinlichkeiten vertraut zu machen. Dann sprachen sie über den Holzhandel und die glänzenden Aussichten eines neuen Schiffs mit einer Tragfähigkeit von dreihundertfünfzig Tonnen.

»Wie um alles in der Welt bestimmt man die Tonnage?« Sie hatte sich auf einen hohen Hocker am Tisch mit den Anlagenbüchern gesetzt; mit den Füßen auf einer Sprosse und den Händen an der Sitzfläche sah sie trotz ihres Kleids aus wie ein junger Buchhalter, der ein Schwätzchen eingelegt hatte. »Man müsste messen, wie viel Wasser verdrängt wird, und nach Archimedes die Auftriebskraft berechnen, aber ich kann mir nicht vorstellen, wo man ein geeignetes Becken dafür finden sollte.«

»Machen Sie sich auf eine herbe Enttäuschung gefasst, Miss Slaughter: Das, was wir Tonnage nennen, hat gar nichts mit der tatsächlichen Tragfähigkeit zu tun.« Wie lange war es her, dass Fuller Besuch bekommen hatte? Er freute sich wie ein Schuljunge über die Ferien. »Man misst die Länge und die Breite des Schiffs und berechnet sie danach.«

»Länge und Breite?« Sie saß gerade wie eine Spindel. »Nicht die Tiefe?«

»Die Tiefe des Laderaums wird mit der halben Breite an der breitesten Stelle angegeben. Es gibt noch ein paar Koeffizienten, wegen der Krümmung des Kiels und so weiter, aber wirklich gemessen werden nur Länge und Breite.«

»Dann sollte man ein schmales Schiff mit möglichst viel Tiefgang bauen, um weniger Lotsen- und Hafengebühren zu bezahlen und trotzdem viel transportieren zu können.« Wie bereitwillig sie sich mit diesen Dingen befasste. Man brauchte ihr nur ein paar Zahlen um die Ohren zu hauen, und schon war sie Feuer und Flamme.

Will lehnte sich in seinem Sessel am Feuer zurück und streckte die Beine aus. »Ja, aber bei Ebbe läuft man auf Grund, während die Konkurrenz an einem vorbeizieht.« Er lächelte sie an – beinahe mit einem Augenzwinkern.

»Stimmt, daran habe ich nicht gedacht.« Sie klang verdrossen und ihre Haltung ließ nach. Offensichtlich erwartete sie von sich, dass sie die Feinheiten des Seehandels ebenso schnell erfasste wie die des Kartenspiels. Und vermutlich überhaupt von allem.

Fuller versicherte ihr, dass viele Händler tatsächlich genau nach ihrer Devise vorgingen und das Risiko, das Mr Blackshear angesprochen hatte, in Kauf nahmen, und dass die Schiffe mit den tiefsten Kielen ziemlich oft auf Grund liefen und manchmal sogar kenterten, wenn die Ebbe kam. Will legte einen Stiefel über den anderen, hörte einfach zu und ließ den Blick zwischen dem Händler an seinem Schreibtisch und der Falschspielerin auf ihrem Hocker hin- und herschweifen.

In einem trägen Tagtraum am warmen Kamin war es gar nicht so schwer, sich ein Leben vorzustellen, in dem sie oft zu dritt zusammenkämen. Wenn sie sich erst ihre Unabhängigkeit erkauft hatte, würde sie besuchen können, wen sie wollte. Vielleicht würde sie hierherkommen wollen, sich die Bücher ansehen und ab und zu mit zwei Herren Karten spielen, die sie vielleicht irgendwann als ihre Freunde betrachten würden. Das war doch möglich, oder nicht? Dass man nach einem so feindseligen Anfang die Klippen der Koketterie und der Begierde sicher umschiffen und Freunde werden konnte?

Endlich war es an der Zeit, sich dem Anlass ihres Treffens zu widmen. Will zog seine Liste der Spielhöllen hervor, und als er sie durchging, hing Lydia mit so vertrauensvollem Blick an seinen Lippen, dass sich alles in ihm zusammenzog. Ob er sich wohl je wieder wohl in seiner Haut fühlen würde, wenn ihm jemand Vertrauen schenkte, selbst wenn es nur um eine Kleinigkeit wie die Wahl der richtigen Spielhölle ging?

Doch er gab seine Empfehlung ab und sie machten einen Tag und eine Uhrzeit aus, zu der er sie abholen würde. Jetzt hing alles von Wahrscheinlichkeiten und dem Schicksal ab – und der Güte von Lydias Strategie.

»Gut gemacht, Blackshear«, sagte Fuller, als sie in einer Droschke, auf die er bestanden hatte, abgefahren war. »Wo zum Teufel hast du sie aufgetan?«

»In einem Club. Am Arm eines anderen Herrn. Wo sie auch bleiben wird.« Er wandte sich von der Straße ab und trat wieder ins Haus. »Ich tue ihr gern einen Gefallen, aber weiter darf es nicht gehen.«

»Ein Jammer. Sie mag dich.« Fuller folgte ihm hinein.

»Ja, könnte sein. Am Anfang mochte sie mich gar nicht.« Ein Diener stand in der Eingangshalle mit seinem Hut und Mantel bereit, und Will schlüpfte hinein. »Aber inzwischen haben wir uns recht gut miteinander arrangiert.«

»Das kannst du dir sonst wohin stecken!« Sein Mund war zu einem schmerzhaft anmutenden Lächeln verzogen. »Sie wird doch nicht umsonst dich anstelle ihres anderen Herrn für diese Sache auserwählt haben.«

Na ja. Sie wusste, er brauchte das Geld, und sie glaubte zu wissen, dass Roanoke es nicht gutheißen würde, dass sie in eine

Spielhölle gehen wollte. Den ersten Grund konnte er Fuller nicht anbieten, und der zweite ging nur Lydia etwas an. »Vermutlich ist eine flüchtige Freundschaft für das, was wir vorhaben, besser geeignet als ein romantisches Verhältnis.« Er nahm dem Diener den Hut ab und setzte ihn auf.

Fuller nickte bloß, und hätte die vernarbte Haut um seine Augen es nicht verhindert, hätten sie seinem unaufhörlichen Grinsen garantiert einen ironischen Beigeschmack verliehen.

Aber es stimmte dennoch, das mit der flüchtigen Freundschaft, sagte sich Will, nachdem er sich verabschiedet hatte. Sie mussten beide mit völliger Konzentration am Kartentisch sitzen und konnten es sich nicht leisten, sich von Spekulationen über die Gefühle des anderen ablenken zu lassen.

Sie mag dich. Na schön. Er mochte sie auch. Doch worauf es ankam, war, dass sie sich auf ihn verlassen musste, in den Höllen, und dass er alles tun musste, um ihr Vertrauen nicht zu enttäuschen. Wenn das bedeutete, dass er jede unanständige Anwandlung unterdrücken musste, dann würde er das tun, um ihres Vertrauens willen.

11

»Was für ein Club ist es?« Jane trat einen Schritt zurück und wusste gar nicht, wo sie hinschauen sollte. Das Spiegelbild bot einen skandalösen Anblick.

»Kein besonders respektabler, um ehrlich zu sein. Nicht wie der Club, in den Mr Roanoke mich mitnimmt.« Lydia hob die Hand, um über den Stoff zu streichen, der ihren Busen bedeckte, beherrschte sich aber und zupfte stattdessen an ihren Locken. »Die Frauen, die dort ein und aus gehen, sind nicht gerade von der besten Sorte, deswegen muss ich so etwas hier tragen, um nicht aufzufallen.«

»Sie werden aber das Überkleid anziehen?«

»Natürlich. Ich wollte nur gucken, ob das Unterkleid anständig sitzt.« *Anständig* war eindeutig das falsche Wort. Die violette Seide umfloss ihren Körper wie Sahne, und ihre Brustwarzen zeichneten sich darunter deutlich ab, zur Erbauung all jener, denen es gefallen würde, hinzusehen.

Und wer konnte es Jane verübeln, dass sie nicht wusste, wie wenig ihre Herrin zu tragen gedachte? Kein einziger Unterrock befand sich zwischen ihr und dem Sarsenett, und die Chemise war eigentlich kaum als solche zu bezeichnen: Sie war extra tief ausgeschnitten, um nicht unter dem knappen Korsett hervorzublicken, und endete weit oberhalb der Strumpfbänder, deren Knoten sich bei jeder Bewegung deutlich abzeichneten.

Das Gaze-Überkleid machte sie … minimal anständiger. Es schloss sich auf der Brust und war von der Taille an frontal geschlitzt. Beim Laufen würde es zweifellos so weit aufspringen, dass die sich an den Körper schmiegenden Röcke für jedermann gut zu sehen waren.

Umso besser. Sollten sie ruhig gucken und darüber alles vergessen, was sie mit den Karten tat.

»Also dann. Du brauchst nicht aufzubleiben.« Der sorglose Tonfall klang etwas zu aufgesetzt. »Ich schaue aus dem Fenster und lasse Mr Blackshear selbst herein, wenn er kommt. Wir fahren direkt in den Club.«

»Und falls Mr Roanoke kommt …?« Jane stand vor dem Frisiertisch und spielte mit Kamm und Bürste.

»Das wird er nicht. Mittwochs kommt er nie.« Sie stellte sich vor ihr Dienstmädchen und zwang Jane, ihr in die Augen zu sehen. »Du weißt, Mr Blackshear ist ein Gentleman, nicht wahr? Er hat dir seinen Platz in der Kutsche angeboten, weißt du noch? Er ist nicht der Mann, der etwas Unanständiges tun würde.«

Jane nickte, doch wie aufrichtig, war nicht zu sagen.

»Wir gehen einige Male zusammen in diese Clubs, wir gewinnen beide ein bisschen Geld, und das war's.« Sie zögerte. »Ich möchte ein anständiges Leben, Jane. Ich möchte für mich selbst aufkommen, meine eigenen Rechnungen bezahlen. Aber dafür brauche ich Geld, und ich weiß nicht, woher ich sonst welches bekommen soll.« Ihr Puls hämmerte in ihrem Hals. So viel hatte sie Jane noch nie anvertraut. »All die Stunden, in denen ich allein Karten spiele, all die Zettel voller Zahlen, weißt du?«

Das Mädchen nickte, diesmal mit Überzeugung.

»Jetzt soll sich das alles auszahlen. All die Stunden haben mich auf heute Abend vorbereitet.« Und nicht nur die. Auch die langen Vormittage mit ihrem Hauslehrer, Mr Sinclair. Die Aufgaben, die Henry ihr immer gestellt hatte, über rautenförmige Glasscheiben, oder die Multiplikationsaufgaben, bei denen er gezählt hatte, wie lange sie brauchte, um zu einem Ergebnis zu kommen. Heute würde sie endlich das tun, worauf sie sich ihr Leben lang vorbereitet hatte.

Jane zog sich zurück und Lydia wartete in ihren Mantel gehüllt auf einer Bank in der Eingangshalle, bis knarrende Räder und Hufgeklapper sich näherten und kurz darauf vor ihrem Haus verstummten. Sie sprang auf und öffnete die Tür.

Mr Blackshear – Will – war bereits ausgestiegen und hatte die Treppe halb erklommen. Sein Lächeln hätte genau ausgesehen wie ihres, hätte sie auch diese unregelmäßigen Vorderzähne gehabt. In seinem achtlos übergezogenen Mantel sah er aus wie ein Byron'scher Held, nicht zuletzt weil er unrasiert war und anstelle einer Krawatte eins dieser gewagten Halstücher trug. Der Inbegriff eines Mannes, der sich auf ganz und gar romantische Weise zugrunde richten würde, ein reicher Träumer, den man ausnehmen konnte. Das war natürlich auch die Rolle, die er spielen würde.

»Komm rein.« Sie trat zurück. »Ich bin fertig, ich hole nur schnell mein Retikül.«

Sie musste sich nur umdrehen, denn der Beutel lag auf dem Tisch direkt hinter ihr. Doch in diesem kurzen Augenblick veränderte sich seine Miene, und als sie ihn wieder ansah, war das Lächeln verschwunden und sein Blick aufmerksam wie der eines Spürhunds auf ihren Mantelsaum geheftet. »Dieses Kleid habe ich noch nie gesehen«, sagte er, und ließ den Blick mit der unausgesprochenen Frage darin wieder in ihr Gesicht schnellen.

»Ach, richtig. Nun, dann sieh es dir lieber jetzt an, damit es dich später nicht zur falschen Zeit aus dem Konzept bringt.« Oft genug hatte sie Scherze über dieses Kleid und seine Kräfte gemacht, doch jetzt klang ihre Nonchalance sogar in ihren eigenen Ohren falsch. Als sie den Mantel zurückschlug, konnte sie ihm plötzlich nicht in die Augen sehen.

Auch sie hatte eine Rolle zu spielen: die der Kurtisane, die sich einen reichen Gönner angeln wollte. Er wusste das. Er würde nicht schockiert sein, dass sie ein wenig schamlos gekleidet war. Dennoch prickelte ihre Haut am Saum der zu kurzen Chemise, und die Knoten der Strumpfbänder fühlten sich so unübersehbar an wie die unzeitige Erektion eines Mannes.

Na ja, jetzt hatte er es gesehen. Jetzt konnten sie gehen. Sie hob sie Schultern, um den Mantel wieder …

»Warte.« Er klang halb erstickt, und eine Hand schoss hervor, um sie daran zu hindern, sich wieder zu bedecken.

»Was ist denn?« Sie konnte es sich schon vorstellen. *So kannst du unmöglich gehen. Weißt du, was dort für Männer ein und aus gehen? Zieh dir wenigstens einen Unterrock an!*

»Nichts. Warte … kurz.«

Sie erlaubte sich, ihn anzusehen. Er bemerkte es nicht. Seine Hand umklammerte noch immer ihr Handgelenk, um den Mantel aufzuhalten, und sein Blick wanderte an ihrem Kleid auf und ab, so als würde er es nie wieder sehen und müsste es sich für immer einprägen. Sie hörte, wie er die Luft einsog.

Ein Schauer lief ihr über den Rücken, und ein niederer Teil ihres Gehirns erwachte zum Leben. *Nimm ihn mit hoch. Die Spielhöllen können doch warten. So eine Chance bekommst du nie wieder.*

Der niedere Teil konnte betteln, solange er wollte. Was sollte Jane von ihr denken, nach all dem Gerede über ehrbare Absichten und Mr Blackshears Anständigkeit? Was würde *sie* von sich denken, wenn sie diesen lang gehegten Plan für etwas wegwarf, was sie jederzeit von jedem beliebigen Mann bekommen konnte? *Dieser* Mann allein hatte sein Vertrauen in ihre Fähigkeiten gesetzt und sein Vermögen in ihre Hände gelegt. Und sie wusste es zu schätzen.

»Also dann.« Er ließ den Mantel fallen und trat einen Schritt zurück. Seine Stimme gehorchte ihm noch nicht ganz, und sein Lächeln, als er ihr wieder ins Gesicht sah, schien seine ganze Willenskraft zu erfordern. »Ich nehme an, das ist das Kleid, das einem Gentleman gefallen sollte?«

»Es erschien mir dem Anlass angemessen.«

»Absolut. Ich glaube, ich habe gerade meinen eigenen Namen vergessen.« Jetzt kam das Lächeln wieder ganz von selbst, als freimütige Anerkennung seiner eigenen Fehlbarkeit und als Versprechen, dass ihre Kameradschaft ein skandalöses Kleid und die animalische Reaktion, die es hervorrief, überstehen konnte. Er wandte sich zum Gehen und hielt ihr den Ellbogen hin. »Bist du bereit, das *Oldfield's* in die Knie zu zwingen?«

Sie war nie im Leben zu etwas so bereit gewesen.

Trotzdem erinnerte sie ihn auf der Fahrt in die Innenstadt daran, dass sie nicht davon ausgehen konnten, am ersten Abend überhaupt ein erfolgversprechendes Spiel vorzufinden, dass er nicht vergessen durfte, dass Wahrscheinlichkeiten nur mit Zeit und Wiederholung zum Tragen kamen, und dass man auch unter günstigen Umständen die falschen Karten bekommen konnte.

Er hörte pflichtschuldig zu – das nahm sie jedenfalls an, denn in der dunklen Droschke konnte sie sein Gesicht ihr gegenüber nicht ausmachen – und erinnerte sie seinerseits an ein paar Dinge. Wie und wo sie ihr Geld gegen Jetons eintauschen musste. Welches Signal sie ihm geben sollte, falls sie jemand belästigte. Wo sich der Korridor befand, in dem sie sich treffen wollten, falls sie sich besprechen mussten. Und wo sie später mit der Droschke auf ihn warten sollte.

»Das hier muss die Bury Street sein«, sagte er, als sie um die letzte Ecke bogen, und sie bekam vor Aufregung eine Gänsehaut, während sich gleichzeitig die altbekannte Ruhe um sie legte wie ein Mantel, vertraut wie der Duft ihrer Seife. »Ich gebe dir fünf Minuten Vorsprung. Ich setze mich irgendwo hin, wo ich dich gut im Blick habe. Vermutlich an den Baccaratisch. Lydia!« Unbeirrt fand seine Hand in der Dunkelheit die ihre. Sie spürte einen Luftzug, als er sich vorbeugte, und der Geruch von Bay Rum drang ihr in die Nase, als er ihre Hand hob und sich die behandschuhten Finger an die Lippen führte. »Viel Glück.« Sie dachte die üblichen Gedanken über ernsthafte Spieler und *Glück*, doch diesmal sprach sie sie nicht aus.

Fünfhundert Pfund in Zwanzig-Pfund-Jetons. Als Aristokrat würde er nicht durchgehen, aber vielleicht als jemand, der gerade sein Patent verkauft hatte und den Gewinn stilecht zu riskieren gedachte.

Will schaufelte die Jetons aus der Silberschüssel und stopfte sie sich in die Taschen. Vor fünf Minuten musste Lydia hier gestanden und die Geduld aller Anwesenden strapaziert haben, indem sie nur Einer und Fünfer verlangte.

Vielleicht waren der Kassierer und die anderen Kunden ihr aber auch gewogen gewesen. Sie musste zu dem Zeitpunkt bereits den Mantel abgelegt gehabt haben.

Natürlich war es richtig gewesen, sich so zu kleiden. Verschiedene Damen stolzierten in ganz ähnlicher Garderobe durch den Raum. Oder jedenfalls mit ähnlicher Absicht. An Lydias kam kein Kleid heran.

Gott im Himmel, was für ein Kleid! Aufs Neue spürte er den elektrisierenden Schauer, den heißen, nervenaufreibenden Schlag, der ihn bei dem Anblick getroffen hatte. Jetzt, wo sein Gehirn Zeit gehabt hatte, sich zu beruhigen und das Gesehene zu verarbeiten, wurde ihm klar, dass sie drei bis vier der Schichten, die üblicherweise zwischen eine Dame und ihr Kleid gehörten, weggelassen hatte. Auf den ersten Blick hatte er nicht gewusst, weshalb die Anziehung dermaßen heftig gewesen war. Er hatte auch nicht versucht, es sich zu erklären. Hatte es nicht verstehen wollen. Das Kleid hatte direkt seinen Körper angesprochen, ohne den Umweg über das Gehirn, und sein Körper hatte ihm dieselbe Aufmerksamkeit gewidmet wie ein Pirat einer neu entdeckten Schatzkarte.

Du bist geschäftlich hier! Sie verlässt sich auf dich. Solchen Gedanken kannst du später noch nachgehen! Er verschränkte die Hände hinter dem Rücken und schritt gemächlich den Raum ab. Irgendwann würde er wie zufällig an den Baccaratisch gelangen, nicht weit von dort, wo Lydia gewiss bereits saß und ihre mageren Ein-Pfund-Jetons beim Vingt-et-un setzte. Und er würde auf den Moment warten, an dem er dazustoßen und ihre Klugheit benutzen konnte, um seine fünfhundert Pfund in mehr zu verwandeln.

Doch eine Stunde später lagen seine Nerven blank vom Warten. Er hatte vierzig Pfund verloren, weil er nicht den ganzen Abend nur zusehen konnte, wie andere spielten, während seine Taschen vor Jetons überquollen. Das hätte Misstrauen erregt. Also hatte er zwanzig Pfund beim Würfeln verschwendet, und eine Weile später noch mal zwanzig. Das konnte er sich nicht leisten. Und sie musste auch am Verlieren sein, sonst hätte sie ihm inzwischen ein Zeichen gegeben.

Natürlich konnte man ihr nicht ansehen, wie es stand. Sie schien sich wesentlich mehr für den Möchtegern-Prasser zu ihrer Rechten zu interessieren als für das Spiel. Ständig lachte sie über irgendetwas, das er sagte, und ihr Körper wandte sich ihm zu wie eine Blume einer aufgeblasenen, einfältigen und selbstgefälligen Sonne. Zweimal hatte der Geck sie bereits daran erinnern müssen, dass sie an der Reihe war, so beschäftigt war sie damit, seine Spielzüge zu bewundern.

Will trat zähneknirschend vom Spieltisch zurück und ließ einen Mann an sich vorbei. Hätte er zuversichtlich sein können, dass am Horizont der Profit wartete, hätten ihm ihre Possenspiele nichts ausgemacht. Er war ja nicht dumm. Doch sollte sich ein Spieler nicht irgendwann eingestehen, dass es wohl nicht sein Tag war, und gehen, bevor er noch mehr Geld verlor?

Lydia lachte hilflos – er hörte sie nicht, doch die Geste war eindeutig –, als der Bankier ihren Einsatz einstrich. Sie klopfte dem Gecken einen unsichtbaren Fussel vom Mantel. Der Geck plusterte sich auf wie ein brünstiger Hahn.

Genug! Verflucht noch mal! Will hob den Ellbogen und dehnte sich mit der anderen Hand den Arm. Als sie die Finger an die Lippen legte, um zu signalisieren, dass sie das Zeichen gesehen hatte, verließ er den Baccaratisch und schlenderte langsam aus dem Saal.

Sie kam spät. Beinahe war er schon zu der Überzeugung gelangt, sie hätte das Zeichen doch nicht gesehen, da hörte er endlich Schritte im Korridor und steckte den Kopf um die Ecke. Das violette Unterkleid klebte an allen möglichen und unmöglichen Stellen ihres Körpers. Das Überkleid umfloss sie wie Butter, ein schamloses, aufreizendes Versprechen.

»Ich sagte doch, wir müssen Geduld haben!«, sagte sie, noch bevor sie ganz bei ihm angekommen war. Sie hatte die Hände zu Fäusten geballt. Offenbar brauchte sie gar nicht erst zu fragen, warum er sie hatte sprechen wollen.

»Wir verschwenden unsere Zeit. Ich schlage vor, wir gehen. Vielleicht haben wir ein anderes Mal mehr Glück.« Er fasste sie am Ellbogen und zog sie weiter in die dunkle Ecke, wo vielleicht auch die Diener nicht hinkamen.

»Du weißt doch, ich will nichts von Glück hören!« Eine Stunde Kartenspielen hatte die fröhliche Abenteuerlust vertrieben, mit der sie in ihrem Haus und auf der Fahrt mit ihm gesprochen hatte; jetzt war sie nur noch fest entschlossen.

Er seufzte und ließ sie los. »Ich weiß nur, dass ich vierzig Pfund ärmer bin. Dass ich vierzig Pfund bei einem Spiel verschwendet habe, das ich überhaupt nicht spielen würde, wenn ich nicht irgendeine Beschäftigung bräuchte, während ich auf ein Zeichen warte, das vielleicht nie kommt. Wie viel hast du verloren?«

»Das spielt keine Rolle. Will!« Ihre Hand betastete seinen Ärmel, unbeholfen und einnehmend zugleich, bis sie Halt fand. Dann weniger unbeholfen, aber noch immer einnehmend. Er spürte, wie konzentriert sie versuchte, ihm etwas von dem Vertrauen zu übertragen, das sie in solchem Überfluss besaß. »Uns war klar, dass das passieren konnte. Weißt du noch? Es kommt nicht völlig unerwartet.«

Eine gebrochene Nase kam für einen Boxer auch nicht völlig unerwartet, aber das bedeutete nicht, dass es klug war, so lange im Ring zu bleiben, bis man blutüberströmt zu Boden ging. »Lydia, du brauchst vielleicht all deine Jetons auf, ohne dass ein gutes Spiel kommt. Was dann?« Sie hatte einhundert Pfund, wusste er. In Einer- und Fünfer-Jetons. Dass sie alle aufbrauchen würde und sich in all den Runden keine Situation ergeben würde, die es wert war, ihm das Zeichen zu geben, war ihm undenkbar erschienen. Jetzt sah es ganz anders aus.

»Dann kaufe ich eben mehr. Ich habe noch Geld dabei.« Sie kannte keine Zweifel. Solch unerschütterliche Zuversicht sollte ihn stärken.

Doch unerschütterliche Zuversicht konnte einen auch ins Verderben führen. Das konnte jeder Soldat, der Napoleon nach Moskau gefolgt war, bezeugen. Oder George Talbot. *Ich bringe dich nach Hause zu deiner Familie. Ich lasse dich nicht sterben.* Seine eigenen kühnen Beteuerungen hatten ihm weiß

Gott Grund genug gegeben, die anderer Leute in Zweifel zu ziehen.

Sie machte einen Schritt auf ihn zu, seinen Arm noch immer fest umklammert. Er atmete den leichten Rosenduft ihrer Seife ein. »Bitte!«, sagte sie. »Ich brauche dich dabei.«

Sie wusste aber auch genau, wo seine Schwäche lag! Einem Hilferuf konnte er einfach nicht den Rücken kehren. Benutzte sie dieses Wissen jetzt, um ihn tanzen zu lassen wie eine Marionette? Wie den Gecken am Spieltisch?

»Lydia.« Er brachte die Lippen so nah an ihr Ohr, wie er konnte, und flüsterte gerade laut genug, dass seine Worte sie erreichten. »Ich weiß, ich muss dir vertrauen, aber …«

»Du musst mir nicht vertrauen.« Die zweite Hand folgte der ersten und legte sich um seinen Unterarm. »Es ist auch nicht empfehlenswert. Aber bitte vertrau der Wahrscheinlichkeit!« Sie drückte ihn kurz. »Wenn sich in der nächsten Stunde nichts ergibt, treffen wir uns wieder hier. In der Zwischenzeit such dir irgendeine Beschäftigung, bei der die Jetons in der Tasche bleiben. Trink was. Flirte mit jemandem. Aber behalte mich immer im Auge.« Ihre Hände glitten seinen Arm hinab und legten sich um seine Hand. Unwillkürlich legten sich seine Finger um ihre.

Je länger sie hier standen, desto besser lernte sie, ihn ihrem Willen zu unterwerfen. Er holte Luft. »Na schön. Ich gehe trinken und flirten. Aber wenn ich mich mit jemandem anlege und später mit einer anderen nach Hause fahre, geschieht es dir recht!«

»Das würde mir in der Tat eine Lektion erteilen.« Er hörte ihr Lächeln. Sie befreite die Finger und legte sie kurz um seine Hände wie um einen Sandklumpen. Dann hörte er ihre Röcke rauschen und sie schritt zielstrebig zurück zum Kartentisch.

Er trank und flirtete aber nicht. Alkohol machte ihn langsam und auf dieses zusätzliche Hindernis konnte er gut verzichten. Sein Gehirn würde ohnehin genug gefordert werden. Und was die Damen betraf, so hatte er gerade eine Runde durch den Saal gemacht und zwei von ihnen von der Liste gestrichen – beide jonglierten bereits mit der Aufmerksamkeit mehrerer Interessenten –, als ein kurzer Blick auf Lydia die restliche Umgebung verschwimmen ließ.

Sie sprach mit dem Bankier, mit derselben oberflächlichen Lebhaftigkeit, die sie schon den ganzen Abend aufgelegt hatte. Doch jetzt hatte sie die Unterarme auf dem Tisch und beugte sich vor.

Das Zeichen! Sein Puls hämmerte wie Hagel auf ein Schieferdach. Endlich hatte das Blatt sich gewendet und er kam ins Spiel!

Langsam schlenderte er zum Vingt-et-un-Tisch. Erst als er den Stuhl zu ihrer Linken zurückzog, sah sie auf. Sie lächelte. Dann ließ sie ihren Blick über die alberne Zusammenstellung seiner Garderobe wandern, woraufhin sich das Lächeln wie verschütteter Honig über ihr ganzes Gesicht ausbreitete, langsam, süß, und voll sinnlichen Beifalls. Als sie wieder aufsah, hielt sie die Lider halb geschlossen, so als habe sein bloßer Anblick sie in Rausch versetzt.

Ja, er hatte sich gedacht, dass sie es womöglich so spielen würde. Wenn sie jeden Mann als potenziellen Beschützer zu betrachten vorgab, wäre Gleichgültigkeit ihm gegenüber aufgefallen. Er verbeugte sich – nicht zu freundlich, nicht zu distanziert – und nahm Platz.

Drei Männer saßen zu Lydias Rechten: der Geck, an den sie jetzt irgendeine Bemerkung richtete, vermutlich um ihn bei der Stange zu halten, und daneben zwei ältere Herren, die offenbar immun gegen ihren Charme waren. Die Sitzordnung war bestimmt kein Zufall. Er saß am Ende und würde immer als Letzter an die Reihe kommen, sodass sie nicht nur ihre eigenen Karten, sondern auch die sichtbaren Karten der anderen Spieler in ihre Berechnungen miteinbeziehen konnte, bevor sie ihm ihre Anweisungen gab.

Will holte die Jetons aus den Taschen und schüttete sie vor sich auf den Tisch, als die ersten Karten ausgeteilt wurden. Sechs, Acht, Drei, Lydias war eine Vier, und er zog ein Ass. Der Bankier hatte eine Neun.

Als der erste Spieler setzte, wandte sie sich um und schenkte ihm ein so betörendes Lächeln, dass es auf dem Scheiterhaufen hätte verbrannt werden sollen. »Lassen Sie mich raten.« Kurz taxierte sie seinen Aufzug und seine unzähligen Jetons. Eine Hand erhob sich vom Tisch und wanderte nachdenklich ans Kinn. »Sie kommen gerade frisch von der Navy, und das Prisengeld frisst Ihnen Löcher in die Taschen.«

Navy war das Schlüsselwort. Alles aus dem maritimen Bereich führte zu *Schiff*, *Schiff* führte zu *sank*, und *sank* zu *cinq*. Fünf Jetons.

Er sollte schon auf seine erste Karte einhundert Pfund verwetten! Ein Sprung ins kalte Wasser.

»Madame.« Dem Tonfall des Bankiers nach zu urteilen hatte er sie schon etwas zu oft ermahnen müssen, sich auf das Spiel zu konzentrieren. »Ihr Einsatz, bitte.«

Mit der freien Hand fischte sie einen ihrer Ein-Pfund-Jetons hervor und schob ihn vor, die andere Hand lag noch immer an ihrem Kinn und strich gedankenverloren darüber. Beinahe konnte er hören, wie das Ziegenleder ihres Handschuhs über ihre Haut fuhr.

Er konnte ihre Strategie sogar nachvollziehen. Mit einer Zehnerkarte wäre er bei einundzwanzig, und vermutlich waren noch genügend Zehnerkarten übrig, um einen Einsatz von fünf Wetteinheiten zu rechtfertigen. »Welch ein zaghaftes Gebot von einer so forschen Dame!« Er deutet ein Lächeln an und stapelte fünf Jetons vor seiner Karte auf. »Ich meine, wenn man etwas tut, soll man es auch beherzt tun.«

Eine zweite Karte wurde ausgegeben. Will hob die Ecke an. Pik-Zehn. Gott, war das einfach!

Er deckte die Zehn auf und lehnte sich zurück, einen Ellbogen auf der Stuhllehne, während sein Herz polternd davonraste wie ein Wagen auf einer abschüssigen Kopfsteinpflasterstraße. Zwar konnte es noch zu einem Unentschieden zwischen ihm und dem Bankier kommen, doch in jedem Fall würde er seine hundert Pfund behalten. Und er hatte sich bei den anderen Spielern beliebt gemacht. Einundzwanzig bedeutete, dass der Bankier in der Hoffnung auf ein Unentschieden weiterkaufen musste, und das machte es sehr wahrscheinlich, dass er sich überkaufen würde.

Die ersten beiden Herren blieben nach der zweiten Karte stehen, Lydia und der Geck nach der dritten. Der Bankier zog eine Sechs und eine Dame und musste alle auszahlen.

»Das nenne ich wirklich beherzt!« Wie absurd sie aussah, als sie ihre ganzen zwei Pfund mit einem dieser kleinen Schieberchen einstrich. »Aber vermutlich gehen Sie in vielen Lebenslagen beherzt vor.« Lydia verzog keine Miene, und ihr Tonfall verriet nichts über den leicht ordinären und ein wenig verzweifelten Annäherungsversuch hinaus. Und doch wusste er, dass in ihrem hohlen Geplapper Lob und Anerkennung versteckt waren. Es gefiel ihr, wie er seine Rolle spielte.

Ihm gefiel es auch zusehends besser. Und weshalb auch nicht? Was hätte er schließlich nicht dafür gegeben, jemand anderes zu sein? Jemand, der selbstgefällig genug war, zu glauben, die Welt werde sich schon nach seinen Wünschen richten. Vielleicht wäre so jemand aus ihm geworden, wenn ein, zwei oder auch zwanzig Dinge anderes verlaufen wären. Heute Abend, und an all den anderen Abenden, solange sie dieses Spiel spielten, konnte er dieses Leben anprobieren wie eine samtgefütterte Abendjacke, die nicht ganz passte und die er sich ohnehin nicht leisten konnte.

Also kostete er seine Rolle aus, nahm, wenn er nicht an der Reihe war, eine grüblerische Denkerpose mit vorgeschobener Unterlippe ein und wedelte sowohl beim Setzen als auch beim Einstreichen seiner Jetons theatralisch mit dem Handgelenk.

Und immer, wenn ausgeteilt wurde, siebte er Lydias unaufhörliches Geplapper wie ein Goldwäscher auf der Suche nach Nuggets.

Sie wandte sich an den Bankier: »Wenn ich noch fünf Pfund verliere, steige ich aus. Erinnern Sie mich daran! Dann kommt der Rest doch lieber wieder unter die Matratze!« *Matratze* klang wie *Katze*, und *Katze* führte zu *quatre*. Vier Jetons.

Zum Gecken: »Sie wollen mich wohl in den Ruin stürzen! Dabei wissen Sie ganz *genau*, wie gut ich armes Mädchen ein paar Pfund gebrauchen könnte!« *Genau* – prä*zise* – *six*. Hundertzwanzig Pfund.

Und zu ihm: »Sie haben ja heute Glück für zwei!« (Glück! Ein heimlicher Seitenhieb. Zahlen überwucherten ihr Gehirn wie Unkraut einen Garten, und trotzdem war sie noch in der Lage, einen Scherz einzubauen, den nur sie beide verstanden.) »Mein Anteil muss auf Sie übergegangen sein. Ich hoffe, Sie werden sich daran erinnern, wenn Sie mich morgen auf der Straße betteln sehen!« *Morgen, heute* – *huit*. Gütiger Gott, acht Jetons! Hundertsechzig Pfund.

Doch er tat, was sie wollte, und ließ sie ab und zu wie versehentlich in seine Karten gucken, damit sie ihr weiteres Vorgehen planen konnte. Er achtete auf Hinweise, ob er kaufen oder stehenbleiben sollte, und wog sie gegen sein eigenes Verständnis des Spiels ab. Fünfzehn gegen die offenen neun des Bankiers; auch wenn sie nicht Daumen und Zeigefinger zusammengelegt hätte, wäre ihm klar gewesen, dass er kaufen musste. Ein Paar Zehnen gegen eine Sieben, da wäre er natürlich stehengeblieben, ob sie mit ihrem Armband spielte oder nicht.

Er gewann nicht jede Runde. Selbst, wenn die Aussichten gut standen, bekam er manchmal eine schlechte Karte oder sah den Bankier eine gute ziehen. Dann bildete er sich ein, zu spüren, wie sie ihn stumm beschwor, sich nicht aus der Ruhe bringen zu lassen. Ihre Zuversicht umgab ihn wie eine Mauer, gegen die er sich lehnen konnte. Nicht, dass er das jetzt noch gebraucht hätte. Trotz gelegentlicher Verluste tendierte das Spiel eindeutig zu seinen Gunsten. Er zuckte bloß die Schultern und gab dümmliche Kommentare darüber ab, wie wichtig es war, ein guter Verlierer zu sein. Und wartete auf ihre nächste verschlüsselte Anweisung.

Der Teufel wusste, wie viel Zeit vergangen war, als sie beide Hände hob, um ihre Frisur zu richten. Das Schlusssignal. Er hatte zwei Runden hintereinander verloren – zum Glück mit moderaten Einsätzen – und sie hatte offenbar beschlossen, dass die Zusammensetzung des Stoßes nicht nach ihrem Geschmack war.

Ein Teil von ihm wollte sich weigern und einfach sitzen bleiben. Er verspürte ein rares Glücksgefühl dabei, in stummer Eintracht mit einer Frau zusammenzuarbeiten, ihr gemeinsames Ziel allen Anwesenden verborgen, ihr Bewusstsein füreinander geschärft durch die Heimlichkeit ihrer Verbindung.

Die andere Hälfte war nur allzu bereit, zu gehen. Je früher sie von diesem Tisch aufstanden, desto früher durften sie einander wieder kennen und ihren Erfolg feiern. Er stopfte sich die Jetons mit vollen Händen in die Taschen und empfahl sich, um sich seinen Gewinn von über tausend Pfund auszahlen zu lassen.

Eintausendeinhundertzweiundsechzig Pfund. Auch mit den achtunddreißig, die sie verspielt hatte, und den vierzig, die er beim Baccara vergeudet hatte, war es ein glorreicher, glorreicher Anfang.

Lydia stahl sich aus dem Spielsalon und schritt den Korridor entlang. Sie war noch eine halbe Stunde geblieben, nachdem er gegangen war, um mit Mr Keller zu flirten – ein angenehmer, harmloser Geselle, der ihre Aufmerksamkeit und ihre Schmeicheleien genoss, sich mehr aber nicht leisten konnte – und um sicherzugehen, dass niemand auf den Gedanken kam, ihren und Mr Blackshears Aufbruch miteinander in Verbindung zu bringen.

Mr Blackshear war wunderbar gewesen! Nach ihrem Tête-à-Tête hatte sie schon befürchtet, er habe doch nicht die Nerven für ein solches Unterfangen. Aber dann war er eine wahre Mauer gewesen. Ein Felsen. Verluste von hundert und zweihundert Pfund hatte er mit einem Schulterzucken abgetan wie ein Hengst, der eine lästige Mücke loswerden wollte, und er hatte prächtig dabei ausgesehen! Das würde sie ihm auch sagen, in etwas schicklicheren Worten. Sie würde seine ruhige Entschlossenheit loben und lachend bemerken, dass er seinen Reitmantel ruhig öfter tragen sollte und vielleicht sogar über eine romantische Langhaarfrisur nachdenken konnte.

Dunkler und dunkler wurde es, als sie sich vom Spielsalon entfernte. Als sie um die Ecke bog, konnte sie kaum mehr etwas sehen. Sie spürte ihn jedoch, seine warme, kräftige Anwesenheit irgendwo vor sich, und dann spürte sie ihn ohne jeden Zweifel, als seine Hände hervorschossen und sie in die Dunkelheit zogen.

Er fasste sie an der Taille und wirbelte sie herum, ebenso ausgelassen wie sie. Sie legte die Hände auf seine Schultern, fest und kräftig unter seinem Mantel, und biss die Zähne zusammen, um nicht laut zu jubeln. Münzen klimperten fröhlich durch das Retikül an ihrem Handgelenk, und auch in seinen Manteltaschen, die passende Musik zu ihrem improvisierten Freudentanz. Ganz unerwartet hatte sie hier etwas Neues mit einem Mann kennengelernt, die keusche Zusammenkunft von Körper, Geist und Verstand, eine Freude, die sie vermutlich als nicht der Rede wert abgetan hätte, hätte ihr jemand bloß davon erzählt.

Ihre Röcke wickelten sich um ihre Beine, als er sie herumwirbelte, kühl und köstlich auf dem dünnen freien Streifen zwischen Strümpfen und Hemd, und als er sie absetzte, stolperte sie, gefangen von ihrer eigenen Sarsenett-Schlinge.

Seine Hände blieben an ihrer Taille und stützten sie. Sein Atem ertönte in der Stille, einmal, zweimal. Und plötzlich riss er sie an sich, ein Arm um die Taille, die andere Hand in ihrem Nacken, und gab ihr einen heißen, hungrigen Kuss.

12

Wie ein Segel, das vom Mast fällt, begrub der Schreck sie unter sich. Arme und Retikül waren zwischen ihren Körpern gefangen; jetzt presste sie die Hände gegen seine Brust und riss den Kopf zurück. »Was zum Teufel soll das werden?« Hatte sie die Stimme erhoben? Nein. Irgendein verlässlicher Teil ihres Gehirns hatte an ihre Umgebung und die Notwendigkeit der Diskretion gedacht, und ihr Atem ging noch flach von der Drehung und dem Schreck.

»Eine Minute.« Kein Teil seines Körpers ließ locker. »Sechzig Sekunden.« Sein Mund war so nah, dass sie die Worte schmecken konnte. »Wir werden nie ein Wort darüber verlieren. Nichts muss sich ändern.«

War das möglich? Konnten ein Mann und eine Frau sich der Leidenschaft hingeben, wenn auch nur für sechzig Sekunden, und ungezeichnet davonkommen? Bestimmt änderte sich etwas.

Doch vielleicht war ihr das egal. Seine nackten Finger gruben sich in ihr Haar, nicht wie Finger, die sie zwingen wollten, sondern wie Finger, die nicht genug von ihr zu spüren bekommen konnten. Warm und keuchend kam sein Atem an ihre Lippen und ihre Wangen. Ein Hauch von Nelken schwang darin mit, wahrscheinlich von seinem Zahnpulver. Er hatte sich die Zähne geputzt, bevor er sich auf den Weg zu ihr gemacht hatte. Womöglich genau zu diesem Zweck.

Sie könnte sie mit ihrer Zunge berühren, seine sauberen, unregelmäßigen, nach Nelken riechenden Zähne.

Himmel. Was eine Frau so alles dazu bringen konnte, einen Mann zu küssen! Sie war offensichtlich nicht mehr ganz richtig im Kopf. Trunken von ihrem Erfolg vermutlich. Von ihrer beider Erfolg. Ohne ihn hätte sie es nicht geschafft.

Sie ließ die Hände an seiner Brust hinabwandern, über seine Rippen, zu beiden Seiten seiner Hüfte. Er zitterte, bewegte sich aber nicht. Er wartete auf ihr Wort.

»Sechzig Sekunden.« Aus dem Handgelenk schleuderte sie den Beutel zu Boden. »Mach was draus!«

Sein Mund kam zurück, geduldiger diesmal. Seine Lippen fuhren über die ihren, und die winzigen Bartstoppeln folgten und jagten ihr eine Gänsehaut über die Arme. Er war liebevoll, behutsam, meisterhaft, und er erfüllte all ihre Sinne mit dem Duft von Bay Rum.

Doch bei nur sechzig Sekunden konnten sie sich keine Geduld leisten. Er hatte keine Zeit, liebevoll oder behutsam zu sein. Sie hob eine Hand an die ganz kurzen Haare in seinem Nacken – wenn sie doch bloß Zeit gehabt hätte, die Handschuhe auszuziehen, dann hätte sie die Haare in der Handfläche gespürt! – und stieß die Zunge in seinen Mund, über Zähne und Zahnlücken.

Er stöhnte unterdrückt. Vielleicht war er forsche Frauen nicht gewöhnt. Doch er schien nichts dagegen zu haben. Seine Finger streichelten ihren Nacken und ermutigten sie, und einen Augenblick später waren seine Hände auf ihrer Brust und hetzten wie wild über die violette Seide unter dem Überkleid.

Ja! Er machte es genau richtig. Es war richtig, wie er die Konturen ihres Korsetts nachzeichnete und ihre Hüften und Schenkel formte wie feuchten Ton. Sie fühlte sich auch ein wenig so an, oder vielleicht wie warmes Wachs oder irgendein Stoff, der jede Form annahm, die er ihr geben wollte. Irgendwie hatte er sie an die Wand gedrängt, ohne dass sie es gemerkt hatte, und jetzt stemmte sie sich mit den Schulterblättern dagegen und zuckte und wand sich unter seiner Berührung.

Waren die sechzig Sekunden vorbei? Egal. Sie fand den Verschluss, der das Überkleid auf dem Busen zusammenhielt, und riss ihn auf, damit er auch dorthin seine Hände legen konnte.

Wie groß sie waren, und wie fähig! Die linke glitt über ihre Hüfte und über ihre Taille, der Stoff jagte vor ihr her, und endlich legte sie sich über ihre Brust. Sein Atem kam stoßweise ihn ihrem Mund; er zog die Seide glatt, sodass nur eine einzige dünne Schicht zwischen ihm und dem Teil ihres Körpers lag, den er berührte; die dünnstmögliche Barriere zwischen seiner Hand und der Brustwarze, die seine Küsse und seine Bildhauerhände bereits hatten hart werden lassen.

Gott sei Dank – oh, sie würde in der Hölle landen für solche Blasphemie, doch der Platz dort war ihr ohnehin längst sicher, und wie dem auch sei – Gott sei Dank, dass sie die Chemise so knapp geschnitten und auf all die Unterröcke verzichtet hatte! Denn jetzt verstand sie, wozu violettes Sarsenett da war. Langsam fuhr sein Daumen über ihre Brustwarze, ein quälender Vorgeschmack, doppelt qualvoll dank des butterweichen Stoffs, der es ihr verwehrte, wirklich zu erfahren, wie er sich anfühlte, dreifach qualvoll dank der Zunge, die die gemächlichen Bewegungen seines Daumens nachahmte und ihre Lippen liebkoste.

Sie bäumte sich ihm entgegen und er brach den Kuss ab. Sie spürte, wie er den Kopf drehte, um sie anzusehen, obwohl es viel zu dunkel war, um etwas zu sehen. Seine rechte Hand legte sich auf ihre Brust, und fühlte sich … erstaunt an, beinahe ehrfürchtig. Die Berührung eines Mannes, der nie zuvor eine Frau berührt hatte, oder vielleicht die eines Mannes, der dem Tode nahe gewesen war und irdische Freuden nie wieder für selbstverständlich halten wollte.

Das Letzte traf vielleicht sogar zu. Darüber würde sie später nachdenken. »Nimm die Lippen«, sagte sie, und ihre Stimme war voller Härte und Gier, exakt darauf abgestimmt, die Illusionen eines ehrfürchtigen Mannes platzen zu lassen.

Doch nein, auch das gefiel ihm. Er murmelte etwas heißes Unverständliches; es endete mit einem tiefen, samtigen Lachen, und dann waren seine Lippen da, wo sie sie haben wollte, und nichts anderes auf der Welt war mehr wichtig.

Sie stand auf Zehenspitzen und beugte sich stärker vor, um es ihm so leicht wie möglich zu machen, damit er nicht aufhörte, nur nicht aufhörte. Denn tatsächlich war *das* der Grund für die Existenz von Sarsenett. Sie hatte sich vorher geirrt. Die Berührung seiner Zunge, die den Stoff über die Stelle zog, an der sie so empfindsam war. Seine Hände hielten sie fest, eine zwischen den Schulterblättern und eine im Kreuz, um sie dieser süßen Qual auszuliefern. Sein feuchter Mund benetzte die Seide, was die Empfindung noch komplexer machte und sie zeichnete, sodass für jeden sichtbar war, was er mit ihr getan hatte.

Doch er tat nicht *genug*. Wenn er sich doch nur an sie pressen würde, wie man es von jedem anständigen Mann erwarten durfte! Dann würde er ihr den Gnadenstoß versetzen, bevor er sich an die Sache mit den sechzig Sekunden erinnerte.

Sie ließ die Hände hinter ihn wandern. Ergriff mit Handflächen und gespreizten Fingern jene Muskeln, die einen Mann antrieben, wenn er in eine Frau eindrang. Sie musste ihn nur erst überreden.

Er antwortete mit den Zähnen und entfesselte eine Flut der Lust, die sie beinahe in die Knie zwang. Gut! Sie wusste, wie man dieses Spiel spielte. Eine Hand kam wieder nach vorn, tastete sich zwischen ihren Körpern hinab, und oh Gott! Er hatte die Wahrheit gesagt.

Natürlich hatte er das. Sie hatte nicht wirklich an seinen

Worten gezweifelt. Doch sein Wort war die eine Sache. Den Beweis in der Hand zu halten eine ganz andere.

Sie griff zu wie ein Habicht. Nur sein Hemd und der dünne Hosenstoff zwischen ihm und ihrer Hand. Er sog scharf die Luft ein, und sein Mund verlor den Kontakt mit ihrer Brust. Sie spürte, wie seine Hände und Arme sich anspannten. Sein ganzer Körper verkrampfte sich; sie spürte es sogar an den Stellen, die sie nicht berührte, denn selbst die Luft zwischen ihnen hielt den Atem an.

»Warte.« Ein einziges, heiseres Wort, und ihr Magen erzitterte wie ein Rebhuhn, das im Flug getroffen war. Er erinnerte sich an all seine Gründe; die Dame in Camden Town und alles andere.

Das durfte sie nicht zulassen. »Worauf?« Sie griff fester zu und bewegte die Hand an ihm entlang. »Du bist so bereit, wie es ein Mann nur sein kann!«

»Nein. Ich …« Er keuchte und erschauderte, als ihre Handfläche kehrtmachte. Er konnte sagen, was er wollte – er *wollte* es.

Ihre Finger fanden den ersten Knopf und schoben ihn durch das Knopfloch. Sie würde ihm geben, was er wollte. Er würde vergessen. Sie würden gemeinsam schuldig sein, und alles abwerfen, was sie über Anstand oder Pflichtschuldigkeit wussten, um das Verlangen des Augenblicks zu stillen, und gemeinsam würden sie …

»Nein.« Ein Flehen lag in seiner Stimme, doch sein plötzlicher Griff um ihr Handgelenk war ein Befehl. Er legte die andere Hand an die Wand und stieß sich zitternd ab, als sei sie eine Spinne, der er ins seidene Netz gegangen war. »Hör auf.«

Ihre Hand fiel herunter. Ihre Haut sehnte sich bereits jetzt schmerzhaft nach seiner Berührung. Was war nur mit ihr geschehen? Vor einem Monat hatte sie sich wenigstens noch flüchtig geschämt, als sie seine Schwester für eine Dame gehalten hatte, der er den Hof machte. Jetzt war ihr alles egal. Sie wollte ihn besitzen, und alle Frauen Camden Towns zusammen konnten sie nicht davon abhalten.

Das konnte nur er.

»Es tut mir leid.« Seine Stimme zitterte. Er lehnte an der Wand, eine Armeslänge entfernt und das Gesicht abgewandt, dem Klang nach zu urteilen. »Lydia, es tut mir leid. Das will ich nicht.«

Mitleid glomm in ihr auf, doch sie nährte die Flamme nicht. Das entsprach nicht ihrer Art. Bitterkeit kroch durch ihre Adern, kopflose Lust bemächtigte sich ihrer, und zahllose unterdrückte Wutfetzen füllten den Hohlraum, in dem das warme Herz einer Frau hätte sein sollen.

Das will ich nicht, hatte er gesagt.

Als ob sie nicht gerade den Gegenbeweis in der Hand gehalten hätte.

»Aha.« Wie ein Eiszapfen hing Lydias Stimme zwischen ihnen, kalt und zerbrechlich zugleich. »Meinen Glückwunsch, dann bist du ein hervorragender Schauspieler.«

Als wenn er sich nicht schon mies genug gefühlt hätte. »Du weißt genau, was ich meine! Ich habe doch schon zugegeben, dass ich dich will. Aber …« Verdammt, konnte sie es denn nicht verstehen? »Ich möchte besser sein als das. Ich möchte kein Mann sein, der es im Korridor einer Spielhölle mit der Frau eines anderen treibt.«

»Na, hoffentlich kannst du mir nachsehen, dass ich dich für so einen Mann gehalten habe.« Jetzt hatte der Eiszapfen eine tödliche Spitze. »Die Sache mit deinem Mund an meiner Brust war ein wenig verwirrend.«

Verwirrend war gar kein Ausdruck. Verblüffend, atemberaubend, überwältigend, elektrisierend. Zeit seines Lebens würde er sich daran erinnern, wie sie sich ihm auf Zehenspitzen entgegengestreckt hatte. Sie hatte genau gewusst, was sie wollte, und sich nicht geschämt, es zu verlangen.

Zur Hölle! Warum konnte er es nicht einfach tun? Warum konnte er nicht nehmen, was sie geben wollte, und geben, was sie haben wollte, und der Lust die Verantwortung dafür überlassen?

Weil er gesagt hatte, dass er es nicht tun würde. *Ich will nicht bloß ein weiterer Rüpel sein, der dich benutzen will*, hatte er gesagt, und sie hatte begonnen, ihm zu vertrauen. Und, verdammt noch mal, ihr Vertrauen bedeutete ihm etwas, und das sollte sie wissen. Er tastete vorsichtig nach dem Hosenknopf, den sie geöffnet hatte, und knöpfte ihn wieder zu. »Der Fehler liegt ganz allein bei mir. Es war falsch, damit anzufangen, und entsetzlich falsch, es so weit kommen zu lassen. Ich habe uns beide entehrt.«

»Du kannst mich gar nicht entehren!«

Zum Teufel mit ihm. Jeder ihrer Hiebe machte ihn nur noch steifer, machte es ihm noch schwerer, sie nicht in die Arme zu nehmen und ihre Wut in gleißende Leidenschaft zu verwandeln. »Du hast recht, Lydia.« Stattdessen musste er sie besänftigen. »Es tut mir leid.«

»Das sagtest du bereits. Du sagtest auch, dass wir kein Wort hierüber verlieren würden. Ich dachte, du würdest zu deinem Wort stehen.«

Ein bitteres Lachen ergriff ihn wie ein Hustenanfall, er konnte nichts dagegen tun. »Das war ein entscheidender Fehler deinerseits, fürchte ich.«

»Ich habe nichts mehr zu sagen.« Immer leiser und frostiger wurde ihre Stimme. Er hörte das Rascheln von Seide. Vermutlich knöpfte sie ihr Überkleid wieder zu. »Ich hole meinen Mantel.«

»Warte.« Seine Hand schoss an ihren Arm, der noch genauso weich war, wie er ihn in Erinnerung hatte. »Das geht nicht. Ich habe dich …« Gott, konnte es noch grausamer werden? »Du bist nicht präsentabel. Ich hole dir den Mantel.«

Sie entwand sich seinem Griff. »Glauben Sie mir, Mr Blackshear, ich habe schlimmere Demütigungen erlitten als eine feuchte Stelle auf der Brust.« Wieder raschelte Seide, und dann das gedämpfte Klimpern von Münzen – sie hatte das Retikül aufgehoben. »Sparen Sie sich Ihr schlechtes Gewissen für Ihre gröberen Vergehen.«

Ihre Worte trafen ihn wie der Kugelhagel eines Exekutionskommandos. Sie wusste es nicht. Sie konnte es nicht wissen. Doch einen Augenblick lang klang sie in der Dunkelheit wie die Inkarnation seiner unermüdlichen Selbstanklage. Auf seinem Gewissen lasteten in der Tat so grobe Vergehen, dass sie eigentlich jede Stelle, an der er sie berührt hatte, wundschrubben musste.

Das sagte er nicht. Sie wartete ohnehin keine Antwort ab. Ihre entschlossenen Schritte verrieten ihm, dass sie sich entfernte, und er konnte kurz ihre Silhouette erkennen, als sie das diffuse Licht des Korridors erreichte und um die Ecke verschwand.

Er wartete die vereinbarten zehn Minuten ab und begab sich dann zu ihrem vereinbarten Treffpunkt einen Block von der Spielhölle entfernt. Erst nachdem er dort weitere zehn Minuten lang gewartet und fünf lange Minuten nach ihr gesucht hatte, ging ihm auf, dass sie nicht kommen würde. Sie war allein nach Somers Town zurückgefahren und hatte ihn zurückgelassen.

Dumm. Schwach. Blauäugig. Nichtsnutzig. Verachtenswert. Fast vierundzwanzig Stunden nach dem Debakel hatte Lydia noch immer keinen Ausdruck gefunden, der hart genug war, eine Frau zu beschreiben, die die eine große Chance ihres Lebens weggeworfen hatte, noch dazu auf so feige Weise. *Blenderin. Betrügerin. Versagerin.*

»Alle Wetter, Lydia!« Edward lag keuchend neben ihr. »Du bringst mich noch mal um.«

Wenn es doch nur umgekehrt wäre! Eine Frau konnte durch Hurerei ihre Seele zerstören, doch der Körper blieb, all ihren Anstrengungen zum Trotz, und mit ihm das Verlangen, der Schmerz und all die anderen Empfindungen, die sie so unglaubliche Dummheiten begehen ließen.

Abwesend fuhr sie Edward mit den Fingerknöcheln über den Arm. Er war verschwitzt. Sie hatte ihn zum Äußersten getrieben, und nicht einmal hatte sie sich erlaubt, die Augen zu schließen und sich andere Hände vorzustellen. Er war ihre Buße. Er war die Strafe dafür, dass sie geweint hatte, von dem Augenblick an, als sich die Droschkentür geschlossen hatte, bis zu dem Augenblick, als sie zu Hause angekommen war.

Wenn er sie doch nur nicht geküsst hätte! Wenn er sie einfach wieder abgesetzt hätte, einen Schritt zurückgetreten wäre und sie gefragt hätte, ob sie erraten könnte, wie viel sie gewonnen hatten. Oder wenn sie ihn aufgehalten hätte, als er um sechzig Sekunden gebeten hatte. *Besser nicht. Du würdest es bestimmt bereuen.* Warm und aufgekratzt wäre sie nach Hause gekommen, so, als hätte sie auf leeren Magen ein Glas Champagner geleert, und mit reiner, ungetrübter Freude hätte sie sich an seine stürmische Umarmung erinnert. Erfüllt wurde sie sich jetzt fühlen, nicht leer, und ihr Verhältnis wäre noch intakt.

»Manche Männer schwören auf zwei Frauen gleichzeitig.« Edward hatte noch nicht ausgeredet. »Aber ich schwöre, du bist allein mindestens genauso gut.«

»Du schmeichelst mir.« Sie klang leblos. Etwas Besseres als solche Nichtigkeiten hatte sie gar nicht verdient.

Was hatte sie in den vergangenen zwei Jahren erreicht? Sehr wenig, so schien es. Sie hatte sich an diverse Männer verkauft und sie verachten gelernt. Sie hatte alle möglichen Katastrophen heraufbeschworen – Pocken, Gefängnis, den Abstieg auf die Straße – und es war ihr nichts Schlimmeres widerfahren, als ab und zu von einem gedankenlosen Freier schlecht behandelt zu werden. Nichts, was nicht jeder Hure gelegentlich widerfuhr.

Sie hatte versucht, sich auszulöschen, und es nicht einmal geschafft, den dummen, nutzlosen Teil von sich zu zerstören, der in einer Droschke in Tränen ausbrach, weil ein Mann sie nicht wollte.

»Ich musste diesen Blackshear einladen. Den Typen, der in Waterloo war.« Edwards Stimme riss sie aus ihren Gedanken und zurück ins Bett. »Deine Freundin Eliza hat darauf bestanden. Vermutlich führt sie irgendwas im Schilde.« Er streckte sich und hob die Hände, um eine gute Aussicht auf seine Nägel zu bekommen. »Keine Gesellschaft ohne solche Spielchen, nicht wahr?«

»Das gehört sich nicht. Darum hätte sie nicht bitten dürfen.« Ihr Magen wurde bleischwer. »Was wohl Lord Randall dazu sagen würde.«

»Wenn der mal nicht seine eigenen Ränke schmiedet. Jedenfalls hat sie darauf bestanden. Nur sind es jetzt leider drei oder vier Herren zu viel. Vielleicht muss ich noch ein paar Aphroditen besorgen, damit alle gleiche Chancen haben.«

Das wurde ja immer besser. Vielleicht sollte sie in einer Woche krank werden und sich drücken. Jane würde sie jedenfalls nicht mitnehmen. Das Mädchen konnte eine Woche freihaben und seine Familie besuchen. Den unschönen Machenschaften, die dort zweifellos vorgehen würden, brauchte sie sie ja nicht auszusetzen.

Sie tastete nach der Decke und zog sie hoch bis zum Hals. Er würde doch nicht kommen, oder? Er war mit niemandem in ihrem Kreis näher bekannt, außer mit diesem Viscount. Warum sollte er eine Woche in Essex verbringen wollen, unter Leuten, mit denen er nichts zu tun hatte? Unter unrespektablen Leuten zudem, die eine Vorliebe für Mätressen und Skandale hatten. Genau die Art von Leuten, zu denen er nicht gehören wollte, wenn sie seinen Worten glauben durfte. Er würde nicht kommen. Er durfte nicht kommen. Denn allen Prüfungen, die sie zu erdulden gelernt hatte, zum Trotz war sie nicht sicher, ob sie sieben Tage unter einem Dach mit Mr Blackshear ertragen konnte.

Will wandte den Blick von der Einladungskarte ab und warf sie auf den Tisch. Sie landete auf dem Stapel Post, glitt daran hinunter und fiel kopfüber zu Boden.

Großartig. Er bückte sich, um das Stück Boshaftigkeit aufzuheben, den höhnischen Schlussstrich unter dem Schlamassel, den er verursacht hatte, und legte es auf den Brief von diesem Mr Grigsby. Noch mehr Hohn. Grigsbys Dienste würden gar nicht mehr in Anspruch genommen werden, wenn Miss Slaughter ihre zweitausend Pfund nicht gewann. Und Will würde gar nicht erst in die Verlegenheit kommen, sich eine vergessene Investition ausdenken zu müssen, die George Talbot angeblich getätigt hatte, denn ohne das Kapital für Fuller würde es auch keine Rendite für Mrs Talbot geben.

Abrupt wandte er sich vom Tisch ab. Drei Schritte brachten ihn zur gegenüberliegenden Wand. Man konnte seine Fehler nicht sehr weit hinter sich lassen in einer Junggesellenwohnung. Genauso wenig wie anderswo vermutlich. Er lehnte sich an die Tapete und fuhr sich mit ruhelosen Fingern durchs Haar. Ein kalter Wind, schon wieder so ein kalter Wind in diesem erbärmlichen angeblichen Frühling umsäuselte das Fenster an der gegenüberliegenden Wand.

Sie war gestern nicht im *Beecham's* gewesen. Er war hingegangen, um … Um was zu tun? Um abermals zu sagen, dass es ihm leidtat, in der Hoffnung, dass sie diesmal dafür dankbar sein würde? Um so zu tun, als sei nichts gewesen, und zu fragen, wann sie das nächste Mal Zeit haben würde, in die Spielhölle zu gehen? Um sie in einen dunklen Winkel zu locken, alle Gebote des Anstands zu ignorieren und zu Ende zu bringen, was sie angefangen hatten? Jedenfalls war sie nicht da gewesen. Fünf Apriltage waren bereits verflossen, und ihm fehlten noch fast tausend Pfund. Er sollte Fuller sagen, dass er sich nach einem anderen Investor umsehen sollte.

Doch er würde warten. Vielleicht war es ihr ja doch möglich, ihren Unmut über ihn hintenanzustellen, um den gemeinsamen Plan weiterzuverfolgen. Er musste hoffen, mit all seiner Kraft, dass ihre herzlose Entschlossenheit die Oberhand gewinnen würde.

»Ich habe es für dich getan, du Schaf«, murmelte Eliza hinter ihrem Fächer hervor. Ein Hauch von Jasmin drang zu Lydia herüber, als ihre Freundin sich vorbeugte. »Und vielleicht auch ein wenig für den Gentleman. Es war von Anfang an offensichtlich, dass er Interesse hat, und wann soll er sonst je wieder die Chance bekommen?«

»Ich wünschte, du wärst so freundlich gewesen, mich vorher zu fragen, ob ich das will.« Lydia sprach ebenfalls leise und verbarg sich hinter einem Fächer. Edward und Lord Randall lachten wiehernd über das Stück, insbesondere über die schreckliche alte Dame, die mal wieder das völlig falsche Wort erwischt hatte, und da es im Publikum generell recht laut und unruhig zuging, war es unwahrscheinlich, dass sie sich nach ihren Damen umdrehen würden. »Er hatte nie eine Chance. Er kann sich keine Mätresse leisten. Und Mr Roanoke unterhält mich sehr gut.«

»Er unterhält sich sehr gut *mit* dir, meinst du wohl. In der Bibliothek.« Eliza fächelte, und scharlachrote Federn tanzten in fröhlichem Spott. »Wir haben dich im *Beecham's* in letzter Zeit kaum noch zu Gesicht bekommen.« Wieder kam der Jasminduft, als Eliza sich vorbeugte. »Captain Waterloo ist am Boden zerstört. Du hättest sein Gesicht sehen sollen, als Mr Roanoke dich letztes Mal aus dem Ballsaal gezerrt hat.«

»Er *zerrt* mich nirgendwo hin.« Und Captain Waterloo hatte hervorragende Gründe dafür, am Boden zerstört zu sein. Wenn er sie nicht geküsst hätte, wenn er sie nicht erst angerührt hätte, nur um sogleich wieder zu Verstand zu kommen, würden sie morgen wieder eine Spielhölle aufsuchen. Er hatte es aber, und nun konnte sie ihn kaum ansehen, geschweige denn mit ihm in einem Raum bleiben und ein Gespräch riskieren. »Ich gehe gern, wohin mein Beschützer gehen will.«

»Du schienst mir aber noch lieber nach oben zu gehen, um Karten zu spielen. Und abgesehen davon kann es dir doch egal sein, ob er nach Chiswell kommt. Oder was hast du dagegen einzuwenden? Ich habe dich ja nun nicht gerade mit ihm verkuppelt.«

Das stimmte. Es konnte ihr egal sein, ob er anwesend war oder nicht. Sie musste sich einen Grund ausdenken – einen Grund, den Eliza glaubwürdig finden würde –, weshalb es ihr ganz eindeutig *nicht* egal war.

Zu spät. Elizas Kopf fuhr herum, als sie ihr Zögern bemerkte. »Verflucht, Lydia, du *hast* Einwände! Was hat er getan?«

»Nichts.« Noch ein kurzer Blick auf die Herren. »Um Himmels willen, sprich bitte leise! Wir sind nicht mehr so gut aufeinander zu sprechen, das ist alles.«

»Habt ihr euch gestritten?« Sie legte den Kopf schief. »Wann und wo hättet ihr denn dazu Gelegenheit gehabt? Kann es sein, dass diese Sache viel weiter gegangen ist, als wir alle dachten?«

»Das tut nichts zur Sache. Nichts davon ist von Belang. Vermutlich wird er gar nicht kommen. Es geht mich auch nichts an.« Jede Bemerkung schien sie schlimmer zu belasten als die vorige, also biss sie sich auf die Zunge und sah schweigend zur Bühne, wo die schreckliche Dame das anspruchslose Publikum damit erfreute, dass sie *Allegorie* mit *Alligator* verwechselte.

Eliza konnte tun, was sie wollte. Selbst falls der Gentleman in Chiswell erscheinen sollte, würde er sich nicht dazu hergeben, nach ihrer Pfeife zu tanzen. Doch das war nicht von Belang, denn er würde sowieso nicht kommen.

»Natürlich kommst du mit!« Cathcart sägte energisch an der gebratenen Gans herum. »Mit wem soll ich mich denn sonst unterhalten?«

»Wie wäre es mit deiner Frau?« Will nahm einen großen Schluck Bier. Alles Bier der Welt würde nicht ausreichen, ihn all die Fehler vergessen zu lassen, die er einen nach dem anderen begangen hatte.

»Lady Cathcart? Du spinnst wohl. Ich würde nicht im Traum daran denken, sie in solche Gesellschaft mitzubringen.« Der Viscount spießte ein Stück des zarten Fleisches auf und legte es ihm auf den Teller. »Iss! Sonst wirst du missmutig.«

Wann war er denn bitte zuletzt *nicht* missmutig gewesen?

Acht Tage war es her, dass er Miss Slaughter geküsst hatte. Dies war sein vierter Abend im *Beecham's* seitdem, und er hatte noch keinen Blick mit ihr gewechselt. Seine Hoffnung, ihren Plan wiederzubeleben, verdunstete wie ein Tümpel in der Augusthitze.

Schlimmer noch – sie fehlte ihm. Ihre Sticheleien und ihre Missbilligung, und – Herr im Himmel – ihr Mund, obwohl er ihn nur ein einziges Mal geschmeckt hatte. Wie ihr Körper in seine Hände passte, und wie er sich unter seinen Händen gekrümmt und gewunden hatte.

Doch nein, das war nicht schlimmer, oder? Der geplatzte Plan war doch wohl viel schlimmer. Der Alkohol war ihm wohl bereits zu Kopf gestiegen.

»Was willst du in London, wenn alle anderen weg sind?« Cathcart hatte sich Gans, Kartoffeln und Erbsen aufgetan und begann zu essen. »Zu Hause sitzen und dreimal täglich trinken?«

Das klang im Augenblick auch nicht unvernünftiger als die meisten anderen Optionen. Dennoch stellte Will sein Glas ab und griff nach Messer und Gabel.

»Vielleicht lässt sich dort sogar Geld gewinnen. Die Kartenspieler kommen alle, und es soll zwei Billardtische geben.«

»Billard habe ich seit Jahren nicht mehr gespielt.«

»Dann gebe ich dir sechs Punkte Vorsprung.« Der Viscount griff über den Tisch und spießte für Will ein paar Kartoffeln auf. »Du kennst meine neueste Kutsche noch gar nicht, oder? Hervorragende Federung! Genau das Richtige für eine Fahrt von vierzig Meilen.«

Will machte einen unverbindlichen Ton und nahm ein Stück Gänsebraten. Waren irgendwelche von Cathcarts Gründen stichhaltig? Schwer festzustellen, wenn man zu viel Bier getrunken hatte.

Er kaute und schluckte. Er würde darüber nachdenken. Er würde heute Abend nichts mehr trinken und seinen Magen mit Nahrung füllen, und in zwei oder drei Stunden würde er in der Lage sein, die Frage anzugehen.

13

Wie anders Chiswell bei ihrem ersten Besuch ausgesehen hatte! Die Ernte war in vollem Gange gewesen, und das Wetter hatte zu langen Spaziergängen vom Herrenhaus ins Dorf und zu den entferntesten Höfen eingeladen. Jeden Morgen hatte sie sich auf solche Spaziergänge begeben, berauscht von dem nie gekannten Gefühl, einen Beschützer zu haben, der sich im Bett Mühe gab, sie zu befriedigen.

Lydia fing die Zipfel ihres Mantels ein, die der Wind herumwirbelte, und raffte sie vorn zusammen. Seit zwei Tagen war sie hier, und gestern waren die Gäste angekommen. In beiden Nächten hatte sie nicht gewollt, dass er sie anrührte. Der unbändige Heißhunger, der in der letzten Woche in London von ihr Besitz ergriffen hatte, hatte es offenbar nicht nach Essex geschafft. Und so war sie an beiden Abenden vor ihm zu Bett gegangen und hatte tiefen Schlaf vorgetäuscht, als er neben sie gekrochen war. Ein drittes Mal würde das garantiert nicht funktionieren. Ein Mann hielt sich schließlich keine Mätresse, um ihr beim Schlafen zuzusehen.

Über den Halbstiefeln waren ihre Strümpfe und der Saum ihres Kleides durchnässt. Sie hatte die Richtung eingeschlagen, die entgegengesetzt der lag, in die sie im September spaziert war, über die Wiese vor dem Haus und ins hohe Gras, das vom Regen der letzten Nacht nass war. Egal. Wenn Edward aufgestanden und in die Kirche gegangen war, würde sie zurückkehren, die nassen Sachen ausziehen und schlafen.

In einiger Entfernung vom Haus begannen Hügel. Zuerst

kleine, dann steilere. Strammen Schritts erklomm Lydia zuerst einen und dann den nächsten, so als habe sie ein Ziel, und atmete tief die Luft ein, die einen Hauch vom Salz der Küste enthielt. Weiter und weiter bahnte sie sich ihren Weg, in raueres Gelände mit unbekannter Vegetation, bis sie auf einer letzten Hügelkuppe ankam und auf einer Anhöhe in etwa fünfzehn Metern Entfernung die Gestalt eines Mannes erblickte.

Sie blieb stehen. Sie war sicher gewesen, dass zu dieser Stunde niemand außer ihr wach und draußen sein würde, und schon gar nicht so weit vom Haus entfernt.

Er wandte ihr den Rücken zu. Er trug keinen Hut, und eine Seite seines offenen Mantels flatterte im Wind. Er blickte nach Osten. Zum Meer. Nach Belgien und Waterloo, wenn man weit genug fahren würde. Aus dieser Entfernung hätte es jeder große, dunkelhaarige Mann sein könne, doch das war es nicht. Sie wusste es einfach.

Wie unendlich entfernt er aussah. Einsam und unerreichbar. Er versuchte nicht einmal, sich vor dem Wind zu schützen, als er so dastand, den Blick auf irgendetwas gerichtet, das sie nicht sehen konnte. Gestern am späten Nachmittag war er angekommen, zusammen mit dem Viscount, und ihr Herz war zu Boden gestürzt wie ein Jungvogel, der zu früh aus dem Nest gestoßen worden war.

Nein, nicht ihr Herz. Etwas anderes. Vermutlich einige jener fest verschnürten Überreste der Wut, die jetzt dort wohnten.

Der Wind wurde stärker. Ihr Mantel riss sich aus ihren Fingern und flatterte zur Seite, wie um seinen nachzuahmen. Er drehte sich um.

Falls er überrascht war, sie zu sehen, konnte man es auf die Entfernung nicht erkennen. Er sah sie einfach nur an, so als wäre sie ein Teil der Landschaft, die er studierte. Dann hob er die Hand und tippte sich an den nicht vorhandenen Hut.

Auch sie war ohne Kopfbedeckung aus dem Haus gegangen, trotz der Wolken, die Regen ankündigten. Sie gaben sonderbare Spiegelbilder ab, als sie mit wehenden Mänteln dastanden, beide unzureichend für das Wetter gerüstet.

Seit elf Tagen hatten sie nicht miteinander gesprochen. Sie schlang den Mantel wieder um sich und ging zu ihm.

»Man kann das Meer riechen«, sagte er, als sie ihn erreicht hatte. Kein Gruß. Er wandte sich wieder um, sodass sie nebeneinander standen und nach Osten blickten, wo das Grün der Hügel im Dunst verschwand.

»Es ist nicht weit. Bei gutem Wetter ist es ein schöner Spaziergang.« Klang das albern für einen Mann, der den Kanal überquert hatte, um im Krieg zu kämpfen?

Er sagte nichts. Nach einer Weile drehte er den Kopf. »Nicht in der Kirche?«

Sie unterdrückte ein Lachen. »Nein, Mr Blackshear.« Sie verschränkte die Arme um die flatternden Mantelsäume. »Dirne bleibt Dirne, auch sonntags.«

»Andere Damen gehen gewiss. Und die Gentlemen, die sie aushalten.« Er hielt den Blick auf den Horizont gerichtet.

»Das ist ihre Sache. Ich vermute, Sie werden nicht unter ihnen sein?«

Er schüttelte den Kopf. »Ich habe dort noch weniger zu suchen als Sie.«

»Wie können Sie das sagen? Sie sind der aufrechteste Mensch dieser ganzen Gesellschaft.«

»Vergeben Sie mir, wenn ich das als Kompliment auffasse.« Ein Lächeln umspielte seine Lippen. Er drehte sich aber nicht um, um es mit ihr zu teilen, und eine Sekunde später wehte der Wind es davon. »Mörder bleibt Mörder, auch sonntags.« Er artikulierte die Worte mit äußerster Präzision. »Meine Sünde übertrumpft Ihre, falls es um ein Stechen geht.«

»Mörder! Sprechen Sie von dem, was Sie im Krieg getan haben?« Es sollte Soldaten geben, die nicht damit klarkamen, Leben zu nehmen. Die Logik dahinter war auch nicht ganz falsch. Auch junge Franzosen ließen trauernde Mütter und Schwestern zurück.

»So ist es.« Sein Kinn bewegte sich gerade weit genug, um die Silben hinauszulassen. Noch immer starrte er in die Ferne, doch sie spürte, dass er auf ihre Antwort wartete.

Sie sprachen wieder miteinander. Wie durch ein Wunder – die Luft von Essex vielleicht – fanden sie einen Weg, alle Schwierigkeiten hinter sich zu lassen und einfach zu reden.

Und sie wusste, was sie erwidern musste. »Sie haben Ihre Pflicht getan. Sie haben Ihr Leben und die Freiheit Englands verteidigt. Und ich bezweifle, dass es Ihnen Spaß gemacht hat.«

»Nein, kein bisschen.« Eine Schulter zuckte, als wollte er eine Erinnerung abschütteln.

»Das ist der Unterschied zwischen uns.« Sie drehte sich zu ihm. »Reue. Ich behaupte, Sie wären in jeder Kirche willkommener als ich.«

Sein Kopf fuhr herum und er sah sie an. In seinen Augen lag ein Ausdruck, den sie nicht deuten konnte. Und plötzlich musste sie ihm etwas sagen.

»Will, es tut mir leid! Was im *Oldfield's* passiert ist«, fügte sie hinzu, als er sie fragend ansah.

»Das braucht es nicht.« Er schüttelte den Kopf, eine winzige Bewegung, ohne den Blick von ihren Augen abzuwenden. »Ich war es, der damit angefangen hat.«

»Es tut mir leid, wie ich reagiert habe, meine ich. Dass ich so verständnislos war. Ich fürchte, meine verletzte Eitelkeit hat mich dazu gebracht.« Das war nicht die ganze Wahrheit. Er hatte andere Dinge berührt als nur ihre Eitelkeit. Doch vorläufig war es genug der Wahrheit.

Er blickte zu Boden und sprach leise. »Du hast allen Grund, eitel zu sein, was mich betrifft. Doch das hast du ja vermutlich bemerkt.«

Ein Windstoß blies ihren Mantel gegen ihre Beine und ließ den nassen Saum seine Stiefel berühren. Sein Mantel flatterte hinter ihm.

»Du weißt, dass ich gern dein Liebhaber wäre.« Er sprach gerade laut genug, um über dem Geräusch ihrer wehenden Kleidung vernehmbar zu sein. »Ich war es in meinen Träumen. Mehr als einmal.«

»Aber du kannst es nicht. Ich weiß.« Sie sprach ebenfalls leise.

»Aber ich *werde* es nicht.« Er blickte wieder auf. Der Wind blies ihm ins Gesicht, doch er wandte sich nicht ab. »Ich möchte etwas anderes für dich sein. Ich möchte jemand sein …« Sein Blick wanderte wieder zum Horizont, auf der Suche nach dem Rest seines Gedankens. »Dem du vertrauen kannst. Nicht nur am Kartentisch.«

Nun war es an ihr, den Blick abzuwenden. Sie schaute auf den Saum ihres Mantels, der noch immer um seine Stiefel flatterte. Es war, als wollte er demonstrieren, wie leicht die Kluft zwischen ihnen zu überwinden war. »Mach dir keine Hoffnung.« Sie grub die Finger in ihren Mantel. »Das liegt nicht in meiner Macht.«

Er nickte knapp, den Blick immer noch an ihr vorbei in die Ferne gerichtet. Seine Schultern hoben und senkten sich mit einem tiefen Atemzug, und sie wusste ohne jeden Zweifel, dass er eine Hoffnung begrub, die ihm viel bedeutet hatte. Etwas in ihrer Brust brannte stechend, so wie ihre Glieder es tun würden, wenn sie aus der Kälte kam und sich an den Kamin setzte.

Eine Haarsträhne löste sich und flatterte im Wind, noch ein unbotmäßiger Teil von ihr, den es zu ihm zog. Sie hob die Hand, um sie wieder einzufangen, doch er war schneller.

Vorsichtig strich er die Strähne hinter ihr Ohr, ein sinnloser Versuch, dem Wind zu trotzen. Seine ernsten Augen wanderten von ihrem Haar zu ihrem Gesicht. »Du solltest zurückgehen. Dein Mantel ist durchnässt und du hast keinen Hut.«

Er fragte nicht, weshalb sie ihm nicht vertrauen konnte. Er hatte ihr Edikt sofort und mit solcher Resignation akzeptiert, als wäre es das Natürlichste auf der Welt, dass sie so etwas gesagt hatte.

Und plötzlich wollte sie, dass er es wusste. »Begleitest du mich?« Ihre Hand schloss sich über seiner und die Haarsträhne war wieder frei. »Ich würde dir gern eine Geschichte erzählen.«

Seine Augen leuchteten auf, als er verstand, was sie meinte. Er machte eine Verbeugung und zog die Hand zurück, um ihr den Arm anzubieten, doch sie schüttelte den Kopf. Eine solche Nähe würde einige der Dinge unaussprechlich machen. Sie raffte die Röcke und begann ihren Weg, den Hügel hinab. Er ging neben ihr.

»Diese Geschichte habe ich noch nie erzählt. Sie ist schaurig, sei gewarnt. Doch sie wird vielleicht helfen, zu erklären, weshalb es mir unmöglich ist, dir zu vertrauen.«

»Du musst nichts erklären. Ich erwarte nicht …«

»Mr Blackshear!« Ihr Herzschlag dröhnte in ihren Ohren. »Ich habe mich entschlossen, sie zu erzählen. Bitte geben Sie mir keinerlei Gelegenheit, einen Rückzieher zu machen.«

Er neigte den Kopf. Sie sah es aus den Augenwinkeln. Seine Hände verschwanden tief in seinen Manteltaschen, er ging schweigend weiter und wartete darauf, dass sie beginnen würde.

Ein tiefer Atemzug. »Kurz gesagt, ich habe einst einem Gentleman vertraut und teuer dafür bezahlt. Meine späteren Erfahrungen mit Gentlemen waren …« Doch das konnte er sich ja denken. »Ich schätze, Vertrauen kann sich zurückbilden wie ein Muskel, der nie benutzt wird.«

Eine Minute lang waren nur das Flattern seines Mantels und seine Schritte durch das nasse Gras zu hören. »Hat er dich verführt, der Mann, dem du vertraut hast?«, fragte er dann.

»Nicht mehr als ich ihn.« Alle Schuld Arthur zu geben würde bedeuten, ihm auch alle Macht zu geben. So war es nicht gewesen. »Wir waren verliebt, schätze ich. Er war ein Nachbar, seine Familie war von etwas höherem Stand als meine, wenn auch etwas weniger wohlhabend.«

»Es war ihm also nicht möglich, aus Liebe zu heiraten.«

»Er sagte, er würde es möglich machen. Vermutlich glaubte er es wirklich. Jedenfalls sind wir eine heimliche Verlobung eingegangen, doch seine Versprechungen – und seine Liebe – hatten der Missbilligung seiner Eltern nicht genug entgegenzusetzen.«

Ein flüchtiger Seitenblick in seine dunklen, aufrichtigen Augen verriet ihr sofort, was er von Arthur hielt. Und er schien seine Ansicht nur mit Mühe für sich behalten zu können.

Ihr Weg führte sie wieder bergaufwärts, und sie machte längere Schritte. Den nächsten Teil der Geschichte musste sie schnell und leichtfüßig überqueren wie eins dieser Insekten, die auf dem Wasser laufen konnten, ohne einzusinken. »Als ich mich in schwierigen Umständen fand, schrieb ich ihm und erhielt meinen Brief ungeöffnet zurück. Ich habe gehört, dass er eine Dame geheiratet hat, die dreißigtausend Pfund in die Ehe eingebracht hat.«

»Augenblick!« Will, der ihr zwei, drei Schritte vorausgegangen war, blieb stehen und starrte entgeistert zu ihr hinauf. Seine Stimme klang erstickt. »Ich dachte, du könntest nicht …« Er errötete. Sie würde sich auf dieses neue Bild konzentrieren, um nicht an andere Dinge denken zu müssen.

Sie ließ den Mantelsaum los und ihre Arme sanken herab. Tatsachen, rein und ungeschönt, eine nach der anderen. So konnte sie diese Sache durchstehen. »Ich habe das Kind mehrere Monate unter dem Herzen getragen. Dann bekam ich Blutungen und Fieber und wäre beinahe gestorben. Und seitdem habe ich nie wieder empfangen, oder auch nur …« Plötzlich musste sie tief durchatmen. Sie wandte sich ab, um ihn nicht anzusehen, und sog die kalte Luft ein. »Das ist sehr zweckdienlich, weißt du. Im Bordell konnte ich jeden Tag Gäste empfangen, und es bestand keine Gefahr, dass ich …« Nun, er wusste schon, was sie meinte. Sie brauchte es nicht auszusprechen. »Ich mache mir keine Illusionen: Ohne diesen Vorteil hätte Mr Roanoke mich niemals engagiert. Ob wir wohl weitergehen könnten?«

Zwei oder drei große Schritte brachten ihn den Hang hinauf und wieder an ihre Seite. »Wusste er es? Dein junger Mann?« Er klang, als wollte er Arthur einen Handschuh ins Gesicht schleudern. »Hat er von deiner Krankheit gehört?«

»Ich denke, ja. Die meisten Nachbarn erfuhren davon.«

Sie hatte zu früh mit der Geschichte begonnen. Sie hatten noch ein gutes Stück Wegs vor sich, und vielleicht würde er anfangen, Fragen zu stellen. »Er ist jedenfalls nicht gekommen, um mich auf Knien um Vergebung zu bitten, falls du darauf hinauswolltest. Zu dem Zeitpunkt habe ich das auch nicht mehr gehofft. Ich habe bemerkenswert schnell aufgehört, ihn zu lieben.«

Er sagte zunächst nichts. Sie hörte seine stetigen Schritte und spürte, dass er über das Gehörte nachdachte. »Lebten deine Eltern da noch?«

»Ja.« Abrupt blieb sie stehen, um eine regennasse Wiesenblume zu pflücken. Vielleicht würde sie es beim Gesagten belassen. Nein, ein bisschen mehr würde sie noch preisgeben. »Niemand hätte es ihnen verübelt, wenn sie mich aus dem Haus geworfen hätten. Doch das taten sie nicht, obwohl ich ihnen entsetzliche Schande gemacht habe.« Sie riss ein Blütenblatt aus und warf es weg.

»Das muss deinen Verlust doppelt schwer gemacht haben.« Wie ein Arzt sprach er ihr ruhig Mut zu, während er sie nach inneren Verletzungen abtastete. Sie brannten trotzdem wie Feuer.

»Es wäre in jedem Fall schwer geworden. Von den Verwandten wollte mich niemand aufnehmen, und der Cousin, der unser Haus erbte, behauptete, mein Anteil sei für Arztrechnungen draufgegangen. Ich war mittellos und verzweifelt. Du kannst dir gewiss vorstellen, wie eine solche Frau in einem Etablissement wie dem von Mrs Parrish enden konnte.« Sie ließ die Blume fallen. »Ich glaube, damit ist meine Geschichte beendet. Ich wäre dir dankbar, wenn du nichts davon weitererzählen würdest.«

»Natürlich. Es ehrt mich, dass du mir das anvertraut hast.«

Er musste wohl spüren, wie aufgewühlt sie von der Anstrengung dieses Bekenntnisses war, denn er stellte keine Fragen mehr. Was war er doch für ein einzigartiger Mann! Seine Prinzipien hatten es ihm verboten, sich unbekümmert im Korridor einer Spielhölle mit ihr zu vergnügen, und jetzt hatte er sie dazu gebracht, ihm die persönlichsten Dinge anzuvertrauen. Jener Dame in Camden Town würde das ganz sicher nicht gefallen.

Vielleicht ist es nicht das, was ich vermute. Sein Verhältnis zu dieser Dame. Vielleicht sollte es eine Zweckehe werden, in der es beiden freistand, ihre Liebe anderswo zu verschenken. Vielleicht war es … eine arme, aber respektable Tante, für die er die Verantwortung übernommen hatte.

Das führte zu nichts. Er wollte nicht ihr Liebhaber sein. Wie oft musste er es sagen, bis sie das begriff?

Sie trennten sich in einiger Entfernung vom Haus, um der Diskretion willen. Als Lydia wenig später ins Bett kroch, endlich von nassem Kleid und Strümpfen befreit, grübelte sie nicht über die Dinge, die sie ihm anvertraut hatte, oder andere rührselige Einzelheiten aus ihrer Vergangenheit. Sie gab sich auch nicht der Erinnerung an seine taktvolle Aufmerksamkeit hin. Nein, sie schlief mit dem Bild im Kopf ein, das sie gesehen hatte, als sie ihn auf der Anhöhe erblickt hatte: eine einsame Gestalt, an deren Mantel der Wind zerrte, und die den Blick auf das weit entfernte Meer gerichtet hielt.

Als er sich abends im Billardzimmer einfand, glaubte Will, wahnsinnig werden zu müssen. Kein Wort hatte er seit dem Spaziergang mit Lydia gewechselt. Sie hatte den Tag in Roanokes Zimmer oder zurückgezogen mit den Damen verbracht, und beim Essen hatte sie beide Male zu weit von ihm entfernt gesessen. Und die ganze Zeit brodelte die Wut in ihm, die er bei ihrer Erzählung heruntergeschluckt hatte. Er wusste, sie hätte es nicht geschätzt, wenn er ihr Ausdruck verliehen hätte.

Herr im Himmel, was das Leben den Menschen antat. Was Menschen einander antaten. Den rückgratlosen Schuft, der sie verraten hatte, wollte er jagen und prügeln, bis sein Leben am seidenen Faden hing. Und danach wollte er jeden einzelnen räuberischen Bastard, der sie gevögelt und auf einen zweckmäßigen, unfruchtbaren Leib reduziert hatte, aufspüren und windelweich schlagen, einen nach dem anderen.

Will streckte die Arme aus, die Handflächen nach außen gewandt, und dehnte die Finger. *Ein* räuberischer Bastard war zum Greifen nah. Roanoke thronte an einem der Billardtische und erzielte eine Karambolage nach der anderen – mit irritierender und völlig übertriebener ausholender Gestik, aber auch mit beirrendem Geschick. Wenn man ihm ein paar Zähne ausschlüge, würde er nicht mehr so grinsen.

Doch was hätte sie davon? König Kieferknochen war nur eine unbedeutendere Plage in einem Leben voller Katastrophen. Selbst wenn er bereuen und sich dafür entschuldigen würde, dass er sie nicht wertgeschätzt hatte, selbst wenn er ihr genug Geld überschreiben würde, um sie unabhängig zu machen, würde zu viel Unrecht ungesühnt bleiben. Selbst wenn jeder Mann, der sie je angerührt hatte, Wiedergutmachung leisten würde, brächte das weder ihre Eltern oder ihren Bruder zurück noch die Möglichkeit, Mutter zu werden. Ebenso wenig wie die Zuversicht und den Glauben, mit dem sie einst dem Leben entgegengesehen haben musste.

»Willst du schon wieder fertiggemacht werden?« Lord Cathcart lehnte sich lässig neben Will an die Wand. »Ich hätte gedacht, du würdest dich heute mit einer Frau trösten. Unser Gastgeber hat dafür gesorgt, dass kein Mangel herrscht.«

Es stimmte. Neben den inzwischen bekannten Gesichtern der ausgewählten Mätressen hatte Will mehrere neue Damen entdeckt, die engagiert worden waren, sich um die unversorgten männlichen Gäste zu kümmern. Er hatte sich am Abend zuvor eine volle Minute lang in der Bibliothek mit einer von ihnen unterhalten, bis er verstanden hatte, was sie ihm anbot.

»Wenn ich so leicht aufgeben würde, wäre ich nicht lebendig vom Kontinent zurückgekehrt. Das gestern war doch nur Übung. Heute mache ich Ernst.« Von Frauen sagte er nichts. Er war nah dran, einer Frau wegen die Wände hochzugehen, er kochte fast über vor Wut über die Ungeheuerlichkeiten, die sie ertragen hatte, und über die Machtlosigkeit, mit der er ihnen gegenüberstand. Was er wollte, war Ablenkung, und das nicht durch eine Frau.

»Na, das werden wir ja dann sehen.« Der Viscount rieb sich die Finger. »Fünf Pfund, dass meine erste Kugel näher an die Bande kommt als deine.«

Zehn Minuten später hatten sie einen Tisch, und Will hatte etwas, worauf er seine Gedanken richten konnte. Bei Billard zahlte Übung sich aus: Will bemerkte, dass er längst nicht mehr so eingerostet war wie am Vorabend. Cathcart gewann die fünf Pfund, doch Will gewann das Spiel.

Es war eine Kunst, oder vielleicht eine Wissenschaft, vielleicht auch beides. Kunst lag ohne Zweifel im Glänzen der Elfenbeinkugeln, in der geschmeidigen Armführung, im Klacken der zusammenprallenden Kugeln und in ihrem gedämpften Aufprall auf die Bande. Und Wissenschaft, keine Frage, in den unsichtbaren Linien, die der Spieler vom Spielball zum Objektball, von Spielball zur Bande, vom Objektball zum Loch und vom Objektball zum gegnerischen Spielball zog, bis ein imaginäres Spinnennetz von Linien und Winkeln die sechs mal zwölf Fuß grünen Tuchs überzog.

Dieser Aspekt würde ihr gefallen. Ob sie Billard spielte? Ja, so konnte er ruhiger an sie denken. Bestimmt wäre sie eine Spielerin, die die Lage auf dem Tisch analysierte und Möglichkeiten erkannte, nicht bloß für den nächsten Stoß, sondern vier oder fünf Runden im Voraus.

Jetzt, da sie wieder miteinander sprachen, könnte er ja versuchen, sie an einem ruhigen Nachmittag zu einer Partie zu überreden, wenn die Tische frei waren. Falls sie noch nie gespielt hatte, könnte er ihr zeigen, wie man den Queue hielt, die Arme vorsichtig von hinten um sie haltend, den Körper einen Zentimeter von ihrem entfernt, um sie nicht zu berühren …

»Schön!« Er blickte auf und sah, dass Roanoke ihnen von der Wand aus zusah. Er hatte seine Weste abgelegt und hielt ein Glas Rum in der Hand. Cathcart und Will waren in ihrem dritten Spiel – beziehungsweise hatte er das dritte Spiel soeben gewonnen, indem er die rote Kugel in der mittleren rechten Tasche versenkt hatte, Cathcarts Spielball in der oberen rechten und seinen eigenen über die Bande in der mittleren linken. Zehn Punkte mit einem Stoß. Wirklich schön, das konnte man nicht anders sagen.

»Ach was, das war ein Glückstreffer!« Der Viscount hatte sich die Pfeife angezündet und sprach mit dem Mundstück zwischen den Zähnen. »Jedem Erbsenhirn kann es mal passieren, dass die Bälle zufällig richtig liegen. Sie hätten ihn mal gestern Abend sehen sollen!«

»Das war nur Übung, wie gesagt.« Will ging um den Tisch herum und fischte die Kugel aus der linken Tasche. »Ich hatte eine Weile nicht gespielt. Jetzt bekomme ich das Spiel langsam wieder in den Griff.«

»Ja, der richtige Griff macht viel aus.« Roanoke stand ihm jetzt genau gegenüber und kniff leicht die Augen zusammen, wie um Wills Können einzuschätzen. Eine wohlplatzierte Kugel würde ihm die Nase brechen. Wenn er sich Mühe gab, könnte er die Kugel nach dem Aufprall sogar im Rumglas lochen. Das wären drei Punkte ... »Sie spielen öfter?«

»Gelegentlich.« Roanokes Stimme stachelte ihn zu allen möglichen unüberlegten Dummheiten an. *Letztens habe ich ein wenig mit deiner Frau gespielt. Frag sie doch mal, wie sie meinen Griff findet ...* Er biss sich auf die Zunge und rollte die Bälle über den Tisch. »In den letzten Jahren habe ich allerdings gar nicht gespielt.«

»Ich schon.« Cathcart ging zum Kopffeld zurück, ließ die rechte Hand kreisen und streckte gemächlich die Finger aus. »Wir haben früher im College zusammengespielt, und ich habe danach weitergemacht.«

»Dann müssen wir ein Match spielen!« Mussten sie es ihm in brennenden Lettern vor Augen führen, bis der arrogante Aufschneider merkte, dass seine Gesellschaft unerwünscht war? Er nickte, als sei es beschlossene Sache. »Ich gegen den Gewinner der nächsten Runde.«

»Möchten Sie vielleicht eine kleine Wette abschließen?« Die unüberlegten Dummheiten verdichteten sich zu einem

Strudel verwegener Waghalsigkeit. »Seine Lordschaft hat meine Taschen so zuvorkommend aufgefüllt, dass ich schon einen gewissen Anreiz bräuchte, um gegen jemand anderen zu spielen.«

»Erst mal musst du dieses Spiel gewinnen, bevor du Forderungen für das nächste stellen kannst.« Stirnrunzelnd visierte der Viscount seinen Spielball an, lehnte sich vor und legte den Queue an. In Wirklichkeit hatten sie abgesehen von den fünf Pfund ganz am Anfang gar nicht um Geld gespielt, doch er gab keinen Kommentar ab. Was auch immer Will im Schilde führen mochte, er würde mitspielen.

»Na, das klingt doch gut! Je mehr Sie ihm abknöpfen, desto mehr können Sie an mich verlieren.« Roanoke hob wieder das Glas.

Ja, trink doch, bis du zittrig wirst und schielst! Das passt mir ganz hervorragend.

Cathcart stupste seinen Spielball so vorsichtig an, dass er eine Handbreit vor der Bande zu liegen kam. In den drei Spielen davor waren es keine zwei Zentimeter gewesen. Er gab keinen Kommentar ab und sah auch nicht auf, doch die Ansage war klar: Das Spiel, und das Vergnügen, gegen König Kieferknochen antreten zu dürfen, gehörten ganz Will.

Sie machten es spannend. Durch angeberische Stöße sahen sie zu, dass sie ziemlich oft nicht trafen und sich abwechselten, wodurch Will ausreichend Gelegenheit bekam, sich zu fragen, was er sich eigentlich dabei dachte.

Denken tat er genau genommen gar nicht viel. Wut war es, die ihn lenkte, angetrieben vom überwältigenden Drang, Lydia einfach zu schnappen und aus ihren düsteren Umständen zu entführen, wenn auch nur für eine einzige Nacht.

Seine Nervenenden bitzelten wie Wassertropfen, die auf einen heißen Rost fielen. Zu wie viel konnte er den Mann überreden? Was würde er selbst riskieren müssen? Sollte er mit einem bescheidenen Gebot beginnen und erst einmal verlieren?

Der letzte Stoß war geschenkt. Cathcart nahm die Pfeife aus dem Mund und fluchte, als sein Ball von der Kopfbande abprallte und zwei Zentimeter neben der roten Kugel zu liegen kam. Als wenn er nicht sein ganzes Können darauf verwendet hätte, genau diese Situation zu erzeugen.

Mit einem sauberen mittigen Stoß lochte Will beide, Rot oben rechts und Weiß links in der Mitte. Drei Punkte für den Winning Hazard mit Rot, zwei für den mit Weiß, und noch zwei für die Karambolage. »Jetzt schuldest du mir noch fünfzig«, sagte er, nur falls Roanoke sich einbildete, sie würden um Kleingeld spielen.

»Zieh's von deinen morgigen Verlusten beim Pikett ab.« Der Viscount warf Kieferknochen den Queue zu, der ihn einhändig auffing – exzellente Reaktion – und begann, ihn mit dem anderen Ärmel abzuwischen, während er gleichzeitig noch das Rumglas balancierte.

Will legte seinen Queue auf den Tisch, zog sich langsam den Rock aus. Ein Knopf, zwei Knöpfe, drei Knöpfe. Er wusste immer noch nicht, was er tun sollte. Nichts gegen eine faire Geldwette. Fünfzig Pfund konnte er weiß Gott gut gebrauchen.

Das dumpfe Geräusch von Elfenbein auf Tuch. Jemand stellte die Kugeln auf. »Worum möchten Sie denn spielen?«, fragte Roanoke, und beim Klang seiner Stimme war die Entscheidung gefallen. Kein moderates Anfangsgebot. Und auch keine fünfzig Pfund.

Will schlüpfte aus dem Rock und ließ ihn auf den nächsten Stuhl fallen, dann drehte er sich um und sah seinen Gegner abschätzend an. »Machen wir's doch ein bisschen spannend.« Er hob den Queue auf und balancierte ihn auf beiden Händen. »Wie wär's mit Ihrer Dame?«

Roanoke wechselte vor Überraschung mehrmals die Gesichtsfarbe, bevor er eine unbeteiligte Miene aufsetzen konnte. Er reckte das Kinn, was ihm etwas Gerissenes, Überlegenes verlieh. »Soso, Sie haben also einen Narren an Lydia gefressen.« Er hatte im Polieren des Queues innegehalten und polierte jetzt weiter. »Keins der Vögelchen, die ich engagiert habe, sagt Ihnen zu?«

Cathcart, der um den Tisch herumgekommen war, um die Bälle zu platzieren, hüllte sich in ein sehr aussagekräftiges Schweigen.

»Sie sind allesamt ganz reizend.« Er ließ einen Finger über die Queuespitze wandern. »Es ist nur … Es macht mir mehr Spaß, wenn ich ein Mädchen gewonnen habe, als wenn ich es einfach serviert bekomme wie ein Häppchen auf einem Tablett.«

»Sie ist ein köstliches Häppchen, das versichere ich Ihnen. Das wird nicht billig.« Der Narr konnte der Versuchung, beneidet zu werden, nicht widerstehen. Selbst, wenn er vorhatte, abzulehnen, würde er das Spielchen auskosten, solange es ging. Er sprach bereits lauter, sodass das halbe Dutzend Männer am anderen Tisch das Theater mitverfolgen konnte.

Nun, das kam Will ebenfalls zugute. Vor Zeugen würde Kieferknochen nicht gut einen Rückzieher machen können, wenn er einmal zugestimmt hatte. »Auf Dauer kann ich sie mir in der Tat nicht leisten. Ich dachte eher an eine einzelne Nacht. Was wäre da ein angemessenes Gebot meinerseits?«

»Sagen *Sie* es mir.« Jetzt hörte der ganze Raum zu, und Roanoke wusste es. »Sie hat Titten wie Pflaumenpudding, sie kratzt Ihnen den Rücken wie eine Wildkatze und sie kann einen Mann durch Raum und Zeit blasen. Was ist Ihnen eine solche Nacht wert?« Er trank den Rum aus und stellte das Glas hörbar auf der Bande ab.

»Pflaumenpudding. Na, wenn das nicht verführerisch klingt!«

Der Viscount warf diese milde Bemerkung in die knisternde Stille zwischen den beiden Männern. Er trat auch einen Schritt auf sie zu. Zwar sah er Will nicht an, erhob auch nicht die Hand, doch es war klar, dass er sich in Position brachte, um seinen Freund notfalls von allzu großen Dummheiten abzuhalten.

Will umklammerte den Queue. Cathcart konnte einiges verhindern, aber nicht alles. Ein emporschießender Ellbogen, eine hinabsausende Faust, ein Sprung, und Roanoke hätte das Ende seines Queues im Gesicht. Zähne würden umherfliegen wie Weizenkörner unter einer Mühlenschütte. Blut würde fließen und sich wie eine Epidemie auf seiner weißen Krawatte ausbreiten. *Damit du dir endlich merkst, wie man eine Dame behandelt.*

Das würde er nicht tun. Er würde sie gewinnen. Seine Finger lockerten sich und er klopfte sich mit dem Queue in die Handfläche. »Zweihundert. Pudding mag ich nämlich zufällig sehr gern.«

Eine irrsinnige Summe. Wenn ihm das nicht bereits klar gewesen wäre, hätte er es an der Reaktion der Zuhörer erkannt.

»Dreihundert.« Kieferknochens Augen glitzerten gierig.

»Zweihundertfünfzig.« Noch mehr Überraschung im Publikum, und ein oder zwei Scherze über seine Zurechnungsfähigkeit.

»Zweihundertfünfzig, abgemacht.« Roanoke schnappte sich den Queue, grinste und positionierte sich für den ersten Stoß.

»Himmel, guter Mann, es gibt genügend Mädchen, die das alles für ein paar Schilling machen!«, appellierte ein Geck in einer purpurfarbenen Samtweste an seinen Verstand.

»Egal.« Will ließ eine Schulter kreisen, um sie zu lockern. »Ich verliere nicht.«

Und er verlor nicht. Er musste gewinnen, also gewann er. Ab und zu war das Leben tatsächlich so einfach. All seine gewalttätigen Impulse verwandelten sich in den nächsten geschmeidigen Queuestoß. Spielball gegen roten Ball. Roter Ball gelocht. Spielball an die Bande und ins Kopffeld, aus Roanokes Reichweite. Keine ausholenden Gesten, keine Schadenfreude, nur stille, tödliche Präzision.

Nach seinem letzten Stoß wandte er sich ab und gab den Queue weiter, ohne überhaupt abzuwarten, bis die Kugeln in die Löcher gingen. »Sie dürfen sie jederzeit schicken. Wissen Sie noch, welches Zimmer Sie mir gegeben haben, oder brauchen Sie eine Wegbeschreibung?« Er griff nach seinem Rock.

»Kennst du diese Barbara?« Eliza lehnte sich in ihrem Sessel vor, die Ellbogen auf den Lehnen und die Finger verschränkt. »Ich habe heute Nachmittag mit ihr gesprochen. Sie sagt, sie hätte sich gestern Abend in der Bibliothek mit ihm unterhalten, aber als sie zur Sache kam, hat er sich entschuldigt und ist gegangen.«

»Ist das denn so unvorstellbar? Vielleicht macht er jemand anderem den Hof und will nichts Unziemliches tun.« Lydia strich sich die Röcke glatt und vermied es, Eliza in die Augen zu sehen.

»Dann wäre er aber schön blöd, überhaupt hierherzukommen. Welche junge Dame wäre begeistert, wenn ihr …« Maria unterbrach sich. Lydia blickte auf und sah, dass ihre Freundin sich zur Tür umgedreht hatte. Eine einzige missbilligende Stirnfalte verlief zwischen ihren Brauen.

Sie drehte sich ebenfalls um. In der Tür stand Edward, den Frack über dem Arm, und ließ den Blick durch den Damensalon wandern. Er traf ihren Blick und hielt ihn. Dann räusperte er sich. »Lydia.« Er legte den Frack auf den anderen Arm. »Könnte ich dich kurz sprechen?«

14

Will stand am Kamin und beobachtete die Tür. Er stand völlig still, nur die Zehen eines Fußes bewegten sich rastlos im Stiefel. Wie eine große Handvoll Schnee, die ihm über den Kopf gestülpt worden war und jetzt langsam schmelzend an ihm hinunterlief, hatte ihn, kaum dass er das Billardzimmer verlassen hatte, das ungute Gefühl beschlichen, dass er vielleicht einen Fehler gemacht hatte.

Wenigstens nicht den größten Fehler deines Lebens. Sein Mundwinkel zuckte und ein bitteres Lachen drohte von einem rebellischen Ort in seinem Inneren aus hervorzubrechen. Zum Teufel mit ehrenwerten Absichten. Würde er es denn nie lernen? Er wollte immer Gutes tun, und jedes Mal führte es zu einer heillosen Katastrophe.

Er hörte Schritte im Flur – zu viele Schritte – und eine Erinnerung durchzuckte ihn, bevor sein Gehirn sie ausschließen konnte. Die erste Nacht im *Beecham's*, seine Zuflucht in der Bibliothek, und die Schritte, die ihn aufgeschreckt hatten, schwere und leichtere. Sie kam also nicht allein. Das verhieß vielleicht nichts Gutes.

Tat es auch nicht. Als sie im Türrahmen erschien, war Roanoke an ihrer Seite und hielt sie am Ellbogen, wie um sie an der Flucht zu hindern. Sie trug nur Nachtwäsche und einen Morgenmantel, Halbstiefel in einer Hand und einen Stapel Kleidung, vermutlich für morgen, unter dem anderen Arm. Ihr Haar hing in Zöpfen auf ihren Rücken.

Verflucht. Er hatte nicht damit gerechnet, dass sie halbnackt durchs Haus gezerrt werden würde. Stocksteif stand sie da und starrte geradeaus, ausdrucksloser denn je.

»So, ich habe sie abgeliefert.« Kieferknochens Gesicht war ebenfalls ausdruckslos. »Für mehr kann ich nicht garantieren.« Tatsächlich umgab seine Mätresse Widerwille wie Nebel ein Moor. Selbst ein so begriffsstutziger Mann wie Roanoke konnte das nicht übersehen.

»Gut.« Will nickte knapp, blieb aber, wo er war. »Den Rest schaffe ich schon.«

»Viel Glück.« Er schob Miss Slaughter ein paar Schritte weiter über die Schwelle. »Aber schicken Sie sie ja nicht zurück, wenn Sie Ihnen nicht zusagt. Ich habe den Platz in meinem Bett heute Nacht anderweitig vergeben.«

Will fühlte sich, als versinke er im Morast wie ein Stiefel. Der Flegel hatte eine der anderen Kurtisanen engagiert. Verflucht sei seine mangelnde Weitsicht. Auf diese Möglichkeit war er gar nicht gekommen, und schon gar nicht auf die Idee, dass Roanoke es vor Miss Slaughter verkünden würde.

Sie stand noch immer genau dort, wo er sie hingeschoben hatte, und gab keinerlei Antwort. Sie sah so aus, wie sie vermutlich ausgesehen hätte, wenn man sie an den Pranger gestellt hätte: weder beschämt noch trotzig, sondern bewusst abwesend, alle Empfindsamkeiten enger und enger verschnürt, bis sie überhaupt nichts mehr zu spüren brauchte. Wenn die Menge begann, sie mit verfaulten Äpfeln zu bewerfen, würden diese von einer leeren Hülle abprallen.

»Schließen Sie bitte die Tür hinter sich.« Er würdigte Roanoke keines Blickes mehr.

Die Tür klickte und Miss Slaughter erwachte zum Leben. Entschlossen schritt sie zur Fensterbank hinüber und ließ Schuhe und Kleidung fallen. »Haben wir's uns anders überlegt, ja?« Ihr Tonfall hätte Milch sauer werden lassen.

»Es tut mir so leid, Lydia!« Er machte ein, zwei Schritte auf sie zu; weiterzugehen hätte sich anmaßend angefühlt. »Glaub mir, ich hatte keine Ahnung, dass ich ihn zu so grobem Verrat anspornen würde.«

»Ich bin nicht so naiv, zu glauben, dass es das erste Mal ist.« Sie wandte ihm noch immer den Rücken zu. »Ich weiß nicht, was er dir versprochen hat, aber ich fühle mich an kein Versprechen gebunden. Er hatte nicht das Recht, mich zu verschachern.«

»Das hat er auch nicht. Ich habe die Wette vorgeschlagen.«

Sie wandte sich halb um, sodass er ihr Profil sehen konnte. »Was zum Teufel sollte dann der ganze Unsinn heute Morgen? Ist das deine Vorstellung davon, wie man das Vertrauen einer Dame gewinnt? Oder hast du den Plan völlig aufgegeben und beschlossen, dich doch mit einem kleinen Techtelmechtel zufriedenzugeben?«

»Traust du mir so etwas wirklich zu?« Er machte noch ein paar Schritte auf das Fenster zu, um in ihrem Blickfeld zu sein. »Glaubst du, *das* ist mein Dank für das, was du mir heute Morgen erzählt hast?«

»Ich weiß nicht mehr, *was* ich noch glauben soll!« Sie wandte sich wieder dem Fenster zu. »Ich bin über Nacht in deinem Schlafzimmer, wegen einer Wette, die auf deinem Mist gewachsen ist. Sag mir, wie ich das zu deuten habe!«

Er legte eine Hand auf die Lehne eines Sessels und fuhr sich mit der anderen durchs Haar. »Ich habe beim Spiel den Kopf verloren. Ich gebe es zu.« Gott, was war er nur für ein Narr. »Ich wollte ihn reizen, ich wollte … ich wollte dich von deiner Pflicht befreien, nur für eine Nacht. Jetzt, wo ich weiß, was du alles durchgemacht hast, konnte ich nicht anders, als …«

»Ich bin kein Kätzchen in Not, das nur darauf wartet, von dir aus einer Grube gerettet zu werden!« Ihr Ärger traf ihn zielgenau wie Pfeile, ohne Energie zu vergeuden. »Ich habe mich schließlich freiwillig Mr Roanoke verpflichtet. Ich verkehre *gern* mit ihm. Und ich stehe nicht gerade kurz davor, unter der Last der Dinge, von denen ich vorhin sprach, zusammenzubrechen. Ich habe gelernt, sie aus meinen Gedanken herauszuhalten.«

Ihre Worte klangen in ihm nach, so als bestünde er aus Harfensaiten. Damit kannte er sich zufällig aus: Er konnte sich schon vorstellen, mit welchem Erfolg sie gewisse Dinge aus ihren Gedanken heraushielt.

Er könnte es ihr sagen. *Ich verstehe dich. Ich habe auch Erinnerungen, an die ich gar nicht denken will.* Doch er hatte sie nicht als Beichtvater hergeholt. Sie hatte genug Sorgen.

Er stieß sich vom Sessel ab und ging zu einem Wandspiegel in einer Ecke. »Wie dem auch sei, du hast jedenfalls heute Nacht frei. Du brauchst dich in keiner Weise um mich zu kümmern.« Er knöpfte sich den Frack auf. »Du brauchst nicht einmal mit mir zu reden, wenn du nicht willst.«

»Wie gütig, mir die Wahl zu lassen.« Beißend. Wenn er sie berührte, würde sie vermutlich ein Loch in seine Haut ätzen. »Sollte ich mich aus Dankbarkeit anbieten?«

Er seufzte und streifte den Rock ab. Er hätte nicht um sie spielen sollen. Sie hatte gewisse Ansichten über Männer, die sie wie eine Ware behandelten, und sie konnte für ihn keine Ausnahme machen. »Ich glaube, es führt zu nichts, wenn wir weiter darüber reden. Das Bett gehört dir.« Er warf sich den Rock über eine Schulter und drehte sich um. »Ich schlafe auf dem Boden. Ich gehe jetzt ins Ankleidezimmer, es sei denn, du möchtest erst deine Kleidung ablegen.«

Wollte sie nicht. Als er zehn Minuten später in Nachthemd und Mantel wiederkam, stand sie an derselben Stelle, an der er sie verlassen hatte, noch immer dem Fenster zugewandt. Vielleicht hatte sie vor, ihm zu trotzen, indem sie die ganze Nacht dort stand – doch nein, sobald er weit genug von der Tür entfernt war, hob sie ihre Kleidung auf und zog sich zurück. Und als er näher ans Bett trat, sah er, dass sie ein Kissen und die wärmste Decke auf den Teppich danebengelegt hatte.

Ein Versöhnungsangebot vielleicht. Oder auch eine stolze teilweise Ablehnung seines Angebots. Mit ihr würden die Dinge nie, nie, nie einfach sein.

Er ließ eine Kerze brennen, sodass sie den Weg zurück finden würde, rollte sich auf die Seite und starrte entschlossen weg, als der Fußboden unter ihren Schritten knarrte. Er hörte, wie sie die Kerze ausblies, und das Licht erlosch. Die Matratze seufzte. Die Laken und Decken säuselten.

Und da war sie. Die Frau, die er mehr als jede andere wollte, lag in seinem Bett, und er Millionen von Meilen entfernt auf dem Boden. Zum Teufel mit dieser verqueren Welt.

Er rollte sich auf die andere Seite und zog sich die Decke über die Ohren. Jetzt konnte er nur noch auf den Morgen warten.

Aus Soldatenzeiten wusste er, wie sich ein Albtraum anhörte. Ihr erster kam, kurz nachdem er eingeschlafen war.

Will setzte sich auf, kam dann auf die Knie. Das Bett war verflucht hoch. Sie hatte die Vorhänge nicht zugezogen, und die schrecklichen Schreie hinter geschlossenen Lippen verrieten ihm genau, wo sie lag. Seine Hand lag auf ihrer Schulter, noch bevor er sich darüber Gedanken machen konnte, ob es womöglich eine anständigere Art gab, das bei einer Dame zu tun. »Lydia.« Er schüttelte sie sanft. »Lydia.« Er tastete nach der anderen Schulter und schüttelte sie mit beiden Händen.

Sie erwachte mit einem entsetzlichen Keuchen, setzte sich kerzengerade auf und stieß fast mit seinem Kopf zusammen.

Ihre Hände fegten über seine, als glaubte sie, von riesigen Spinnen überrannt zu werden.

»Lydia.« Er griff fester zu. »Alles in Ordnung. Es war nur ein Traum.«

»Ich weiß nicht, wo ich bin.« Die Panik in ihrer Stimme bohrte sich in sein Gewissen wie ein Bajonett.

»Du bist in Chiswell. Mr Roanokes Haus, aber in Mr Blackshears Zimmer.« Er brauchte eine Sekunde, um die nächsten Worte zu finden, und ihr hastiger Atem füllte die Pause. »Es gab eine Wette. Erinnerst du dich?«

Sie atmete. »Ich …« Er spürte die Anstrengung, mit der sie sich wieder in die Gewalt brachte. »Ja. Ich erinnere mich.« Irgendwie hatten sich ihre Hände um seine Handgelenke gelegt, so fest, als sei er das Einzige, was zwischen ihr und dem Ertrinken stand. Jetzt lockerte sie ihren Griff und nahm die Hände weg. »Ich habe dich geweckt. Es tut mir leid.«

»Nein, mir tut es leid.« Er legte die Fingerknöchel einer Hand an ihre Stirn. Feucht. »Es ist verwirrend, an einem fremden Ort aufzuwachen. Ich hätte dich nicht herbringen sollen.«

»Ja. Tja.« Sie rückte von ihm weg und legte sich wieder hin. »Dann bezahlst du ja jetzt dafür.« Will dankte Gott für ihre unverfrorene Art, das war genau der Balsam, den sein bajonettiertes Gewissen brauchte.

»Vermutlich.« Er sank wieder auf den Boden und wartete, bis ihr Atem ruhiger wurde.

Doch kaum war er wieder eingenickt, so schien es jedenfalls, da ertönten die verzweifelten Geräusche aufs Neue. Herr im Himmel! Er hatte gedacht, er hätte Nächten wie dieser ein für alle Mal Lebewohl gesagt, als er sein Patent verkauft hatte. Wieder raffte er sich auf, kam auf die Knie und legte den Arm über sie, damit sie nicht hochschrak.

»Hier ist Will Blackshear«, sagte er, sobald sie erwachte. »Du bist in meinem Zimmer. Ich habe dir mein Bett überlassen. Du bist in Sicherheit. Ich habe dich geweckt, weil du einen Albtraum hattest.«

Ihre Brust hob und senkte sich unter seinem Arm, doch sie versuchte diesmal nicht, sich von ihm zu befreien. »Es tut mir leid«, sagte sie wieder, als sie zu sich gekommen war.

»Das braucht es nicht.« Er spürte, wie sie ruhiger wurde. »Passiert dir das öfter?«

»Manchmal.« Es war ihr peinlich, sie flüsterte fast. »Ich schlafe oft bei Tageslicht.«

»Verstehe.« Er ließ seine Hand wieder an ihre Stirn wandern und strich ein paar feuchte Haarsträhnen zurück. »Soll ich die Kerzen anmachen? Ich kann mit dir aufbleiben. Vielleicht finden wir irgendwo ein Kartenspiel.«

»Nein danke. Es geht schon. Danke.«

Bei einem einzelnen *Danke* hätte er vielleicht versucht, sie umzustimmen; zwei waren eine klare Ablehnung. Also zog er sich zurück und rollte sich in seine Decke.

Ein Packesel auf einem dreitägigen Marsch konnte nicht so erschöpft sein wie er. Trotzdem schlief er nicht ein. Und als der dritte Albtraum begann, kletterte er ins Bett und legte einen Arm um sie. »Ich bin's, Will«, sagte er in ihr Ohr. »Du bist in meinem Zimmer. Hier kann dir nichts passieren. Schlaf weiter.«

Sie wachte auf, doch nur ganz kurz. Das Zucken und die erstickten Schreie hörten auf. Ihre Atemzüge waren zuerst flach und wurden dann tiefer, während ihr Körper sich in seinem Arm entspannte. An seiner Brust. Der Himmel wusste, wo sie zu sein glaubte, oder bei wem. Egal. Er wollte nichts auf der Welt so sehr wie das. Jemanden trösten. Die Macht haben, Angst zu nehmen. Wissen, dass er sie vor allen Schrecken beschützen konnte, die sie im Schlaf heimsuchen mochten.

Was waren die Menschen doch für sonderbare Wesen. Er hatte geglaubt, nur Männer gingen so mit dem um, was sie quälte. Stopften es in eine abgelegene Ecke des Bewusstseins, aus der es nachts hervorbrach und um sich griff. Er würde am Morgen weiter darüber nachdenken. Vielleicht würden sie darüber sprechen. Er war so müde.

Er legte sich nicht wieder auf den Boden. Er schlief, wenn sie schlief, und wachte auf, wenn sie es brauchte. Wieder und wieder erinnerte er sie an dieselben Dinge. Chiswell. Will Blackshear. Ein Albtraum. Alles in Ordnung. Als die Sonne aufging, hatte ein Teil ihres Bewusstseins so viel davon behalten, dass er bloß noch den Arm fester um sie zu legen brauchte, wenn die ersten Anzeichen kamen, und *alles in Ordnung* murmeln musste. Dann seufzte sie, entspannte sich, und wurde friedlich. Und er ebenfalls.

Sie erwachte in einem fremden Bett. Das war das Erste, was merkwürdig war. Das Bettzeug fühlte sich fremd an, und das Sonnenlicht hatte den falschen Winkel. Wenn sie ihre Augen öffnete, würde sie eine fremde Tapete sehen. Sie lag still und hielt die Augen geschlossen.

Das Zweite, was merkwürdig war, war das Gewicht eines Arms auf ihr. Sie lag auf der Seite. Der Arm bedeutete, dass jemand hinter ihr lag, und obwohl sie schon unendlich oft Männer in ihrem Bett gehabt hatte, war sie noch nie mit einem aufgewacht. Wobei das ja, wie bereits festgehalten, auch gar nicht ihr Bett war. Deswegen war wohl auch alles durcheinandergekommen.

Das Dritte, was merkwürdig war … Oh, das Dritte. Sie presste die Lippen zusammen und atmete tief durch, so tief sie konnte, um das Dritte, was merkwürdig war, ganz in ihr Bewusstsein aufzunehmen. Ihr Gehirn suchte angestrengt nach einer Bezeichnung dafür, wie bei einem Klatschgespräch: was es bedeutete, zu wem es gehörte, doch dafür machte sie in ihrem Bewusstsein keinen Platz. Dort gab es nur den Geruch, in diesen paar Sekunden, seit sie aus dem Ozean des Schlafs aufgetaucht war. Sie würde ihre Lungen damit füllen – noch ein tiefer Atemzug – und wieder eintauchen, außer Reichweite dessen, was es alles bedeutete.

»Du bist wach.« Seine Stimme war sanft, aber klar. Er musste schon eine Weile wach sein. Die Worte hallten in seiner Brust wider, die ihren Rücken berührte.

»Ich bin so müde.« Sie machte ihre Augen einen Spaltbreit auf. Da war eine Hand. Er hatte den rechten Arm um ihre Taille, den linken auf dem Kissen über ihrem Kopf. Das konnte nicht bequem sein. »Weißt du, wie spät es ist?«

»Nachmittag, glaube ich. Meine Uhr ist im Ankleidezimmer.« Seine Rippen drückten sich mit seinen Atemzügen an sie und wichen wieder zurück. »Du hast schlecht geschlafen.«

»Du auch, fürchte ich.« Sie klang schüchtern. Wie eine Braut, die als Jungfrau in ihr Hochzeitsbett gestiegen war und am nächsten Morgen nicht wusste, was sie zu ihrem Mann sagen sollte. Nicht wie sie selbst.

»Falsch.« Er klang selbst wie ein Mann an seinem Hochzeitsmorgen: voller Wärme und Zufriedenheit. »Ich habe zwar nicht so viel geschlafen, wie ich es gern gehabt hätte, und nicht so tief, aber ich weiß nicht, wann ich zuletzt so gut geschlafen habe.«

Er hatte eine Erektion. Normalerweise wäre ihr das als Allererstes aufgefallen. Ihr ganzer Körper lag eng an seinem, nur die bescheidene dünne Baumwollschicht ihrer Nachthemden zwischen ihnen. Und seine Erregtheit, die steif und fest gegen sie drückte. Sie würde nichts dazu sagen.

»Wie lange bist du schon wach?«

»Eine Weile. Ich weiß nicht. Ich habe nachgedacht.«

Nachgedacht. Ausgerechnet auf jenem hohen Grat, von dem aus er sich entweder in den Schlaf oder in die Leidenschaft hätte stürzen können. Warum tat er so etwas?

»Es wird Gerede geben, wenn wir runtergehen.« Sein Fuß bewegte sich, und die groben Haare auf seinem Bein kitzelten sie an der Wade. »Es wird Fragen geben.«

Fragen? Aber es konnte doch kein Zweifel daran bestehen, dass … Oh. »Unverschämte Fragen, meinst du. Über Einzelheiten.«

»Vielleicht nicht von den Damen, doch ich kann dir versprechen, dass die Herren Fragen an mich haben werden.«

»Damen stellen diese Fragen auch. Manche Damen. Vielleicht nicht ganz dieselben Fragen.« Sie lag still, um seine Erektion nicht zu stören. »Ich werde erzählen, was du willst.«

»Das wollte ich dir auch anbieten.« Der Hauch eines Lächelns schwang in seinen Worten mit. »Allein würde ich mich weigern, etwas dazu zu sagen. Aber ich könnte mir vorstellen, dass es günstiger für dich ist, wenn bekannt wird, dass nichts passiert ist.«

»Am günstigsten wäre es für mich gewesen, die Nacht in Mr Roanokes Zimmer zu verbringen statt in deinem. Aber darauf bist du wohl nicht gekommen.«

»Doch.« Irgendwo unter der Decke hob sich seine rechte Hand von der Matratze. Er streckte den Arm. »Aber ich war gestern einfach nicht dazu imstande, dich mit ihm gehen zu lassen. Ich bin aber sehr wohl dazu imstande, zu verbreiten, dass ich auf dem Fußboden geschlafen habe.« Der Arm legte sich wieder über sie.

Nicht imstande. Wie sollte sie so viele widersprüchliche Botschaften verstehen? Die sanfte Geduld, mit der er sich in der Nacht um sie gekümmert hatte. Die liebevolle Umarmung, in der sie aufgewacht war. Sein Erregungszustand und seine standfeste Weigerung, ihm nachzugeben. »Und wie willst du das erklären? Man schläft doch nicht auf dem Boden, nachdem man erfolgreich um eine Frau gespielt hat.«

»Nichts leichter als das. Du hast deutlich gemacht, dass du mich nicht willst, und ich habe dich nicht gezwungen. Wer diese Erklärung nicht gelten lässt, verdient ein blaues Auge.«

Sie schloss die Augen. Sie war sehr hässlich zu ihm gewesen letzte Nacht. *Sollte ich mich aus Dankbarkeit anbieten?* Dabei hatte er wie immer nur höflich sein wollen.

»Lydia.« Aus dieser Nähe verrieten sein Atem und sein Körper ihr jede seiner Stimmungen. Jetzt wurde er ernst. »Du würdest es mir doch sagen, wenn du wirklich etwas von ihm zu befürchten hättest, oder?«

Schon wieder wollte er den Retter spielen. »Er schlägt mich nicht, das sagte ich ja schon. Und er hat sich schließlich auf die Wette eingelassen, also kann er die Schuld nur bei sich selbst suchen.« Das war natürlich nicht wahr. Wenn er ihr die Schuld geben wollte, würde er sich von Logik nicht aufhalten lassen. Ihr Magen zog sich leicht zusammen. »Wir sollten vielleicht aufstehen. Je später wir erscheinen, desto mehr Zeit geben wir den anderen für skandalöse Spekulationen.«

»Natürlich.« Der Druck seines Arms verstärkte sich, nur ein klitzekleines bisschen. »Ich gehe zuerst und schicke dir ein Zimmermädchen.« Noch einen Augenblick blieb er hinter ihr liegen, den Arm um ihre Taille, den Atem an ihrem Hinterkopf, die Erektion noch immer präsent. Dann drehte er sich weg und verließ sie – mitsamt all dieser Dinge, und mitsamt dem Bay-Rum-Geruch –, um sich waschen und anziehen zu gehen.

Auf der Schwelle zum Frühstückssalon blieb Will kurz stehen, um sich zu wappnen. Er würde es tun, und wenn es ihn umbrachte. Und wenn Kieferknochen seiner Mätresse auch nur ein Haar krümmte, würde er *ihn* umbringen. Er ging zum Buffet, wo Roanoke stand.

Der sah auf, erblickte ihn, und warf unwillkürlich einen suchenden Blick durch den Raum, den er sich sicherlich lieber verkniffen hätte.

»Sie ist nicht hier.« Er nahm sich einen Teller. »Als ich das Zimmer verlassen habe, war sie noch nicht aufgestanden.«

»Völlig erschöpft, ja?« Der Versuch, sich fröhlich und unbeteiligt zu geben, hatte etwas Groteskes. All seinen Bemühungen zum Trotz konnte Roanoke nicht verbergen, dass er den Gedanken, dass seine Mätresse sich mit einem anderen Mann vergnügte, ganz und gar nicht lustig fand.

Will erlebte einen Augenblick der wildesten Versuchung. *Ja, ich musste ihr versprechen, gestärkt wiederzukommen, sonst hätte sie mich gar nicht gehen lassen.* Doch er hatte seit dem Augenblick, in dem er aufgewacht war, mit der Versuchung gekämpft, und er konnte ihr auch in dieser Sache widerstehen. Um ihretwillen.

»Erschöpft? Jedenfalls nicht meinetwegen, so ungern ich es auch zugebe. Sie war mir leider nicht gewogen, und mir war nicht danach, mich durchzusetzen.« Pflaumenkuchen. Das hatte er vermutlich verdient. Er nahm ein Stück. »Ich hab's lieber, wenn mir die Frauen zu Willen sind, also habe ich sie in Ruhe gelassen.«

»Wirklich?« Wie der Lump auflebte! »Bedauerlich, dass es nicht so ausgegangen ist, wie Sie es sich vorgestellt hatten. Aber ich hatte Sie ja gewarnt, dass ich für nichts garantiere. Hoffentlich wollen Sie jetzt keine Wiedergutmachungsforderungen stellen.«

»Nichts dergleichen. Aber ich wollte Sie etwas fragen: Hat sie oft Albträume?«

»Nie, soweit ich weiß.« Roanoke beschäftigte sich mit dem Kakaokrug. »Hatte sie heute Nacht einen?«

Interessant. Er hatte noch nie einen ihrer Albträume erlebt. *Ich schlafe oft bei Tageslicht*, hatte sie gesagt. Vermutlich verließ sie das Bett, sobald ihr Beschützer eingeschlafen war, und er bekam nie etwas davon mit.

Sein Bett hatte sie nicht verlassen. Sie war sogar länger darin geblieben als er. »Ja, sie hat kaum geschlafen. Wahrscheinlich hat es sie beunruhigt, von Ihnen getrennt zu sein, oder dergleichen.« Es fühlte sich an, als müsste er eine Portion Steine erbrechen, als er diese Worte hervorbrachte.

»Vermutlich.« Mit der kühlen Befriedigung eines Mannes, der einen Rivalen gerade tüchtig verprügelt hat, griff Roanoke zu Brötchen und Butter. Falls er in irgendeiner Weise an den Albträumen seiner Geliebten interessiert war oder wissen wollte, wie es ihr ging, verbarg er es meisterhaft.

Er schlägt mich nicht. Sagte sie die Wahrheit? War sie nur deswegen so unruhig bei dem Thema, weil sie fürchtete, ihre Stellung zu verlieren? Will spießte eine Scheibe Schinken auf und taxierte ihren Beschützer aus den Augenwinkeln. *Ich verkehre* gern *mit ihm.* Zwecklos, darüber nachzudenken. Er wandte sich ab und suchte sich einen Platz am Tisch.

»Was zum Teufel sollte das alles?«, fragte Lord Cathcart, als er sich den leeren Stuhl neben Will geschnappt hatte.

»Diplomatie. Ich habe seine Dame letzte Nacht nicht flachgelegt, und ich wollte, dass er es weiß. Ihr zuliebe.« Er schnitt ein Stück Schinken ab und spießte es auf die Gabel.

Der Viscount nahm einen großen Schluck Kaffee. »Aus dir werde ich nicht schlau.« Hörbar stellte er die Tasse auf ihrer Untertasse ab. »Gestern hast du Himmel und Erde in Bewegung gesetzt, um sie zu bekommen. Wozu, wenn du kurz vor der Ziellinie kneifst?«

»Sie hat gekniffen.« Er sollte sich wohl besser daran gewöhnen, diese Geschichte zu erzählen. »Die Situation hat ihr nicht zugesagt, oder vielleicht sage ich ihr nicht zu. Jedenfalls war sie unwillig, und ich hab's nicht so mit Gewalt.« Er brachte die Worte viel leichter über die Lippen als Roanoke gegenüber. »In Anbetracht dessen habe ich mich entschlossen, ihren Beschützer wissen zu lassen, dass sie ihm nicht untreu gewesen ist.«

»Dein Ehrgefühl macht dich lächerlich, Blackshear.« Er ruckte das Kinn in Richtung Kieferknochen, der zufrieden sein gebuttertes Brötchen verspeiste. »Er hat überall herumerzählt, was er gestern Nacht getrieben hat. Findest du wirklich, er verdient es, in der Gewissheit, dass seine Mätresse ihm treu ergeben ist, ruhig schlafen zu können?«

»Ich habe getan, was ich für das Beste für sie hielt. Was *er* verdient, tut nichts zur Sache.« Will zuckte die Schultern und nahm noch einen Bissen Schinken, der Inbegriff eines Mannes, der nur seinem Gewissen folgt, ohne Rücksicht auf die anderen Beteiligten. Er sah ganz und gar nicht wie ein Mann aus, der den ganzen Vormittag damit verbracht hatte, gegen die Bedürfnisse seines Körpers anzukämpfen, um nicht zu verspielen, was er vom Vertrauen einer Dame gewonnen hatte.

Sie war nicht von ihm weggerückt, als sie aufgewacht war, obwohl sie seinen Zustand bemerkt haben musste. Sie wusste, dass er sie begehrte, doch sie vertraute – jawohl, *vertraute* – darauf, dass er seine Begierde nicht in Taten umsetzen würde. Wie könnte er, wenn ihre Albträume und ihre Lebensgeschichte ihm noch in so frischer Erinnerung waren? Kätzchen in Not oder nicht, sie verdiente es, eine zuvorkommende Behandlung zu erfahren. Sie verdiente eine Nacht und einen Morgen, ohne dass ein Mann Ansprüche an sie stellte.

Das hatte er ihr gegeben. Kieferknochen konnte ihr so etwas niemals geben. Und sie hatte ihm dafür die tiefe Befriedigung geschenkt, sie beruhigen zu dürfen, ihr Grauen zu besänftigen und sich zwischen sie und ihre schrecklichen Träume zu stellen.

»Wirst du den Kuchen essen, oder hast du vor, dahinzuschmachten, bis du umfällst? Ich wage zu behaupten, das wäre verlorene Liebesmüh.« Cathcarts Stimme brachte ihn zurück in seine unmittelbare Umgebung – Tisch, Teller, Gabel auf halbem Wege zum Mund. Will schüttelte den Tagtraum ab und aß seinen Pflaumenkuchen.

15

»Langsam glaube ich« – Eliza ließ den Schläger gegen den Federball prallen – »er hat unnatürliche Neigungen!« Sie hatte die Stimme erhoben, um am anderen Ende des Flurs noch gehört zu werden, und der Aufprall verlieh ihren Worten zusätzlichen Nachdruck. »Welcher Mann holt sich eine Frau ins Bett, nur um dann auf dem Boden zu schlafen?«

»Das hat Lydia doch schon erklärt. Sie hat ihn abgewiesen, also hat er sie nicht angerührt.« Maria verzichtete darauf, den Ball zurückzuschlagen, da er zu nah am Porträt eines Roanoke-Vorfahren mit eindrucksvoller gepuderter Perücke vorbeiflog. Sie trat ein Stück zur Seite, als der Ball zu Boden fiel. »Sind wir denn wirklich so wenig überzeugt von dem, was uns zusteht, dass wir uns wundern, wenn ein Mann sie in einer solchen Situation nicht vergewaltigt?«

»Zwischen vergewaltigen und gleich bei der ersten Abfuhr aufgeben liegt aber noch einiges dazwischen.« Mit der freien Hand raffte Eliza die Röcke, um notfalls dem Ball hinterherrennen zu können. »Wenn er sie wirklich gewollt hätte, hätte er doch versucht, sie umzustimmen. Sie zu verführen.« Sie wandte sich an Lydia. »Bist du ganz sicher, dass er das nicht versucht hat? Hat er wirklich überhaupt nicht versucht, dich zu überreden? Oder wenigstens sympathisch zu wirken?«

»Na ja, er war freundlich zu mir.« Lydia hob den Ball auf und machte ihre Angabe. »Respektvoll. Und er hat keinen Versuch gemacht, mich zu überreden.«

»Und *das* macht ihn sympathischer als alles, was ein Mann

sonst tun kann.« Maria stand vor einem der hohen Fenster der Galerie, den Schläger über die Schulter gelegt wie einen eleganten Sonnenschirm, und sah den beiden bei ihrem Ballwechsel zu. »Sie hat Nein gesagt, und er ist *nicht* davon ausgegangen, dass er ihr nur gut zuzureden braucht. Er hat ihr zugestanden, zu wissen, was sie will. Ein Jammer, dass er kein Geld hat. Von so jemandem ausgehalten zu werden, das wäre schon ein verdammt großes Glück.«

Ein größeres, als du glaubst. Lydia sprang nach rechts, um den Ball zurückzuschlagen. Ihre Albträume und seine Reaktion darauf hatte sie natürlich nicht erwähnt. Auch nicht seine Anwesenheit im Bett, seine Erektion oder das Gefühl seines starken Arms auf ihrer Taille. Bei alldem konnte sogar eine Dame von rationalem Verstand beinahe anfangen, an Glück zu glauben.

»Da muss trotzdem etwas faul sein. Wir müssen auch bedenken, dass er am Abend zuvor Barbara abgewiesen hat.« Endlich verfehlte Eliza einen Ball und ließ den Schläger sinken, um ihren Gedanken zu Ende zu bringen. »Wenn er anders orientiert ist, will er das sicher verbergen. Und wie könnte er das besser erreichen, als vor aller Augen für die Frau eines anderen zu bieten?« Zum vierten oder fünften Mal an jenem Nachmittag warf sie Lydia einen Blick zu, der sagte: *Ich werde dich nicht bloßstellen, aber ich weiß, dass du uns etwas verschweigst.* Lydia sah weg und beschäftigte sich mit einer Haarsträhne, die sich selbstständig gemacht hatte.

»Unsinn.« Maria verließ das Fenster, um Elizas Platz einzunehmen. »Wenn er uns hinters Licht führen wollte, warum sollte er dann zugeben, dass er auf dem Boden geschlafen hat? Das hat er Mr Roanoke erzählt, gleich als Allererstes, sagt Mr Moss.« Sie hob den Federball auf und ließ ihn durch die Galerie fliegen. »Die plausibelste Erklärung ist, dass er eine Schwäche für Lydia entwickelt hat. Das erklärt auch, weshalb er nichts von dieser Barbara wollte. Und als er gemerkt hat, dass sie seine Gefühle nicht erwidert, hat er sich die größte Mühe gegeben, alles wieder in Ordnung zu bringen, was er womöglich zwischen ihr und ihrem Beschützer ins Arge gebracht hat. Hohe Minne. Ziemlich romantisch, wenn ihr mich fragt. Daran könnten sich einige andere Gentlemen ruhig ein Beispiel nehmen.«

Romantisch. Dieses Wort hatte ihr einmal etwas bedeutet. Wenn die vergangenen drei Jahre nicht gewesen wären und ein Mann wie Mr Blackshear sich in sie verliebt hätte, hätte sie seine Liebe vielleicht erwidert. Vielleicht hätte sie sich sogar zuerst in ihn verliebt und die atemlose Hoffnung, dass ihre Gefühle erwidert werden könnten, kennengelernt.

Wenn, wenn, wenn. Verschwendung von Gehirnkapazität. Sie verfehlte einen Ball und zog sich zum Fenster zurück.

»Hast du denn heute schon mit Mr Roanoke gesprochen?« Selbst Eliza hatte Anstand genug, sich die Frage aufzusparen, bis Lydia sich nach dem Ball bückte und das Gesicht abgewandt hatte. Den ganzen Tag hatten die Damen sich davor gescheut, Edwards Indiskretion offen anzusprechen, da sie mit Herren gesegnet waren, die so etwas vermutlich niemals tun würden.

»Nein.« Lydia ließ die Bespannung ihres Schlägers rhythmisch auf ihren Handrücken prallen, so als ginge sie die Erniedrigung, der ihr Beschützer sie ausgesetzt hatte, gar nichts an. »Er ist viel zu sehr damit beschäftigt, sich mit seiner gestrigen Eroberung zu brüsten. Wahrscheinlich werden wir uns unterhalten, wenn er genug davon hat.«

Oder auch nicht. Was gab es schon zu sagen? Keine Erklärung konnte die Beleidigung zurücknehmen, die er ihr zugefügt hatte, und dennoch hatte sie keine Wahl, als bei ihm zu bleiben. Wie sie schon zu Mr Blackshear gesagt hatte, gab sie sich in Bezug auf Edwards Treue keinen Illusionen hin.

»Er kann froh sein, dass er dich hat.« Eliza warf den Ball hoch und holte aus. »Wenn *ich* so erniedrigt worden wäre, hätte ich Mr Blackshear seinen Wunsch erfüllt, ob ich ihn begehrte oder nicht, das könnt ihr mir glauben. Und hätte dafür gesorgt, dass wir bis in Mr Roanokes Schlafzimmer zu hören gewesen wären!«

»Ja, aber *du* hättest das ohnehin getan.« Die Bemerkung sollte den anderen zeigen, dass ihre Stimmung nicht getrübt war, und der gutmütige Spott lenkte zudem von Mr Blackshear und ihr selbst ab.

Der Himmel wusste, sie würde alles zusammenkratzen müssen, was sie an Heiterkeit finden konnte, bevor sie sich heute Abend in Edwards Zimmer wagte. Im Laufe des Tages war es immer offensichtlicher geworden, dass er wütend war. Trotz Mr Blackshears Aussage – die zweifellos sehr auf Kosten von Mr Blackshears Stolz gegangen war – war er nicht beruhigt, sondern noch immer erbost darüber, dass er seine Mätresse bei einem Geschicklichkeitsspiel verloren hatte. Sie erkannte es an seiner übertriebenen Teilnahmslosigkeit und an dem Elan, mit dem er von seinen Heldentaten der letzten Nacht prahlte. Dass er das auch in ihrer Gegenwart tat, sagte ihr, dass seine Wut sich auch gegen sie richtete.

Na ja, diese Möglichkeit hatte sie ja schließlich vorhergesehen. Und sie würde herzlich wenig davon haben, ihm vor Augen zu führen, wie unlogisch seine Gekränktheit war. Männer ärgerten sich über die seltsamsten Dinge, wenn sie sich einbildeten, in ihrer Ehre verletzt worden zu sein, und Frauen taten gut daran, ihnen dann einfach aus dem Weg zu gehen und der Verstimmtheit ihren Lauf zu lassen.

Das tat sie den ganzen Tag über, so gut sie konnte. Sie gesellte sich zu den Damen in der Galerie, spazierte zu den Stallungen und wieder zurück und mied ihren Beschützer in der

Hoffnung, dass sein Ärger bis zum Abend verpuffen würde. Doch als man sich zum Abendessen versammelte, war sofort offensichtlich, dass Edward diese Stunden damit verbracht hatte, seine Wut noch weiter zu nähren, und zwar mit Alkohol.

Er war kein Säufer. Er trank bei Gesellschaften oder beim Spiel, wie alle Gentlemen, doch er gehörte nicht zu denen, die den Tag schon mit einer Flasche begannen und gelernt hatten, die Auswirkungen zu verbergen. Wenn er ernsthaft trank, sah man es ihm an.

Als Erstes setzte er seine neue Favoritin neben sich und überhäufte sie mit Komplimenten, und das in einer Lautstärke, die entweder dem Alkohol geschuldet oder bewusst so bemessen war, dass Lydia ihn nicht überhören konnte. Ausführlich erfuhr sie die Vorzüge des goldenen Haars der Dame, ihrer schneeweißen Haut und der Augen, neben denen Saphire vor Neid erblassen konnten.

Objektiv betrachtet – und die einzige kluge Art, solche Bemerkungen zu betrachten, war Objektivität – hatte er recht. Caroline – so hieß die Dame – war hübsch auf Marias Art, wenn auch weniger auffällig. Caroline war auch beschämt darüber, diese Tatsache derart verkündet zu hören, doch Edward war natürlich nicht mehr imstande, das zur Kenntnis zu nehmen.

Wenn er dir etwas bedeuten würde, würde das wehtun wie Glasscherben im Hals. Noch eine lehrreiche Erinnerung an die Nachteile der Liebe. Als hätte sie eine gebraucht. In Abwesenheit dieses Gefühls konnte sie sogar ein gewisses Mitleid mit der Dame empfinden, die nur getan hatte, wofür sie engagiert worden war, und es nie darauf angelegt hatte, eine Rolle in einer schäbigen Szene zwischen einem Mann und seiner Mätresse zu bekommen.

Trotzdem schien es Lydia, nachdem der Fisch abgeräumt worden war, das endloseste Essen in der Geschichte der

Menschheit zu werden. Und mit dieser Meinung war sie nicht allein. Maria, die in Edwards Nähe saß, lehnte sich so gut es ging von ihm weg. Eine Dame mit kastanienbraunen Haaren, die manchmal mit ihnen Whist spielte, zuckte bei jedem energischen Höhepunkt seiner Ausführungen zusammen. Selbst Elizas Lord Randall, mit dem Lydia nie auch nur zwei Worte gewechselt hatte, warf ihr mit zusammengepressten Lippen einen viel sagenden, mitleidigen Blick zu.

Und als sie zufällig zu Mr Blackshear hinübersah, gegenüber und vier Plätze zur Seite, blickte er von seinem Steinbutt in holländischer Soße auf, und sein Blick war ebenso viel sagend wie der Lord Randalls, allerdings mit einer ganz anderen Botschaft: *Ein Wort von dir, und ich nehme ihn mit Messer und Gabel aus.*

Sie schlug die Augen nieder. In ihrem Inneren summte es wie ein Bienenschwarm. Er hatte bereits Menschen getötet – das hatte er ihr ja gesagt –, doch sie hatte noch nie zuvor Mordlust in seinen Augen gesehen.

»Diese Wette mit Blackshear war eine hervorragende Idee.« Der Name ließ sie hochfahren, wie es keine von Edwards anderen Tiraden vermocht hatte, und sie drehte sich unwillkürlich zum Kopf der Tafel um. »Vielleicht probiere ich es noch mal.« Er sprach in die Runde, doch sein Blick ruhte auf ihr. »Wer ist ohne Begleitung hier und möchte sein Glück beim Spiel versuchen? Lord Cathcart?«

Der Viscount hob seine Serviette und tupfte sich bedächtig den Mund ab. »Ich fühle mich außerstande, der Dame, die ihr Leben mit meinem verbunden hat, so etwas Grausames anzutun. Sonst hätte ich längst eine eigene Geliebte.« Er schickte eine angedeutete Verbeugung in ihre Richtung. »Vielleicht sogar eine so reizende wie Miss Slaughter.«

Sie errötete wider Willen und legte die Gabel hin. Mit so

vielen verstohlenen und weniger verstohlenen Blicken auf sich konnte man nicht essen.

»Dann jemand anderes?« Entweder hatte er die Rüge in Lord Cathcarts Antwort überhört, oder er ignorierte sie absichtlich. »Gibt es hier irgendwelche abenteuerlustigeren Männer?«

»Ich verbitte mir das.« Ihre Stimme zitterte sogar bei einem so kurzen Satz. Sie presste die Lippen zusammen, bevor es noch schlimmer werden konnte.

»Das hast du gestern Nacht auch, und trotzdem hast du dich heute erstaunlich wenig beschwert.« Er hatte nur darauf gewartet, dass sie ihn zu diesem Hieb herausfordern würde. »Die Nacht in Blackshears Bett scheint dir ausgesprochen zugesagt zu haben.«

Was konnte eine Dame darauf erwidern? Sie hatte nur getan, was er arrangiert hatte. Er wäre ebenso wütend gewesen, wenn sie sich geweigert hätte. »Ich weiß nicht, womit ich deine Missbilligung auf mich gezogen habe, aber ich wünschte, du würdest die Güte haben, es mit mir unter vier Augen zu klären, anstatt mich vor allen Anwesenden mit diesen unhöflichen Worten und vulgären Intrigen zu strafen.«

»Unter vier Augen? Bedenke, worum du bittest!« Sein Blick und sein Lachen machten anzügliche Andeutungen, offenbar völlig ungeachtet der Tatsache, dass er sie soeben der Vorliebe für einen anderen Mann bezichtigt hatte. Er war jenseits jeglicher Vernunft.

Sie nahm die Serviette von ihrem Schoß und legte sie auf den Tisch. »Ich kann nicht mit dir reden, wenn du in dieser Verfassung bist. Ich kann auch nicht hierbleiben und mich von dir beschimpfen lassen.« Ihr Puls hämmerte wie ein übereifriger Schmied. So hatte sie noch nie mit ihm gesprochen – vermutlich machte sie ihn nur noch wütender –, doch zu bleiben war ihr unerträglich geworden. »Wenn Sie mich entschuldigen wollen, entferne ich meine unerwünschte Person, damit Sie in Ruhe weiteressen können.«

»Mein Zimmer, Lydia. Sie wissen den Weg noch?«

Sie hatte es streng vermieden, in seine Richtung zu sehen, doch diese Worte ließen sie herumfahren, bevor sie darüber nachdenken konnte, ob es klug war oder nicht. Der ganze Tisch hatte sich umgedreht, und mehr als ein Besteckstück schrammte oder klirrte gegen Porzellan, als die Essenden von dieser unerwarteten Wendung überrascht wurden.

Er hingegen bot einen Anblick völliger Ruhe. Er hatte den Kelch erhoben und brachte ihn nun mit gesenkten Lidern an die Lippen, ohne sich in irgendeiner Weise anmerken zu lassen, dass er soeben einen Brandsatz in die Angelegenheit geworfen hatte. Schon allein der Gebrauch ihres Vornamens hätte genügt, alles in Zweifel zu ziehen, was zuvor über die Ereignisse der letzten Nacht behauptet worden war.

Jemand fasste nach ihrem Stuhl. Der Diener, der ihn für sie zurückziehen wollte. Noch ein tiefer Atemzug, dann würde sie aufstehen.

Will ließ das Glas sinken und lehnte sich leicht vor. »Wenn es Ihnen zusagt?« Ganz leicht betonte er das Wort *zusagt*, auf dem Edward seine Anklage aufgebaut hatte. Alles außer seinen Augen lächelte.

Ohne eine Antwort abzuwarten, warf er einen Blick zum Kopf der Tafel, an dem ihr Beschützer saß. »Sie haben doch nichts dagegen? Nachdem Sie sie so vielen anderen angeboten haben, habe ich den Eindruck, dass Sie heute Nacht keinen Wert auf ihre Gesellschaft legen.« Wie ein roter Faden in einem weißen Tuch zog sich die Boshaftigkeit durch seine Stimme. Vielleicht kannte ihn niemand anderes im Raum gut genug, um es zu bemerken.

»Bitte. Greifen Sie zu.« Edward ergriff sein eigenes Glas, doch auf halbem Wege zum Mund fiel ihm noch etwas ein. »Das mussten Sie ja vermutlich letzte Nacht auch schon, nachdem Sie sich auf eine Frau eingeschossen hatten, die Sie nicht rangelassen hat.«

Da wallte der Zorn in ihr auf; all die fein säuberlich verschnürten Wutfetzen in ihr bauschten sich zu ihrer vollen Größe auf und brachten sie endlich auf die Füße. »Und *wenn* ich sein Bett deinem vorziehen würde?« Das war unklug. Das war genau die Art Ausbruch, die sie sich nicht leisten konnte. Aber, Gott helfe ihr, sie war lange genug klug gewesen. »Er hat sich ehrenhaft verhalten. Er hat mir Respekt erwiesen. So etwas weiß eine Dame zu schätzen.« Würde sie das Nächste wirklich sagen? Das sollte sie nicht. Sie forderte das Schicksal heraus. Doch die Worte lagen heiß auf ihrer Zunge; sie würden sie verbrennen, wenn sie sie nicht aussprach.

Sie drehte sich gerade weit genug um, um Mr Blackshear anzusehen, der sie mit ruhigem Interesse betrachtete. Nur sein Blick verriet, dass er auch nicht ganz ruhig war. »Dein Zimmer, und ob!« Das Blut rauschte ihr in den Ohren. Sie knickste, ohne den Blick von seinen Augen abzuwenden. »Gib mir eine halbe Stunde, dann kannst du nachkommen.«

Das konnte niemand missverstehen. Eine halbe Stunde war die Zeit, die eine Dame brauchte, um sich auszuziehen.

Und da war der Blick, den sie zuvor gesehen hatte. Der, der sie nackt werden ließ, ohne je ihr Gesicht zu verlassen. Eine Hand griff in seine Weste und kam mit einer Taschenuhr wieder zum Vorschein. »Eine halbe Stunde.« Er ließ den Deckel aufschnappen und betrachtete die Zeiger. »Du hast mindestens so viel Zeit, bis ich komme.« Er legte die Uhr neben seinen Teller und sah nicht mehr auf, während sie sich umdrehte und den Raum verließ.

Das hatte sie doch nicht ernst gemeint, oder? Er war davon ausgegangen, dass sie lediglich Roanoke eins auswischen wollte, und dabei leistete er nur allzu gern Beihilfe.

Will sah sich um und bemerkte, dass zwei oder drei der Anwesenden hastig wegsahen. Eine von Miss Slaughters Freundinnen, die zierliche Blondine, brach das Schweigen, indem sie energisch für eine Runde Charade nach dem Abendessen warb. Ihr Herr Beschützer unterstützte sie darin, und eine Reihe wohlmeinender Seelen, die die gedrückte Stimmung leid waren, stimmten mit so eifriger und beharrlicher Fröhlichkeit zu, wie sie vermutlich noch nie jemand für Charade aufgebracht hatte, seit das Spiel erfunden worden war. Als die halbe Stunde vorbei war, waren sie noch immer bei dem Thema.

Er legte die Gabel neben das halb vertilgte Kotelett und erhob sich. Kein Kommentar schien der Situation angemessen, also verbeugte er sich schweigend. Mehrere der Herren nickten zurück. Alle gaben vor, nicht zu wissen, was sein Aufbruch zu bedeuten hatte, bis auf eine andere Freundin Lydias – die Dunkelhaarige –, die ihm ungeniert beifällig zuzwinkerte. Er nahm seine Uhr und verließ den Raum.

Was würde er tun, wenn sie es ernst gemeint hatte? *Ihr zu Willen sein, Dummkopf.* Doch wobei? Wenn sie es nur darauf anlegte, sich an ihrem Beschützer zu rächen, hatte das Ganze sehr wenig mit ihm zu tun. Und wenn er jemals mit ihr ins Bett gehen sollte, wollte er, dass es *alles* mit ihm zu tun hatte.

Sehr wahrscheinlich hatte sie es nicht ernst gemeint. Und wenn, dann wäre ihr Zorn in der halben Stunde gewiss verflogen. Sie würden herzlich darüber lachen, wie sie alle hinters Licht geführt hatten, und sich dann ins Bett beziehungsweise auf den Boden zurückziehen wie letzte Nacht.

Auf dem Weg nach oben und den langen Korridor entlang bis zu seinem Zimmer hatte er Zeit, sich das alles einzureden.

Beinahe redete er sich sogar ein, das sei es, was er hoffte. Dann stieß er die Tür auf, und die Überzeugung wich dem Anblick von Miss Slaughter, in Nachthemd und Morgenmantel, mit offenen Haaren.

Sie saß auf der Fensterbank, die Beine wie eine Meerjungfrau zu einer Seite geschlagen, die Knöchel gerade sichtbar unter dem Saum ihres Morgenmantels. *Seines* Morgenmantels. In seinen Ohren begann es zu summen, als ihm dieses Detail auffiel.

Sie sah ihn nicht an, sondern führte das Weinglas, das sie in der Hand hielt, an die Lippen. Sie tat es ungekünstelt – reckte nicht den Kopf, damit er das zarte Kräuseln ihres Halses sah, während sie schluckte, leckte sich auch nicht die benetzten Lippen – doch als sie das Glas wieder sinken ließ, fiel der zu große Morgenmantel von ihrer Schulter, und darunter kam dunkel glänzende violette Seide zum Vorschein.

Sie war gar nicht im Nachthemd. Wie elektrisiert erinnerten sich seine Handflächen und seine Finger daran, wie sich dieser Stoff anfühlte. Auch sein Mund. Das Summen in seinen Ohren schwoll zu einem diffusen Getöse an.

Er zog die Tür hinter sich zu. Seine Hand verweilte auf dem Knauf. Einen halben Meter darüber gab es einen Riegel. *Sperr ab!*, soufflierten seine Hand, sein Blut und alle voreiligen Impulse in ihm.

Doch diesen Riegel vorzuschieben würde ihn zu der Tat verpflichten. Das Scharren und Einrasten von Metall wäre seine Zustimmung zu diesem Schauspiel, das keine lohnenswerte Rolle für ihn bereithielt. *Ja*, würde es sagen, *ich bin bereit, mich als bloße zweckdienliche Erektion deiner Szene zur Verfügung zu stellen*. War er das?

Er nahm die Hand vom Türknauf und verschränkte die Arme. Er würde sich mit der Entscheidung noch ein wenig Zeit lassen.

Miss Slaughter rührte sich; ihre Schultern hoben sich mit einem tiefen Atemzug. »Ich bilde mir ein, eine vernünftige, rational handelnde Person zu sein, weißt du.« Die Worte mussten für ihn bestimmt sein, doch sie richtete sie an den Claret in ihrem Glas. Jetzt, wo er das Spektakel mit ihrem Kleid verarbeitet hatte, bemerkte er die halb leere Flasche auf der Fensterbank.

Großartig. Sie war betrunken. Ein Grund mehr, der Verführungskraft des violetten Kleids und seines übergroßen Morgenmantels zu widerstehen. Er lehnte sich mit der Schulter an die Wand.

»Ja, du bist eins der vernünftigsten und rationalsten Geschöpfe, die ich kenne.«

»Nicht heute Abend beim Essen.« Sie hob das Glas und nahm noch einen ordentlichen Schluck. Vermutlich sollte er sich überlegen, wie er ihr am besten die Flasche wegnehmen konnte.

»Du wurdest provoziert.« Er würde geduldig zuhören, ihr unauffällig das Glas entwenden und sie ins Bett stecken, bevor sie etwas Unbedachtes tun konnten.

»Er war so absurd!« Sie wandte sich noch immer an den Claret. Ihr Körper hielt völlig still, doch ihre Stimme loderte vor Vehemenz. »Ich meine nicht nur unhöflich und unverschämt. Er hatte doch auch überhaupt keine stichhaltigen Argumente.«

Natürlich. Der Mann hatte sie auf übelste Weise schikaniert, und sie entrüstete sich über sein mangelndes Logikempfinden.

»Seine Argumentation ließ in der Tat einiges zu wünschen übrig.« Will stieß sich von der Wand ab, schlenderte zum Sessel hinüber und begann derweil, sich den Rock aufzuknöpfen. »Er hätte sich entscheiden sollen, ob ich dich verführt oder eine einsame Nacht auf dem Boden verbracht habe. Beleidigungen sind ziemlich uneffektiv, wenn sie sich widersprechen.«

»Er hat so scheußliche Dinge über dich gesagt!« Sie stellte das Weinglas ab und starrte aus dem Fenster. Fast eine volle Minute war er schon im Raum, und sie hatte ihn noch nicht *einmal* angesehen. »Seine schlimmsten Befürchtungen, was wir hier treiben, sind nicht mehr, als er verdient.«

»Vermutlich.« Das Eis war dünn, und Will bewegte sich mit äußerster Vorsicht. Er streifte sich den Frack ab und warf ihn über die Stuhllehne. »Wenngleich ich sagen muss, dass Mr Roanoke und seine Verfehlungen mich nicht besonders kümmern.«

»Das sollten sie auch nicht.« Es sah an ihrem Rücken, dass sie noch einen tiefen Atemzug tat. Dann drehte sie sich um und stand auf. Sie hatte den Morgenmantel nicht geschnürt; er glitt ihr sofort von den Schultern und sammelte sich um ihre Knöchel wie Wasser um die Füße einer Gottheit, die soeben dem Ozean entstiegen war.

Doch wo eine neugeborene Meeresgöttin nichts tragen würde als ihre Unschuld, bloße Haut in Einklang mit der Natur selbst, war Lydia Slaughter für die Sünde gekleidet. Mit dem durchsichtigen Überkleid hatte sie sich gar nicht erst abgegeben. Schwarzviolette Seide floss von ihrer Schulter zu ihren Knöcheln und lud das Auge ein, sich sattzusehen, vor allem an den wollüstigen Stellen: den reifen, vollen Brüsten, deren Warzen scharf hervortraten, und der Wölbung ihres Bauchs, die in der Ypsilon-Form zwischen ihren Schenkeln zulief.

Zum Teufel mit ihm, wie konnte er so ganz und gar unvorbereitet darauf sein? Er hatte sie doch schon in diesem Kleid gesehen. Er kannte ihre Formen sehr gut. Er hatte gewusst, von dem Augenblick an, als er der Zimmer betreten und sie erblickt hatte, was sie vielleicht beabsichtigte.

Und dennoch wurde seine Kehle trocken. Sein Gehirn stotterte und hinkte. Das Getöse in seinen Ohren nahm eine aufdringliche Lautstärke an.

Das kannst du nicht tun. Nicht so. Sie ist nicht zurechnungsfähig. Wenn sie doch bloß Blickkontakt zu ihm aufnehmen würde! Dann würde er sie als eine Dame erkennen, die Respekt verdiente – als Mätresse eines anderen – als mehr als eine üppige Ansammlung von Körperteilen – und er würde Worte finden, um sie beide davon zu überzeugen, dass sie das nicht tun sollten.

Vielleicht wusste sie das. Jedenfalls hielt sie den Blick abgewandt. Die Seide umfloss sie auf atemberaubende Weise, als sie sich nach ihrem Glas bückte. In einem Zug leerte sie es und stellte es ab. »Blackshear.« Endlich sah sie ihn an. »Lass mich nicht betteln.«

Und er wollte verdammt sein, wenn er überhaupt noch irgendwelche Worte hervorbringen konnte. Er konnte nur zusehen, wie sie sich umdrehte und auf das Bett zuging. Sein Herz hämmerte wie eine heranpreschende Kavallerie.

Tausendfach verdammt wollte er sein. Wen wollte er verdammt noch mal mit seinen Prinzipien zum Narren halten? Sobald es ernst wurde, war er liebend gern bereit, sich auf eine bloße zweckdienliche Erektion reduzieren zu lassen.

Aber der Wein. Er riss sich los und ging zur Fensterbank. »Wie viel hast du davon getrunken?« Er hielt die Flasche gegen das Licht. Ein Schluck Alkohol schien ihm plötzlich eine ausgezeichnete Idee zu sein. »Du hast kaum etwas gegessen.«

»Hör auf, auf mich aufzupassen! Das ist nicht das, wozu ich dich jetzt brauche.« In Sachen trunkener Streitsüchtigkeit stand sie ihrem Beschützer um nichts nach. Und sie hatte mal wieder genau seinen wunden Punkt gefunden und das Wort ausgesprochen, das ihn eine Meile weit auf dem Bauch über zerklüftete Felsen robben lassen würde – *brauchen*.

Sie *brauchte* etwas, das er geben konnte. Er stützte sich mit der Hand an der Wand ab. »Es ist nicht, dass ich nicht wollte, Lydia.«

»Dann komm!« Wenn er sie jetzt ansah, war er verloren.

Er sog scharf die Luft ein. »Es ist nicht richtig so.« Ein kleines bisschen Vernunft kehrte zurück. »Du bist gar nicht in der Verfassung, zu wissen, was du willst. Das kann ich nicht ausnutzen.« Er ließ die Flasche kippen und goss den Wein ins Glas.

»Seit ich vom Esstisch aufgestanden bin, weiß ich sehr genau, was ich will.« Eine kurze Pause. »Und es war nur ein Glas.«

»Lügnerin.« Doch er hatte schon immer bewundert, mit welch rücksichtsloser Entschlossenheit sie die Dinge verfolgte, die sie wollte. Und wenn er dieses Ding war …

Er stellte die Flasche hin und ergriff das Glas. Das war sechsmal falsch. Seinem Gastgeber Hörner aufzusetzen. Mit einer Frau zu schlafen, die zu betrunken war, um es besser zu wissen. Ihre Beziehung erneut in Gefahr zu bringen, diesmal, nachdem sie sich so persönliche Dinge anvertraut hatten. Doch irgendwo zwischen dem Anblick, den sie mit offenen Haaren bot, und ihrem unfairen Schachzug mit dem Wort *brauchen* war ihm die Macht zu einer Entscheidung entglitten. »Soll ich abschließen?« Er schluckte Wein, bis das Glas leer war.

»Wie du willst.« Wie sie sich in ihrem Triumph suhlte! Die Silben ergossen sich über ihn wie Honig von einem Löffel. Ob sie seinen Namen so sagen würde, wenn es so weit war? Oder ob sie ihn herausschreien würde, heiser wie ein Falke, der Beute erspäht hatte?

Er drehte sich zu ihr um und musste sich beinahe setzen. Während er ihr den Rücken zugewandt hatte, hatte sie die violette Hülle fallen lassen und lag nun nackt auf der Decke, die Ellbogen hinter sich aufgestützt, die Knie angestellt, die Füße flach auf der Decke. Ihre Umrisse verschwommen hie und da, blass und üppig, so als wäre sie aus Butter geformt. Es gab keinen Teil von ihr, in dem er nicht versinken wollte, keinen Zentimeter, den er nicht kosten wollte.

Zum Teufel mit Ehre, Gewissen und all den tyrannischen Grundsätzen, die ihn von morgens bis abends mit ihren unaufhörlichen Einflüsterungen quälten. Er war ein Mann, der seine eigene Seele in Fetzen zerrissen hatte, und heute würde er sich wie ein solcher benehmen. Er ging zur Tür und schob den Riegel vor.

16

Sie betrachtete ihn, erwartungsvoll und völlig ohne Scham, als er sich umdrehte. Ihre Augen glitzerten fest entschlossen.

Jetzt. Vier Schritte brachten ihn ans Bett. Er schob ein Knie auf die Matratze und schon öffneten sich ihre Beine. Gieriges, ungeduldiges Ding! Jetzt würde er sie erst recht warten lassen. Er bückte sich und drückte ihr genüsslich einen Kuss aufs Knie.

»Lass das!« Das Knie zuckte zurück. »Zieh dich aus!«

Sie war eine streitlustige und herrische Betrunkene. Doch diesen Befehl zu befolgen war nicht unbedingt eine Zumutung.

Er zog Stiefel und Strümpfe aus. Weste, Krawatte, Hosenträger und Hemd wanderten über den Kopf und fielen unbeachtet zu Boden. Er stand auf.

Sie richtete sich auf den Kissen auf und reckte schamlos den Kopf, um besser sehen zu können.

Wie ein Wasserfall donnerte ihm das Blut in den Adern, als er sich umdrehte, damit sie ihn betrachten konnte. Ein Knopf nach dem anderen rutschte durchs Knopfloch, und die Latzklappe fiel. Dann schnürte er die Unterhose auf. Und sah sie an.

Sie schluckte. Dann fuhr sie sich mit der Zungenspitze über die Lippen.

»Ist es das, was du willst?« Samt und Schatten, seine Stimme, gerade laut genug, um zu ihr durchzudringen. Mit den Fingerspitzen fuhr er an sich entlang. Darauf hatte sie gewartet. Und, Himmel, er auch.

»Ich … vielleicht …« Sie biss sich auf die Lippen und starrte immer noch. »Ähm …« Sie sah ihm in die Augen, zaghaft und verunsichert. »Kannst du ganz langsam rein …?«

Sie spielte ihre Rolle meisterhaft, doch er kannte sie zu gut. Er stieg aus seinen Hosen. »Schmeichelndes Biest!« Er kroch wieder aufs Bett und schob ihre Beine auseinander, um dazwischen Platz zu finden. »Das sagst du zu jedem Mann!«

Ihre verunsicherte Miene löste sich in ein köstlich boshaftes Grinsen auf. »Jeder Mann hört es gern. Selbst einer, der weiß, dass es Schmeichelei ist.«

Das konnte er nicht bestreiten. Er konnte überhaupt nichts mehr sagen. War er wirklich endlich am Ziel? Ihre Schenkel an seinen Hüften? Er mit den Händen auf der Matratze zu beiden Seiten von ihr, die Brust auf dem unheiligen Überfluss ihres Busens, ihre Schultern hochgedrückt von den Ellbogen, die sie noch immer hinter sich aufstützte, und ihr heiteres Gesicht nur Zentimeter von seinem entfernt? Das war so falsch, in jeder Hinsicht. Wie konnte es sich nur so himmlisch richtig anfühlen?

»Lehn dich zurück.« Er stupste mit der Stirn gegen ihre.

»Nein.« Sie blieb, wo sie war.

So sollte es also sein, ja? Na gut. Sie hatten ja noch die ganze Nacht Zeit, um auszuhandeln, wer das Sagen hatte. Er senkte die Hüften und seine Eichel berührte ihr weiches Fleisch, feucht vor Lust.

Er schloss die Augen und erschauderte. »Ich will dich so sehr«, flüsterte er. Verdammt. Er würde es nicht lange schaffen, beim ersten Mal. Aber er würde es wiedergutmachen. Wieder und wieder.

»*Sag* mir das nicht.« Er öffnete die Augen und erblickte kühnen, unerschrockenen Trotz, gar nicht unähnlich dem Ausdruck, den er in jener ersten Nacht an ihr gesehen hatte, als sie ihn in der Bibliothek beim Zusehen erwischt hatte. »*Zeig* es mir. Jetzt.«

»Die Wahrheit, Lydia!« Er klang, als läge er auf einer Streckbank. »Soll ich langsam anfangen?«

»Nein, Mr Blackshear!« Ihre Augen funkelten wie Achate, keine Handbreit entfernt. »Du sollst mich ficken, so hart du kannst.«

Sein Atem brannte ihm im Hals und sie verschwamm vor seinen Augen. Zur Hölle. Würde denn jeder einzelne Schritt ein Kampf werden? Er schüttelte den Kopf und stützte sich auf eine Hand, während er mit der anderen ihren Schenkel streichelte. »Ich habe lange auf diesen Moment gewartet.« Er konnte sie auch mit seiner Stimme streicheln. »Ich will es genießen.«

»Nein.« Sie fegte seine Hand beiseite. »Lass das mit dem Verweilen!«

»Ich verweile nur an Stellen, wo es dir gefällt.« Er wollte verdammt sein, wenn er zuließ, dass sie einen schnellen, brutalen Akt ohne jede Bedeutung daraus machte.

»Ich sagte doch schon, was mir gefällt! Das werde ich ja wohl wissen.« Ihre Stimme wurde dünn und unruhig; sie zuckte wie ein bedrängtes Tier. »Bilde dir ja nicht ein, du wärst der Mann, der mir beibringt, was Zärtlichkeit ist!« Die *Zärtlichkeit* war eine Ratte, der sie eigenhändig das Genick brach, bevor sie sie zu den *Gefühlen* über die Hecke schleuderte.

Und natürlich hatte er sich genau das eingebildet. Oder jedenfalls hatte er sich eingebildet, dass das, was zwischen ihnen gewesen war, irgendetwas hiermit zu tun haben würde. Sie hatte ihm bereits intime Dinge anvertraut, auf ihrem Spaziergang, und ihm so weit vertraut, sich von ihm trösten zu lassen, letzte Nacht, in eben diesem Bett. Warum um alles in der Welt behandelte sie ihn jetzt wie einen zahlenden Kunden?

Er zog sich ein paar Zentimeter zurück und sah, wie Panik in ihren Augen aufflackerte. Sie wollte zwar vielleicht nur einen unpersönlichen Fick, aber den brauchte sie offenbar sehr dringend. »Ich will dir gar nichts beibringen. Das würde ich mir niemals anmaßen.« Er beugte sich und drückte ihr einen Kuss auf die Brustwarze, um sie seiner Begierde zu versichern. »Aber wir können doch bestimmt einen Kompromiss finden zwischen dem, was du willst, und dem, was ich will.«

»*Kompromiss* ist doch bloß ein scheinheiliges Wort dafür, dass keiner zufriedengestellt wird. Mach das noch mal. Aber mit den Zähnen.«

Endlich ein Angriffspunkt. »Gern, sooft du willst.« Er zog sich so weit zurück, dass er gar nichts mehr tun konnte, außer zu reden. »Nachdem wir uns darauf geeinigt haben, wie wir beide befriedigt aus dieser Sache herauskommen können.«

Sie kniff die Augen zusammen. Ihr Blick huschte über sein Gesicht. »Ich werde dich befriedigen. Keine Sorge!« Halb Versprechen, halb Drohung, so wie sie es sagte. »Und falls noch irgendwelche Gelüste übrig sein sollten, machen wir es danach noch mal, so wie *du* willst.«

Das klang … wie ein Geschäft. Ein Handel. Sie würde ihn benutzen, und dann konnte er sie benutzen. Jeder Mann hätte an seiner Stelle sein können, vorausgesetzt, sein Schwanz sagte ihr zu, und offenbar ging sie davon aus, dass jede Frau gut genug für ihn wäre.

Er könnte ablehnen. Er könnte über sie klettern und geradewegs aus dem Bett zu seinen Kleidern. *Es tut mir leid, aber das will ich nicht*, könnte er sagen, während er sich die Hose über seiner exorbitanten Erektion zuknöpfte. Sie würde vermutlich etwas nach ihm werfen.

Hör auf zu denken! Die Frau, die du willst, liegt mit gespreizten Beinen unter dir. Warum, bei allem, was heilig ist, zögerst du? Na schön, diese Runde ging an sie. Ohne den Blick von ihr abzuwenden legte er die Lippen an ihre andere Brust und beschrieb mit der Zunge einen kleinen Kreis.

Sie bäumte sich auf, seinem Mund entgegen, und sank langsam mit ihm zusammen zurück, bis sie flach auf der Matratze lag. »Ja«, murmelte sie mit flatternden Lidern. »Gut so. Und jetzt steck deinen Schwanz in mich. Wo du willst.«

Hoffnungslos verdorben. Er ließ eine Hand über ihren Bauch wandern, über ihre Scham, bis an die Stelle, wo er sie zerfließen lassen konnte wie Butter. »Hier möchte ich. Wo du schon feucht und heiß auf mich bist. Spreiz die Beine weiter!«

Das gefiel ihr, dem Schauer nach zu urteilen, der über sie lief. Und weil sie grundsätzlich nicht in der Lage dazu war, irgendwelche seiner Anordnungen zu befolgen, machte sie die Beine nicht breit, sondern hob sie wie durch ein Wunder der Beweglichkeit über ihn, bis ihre Knöchel auf seinen Schultern lagen. Sein Glied fand den Weg dorthin, wo sie sich für ihn öffnete, und fuhr mühelos bis zum Heft hinein.

Er hielt einen Augenblick inne. Es schnürte ihm die Kehle zu und er keuchte.

Fast ein Jahr war es her. Irgendeine Marketenderin in Belgien musste die Letzte gewesen sein, eine anonyme und wenig bemerkenswerte Begegnung, nach der er sich vage beschämt und völlig unbefriedigt gefühlt hatte. Danach war das Gefühl der Untauglichkeit gekommen, die Angst, dass die Dunkelheit in ihm, seine verdorbene Seele, irgendwie aus ihm austreten und jede Frau, die er berührte, anstecken könnte.

Vielleicht war es das, was er die ganze Zeit gebraucht hatte: keine Frau mit reinem Herzen, die ihn aus der Düsternis heben konnte, sondern eine, die selbst dort wandelte, bereits in einem Maße verdorben, dass nichts mehr zu ruinieren war. Unverletzbar nun, beständiger als die tugendhafteste Jungfrau.

Eine Falte grub sich in ihre Stirn, über den noch immer geschlossenen Augen. »Beeil dich«, sagte sie.

Das konnte er. Er zog sich halb heraus und stieß fest zu. Ihre

Lider flatterten, als sie die Hände an seine Arme legte. Noch mal. Sie legte den Kopf ins Genick und zeigte ihm ihren Hals. Noch mal. Ihre Lippen öffneten sich und er hörte ihren keuchenden Atem, während er den richtigen Rhythmus suchte.

»Lydia, mach die Augen auf«, flüsterte er mit dem letzten Rest seines Atems. »Sieh mich an!«

»Nein. Fester!« Ihre Lippe zog sich zur Seite und gab den Blick auf ihre Zähne frei. Wieder das bedrängte Tier. Ihre Finger gruben sich in die gespannten Muskeln seiner Oberarme.

Er stieß weiter zu, doch die Verzweiflung begann, in eisigen Tropfen durch ihn zu rinnen. Einer nach dem anderen lösten sie sich von dem großen Eiszapfen der Verzweiflung, den er irgendwo in sich verbarg. Sie wollte ihn nicht ansehen, wollte gar nicht mit ihm *zusammen* sein. Er hatte weggeworfen, was von seiner Ehre noch übrig gewesen war, um mit dieser Frau ins Bett zu gehen, und sie hätte genauso gut irgendeine Marketenderin sein können. Eine herrische, übellaunige Marketenderin, die keinen Hehl aus ihrer Verachtung für ihn machte.

»Schneller. Nicht langsamer werden.« Sie öffnete die Augen einen Spaltbreit und funkelte ihn zwischen ihren Knöcheln hindurch an, ohne das kleinste Fünkchen Wärme.

Zum Henker mit ihrer betrunkenen Feindseligkeit. Er würde dem ein Ende machen. Er würde sich aus ihr zurückziehen, sich neben ihr auf die Matratze fallen lassen und sich weigern. *Ich bin nicht dein Feind. Ich bin nicht deine Strafe. Diese Rolle spiele ich nicht für dich!*

Gleich. Gleich würde er das. Fürs Erste biss er die Zähne zusammen, um die Welle der Lust zurückzuhalten und seine Stöße schnell und flach zu halten.

»Fester. Tu mir weh!« Ihre Stimme war ein animalisches Knurren, ihr Gesicht vor Abscheu verzogen.

»Das kann ich nicht. Ich will es nicht.« Man konnte um solche

Dinge bitten, aber nicht so, wie sie es gerade getan hatte. Das würde er ihr später sagen, falls sie dann noch mit ihm sprach. Im Augenblick fehlte ihm der Atem dafür.

Sie wand sich unter ihm und ergriff seine Arme aufs Neue. »Du hast gesagt, du tust, was ich will! Zuerst ich, dann du! Wir hatten eine Abmachung.«

Da riss ihm die Geduld, und mit einer monumentalen Anstrengung hielt er inne, halb in ihr. Erbost riss sie die Augen auf.

»Hör mal!« Seine Brust hob und senkte sich; eine falsche Bewegung, und er würde sich in sie ergießen, doch seine Stimme blieb fest. »Ich ficke dich gerade unter dem Dach deines Beschützers, wider besseres Wissen und allen meinen Grundsätzen zum Trotz.« Ein tiefer Atemzug. »Ich nehme dich härter durch, als ich es je im Leben mit einer Frau getan habe. Ich hole mir vermutlich überall Blutergüsse, und es würde mich nicht wundern, wenn ich mich mit irgendwas anstecken würde.« Noch ein Atemzug. »Es tut mir leid, wenn dir das nicht ausreicht, aber mehr bekommst du nicht. Ich schlage vor, du versuchst, Gefallen daran zu finden.«

Ihr Blick jagte über sein Gesicht, so als sei er ein neuer Gegner, den sie erst einschätzen musste. Und, Teufel noch mal, sie wurde noch heißer auf ihn. Sie nahm die Beine von seinen Schultern, legte sie ihm um den Rücken und schob die Hüfte vor, um ihn noch tiefer in sich zu ziehen. Ihr ganzer Körper brodelte unter ihm wie flüssiges Metall in einer Gussform.

Hölle! Sie hatte es hart haben wollen, und sie hatte ihn ausgetrickst. Sie hatte bekommen, was sie wollte, und er … hatte sein Glied in ihrer heißen, feuchten Fotze. Und er war zu nah am Höhepunkt, um sich zu beschweren, vor allem da sie irgendwelche Muskeln da unten Dinge tun ließ, von denen er gar nicht gewusst hatte, dass der weibliche Körper dazu fähig war.

Süße Mutter Gottes … Er würde es nicht schaffen. Er würde Schande über sich bringen und sie unbefriedigt lassen. Zwischen zusammengekniffenen Lidern beobachtete er, wie sie sich bei jedem seiner Stöße aufbäumte und die Zähne zusammenbiss, wie sie das Gesicht verzog und diese entrückten Laute in ihrem Hals machte. »Komm, Lydia! Schnell.« Die Worte brachen krächzend hervor wie ein Todesröcheln. Aber wenigstens sprach er jetzt ihre gebieterische Sprache.

Und dieses Gebot befolgte sie, dem Schicksal sei Dank. Sie rieb sich an ihm, den Kopf ins Genick gelegt, und fuhr sich mit der Hand zum Mund, um ihre Schreie zu ersticken.

Und keine Sekunde zu früh. Noch zwei Stöße gab er ihr, bevor der Höhepunkt ihn in seine unnachgiebigen Klauen nahm und mit ihm davonsegelte, ohne Rücksicht auf seinen Stolz oder sein Taktgefühl. Dieser Akt war so weit von dem entfernt gewesen, was er gewollt hatte, und doch brach die Lust nicht minder heftig über ihn herein. Er stemmte sich hoch, den Kopf im Nacken, und ergoss sich zum Geräusch von Miss Slaughters erstickten Schreien.

Er hatte sich noch nie in eine Frau ergossen. Ein Gentleman zog sich immer zurück. Es hätte … grenzenlose Glückseligkeit sein sollen. Ein unerwartetes Privileg. Jedenfalls mehr als das, was es war.

Die Lust ließ gerade genug Raum für diesen Gedanken. Dann zog sie sich zurück wie eine Brandungswelle und hinterließ … nichts.

Er hob seinen Körper von ihrem und legte sich neben sie, schlaff, stumm und völlig öde im Inneren. Die ganze Sache war nichts als ein Wegstoßen ihrerseits gewesen. Sie hatte am Ende nicht seinen Namen gesagt, und wenn, dann hatte sie ihm die Befriedigung vorenthalten, indem sie die Silbe mit der Faust erstickt hatte.

Er lag auf dem Bauch, den Kopf von ihr abgewandt, und atmete langsam ein und aus. Er hatte nichts zu sagen.

Ihre Atemzüge gingen schneller, als sie hätten sollen. Sie war nicht entspannt. Vielleicht war das Bedauern bereits über sie gekommen, jetzt wo sie nicht mehr von der Lust benebelt war.

»Haben wir jemanden betrogen?« Die Worte sprudelten mit einer Vehemenz hervor, die ihn vermuten ließ, dass sie sie hatte aussprechen müssen, bevor sie den Mut verlor.

»Mr Roanoke? Das zu entscheiden überlasse ich lieber dir.« Er drehte den Kopf auf dem Kissen. Sie starrte gerade nach oben, angespannt und bewegungslos bis auf das Heben und Senken ihrer nackten Brust.

Sie schüttelte den Kopf, die Lippen fest zusammengepresst. »Ihn meine ich nicht.«

»Jemanden auf meiner Seite?« Jetzt hob er den Kopf, damit sie ihm in die Augen sehen konnte. »Da ist niemand.« *Aber mal ehrlich, hättest du dir das nicht überlegen sollen,* bevor *du mich ins Bett gelockt hast?*

Sie sah ihn aus den Augenwinkeln an. »Es gibt eine Dame, die abhängig von dir ist, glaube ich. Um derentwillen du Geld verdienen willst. Ich dachte, es könnte vielleicht die sein, die du damals in Camden Town besucht hast.«

»Nein, Lydia! Denkst du wirklich, ich wäre der Mann, der …« Er unterbrach sich. Er *war* der Mann, der mit der Frau eines anderen ins Bett ging und brutal mit ihr umsprang. Und in Bezug auf Mrs Talbot war er womöglich noch viel schlimmer. »Die Dame, an die du denkst, ist die Witwe eines meiner Männer. Ich habe ihm versprochen, für sie und ihren kleinen Sohn zu tun, was ich kann. Ich möchte ihr ein Leben in Unabhängigkeit von den Verwandten, bei denen sie jetzt wohnt, ermöglichen. Aber das ist alles. Ich habe nicht vor, ihr den Hof zu machen.«

Sie hatte ihren Schutzschild gesenkt, oder vielleicht war der

Wein daran schuld, und einen Augenblick lang konnte er ihre Gedanken lesen: Er sah, wie das Bangen in ihren Augen in Erleichterung und dann in Neugier überging. »Das ist ein außergewöhnliches Versprechen.«

»Er lag im Sterben.« Wie viel mehr war er bereit, zu erzählen? Er kannte so viele ihrer Geheimnisse – ihr Bruder, der Tod ihrer Eltern, der Schuft, der sie ruiniert hatte – und sie wusste fast nichts von ihm. »Es war ein langer Tag gewesen, und eine noch längere Nacht, und ich wollte – ich wollte ihm an Trost geben, was ich konnte.«

»Was für ein ehrenvoller Mann du bist.« Ihr Blick wanderte über sein Gesicht und schätzte ihn abermals neu ein. »Nicht viele würden ein solches Versprechen geben, geschweige denn versuchen, es einzulösen.«

Mehr konnte er danach nicht mehr sagen. *Ehrenvoller Mann* krabbelte über seine Haut wie ein Tausendfüßler. Und wenn sie noch betrunken war? Vielleicht würde sie seine Geschichte jetzt auf eine Weise aufnehmen, und wenn sie später bei klarem Verstand war, völlig anders.

Sie betrachtete ihn, ruhig und geduldig, bereit, sich anzuhören, was er sagte, und ebenso bereit, sein Schweigen hinzunehmen. Wo zum Teufel war diese Frau vor zehn Minuten gewesen? Wohin ging sie, wenn dieser fauchende, spuckende Sukkubus von ihrem Körper Besitz ergriff?

Einen Augenblick lang erwog er, sie in den Arm zu nehmen und seine Runde einzufordern. Auf seine Weise, wie sie versprochen hatte. Doch jetzt, wo er befriedigt war, übertönte kein nagender Hunger mehr sein Gewissen, das sich mit einer lautstarken Litanei zu Wort meldete.

Eine Berührung erlaubte er sich: Er hob die Hand, um ihr Haar glattzustreichen. »Schlaf jetzt, Lydia. Es war ein langer Tag.« Er erhob sich vom Bett und löschte die Kerzen.

Die Träume kamen wieder, grimmiger denn je. Schüsse. Der entsetzliche Schrei eines Pferds. Rufe in der Dunkelheit draußen, und dann der Knall, als die Kutschentür aufgerissen wurde.

Doch ebenso grimmig war der wachsame Beschützer neben ihr, und holte sie aus jedem Traum, bevor die Bilder weiter fortschreiten konnten. Er zog sie an sich, tupfte ihr mit dem Laken den Schweiß von der Stirn und sagte beruhigende Dinge. *Lydia*, sagte er. *Liebling* nannte er sie mindestens einmal. *Hier bist du sicher. Ich lasse nicht zu, dass dir jemand wehtut.* Denn er dachte, die Träume gingen um sie.

Er hätte sich danach aus dem Staub machen können, doch das hatte er nicht getan. Jetzt wusste er von ihren unanständigen, gierigen, selbstzerstörerischen Heißhungeranfällen. Er hatte die abscheuliche Tiefe ihres Verlangens gesehen. Und er war mit ihr hinuntergestiegen und hatte sich dem ganzen Ausmaß ihres Zorns gestellt, denn er war ein Mann von unendlicher Stärke, unendlicher Geduld und unendlichem Verständnis für die Schwächen anderer.

Seine Stirn berührte ihren Hinterkopf. Sein Atem wärmte ihren Nacken. Sein Arm lag über ihr, wie in der Nacht zuvor, nur dass diesmal kein Stoff dazwischenlag. Jedes Mal, wenn sie erwachte, erstaunte das Gefühl seiner nackten Haut sie aufs Neue.

Lydia blinzelte. War es schon Tag? Ihr Kopf schmerzte. Sie hätte nicht so viel Wein trinken sollen.

Sie hatten die Vorhänge nicht zugezogen, und das Zimmer war von einem diffusen Licht erfüllt. Es dämmerte. Sie hatten noch Stunden, bevor sie aufstehen mussten.

Die Anspannung seiner Muskeln verriet ihr, dass er wach war, während seine vollkommene Ruhe ihr verriet, wie viel Mühe er sich gab, sie nicht zu wecken. Seine Erektion verriet ihr, wie sie die Zeit vor dem Frühstück verbringen konnten, wenn sie wollten.

Er bewegte den Arm, fand unter der Decke ihre Hand, und er verschränkte die Finger darum. Er wusste, dass sie wach war.

Irgendwann heute Vormittag würde sie sich den Konsequenzen dessen stellen müssen, was sie getan hatte. Aber noch nicht jetzt. Sie hatte jemanden zur Ablenkung im Bett, eine wundervolle bereitwillige Ablenkung. Er war niemand anderem versprochen, und sie würde sich in seinen Armen völlig vergessen. Sie zog seine Hand auf ihre Brust, die Warze in der Mitte seiner Handfläche.

Er seufzte, so wie ein Mann seufzt, der nur darauf gewartet hat, dass eine Dame aufwacht und ihre Brust in seine Hand legt. »Wie geht es deinem Kopf heute Morgen?« Er sprach leise, um ihr Schmerzen zu ersparen. Seine Hand übte leisen, süßen Druck aus, und ihre Brustwarze zog sich zusammen.

»Nicht so gut.« Er würde doch nicht beschließen, dass er sie in Ruhe lassen musste? »Anderen Teilen von mir geht es wesentlich besser.«

Sie spürte ein Rumpeln in seiner Brust, ein Lachen so tief und intim, dass es gar nicht an die Luft zu dringen brauchte. »Wieder anderen Teilen von dir könnte es noch viel besser gehen, wenn du möchtest.« Sein Handteller schlitterte über ihre Brust und schlug Funken.

Ja! Es war ein Gebet, eine Lobpreisung. *Ja ja ja ja ja!* »An welche Teile hast du gedacht?«

»Ich muss alle durchgehen und es mir überlegen.« Eine sanfte, unerwartete Berührung: seine Lippen, direkt hinter ihrem Ohr. »Dreh dich um.« Seine Stimme wurde zu einem Flüstern. »Lass dich ansehen.«

Sie rollte sich auf den Rücken und er stützte sich auf einen Ellbogen. Sein Gesicht im blassen Morgenlicht verschlug ihr den Atem. Diese dichten, dunklen Brauen, die ihn so ernst aussehen ließen, die Augen von der Farbe starken Kaffees, die Wangen rau von Bartstoppeln, und alles überzogen von einer unübersehbaren Absicht. Seine Hand verließ ihre Brust, um die Decke zurückzuziehen, und entblößte sie bis zur Mitte ihrer Schenkel. Ihn ebenfalls: Sie konnte die dunklen Haare auf seiner Brust sehen, sein Schlüsselbein, und die Stelle, an der seine Rippen den flachen Muskeln Platz machten, die seinen Bauch hinabführten. Diese unauffälligeren Details waren ihr letzte Nacht entgangen.

Seine Hand kehrte zu ihrer Brust zurück und nahm die Brustwarze zwischen Daumen und Mittelfinger. Er sah ihr in die Augen. Er wollte sehen, wie sie es genoss.

Sein Mund verzog sich zu einer dünnen Linie strengster Konzentration, während er seinen Daumen langsam vor und zurück wandern ließ. Als sie schluckte, zuckte sein Blick zu ihrem Hals. »Magst du das?«, murmelte er.

Ein Schauer lief ihr über den Rücken. Diesen Tonfall hatte er gestern für eine ähnliche Frage angeschlagen. *Ist es das, was du willst?*, hatte er gefragt, als er in seiner ganzen aufgeknöpften Pracht vor ihr gestanden hatte. Eine katholische Nonne hätte nicht Nein sagen können.

»Ja?« Er flüsterte, und seine Finger verstärkten ihren Druck ganz leicht.

»Ja. Fester!« Ihr Atem wurde hastiger.

Er schüttelte den Kopf, und ein Mundwinkel zuckte. »Mein Wille diesmal, weißt du noch? Kein Rumkommandieren! Ich lege ein Veto gegen das Wort *fester* ein.« Sein Daumen streichelte weiter, noch langsamer als vorher, und fast ohne Druck.

Es würde sie umbringen. »Und wenn ich bettle? Statt zu kommandieren?«

Seine Brauen zogen sich zusammen; sein Blick verriet ihr,

dass er es sich bildlich vorstellte. »Das wird keinerlei Wirkung haben«, sagte er dennoch. »Ich habe einen Plan, dem ich zu folgen gedenke.«

Wie Nadelstiche fühlte sich die aufsteigende Panik an. Sie wusste, wie man sich zurücklehnte und sich mit allem arrangierte, was ein Mann tat. Es gab Mittel und Wege, sich tief in sich selbst zurückzuziehen, unerreichbar zu werden, und es gab Mittel und Wege, auch der Erniedrigung Lust abzuringen. Letzte Nacht noch hatte sie ihn gelenkt wie jeden anderen Mann, hatte sich genommen, was sie haben wollte, und ihn dennoch auf Distanz gehalten.

Doch sie war in seinen Armen aufgewacht, müde und warm, und weit offen für ihn. Sie hatte ihren Schutzschild in der Nacht verlegt, und womöglich war es nun zu spät, nach ihm zu suchen.

»Keine Sorge.« Er spürte ihre Nervosität. »Es ist ein hervorragender Plan. Er wird dir gefallen.«

»Da bist du dir sicher, ja?« Sie würde nicht zurückschrecken. Sie würde sich nicht winden, obwohl er seine Hand zu ihrer anderen Brustwarze bewegt hatte und dort dieselbe langsame Tortur begann. »Solltest du diese Entscheidung nicht mir überlassen?« Sie schluckte wieder.

»Du bist so empfindlich!« Eine ehrfürchtige Ansprache an ihren Busen, völlig unbeeindruckt von dem, was sie gerade gesagt hatte. »Ich berühre dich kaum, und du brennst wie Feuer. Warum bestehst du darauf, dass alles hart und schnell und brutal sein muss, wenn dich die geringste Berührung zu den Sternen schickt?«

»Weil es mir gefällt.« Vielleicht konnte sie sich ein bisschen winden. Auch, wenn sie still lag, würde sie ihm niemals weismachen, unempfänglich zu sein.

»Aber das hier gefällt dir auch.« Er ließ einen Fingernagel über sie gleiten.

»Ja.« Ein Schauer durchfuhr sie von den Zehen bis zum Scheitel. »Nimm die Hand weiter nach unten, dann siehst du, wie es mir gefällt.«

»Du kennst aber auch wirklich keine Scham, oder?« Sein Mundwinkel verzog sich, und das schiefe Grinsen war betörend sinnlich. »Geduld, Lydia.« Er griff über sie, stützte sich auf und senkte die Lippen auf ihre Brust.

Ein kurzer, klagender Aufschrei entfuhr ihr. Seine Zunge brannte wie Feuer auf ihrer Brustwarze.

Er hob den Kopf gerade hoch genug, um ihre Augen sehen zu können. Seine eigenen waren dunkel und wild vom primitiven Triumph eines Mannen, der einer Frau einen solchen Laut entlockt hatte. »Du könntest dem grünsten Schuljungen weismachen, er sei ein virtuoser Liebhaber«, sagte er. »Kein Wunder, dass dein Mann dreihundert Pfund für dich verlangt hat.«

Dreihundert. Das war ja Irrsinn. Dem hätte er niemals zustimmen dürfen. Das konnte sie ihm später sagen. »Nicht aufhören.« Das war jetzt wichtiger. »Bitte.« Damit er ihr bloß nicht vorwerfen konnte, ihn herumzukommandieren.

Er gluckste tief im Hals, als ob er ihre Gedanken gelesen hätte, und legte den Mund wieder auf sie.

Männer mochten ihren Busen. Lieber als ihr Gesicht, im Allgemeinen. Dementsprechend hatte sie jede Menge Erfahrung mit Händen und Mündern, Streicheln und Kneifen und Beißen und Saugen und all den erstaunlichen Dingen, die Zungen tun konnten. Will Blackshear tat sie alle, mit einer zärtlichen Gründlichkeit, die ihre Nerven einen nach dem andern entzündete. Sie keuchte und wand sich, verzweifelt wie ein Aal auf dem Trockenen. Wenn er so weitermachte, würde alles vorbei sein, bevor er überhaupt in sie kam.

»Genug.« Das klang doch nicht wie ein Befehl, oder? »Das reicht.« Nein, es klang wie ein jämmerliches Betteln um Gnade.

Er hob den Kopf und warf ihr einen Blick zu, der sie schwindlig machte. »Nicht für mich. Mach die Beine breit.« Er schwang ein Knie über sie und drängte sich zwischen ihre Schenkel, während sie gehorchte.

Die Decke glitt ganz von ihm. Er war nackt über ihr, beeindruckend aufrecht, und seine Augen funkelten in sündiger Absicht. Er brachte das zweite Knie zwischen ihre, und sie schob die Beine noch weiter auseinander, um ihm Platz zu machen.

Doch anstatt sich vorzubeugen, zog er sich zurück, und weiter zurück, und sie wusste, was kommen würde und stemmte die Fersen in die Matratze, um ihm die Hüfte entgegenzustrecken, gierig und schamlos, wie sie war, ohne abzuwarten, dass seine Hände unter sie gleiten würden.

Er ergriff ihre Hüfte, hielt sie fest, senkte den Kopf und zog sie in eine gleißende Welt, die nur aus seinem Mund und seinen Händen bestand. Nein, seinem Mund, seinen Händen und seinem erst im Ansatz vorhandenen Bart, der ihre empfindlichsten Stellen in Ekstase versetzte, während er den Mund über sie rieb.

Er war zweifellos gründlich. Und zweifellos konnte er auch hier jeden Nerv einzeln verwöhnen. Doch er hatte sie zu gut vorbereitet. Ein Strich mit der Zunge, ein Stoß, ein Kreis, und es war um sie geschehen. Sie zitterte am ganzen Leib, ihre Hüften antworteten ihm eigenmächtig, und ihre Hände pressten sich über ihren Mund, um die Schreie zu ersticken, die noch in der Nachbargemeinde zu hören gewesen wären.

Sie war in seiner Hand. Sie zu nehmen war nur noch eine Formalie. Jeder Nerv, jede Zelle ihres Körper sang für ihn und ihn allein. Langsam sank ihre Hüfte wieder auf die Matratze, seine Hände trugen ihr Gewicht und hielten ihren Hintern so perfekt, dass sie blieben, wo sie waren, zwischen Körper und Laken.

Die Hände unter ihr und den Kopf vorgebeugt kniete er da wie in einem heidnischen Gebet. Er sagte nichts. Er blickte nicht auf. Einen langen Augenblick lang verblieb er in seiner Anbetungspose, und als er endlich das Kinn hob und sie ansah, lächelte er so verklärt und befriedigt, als habe er tatsächlich eine Offenbarung zwischen ihren Beinen gefunden.

»Komm her.« Sie streckte ihm beide Arme entgegen. »Wenn ich bitten darf.«

Er zog die Hände unter ihr hervor und streckte sich aus, aber nicht auf ihr, sondern neben ihr, das Gesicht ihr zugewandt. Seine Finger fuhren ihren Haaransatz entlang und sein Blick wanderte über jeden Winkel ihres Gesichts.

»Das war ein guter Plan.« Sie wandte ihm ihren Körper zu. »Er hat mir sehr gefallen.«

»Eigentlich geht er noch weiter.« Er ließ einen Finger an ihrer Wange hinabwandern.

»Das will ich auch hoffen. Du hast schließlich noch gar nicht dafür gesorgt, dass du auch auf deine Kosten kommst.«

»Das habe ich auch nicht vor.«

Oh. Na ja, eine Dame, die bei Mrs Parrish gearbeitet hatte, war so leicht nicht aus dem Konzept zu bringen. Sie hatte schon mehrfach erlebt, dass ein Mann sich seinen Höhepunkt versagen wollte. Wenn er wollte, dass sie …

»Ich werde für gar nichts sorgen.« An ihrem Kiefer wanderte der Finger entlang, von unter dem Ohr bis zum Kinn. Kaum merklich verengten sich seine Augen. »Das wirst du tun.«

17

Die Herausforderung hätte nicht klarer sein können, wenn er sie gebeten hätte, ihre Sekundanten zu nennen. Ihr Genick prickelte. »Traust du mir das etwa nicht zu?«

»Ich weiß nicht.« Mit ernstem Gesicht ließ er die Hand von ihrem Gesicht zum Kissen sinken. »Ich werde es herausfinden.«

Und ob er das würde. »Ich werde dir bestimmt nichts schuldig bleiben!« Vermutlich glaubte er, dass sie in der Spielhölle bereits alle Register gezogen hatte. Er hatte noch gar nichts gesehen! »Ich kann Dinge tun, von denen du gar nicht wusstest, dass du sie willst.« Ihre Stimme stieg in ihr tiefstes Timbre hinab, voller Versprechungen und Potenz. In einer einzigen flüssigen Bewegung erhob sie sich über ihn und drückte seine Schultern auf die Matratze. »Du wirst betteln, um Gnade *und* nach mehr.«

»Nein.« Mit eisernem Griff hielt er sie zurück, als sie halb über ihm schwebte. »Keine Tricks. Spar dir deine Angeberei für den Kartentisch auf. Das ist nicht das, was ich will.«

Nicht das, was ich will. Himmel, nicht noch einmal. Bevorzugte er etwa einen *mittelmäßigen* Fick? Sie fixierte ihn mit genau dem leeren Blick, den dergleichen Ansichten verdienten.

»Ich will keinen Handel. Ich will ein Geschenk. Ich will *dich*.« Je sanfter seine Stimme wurde, desto resoluter wurden seine Augenbrauen. »Die Miss Slaughter, mit der ich vertraut geworden bin.« Er zog sie sanft zu sich herab, bis sie auf seinen Schenkeln saß, direkt vor seiner Erektion. »Ich will mich nicht wieder in eine Fremde ergießen. Ich möchte es mit der Frau tun, die mir inzwischen etwas bedeutet.«

»Nicht.« Er war plötzlich zu einer gleißenden Sonne geworden oder zu einem Lauffeuer, das drohte, überzuspringen. »Sag so was nicht.« Sie musste sich abwenden.

»Keine Sorge.« Er streichelte ihre Arme. »Es muss nicht sanft sein. Du kannst mich ordentlich ficken. Du darfst so viele schmutzige Wörter benutzen, wie du willst. Aber *du* musst es sein, hier bei mir.«

»Das war ich auch letzte Nacht.« Ihre Augen brannten und sie musste blinzeln. »Das war auch ich.« Sie hätte wissen müssen, dass er den Teil von ihr nicht wirklich akzeptieren konnte.

Er schwieg eine Weile lang, und schließlich musste sie einen Blick riskieren. Seine Augen blickten ins Leere, er war in Gedanken. »Natürlich«, sagte er dann. »Verzeih mir den Fehler. Aber ich … ich will dich diesmal *ganz*.«

»Das kann ich dir nicht geben.« Er hatte ja keine Ahnung, worum er sie da bat.

»Dann das meiste von dir. *Mehr* von dir, Lydia!« Er hatte aber auch auf jeden Einwand eine Antwort. Er würde sich durchsetzen, was sie auch sagte. »Es muss gar nicht so schwer sein. Vertrau mir. Vertrau dir selbst! Wir finden schon unseren Weg.«

Sein sanftes Drängen weckte eine Erinnerung: der Abend in der Spielhölle, als er sie in den Korridor gerufen hatte, um für einen Rückzug zu plädieren, und sie ihm die nötige Zuversicht gegeben hatte. Jetzt kämpfte sie mit dem Drang, zu fliehen, und seine ruhigen Hände hielten sie fest.

Sie konnte es. Heute Morgen hatte sie sich bereits gewunden, hatte geklagt und war für ihn gekommen, ohne Wut. Sie konnte ihm entgegenkommen, wie er es wollte, und sie konnte es tun, ohne sich zu verraten.

Sie ergriff sein Glied, kniete sich hin und senkte sich fest herab, bis sie ihn bis zum Heft in sich hatte. Das bedeutete *ja.*

Er schloss die Augen und stieß heftig die Luft aus. »Ja«, sagte er seinerseits. »Gut. Genau so.« Eine Hand verließ ihren Arm und klammerte sich in das zerwühlte Laken.

Er brauchte es also nicht vorsichtig oder warm. »Mach die Augen auf.« Sie konnte ihm befehlen, ohne ihn von sich zu stoßen. »Sieh zu, wie ich dich ficke!«

Ein Zittern durchfuhr ihn, von den Zehen bis zum Scheitel. Er öffnete halb die Augen, und die Hand wanderte von ihrem Arm zu ihrer Taille. »Du bist verdorbener als in meinen wildesten Träumen, Lydia Slaughter. Du bist die schamloseste, schmutzigste, unverbesserlichste …« Sein Loblied endete in einem Fluch, als er sich einer neuerlichen Welle der Lust hingab.

»Du machst mich dazu! Ich wollte dich nackt sehen, seit wir das erste Mal miteinander gesprochen haben, in dem dunklen Korridor im *Beecham's*.« Ihm das anzuvertrauen fiel ihr nicht leicht. Doch er wollte es, also würde er es bekommen, zärtlich geflüstert, während ihre Fingerspitzen durch die Haare auf seiner Brust wanderten.

»Erst seit da? Ich glaube, bei mir war es auf den ersten Blick.« Er sprach zu ihrem Busen, sah schamlos zu, wie er bei jeder ihrer Bewegungen über ihm mitwippte. Er stupste ihren Arm weg, wo er ihr den Blick versperrte. »Verflucht, sind deine Titten herrlich«, grunzte er.

»Willst du sehen, wie ich sie anfasse?«

»Hölle, was glaubst du?« Seine Stimme war heiser und sein Blick glühte hungrig.

Sie hob die Hände, ließ ihre Bewegungen langsamer werden, bis sie nur noch ein zartes Beben waren, und verschränkte die Arme vor dem Busen, um ihre Brüste mit den Handflächen zu bedecken. Vielleicht würde es die Sache interessanter machen, wenn sie die schüchterne Jungfrau spielte, die zur Wollust verführt worden war.

Er starrte und schluckte. »Fass sie an.«

»Tu ich doch!« Verschämt senkte sie den Blick.

»Du ruchloser, mitleidsloser Spaßvogel! Du sollst sie streicheln!«

Sie musste lächeln. Das war ein Trick, und Angeberei, und trotz allem, was er gesagt hatte, wollte er es. Sie erlaubte ihrem Lächeln, ihn darauf aufmerksam zu machen, und er verstand sie genau. Er lächelte zurück, und der süße heimliche Spaß zwischen ihnen ließ eine warme Welle der Freude durch ihren ganzen Körper wogen.

Sie zog die Finger über ihre Brüste, einen nach dem anderen, zögernd wie ein badendes Mädchen. Er musste stärker schlucken. Sein Lächeln verflog und sein Blick wurde immer härter, bis er damit Diamanten hätte schneiden können.

»Was soll ich noch tun?« Sie flüsterte fast, den Blick auf seine Brust geheftet.

»Nimm die Finger in den Mund. Mach sie nass.«

Nicht schlecht, Blackshear. Doch sie wusste etwas Besseres. Sie sah ihm in die Augen. Dann ließ sie ihre Hand zwischen ihren Körper und seinen wandern, zwischen ihre Beine, und holte sie feucht zurück.

Seine Brust erbebte, als er den Atem einsog.

Sie brachte die nassen Finger wieder an eine Brustwarze, und die feuchte Berührung war beinahe so gut wie seine Zunge. Besser, wenn man das Feuer in seinen Augen miteinrechnete. Sie legte den Kopf ins Genick – warum nicht? – und stöhnte laut auf.

»Lydia.« Erstickt brachte er ihren Namen hervor. Seine starken Hände landeten auf ihren Hüften und führten ihre Bewegung. Fester. Zehn Grad oder so weiter zurückgelehnt. Das würde sie sich merken. Sie besaß eine rasche Auffassungsgabe. Dann streunte sein Daumen durch ihre gelockten Haare, und dann war er auf ihr und beschrieb schändliche Kreise. »Lydia«, sagte er abermals. »Lass mich sehen, wie du kommst.«

Sie erschauderte. Doch nein. Ihr Blick fand seinen und sie schüttelte den Kopf. »Du zuerst.« Sie schob seine Hand weg.

Er wollte ein Geschenk. Das sollte er bekommen. Sie hielt seine Hand weiter fest und griff nach der anderen, verschränkte ihre Finger mit seinen, Handfläche an Handfläche. Dann lehnte sie sich vor, schob seine Hände zurück auf die Matratze und brachte ihr Gesicht ganz nah an seins, ohne dabei in ihren Bewegungen innezuhalten.

»Sprich mit mir«, murmelte er, in dem Tonfall, den die Schlange auf Eva verwandt haben musste.

Also erzählte sie ihm ein paar Dinge. Über die Breite seiner Schultern, die Erhabenheit seines Glieds, und wie sie sich nie zuvor im Leben so nackt gefühlt hatte wie unter seinen Augen. Und als seine Hüften unter ihr stärker zu beben begannen, erzählte sie ihm noch etwas mehr. Dass sie das violette Sarsenett nur für ihn getragen hatte. Dass der Duft von Bay Rum sie auf ewig an ihn erinnern würde. Und dass sie bis vor zwei Nächten noch nie neben einem Mann geschlafen hatte.

Es kostete sie all ihre Nerven, ihm diese Dinge anzuvertrauen. Doch wie konnte sie es bereuen, als sie sah, welche Wirkung es hatte? Seine Hände entwanden sich ihren und suchten sich einen Platz an ihrer Taille. Sein Atem ging keuchend. Auf der Schwelle zum Delirium stand er, und sie würde ihn hinüberstoßen.

Sie berührte sich. Er war jetzt weit genug, dass sie es wagen konnte. Sie würde nicht vor ihm ankommen, aber auch nicht viel später.

Er sah zu, wie ihre Finger zwischen ihre Schenkel wanderten, fluchte und stieß mit wütender Anstrengung zu.

Seine Zähne offenbarten sich ihr in all ihrer unvollkommenen Pracht, als er die Lippen zu einer Grimasse verzog. Seine Augenbrauen, zwei Tintenstriche auf seinem angestrengten Gesicht, zogen sich enger zusammen und er kniff die Augen fester zu. Der Griff an ihrer Hüfte wurde noch fester.

Der Höhepunkt traf ihn wie ein Blitz, ein einziger, gleißender Augenblick. Er bäumte sich auf und versteifte sich, rang nach Atem und hielt sie fest, damit er ganz tief in ihr bleiben konnte. Sie würde blaue Flecken bekommen. Es störte sie nicht. Sie rieb sich fester, schneller, ritt auf der Welle seiner Lust, handelte die Blutergüsse ein, machte sich den festen Griff seiner Hände zu eigen, gleich neben dem Ort in ihr, wo er erschauderte und sich ausschüttete.

Ich war das. Ich habe ihm geschenkt, wovon er dachte, dass ich es ihm nicht geben könnte. Sein Samen, sein Glied, sein Höhepunkt sind mein!

Dann erzitterte auch sie, einen Handrücken gegen die Lippen gepresst, um die verzweifelten Laute zu ersticken. Alles erzitterte: Die Bettpfosten schwankten, die Tapete verschwamm vor ihren Augen, die Wände lösten sich auf. Nichts blieb außer Freude und Richtigkeit, und dann gar nichts. Eine vollkommene Leere umfing sie, oder umfing, was sie hätte sein sollen, wenn sie ihr Selbst nicht aufgegeben hätte, um mit diesem vollkommenen Moment zu verschmelzen, und jetzt musste sie nie mehr zurückkommen.

Sie kam aber zurück. Wie sie es immer tat. Und diesmal lag sie nackt auf einem Mann und würde sich binnen weniger Stunden vor einem anderen verantworten müssen. Der Claret und die träge erwachende Lust hatten die Umrisse ihrer Lage – ihrer unüberlegten Übertretung, die nirgendwohin führen würde – verwischt, die ganze Zeit. Jetzt gab es plötzlich nichts mehr, was diese Umrisse verbarg.

Das Atmen kostete ihn noch immer Mühe; zum einen, weil er aus der Übung war, und zum anderen aus einem ganz und gar angenehmen Grund, nämlich dem Gewicht der Frau, die über ihm zusammengebrochen war.

Will atmete ein und legte ihr vorsichtig die Hände auf den Rücken. Sie hatte sich für ihn verausgabt. Sie sollte alle Zeit der Welt haben, sich zu erholen.

Wenn es doch nur einen Weg gäbe … doch er würde diese wenigen glorreichen Minuten nicht mit diesem Gedanken verschwenden. Es gab keinen Weg. Jenseits dieses Betts lag die harte Realität, bestehend aus unzureichendem Vermögen, früheren Verpflichtungen und ihrem Wunsch, vom Schutz eines Gentlemans unabhängig zu sein.

Wie dem auch sei. Fast ein Jahr hatte er auf eine solche Nacht und einen solchen Morgen gewartet, und der Augenblick war jede Minute wert, die er gewartet hatte.

Ihre Rippen drückten sich plötzlich mit einem scharfen Atemzug an ihn. Verdammt. Sie weinte.

»Lydia.« Er konnte die Enttäuschung nicht ganz unterdrücken, doch schnell trat Fürsorglichkeit an ihre Stelle. »Was ist los, Liebling? Was ist denn?« Er nahm sie in den Arm und legte ihr die andere Hand an den Hinterkopf.

Einige entsetzliche Sekunden lang konnte sie kein Wort hervorbringen, und er musste sich fragen, was für Gedanken das waren, die von ihr Besitz ergriffen hatten, gerade als er gedacht hatte, sie sei so glücklich wie er. »Ich will hier nicht bleiben«, sagte sie schließlich. »Ich will zurück nach London.« Offenbar war dieses Geständnis bereits zu viel für sie gewesen; sie schluchzte leise, und ihre Muskeln zuckten voller Verzweiflung.

»Dann kümmere ich mich darum.« Keine andere Antwort auf der Welt war ihm möglich. »Keine Sorge. Ich bringe dich nach Hause. Heute noch.« Ein tiefer, tiefer Atemzug, bevor er das nächste Wort über die Lippen brachte. »Versprochen.«

Mr Blackshear hatte angeboten, für sie mit Edward zu sprechen. »Ich sage ihm, dass du krank geworden bist, und dass der Viscount sowieso heute fahren wollte und angeboten hat, dich mitzunehmen. Ich kann sagen, dass deine Krankheit jegliche Unzucht zwischen uns verhindert hat.«

Doch Edward war nicht so blauäugig, einer solchen Geschichte Glauben zu schenken. Und selbst wenn man ihn davon überzeugen konnte, dass sie und Mr Blackshear die Dinge nicht vollzogen hatten, würde er sie immer noch der bloßen Absicht bezichtigen. Sie hatte sich ihm vor der versammelten Gesellschaft widersetzt. Das würde er ihr nicht so bald verzeihen.

Ihre Bestrafung schien sogar bereits in die Wege geleitet zu sein: Als sie nach einem Dienstmädchen klingelte und es zu Mr Roanoke schickte, um ihr weinrotes Musselin und ein sauberes Hemd zu holen, kam das Mädchen mit leeren Händen zurück. Ihre Kleidung sei aus Mr Roanokes Zimmer verbannt worden. Sie solle das Kleid von gestern anziehen und in Mr Roanokes Arbeitszimmer vorstellig werden.

Ihr Magen rumorte, als sie sich aufmachte. Mr Blackshear hatte sich zuerst angezogen und war vorausgegangen, um den Viscount zum Aufbruch zu bewegen und vermutlich Edward von ihrer Abreise in Kenntnis zu setzen. Vielleicht befand er sich sogar jetzt gerade im Arbeitszimmer, um ihr notfalls mit seiner niemals wankenden Entschlossenheit beizustehen.

Doch nein. Sie trat durch die geöffnete Tür und fand einen Gentleman bei Edward vor, der wie ein Verwalter aussah. Edward blickte auf, als sie über die Schwelle trat, und bedeutete ihr, ohne sein Gespräch zu unterbrechen, sich auf einen Sessel zu setzen und zu warten, bis sie an der Reihe war.

Sie ging zum Sessel, setzte sich jedoch nicht, sondern blieb stehen. Seiner Anordnung zu folgen hätte zu schuldbewusst ausgesehen. Sie war vielleicht besorgt und ein wenig erschrocken über ihre eigene Kühnheit in den letzten fünfzehn Stunden, und sie konnte sich beim besten Willen nicht vorstellen, wie sie und Edward sich nach dem Verrat der letzten Tage je wieder aussöhnen sollten – doch eins war sie ganz sicher nicht: schuldbewusst.

Er sprach noch weitere fünf Minuten mit dem Verwalter, und als der Mann gegangen war, stand er vom Schreibtisch auf und ging zum Fenster hinüber, ohne sie eines Blickes zu würdigen. Breitbeinig stand er da und legte die Hände hinter dem Rücken zusammen. »Hattest du einen angenehmen Abend?«, fragte er giftig.

»Einen ebenso angenehmen wie du, hoffe ich.« Falls er sie zur einzig Schuldigen in diesem Theater machen wollte, stand ihm eine Enttäuschung bevor.

»Ich gratuliere. Hör zu.« Er reckte das Kinn. Er drehte sich nicht um. »Deine Sachen sind bereits gepackt. Du hast zwanzig Minuten, um zu frühstücken und dich zu verabschieden, falls du das wünschst. Du und dein Koffer fahrt nach Witham, von wo aus du die Postkutsche nehmen kannst. Ende der Woche, wenn ich nach London zurückkehre, wirst du aus dem Haus in der Clarendon Street verschwunden sein. Ist das klar?«

Die Hälfte ihrer Organe fiel ins Bodenlose, die andere Hälfte krampfte sich zusammen. Natürlich hatte sie gewusst, dass das der Preis für ihre Ausschweifung sein könnte. Mehr noch: Sie musste gewusst haben, wenn sie sich's recht überlegte, dass sie nie wieder mit ihm ins Bett gehen konnte, egal wie er über die Sache dachte. Und dennoch trieb es ihr die Wut ins Gesicht und ließ sie gleichzeitig frösteln, dieses Urteil gesprochen zu hören.

»So ist das also.« Sie verschränkte ihrerseits die Arme im Rücken und trat mehrere Schritte auf ihn zu. »Ich bin eine Ware, die nach Belieben verschachert und herumgereicht werden kann, wenn es dir passt, ja? Aber ansonsten habe ich enthaltsam zu bleiben und zu schweigen, wenn du mir deine eigenen Übertretungen unter die Nase reibst?« Diese Meuterei würde ihr rein gar nichts bringen – selbst wenn sie ihn dazu brächte, die Ungerechtigkeit zuzugeben, würde sie nicht zu ihm zurückgehen –, doch die Worte sprudelten trotzdem hervor. »Dir steht es frei, dich mit anderen Frauen zu vergnügen, sobald sie dir ins Auge springen, sogar wenn wir fürs Theater verabredet waren, und ich darf zu Hause sitzen, brav warten und dir keine Fragen stellen, wenn wir uns das nächste Mal sehen?«

Da drehte er sich um, und seine haselnussbraunen Augen glühten vor Wut, die er kaum unterdrücken konnte. Er hatte sie nie geschlagen, nicht einmal. Doch sie war sich dessen nie ganz sicher gewesen. »Ich bin der Gentleman. Du bist die Mätresse.« Eine Pause von zwei Sekunden, in der ein Muskel in seinem Gesicht zuckte. »Seit sieben Monaten bezahle ich alle deine Ausgaben. Du bezahlst keine von meinen. Du hast genauso viel Recht, mir etwas vorzuschreiben, wie ein Dienstbote.«

Verflucht sei er, seiner Feindseligkeit einen Klecks unbestreitbarer Logik beizumischen. Und er erinnerte sie an eine Sorge, die sie bis jetzt auf ihrer kopflosen Jagd nach Rache und Befriedigung nicht miteinbezogen hatte. Sie rang die Hände. »Und was wird aus Miss Collier?« Schritte in der Ferne. Ihr fiel ein, dass sie ihm noch nicht eröffnet hatte, dass sie mit Mr Blackshear und seinem Freund fahren würde anstatt in der verordneten Kutsche.

»Mit wem?« Seine königliche Stirn runzelte sich und sein Kopf neigte sich mehrere Grad zur Seite.

»Mein Zimmermädchen. Miss Collier.« Ihr Puls hämmerte plötzlich. Wie hatte sie nur so unvorsichtig sein können? Wer sollte sich um Jane kümmern, wenn sie es nicht tat? »Ich möchte sie mitnehmen.« Ihre Gedanken rasten. Sie hatte fast vierhundert Pfund. Sie konnte sich ein bescheidenes Haus nehmen und Will dazu überreden, wieder mit ihr in die Spielhöllen zu gehen. »Den Schmuck kannst du behalten, und alles, was du je für mich gekauft hast. Ich will nur das Mädchen.«

Falsch, falsch, falsch! Wie konnte sie so dumm sein? Eine erfahrene Spielerin sollte es besser wissen. Sie hatte ihm gerade eine Waffe in die Hand gegeben und ihm gezeigt, wohin er zielen musste.

»Ich fürchte, das wird nicht möglich sein.« Er warf ihr einen Schulterblick zu und erhob die Stimme. Jemand war im Raum, jemand, der das Folgende nur allzu gern mit anhören sollte. »Sie ist ganz hübsch, deine Magd. Sie kann mich unterhalten, während ich mich nach einer neuen Mätresse umsehe.«

Er wollte ihr natürlich wehtun, sie beleidigen und ihr vor Augen führen, wie wenig Macht sie über ihn hatte. Vielleicht hatte er das gar nicht wirklich vor.

Einerlei. Seine Worte entfesselten zwei Furien in ihr: die Wut darüber, dass sie das Mädchen nicht schützen konnte, und den Zorn auf alle Männer, die je geglaubt hatten, Frauen existierten nur zu ihrem Vergnügen. Ohne nachzudenken, machte sie einen Satz und schlug zu, so hart sie konnte.

Sein Arm kam so schnell. Einen Augenblick lang war die ganze Welt heißer Schmerz, erst dann verstand sie die Ursache. Ihr Gesicht. Sein Handrücken. Sie taumelte zurück in helfende, unbekannte Arme. Geräusche, undeutliche Bewegungen, und als das Flimmern vor ihren Augen nachließ, lag Edward auf dem Aubusson.

Mr Blackshear, der über ihm stand, fuhr herum und blickte mit grimmiger, dringlich fragender Miene an ihr vorbei zu der Person, die sie hielt. Die Antwort schien positiv auszufallen, denn er fuhr abermals herum und blickte wieder auf den Teppich. »Schicken Sie Ihre Sekundanten zu Lord Cathcart in London. Wir stehen jederzeit zur Verfügung.«

Edward nickte und rieb sich das Kinn. Ihr Kinn schmerzte ebenfalls. Ihre Wange brannte. Er hatte sie geschlagen.

Ihr ganzer Körper fühlte sich an wie brechende Eierschalen. Er hatte sie geschlagen, und Mr Blackshear hatte ihn geschlagen, und jetzt würden sie es mit Pistolen austragen. »Tut das nicht«, sagte sie. »Das will ich nicht.«

Doch niemand antwortete ihr. Es war geschehen, und weder Worte noch Taten noch abgrundtiefe, herzzerreißende Reue ihrerseits konnten es ungeschehen machen.

»Was nun, Blackshear?« Lord Cathcart hing auf der gegenüberliegenden Bank, ein Arm auf der Lehne, und schwankte mit der Bewegung der Kutsche. Die erste halbe Stunde der Fahrt hatten sie über unverfängliche Themen gesprochen und in stummer Übereinkunft so getan, als sei nichts Außergewöhnliches vorgefallen. Doch irgendwann war Lydia schläfrig geworden und immer weiter zur Seite gesackt, bis ihr Kopf auf Wills Schulter zu liegen gekommen war, und jetzt konnten sie über Dinge sprechen, die sie vor ihr nicht diskutiert hätten.

»Zielen üben, schätze ich.« Verflucht sei das Schicksal und die Art und Weise, wie es mit ihm spielte. Er hätte Roanoke auch gleich damals an seinem ersten Abend im *Beecham's* dazu provozieren können, ihn herauszufordern. Es hätte ihnen beiden eine Menge Zeit und all den Ärger dazwischen erspart.

Der Viscount schüttelte den Kopf. »Am Ausgang des Duells zweifle ich nicht. Das ist so gut wie gewonnen.« Von seinem Sekundanten hätte Will auch keine andere Antwort erwartet. »Ich frage dich, was du wegen der Dame zu unternehmen gedenkst.«

»Ich weiß es nicht.« Selbstvorwürfe, seine treuesten Begleiter, wanden sich wie Würgeschlangen um ihn. »Ich wünschte, ich könnte etwas für sie tun, aber ich kann mir keine Mätresse leisten. Ich hätte nicht mit ihr anbändeln sollen, da ich wusste, dass es sie ihre Stellung kosten könnte und ich ihr keinen Ersatz bieten kann.«

»Nimm nicht die ganze Schuld auf dich. Sie ist kein kleines Mädchen mehr. Sie wusste, was auf dem Spiel stand, und sie hat sich entschlossen, zu spielen.«

Das stimmte natürlich. Aber es tröstete ihn nicht im Geringsten. Nicht, wo er bei jedem Atemzug von leichtem Rosenduft an das Wesen neben sich erinnert wurde. »Sie war betrunken, weißt du.« Er sprach noch leiser. »Als ich reinkam, hatte sie schon eine halbe Flasche Claret geleert. Ich hätte auf dem Boden schlafen sollen.«

»Hat sie dir heute Morgen Vorwürfe gemacht? War sie distanziert?« Cathcart legte fragend den Kopf schief und trommelte mit den Fingern auf den Lederbezug.

Lebhaft überkam ihn die Erinnerung an den Morgen. *Willst du sehen, wie ich sie anfasse? Ich wollte dich nackt sehen, seit wir das erste Mal miteinander gesprochen haben.* »Nein.« Behutsam setzte er sich auf der Bank zurecht, um sie nicht zu wecken. »Sie war weder vorwurfsvoll noch distanziert.«

»Dann wird sie schon wissen, was das Beste für sie ist. In ihrem Metier kommt man nicht weit, wenn man das nicht kann.«

Das stimmte zweifellos auch. Doch wie sollte sie zurechtkommen? Aus ihrem Haus verbannt. Keine Familie, bei der sie unterkommen konnte. Jeder Sicherheit, die sie gekannt hatte, beraubt.

Sie seufzte hörbar und sank noch tiefer an ihn, der süße Druck ihres Körpers begleitet von einem erdrückenden Gewicht: Vertrauen. Vertrauen war es, was sie neben ihm einschlafen ließ, hier wie im Bett.

Er hätte nie um ihr Vertrauen bitten sollen. Wie hatte er so anmaßend sein können, wo alles, was er ihr zu bieten gehabt hatte, die Zerstörung ihrer mühsam zusammengeflickten Existenz gewesen war? Wie hatte er so töricht sein können, er, der er diese Last kannte und wusste, wie schlecht er darin war, sie zu tragen!

Wenn bei den Poststationen alles glattgegangen wäre, hätten sie London lange vor Einbruch der Dunkelheit erreicht. Eine Kutsche mit drei Reisenden und eine zweite für das Gepäck und den Diener des Viscounts hätten die Ressourcen eines kompetenten Unternehmens nicht ungebührlich strapazieren dürfen. Doch hier herrschte Pferdeknappheit, dort waren drei Postillione erkrankt, und so kam es, dass sie sich noch immer auf der Straße befanden, die zweite Kutsche einen ganzen Pferdewechsel hinter der ersten, als die Schatten länger wurden und sie neuerlich vom Schicksal heimgesucht wurden.

Der Hufschlag ertönte ganz plötzlich, wie aus dem Nirgendwo. Jesus! *Straßenräuber*. Will war aufgesprungen und hatte nach dem Pistolenkoffer hinter Cathcarts Sitz gegriffen, noch bevor der Diener Alarm schlug und die Schüsse ihrer Verfolger fielen.

Zwei Pistolen, beide geladen – dessen hatte er sich auf der Fahrt aus Essex heraus versichert. Zwei berittene Begleiter voraus, jeweils mit einer Donnerbüchse ausgerüstet, und zwei gemietete Postillione, denen er ihre Sicherheit zu keinem noch so geringen Anteil anvertraut hätte, wenn die Sonne nicht bereits am Sinken gewesen wäre und er einfach keine Zeit gehabt hätte, auf bessere Reiter zu warten. Auf sie würde er nicht zählen, weder bei einem Wettrennen – vier Pferde, zählte er richtig? Oder fünf? – noch in einem Kampf.

Die Kutsche schwankte stark; er grub die Füße in den Boden,

presste den Koffer an sich und streckte den freien Arm aus, um Miss Slaughter daran zu hindern, von ihrem Sitz geschleudert zu werden. Ihre Augen, vor Entsetzen geweitet, blickten in sein Gesicht, und einen Augenblick lang fühlte sich sein Magen an wie der Kiel eines Schiffs, das auf Grund gelaufen war.

Er hatte versprochen, sie nach Hause zu bringen. Sie hatte ihm vertraut.

Ein Schuss, der direkt über ihnen abgefeuert wurde, brachte ihn wieder zur Besinnung. Keine Zeit, sich der Verzweiflung hinzugeben. Er war der Einzige hier, der zum Soldaten ausgebildet worden war, und das Leben zweier Zivilisten hing davon ab, dass er einen kühlen Kopf bewahrte.

Er stützte Lydia, legte sich den Koffer auf die Knie und zog eine Pistole heraus. Er hielt dem Viscount den elfenbeinernen Griff hin. »Steck sie dir hinten in die Hose, wo man sie nicht gleich sieht.«

»Die Diener …«, sagte Cathcart, als er die Pistole ergriff.

Will schüttelte den Kopf. »Einer hat schon abgefeuert. Der andere wird sicherlich entwaffnet werden. Die Postillione auch. Sie sind in der Überzahl.« *Wir hätten die zweite Kutsche nicht zurückfallen lassen sollen.* Unnötig, dieses nutzlose Bedauern auszusprechen. Sie hatten sich entschlossen, das Tageslicht auszunutzen, und jetzt konnten sie diese Entscheidung nicht mehr zurücknehmen.

Der Viscount kümmerte sich um die Pistole; seine Lippen zusammengepresst und blutleer. Er hatte Angst, das war nur klug, doch er war bereit, zu tun, was von ihm verlangt wurde.

»Lydia.« Er drehte sich zu ihr um. Als Offizier lernte man, wie man mit einem Mann umging, der starr vor Schreck war. Vielleicht konnte er das auch mit einer Frau. »Weißt du, wie man eine Pistole abfeuert?« Er schickte ein Stoßgebet zum Himmel.

Sie nickte. »Mein Bruder hat mir Schießen beigebracht.«

Gott sei Dank, und Henry Slaughter sei Dank, möge er in Frieden ruhen. »Du musst jetzt herzloser denn je sein, Lydia.« Die Kutsche wurde langsamer. Sie hatten nicht viel Zeit. »Ich werde dich darum bitten, einen Mann zu erschießen. Kannst du das?«

Gott schütze ihre kalte Seele, *so* verdrängte er den Schrecken. Jeder Winkel ihres Gesichts versteifte sich, und sie streckte die Hand nach der Pistole aus.

Er rutschte bereits zu Boden, als er sie ihr gab. »Du gibst vor, in Ohnmacht zu fallen. Versteck die Pistole in deinen Röcken.« Während er sprach, reichte er Cathcart den Pistolenkoffer, der ihn wieder verstaute. »Der Viscount und ich lassen uns aus der Kutsche zerren und lenken die Männer ab. Du musst einen von hinten erschießen.«

Sie nickte wieder, mit Augen wie dunkles Eis, während sie sich hinlegte und die Pistole versteckte. Falls sie irgendwelche Hemmungen hatte, einen Mann von hinten zu erschießen, zeigte sie sie nicht.

»Vermutlich wird es dann einen Augenblick der Verwirrung geben, und da musst du, Cathcart, deine Pistole ziehen und einen anderen erledigen.« Sie hörten das Geräusch eines Aufpralls, als jemand vom Pferd zu Boden sprang. »Danach sehen wir weiter.« Noch ein Blickwechsel mit dem Viscount, einer mit Lydia. Sein Herz schlug kräftig, aber ruhig. Stark. »Schreckt nicht davor zurück, zu töten. Das können wir uns nicht leisten. Ich verlasse mich auf euch beide.« Er hatte gerade noch Zeit, Lydias Handgelenke zu ergreifen und ihren davongaloppierenden Puls zu fühlen, bevor die Tür aufgerissen wurde.

18

»Nicht schießen!« Will drehte sich halb um, eine Hand an Lydias Handgelenk, die andere zum Zeichen der Kapitulation erhoben. »Wir haben keine Waffen. Wir machen Ihnen keinen Ärger. Wir wollen nur weiterfahren.« Seine Finger juckten teuflisch nach einer Waffe, und jede Faser seines Körper protestierte gegen den Entschluss, das lahme Reh vor einem Rudel Wölfe zu spielen. Doch er würde tun, was nötig war, um die Aufmerksamkeit von seinen bewaffneten Begleitern abzulenken.

»Legt euer Geld und euren Schmuck hier an die Tür. Keine schnellen Bewegungen!« Die Stimme schrillte durch die Dämmerung wie ein zuschnappendes Fangeisen. Ein Pistolenlauf wurde auf die geöffnete Tür gerichtet. Genug Tageslicht verblieb, um einen zweiten Mann direkt hinter dem ersten erkennbar zu machen, und noch einen etwas weiter entfernt, bei den Pferden. Fünf, mindestens. Die drei in Sichtweite hatten sich nicht vermummt, was nichts Gutes verhieß.

Unter seinem Daumen raste Lydias Puls davon. Das Gefühl war ihm entsetzlich vertraut. Egal. In diesem Augenblick war persönlicher Kummer das Unwichtigste auf der Welt.

»Der Schmuck meiner Frau ist in ihrem Koffer.« Er fixierte einen Punkt mitten in der Luft, wo er mit niemanden in Blickkontakt treten würde. »Das Geld auch.« Gott sei Dank waren sein und Lydias Koffer auf dieser Kutsche und nicht auf der anderen; sie würden sie eine Weile beschäftigen. Er räusperte sich. »Unser ganzes Geld ist in den Koffern. Bitte nehmen

Sie es und lassen Sie uns ziehen! Meine Frau ist vor Schreck in Ohnmacht gefallen.«

»Vor Abscheu wohl eher, bei so einem Waschlappen von Ehemann.« Das kam vom zweiten Mann und rief bei dem bei den Pferden ein Prusten hervor. Gut. Mehr Ablenkung. Je mehr sie damit beschäftigt waren, sie zu drangsalieren, desto weniger vorsichtig würden sie sein.

»Holt die Koffer runter«, bellte der erste Mann die Diener an. Er lehnte sich durch die Türöffnung und benutzte die Pistole, um Wills Kinn anzuheben, bis sie sich in die Augen sahen. »Jetzt, guter Freund, gebe ich dir eine letzte Chance.« Er war ein hässlicher Rabauke mit zwei sichtbar verfaulten Zähnen und dem passenden Atem dazu. »Gib mir deine Börse, und die des anderen Herrn auch. Wenn wir eure Taschen durchsuchen müssen und ihr gelogen haben solltet, wird es dir und deiner ohnmächtigen Frau schlecht ergehen.«

Heiß wallte die Wut in ihm auf und fuhr ihm durch alle gespannten Muskeln; er verwandelte sie, um sie besser unter Kontrolle zu haben, in grimmige Entschlossenheit. Sie würden ihr kein Haar krümmen. Und wenn er das Feuer jeder einzelnen Pistole abfangen musste, die dieses Lumpenpack besaß, ihnen hinterhertorkeln und sie mit dem letzten Atemzug umlegen musste, der ihm dann noch blieb – doch das würde er nicht. Er lockte sie in eine hübschere Falle.

Genau, du Hurensohn. Hol uns raus, um uns zu durchsuchen! Ich schätze, du wirst es sein, auf den sie zielt. Er blinzelte und zuckte, als trüge er Unterwäsche aus kratziger Wolle. »Wir haben kein … jedenfalls …« Ein kurzer Blick zu Cathcart, der zusah, bereit und voller Vertrauen auf seinen Plan. Noch mehr *Vertrauen*, zum Teufel. Und was konnte er anderes tun – was konnte er, was konnte irgendein Mann auf dieser Erde, mit Vertrauen konfrontiert, anderes tun, als danach zu streben, sich dessen würdig zu erweisen? »Ich glaube jedenfalls … Ich bin ziemlich sicher, dass alles in den Koffern ist.« Das Letzte sagte er mit weinerlicher Stimme, den Blick niedergeschlagen. Die Pistole unter seinem Kinn war nichts als ein Ärgernis. Ein Mann, dem es ernst damit war, hätte längst abgedrückt.

»Also gut. Kommt raus, dann werden wir ja sehen, nicht wahr?« Die Pistole verschwand, und die Räuber glucksten voller Vorfreude, als sie ihnen Platz machten. Die anderen beiden waren jetzt auch da, die Hände voll von den Waffen der Diener und des Kutschers. Offenbar erwarteten sie einen Heidenspaß.

Lydias Hand loszulassen fühlte sich eine endlose Sekunde lang an, wie von einer Klippe zu springen. Doch er tat es. Nach einem kurzen Druck, um ihr Mut zu machen und sie daran zu erinnern, dass er auf sie zählte, ließ er los und krabbelte so ängstlich und so wenig furchteinflößend, wie er konnte, durch die Kutsche und auf den Boden. Der Viscount kletterte hinter ihm heraus, und Will brachte es zuwege, mit ihm zusammenzustoßen, sich umzudrehen und mehrere Schritte zu stolpern, bevor er mit erhobenen Händen ein wenig von der Kutsche entfernt zum Stehen kam.

Die Räuber johlten und machten keinen Hehl aus ihrer Verachtung für so ein schäbiges Exemplar der Männlichkeit. Doch sie mussten der Kutsche jetzt den Rücken zuwenden, um ihn anzusehen.

Cathcart schlich an seine Seite, die Hände ebenfalls hoch erhoben. Aus dieser Entfernung spürte Will, dass sein Freund zum Zerreißen gespannt war. In Studententagen war er ein Meisterschütze gewesen. Gebe Gott, dass er diesen Sport ebenso wenig vernachlässigt hatte wie Billard.

Eine schnelle gewohnheitsmäßige Bestandsaufnahme: vier Räuber unterschiedlicher Größe; dahinter die Kutsche, die Diener entwaffnet, aber vielleicht dennoch zu etwas zu gebrauchen; Postillione abgestiegen; eine Frau mit einer Pistole irgendwo im Inneren. Rechts die fünf Pferde der Straßenräuber, und ein Mann im Sattel, der die Zügel hielt. Auch er betrachtete die beiden Gefangenen, wenngleich er sich nur halb umzuwenden brauchte, um in die Kutsche zu sehen.

Es half nichts, sich das vorzustellen. Will biss die Zähne zusammen. Die Geldbörse in seiner Brusttasche fühlte sich an wie glühende Kohlen, die sich ganz bestimmt durch die Wollte seines Rocks brennen würden, als der kräftigste der Schurken vortrat und die Pranken hob, um sie zu durchsuchen. *Jetzt, Lydia!* »Soll ich … Soll ich meine Hände so hochhalten oder zur Seite?« Er musste sie so gründlich ablenken, wie er konnte, bevor sie sich am Ende umdrehten, und – *Da!* Eine Bewegung in der Kutschentür; Stoff, ein Gesicht, ein Arm – sein Herz strudelte in seiner Brust und der Blutrausch erwachte in seinen Knochen.

»Hör um Himmels willen auf zu wimmern und …« Es gab einen Knall und Will schnappte sich den Mann, bevor er Zeit hatte, sich umzudrehen; ergriff ihn an den Ohren und donnerte sein Gesicht gegen ein erhobenes Knie. Das Knie würde höllisch wehtun, später. Keine Zeit, es jetzt zu spüren.

Ein zweiter Schuss ertönte neben ihm, und ein dritter antwortete. Das Herz schlug ihm bis zum Hals. Wenn sie getroffen war – doch es gab keine Zeit für ein *Wenn*. Er stieß den toten Mann zur Seite und warf sich in die Richtung, aus der der letzte Schuss gekommen war.

Wie viele von ihnen standen noch? Hatten Lydia und Cathcart getroffen? Das würde er später herausfinden. Jetzt gerade zog der Halunke vor ihm noch eine Pistole aus dem Gürtel – zur Hölle mit diesen Bastarden, wie viele hatten sie denn dabei? – und Will schlug sie ihm in einem weiten Bogen aus der Hand. Undeutlich gewahrte er Hufgeklapper und Getümmel irgendwo zu seiner Rechten, dann trat der entwaffnete Mann ihm gegen das Knie, und *Jesus*, jetzt tat es weh. Verfluchter Sohn einer räudigen *Hündin*! Wo er sich so viel Mühe gegeben hatte, gegen den Waffenvorteil *und* die zahlenmäßige Überlegenheit anzugehen. Er verlagerte sein Gewicht auf das andere Bein und platzierte seine Faust im Gesicht des Schurken. Genau ins Schwarze.

Der Mann taumelte zurück und fuchtelte mit den Armen, um das Gleichgewicht nicht zu verlieren, während ihm bereits Blut aus der Nase floss. Beinahe hatte er seine Balance wiedergefunden, da ertönte ein weiterer Schuss und er zuckte zusammen wie eine gefällte Vogelscheuche.

Einen verwirrenden Augenblick lang war es, als sei er wieder in dem kleinen Raum oben im *Beecham's* und kämpfte damit, seinem Gehirn verständlich zu machen, was intuitiv völlig widersinnig zu sein schien. Zwei Pistolen mit Elfenbeingriffen; zwei Schüsse. Woher kam dann der dritte?

Er blickte nach links und sah sie neben einem gefallenen Banditen knien, die rauchende Pistole des Mannes in beiden Händen. Ihre weit aufgerissenen Augen trafen seine ohne irgendein Zeichen des Erkennens. Sie ließ die Pistole fallen und wandte sich um, um die leblose Gestalt vor sich zu betrachten. Ihre Schultern hoben sich mit einem mächtigen Atemzug, dann hoben sich auch ihre Fäuste, und plötzlich schlug sie auf den Mann ein, als stünde er zwischen ihr und ihrem nächsten Atemzug.

Ein rascher Blick über die Lichtung: Vier hatten sie erwischt. Der Fünfte war verschwunden, und die Pferde mit ihm. »Cathcart.« Der Viscount stand wie versteinert da und starrte Lydia an, als sei sie eine Todesfee, die plötzlich in ihrer Mitte aufgetaucht war. »Sieh nach, ob noch welche am Leben sind, und fessele sie. Deine Leute können das Gepäckseil abschneiden.«

Er ging zu ihr. Sie blickte nicht auf und ließ auch nicht von ihrem Opfer ab, also kniete er sich hin. »Lydia.« Aus dieser Nähe konnte er hören, wie sie keuchte. Sie gab kein Zeichen, dass sie ihn gehört hatte.

»Lydia!«, sagte er lauter. Er hätte auch in einen Orkan hineinflüstern können. Er rutschte hinter sie, schlang die Arme um sie und presste ihre Ellbogen an ihre Seite. Dann stand er auf und hob sie hoch.

»Schlag ihn tot!« Ihre Stimme zitterte vor Zorn. Sie wand sich, wollte sich befreien, doch sein Griff war zu fest. »Zerschmettere sein Gesicht, wie bei den anderen!«

»Nicht nötig.« Und nicht angenehm. Seine Gier nach Gewalt verpuffte meistens bereits mit der ersten Drohung. Aber er hatte Reaktionen wie ihre bei seinen Kameraden in der Schlacht gesehen und von noch schlimmeren gehört. Einige der älteren Offiziere in seinem Regiment waren in Badajoz gewesen und mit Geschichten zurückgekehrt, die einem das Blut in den Adern gefrieren ließen. Er neigte den Kopf und sprach ihr ins Ohr. »Er kann dir nichts tun, dieser Mann. Du bist sicher vor ihm.«

»Du hast keine *Ahnung*!« Es klang wie ein umfassendes, endgültiges Urteil über seinen Charakter. Und zweifellos gab es viele, viele Dinge, von denen er keine Ahnung hatte.

Dennoch hielt er sie fest. Ahnungslos, wie er war, stand er da und hielt sie in den Armen, nahm ihre restliche Wut auf. Seine Kniescheibe schmerzte, seine Knöchel brannten und am ganzen Körper spürte er die Folgen zweier schlafloser Nächte. Doch er lebte, und sie lebte, und der Viscount auch. Wie leicht hätte es anders kommen können!

Sie sagte nichts mehr. Auch ihr Körper wurde endlich ruhig, und er stellte sie auf die Füße – vermutlich würde sie allein sein wollen, um sich zu sammeln – und sah nach Cathcart.

»Der, dessen Gesicht Bekanntschaft mit deinem Knie gemacht hat, ist der Einzige, der noch atmet.« Der Viscount deutete dorthin, wo die Diener soeben ein Stück Seil um die Knöchel der besagten Gestalt banden. »Na ja, der und der verfluchte Feigling, der mit den Pferden abgehauen ist.« Er lachte – es klang fast ein wenig wahnsinnig – und fuhr sich mit dem Handschuh über die Stirn. »Gott sei Dank hat Miss Slaughter ihrem Namen alle Ehre gemacht.«

»Einer der Schüsse war deiner, wenn mich nicht alles täuscht. Ich verdanke euch beiden mein Leben.«

Cathcart zuckte die Schultern und deutete vage auf eine der gefallenen Gestalten, ohne hinzusehen. Sein Gesicht hatte eine graue Farbe angenommen, die Will schon mehr als einmal gesehen hatte.

»Sie wären gehenkt worden, wenn wir sie am Leben gelassen hätten.« Manchmal legte man einem Mann in diesem Moment die Hand auf die Schulter. Doch der Viscount war älter als er und besaß einen empfindlichen Stolz. Will krümmte die Finger, ließ die Hand jedoch, wo sie war.

»Oh, ich weiß. Sie haben bekommen, was sie verdient haben. Wenn einer von ihnen auferstehen würde, würde ich ihn wieder erschießen. Und dennoch ist es …« Er zögerte. Sein Kiefer arbeitete, wie um das richtige Wort zu finden. »… seltsam … zu wissen, dass man ein Leben beendet hat.«

Das war es. Daran führte kein Weg vorbei. In dieser speziellen Hinsicht hatte er sehr viel mehr Erfahrung als sein älterer Freund. »Dass du das sagst, zeugt von deiner Menschlichkeit.« Jetzt hob sich seine Hand doch, und fuhr ganz kurz über Cathcarts Schulter. »Und ich werde dir nicht das Unrecht tun, dir zu raten, es dir nicht weiter zu Herzen zu nehmen. Ich empfehle dir lediglich, an Lady Cathcart zu denken und all jene, die getrauert hätten, wenn du es gewesen wärst, der jetzt mit dem

Gesicht im Staub liegt.« Er klopfte sich die Hände ab. »Komm, wir legen ihn näher an die Straße. Wenn er Glück hat, kommt sein Freund mit den Pferden zurück und findet ihn. Wenn er weniger Glück hat, wird ihn das Gesetz finden.«

Unwillkürlich drehte er sich bei dem Wort *Glück* zu Lydia um, um zu sehen, wie sie reagierte.

Sie reagierte nicht. Sie stand genau da, wo er sie abgesetzt hatte, die Arme um die Taille geschlungen, wie um sich zu stützen, jetzt wo er nicht mehr da war. Trotz all ihres Muts war die letzte Viertelstunde bestimmt entsetzlich für sie gewesen. Sie sollten zusehen, dass sie hier fertig wurden und sie nach Hause brachten.

Er hatte die Pistolen neu geladen, Pulver aus dem Horn in die Zündpfannen gestreut, sie in ihre Flanelltücher gewickelt und den Koffer wieder ordentlich verstaut, als sie die Vororte von London erreichten. Er hatte keine Worte für Lydia gefunden.

Es tut mir so leid, dass ich dich in Gefahr gebracht habe. Ich bin unendlich dankbar für deinen Mut. Sehen wir uns wieder? Dass ihre Bekanntschaft auf diese Weise enden würde – um ein Haar dem Tod entronnen, dann ein paar höfliche Abschiedsworte keine vierundzwanzig Stunden, nachdem er endlich in ihren Armen gelegen hatte – machte ihn so wütend, dass er am liebsten ein Fenster eingeschlagen hätte. Herrgott, würde er wirklich am Ende dieser Woche ein Duell um eine Frau austragen, die bis dahin nur noch eine lebhafte Erinnerung sein würde?

Die Kutsche schaukelte um eine Ecke, und ihr Körper wurde kurz an ihn gepresst, bevor sie sich wieder aufrichten konnte. Sie hatte alles Mitleid von sich gewiesen und darauf bestanden, dass sie weder Brandy noch eine eigene Bank brauchte. Es gehe ihr gut, hatte sie ihnen versichert, und dann war sie so weit, wie es ging, von Will abgerückt und hatte in die Dunkelheit hinausgestarrt.

Es ging ihr nicht gut.

Wie konnte es auch? Nach allem, was sie an diesem Tag durchgemacht hatte, war es ein Wunder, dass sie nicht völlig wahnsinnig war und zusammengekauert auf dem Boden hockte. Warum zum Teufel wollte sie sich nicht helfen lassen?

»Hast du irgendwelche Freunde, zu denen wir dich bringen können?« Hatte sie Freunde, außer den beiden Damen, die sie in Essex zurückgelassen hatten? »Ich fürchte, dein Mädchen wird nicht auf deine Rückkehr vorbereitet sein. Sie wird kein Feuer gemacht haben und nichts zu essen.«

»Sie ist nicht da. Ich habe sie für die Woche zu ihrer Familie geschickt.« Sie wandte sich vom Fenster ab. Die Lampe war kaum hell genug, um ihr Gesicht erkennbar zu machen, und natürlich verriet ihre Miene ihm nichts. »Und du wirst mich nirgendwo hinbringen. Ich komme mit zu dir.« Sie blickte wieder ins Dunkel, wartete keine Antwort ab.

Ihre Worte zerrten an seinen Eingeweiden, oder besser gesagt ihre Worte in Kombination mit dem ausdruckslosen Tonfall, der keinen Widerspruch duldete. Teufel noch mal, waren sie wirklich schon wieder an diesem Punkt angelangt? Nach allem, was sie gerade gemeinsam durchlebt hatten, nach der ehrlichen Nähe, die sie heute Morgen gehabt hatten, nachdem er sich ihretwegen zu einem Duell mit ihrem verdammten Beschützer verpflichtet hatte, wollte sie ihn da wirklich wieder durch einen feindseligen Akt zerren?

Cathcart sah ihn mit einer hochgezogenen Augenbraue an. Sein Blick zuckte zu Lydia und wieder zurück. *Es geht ihr nicht gut*, sagte sein Gesicht mit stummer Beredsamkeit.

Ja, ich weiß. Und genau deswegen kann ich sie nicht einfach an ihrem leeren Haus absetzen und wegfahren. Er hob die

Hände, die Handflächen nach oben, in einer Geste der Resignation. »Haben Sie gehört, Ihre Lordschaft? Zu mir. Ein Halt weniger für Sie.« Er starrte nun seinerseits zum Fenster hinaus. Der Himmel wusste, was passieren würde, wenn sie dort ankamen und sie herausfand, dass er ihr nicht geben würde, was sie wollte. Zweifellos stand ihnen eine lange Nacht bevor.

Während die Koffer abgeladen wurden, nahm Cathcart ihn beiseite. »Bist du sicher, dass das eine gute Idee ist?«, murmelte er, und warf einen viel sagenden Blick Richtung Lydia, die mit verschränkten Armen dastand und die Fassade des Lewes-Buildings betrachtete.

»Ich bin fast sicher, dass es eine sehr schlechte ist.« Ein völlig unpassendes Lachen drohte; die Ereignisse des Tages forderten langsam auch von ihm ihren Tribut. »Aber ich weiß nicht, was ich sonst tun soll. Ich wäre wahnsinnig vor Sorge geworden, wenn ich sie in diesem Zustand am Clarendon Square abgesetzt hätte.«

Im vollen Besitz seiner Sinne hätte er nicht so viel gesagt. *Wahnsinnig vor Sorge* implizierte ein engeres Verhältnis zu Miss Slaughter, als er bisher zugegeben hatte, und die Miene des Viscounts verriet ihm, dass ihm diese Nuance keineswegs entgangen war.

So sei es. Er war zu erschöpft, um sich vor einem Freund zu verstellen, vor allem nicht vor einem, der seinen Wert an diesem Tag mehr als einmal unter Beweis gestellt hatte. »Schreib mir, wenn du etwas mit Roanoke ausgemacht hast.« Er hielt ihm die Hand hin, der Viscount schüttelte sie, und eine Minute später war er verschwunden. Drei oder vier weitere Minuten später schmuggelte Will dem Portier einen Schilling in die Hand, zum Dank nicht nur für das Entzünden der Lampen und Feuer und das Schleppen der Koffer, sondern auch für dessen Diskretion.

Es wurde still, als er die Tür schloss und sich von innen dagegenlehnte. Lydia hatte ihm den Rücken zugewandt und stand mitten im … Vorzimmer, konnte man sagen. Wohnzimmer. In dem Zimmer, das nicht das Schlafzimmer war. Er konnte sich vorstellen, wie ihr Blick über die einfachen Vorhänge wanderte, die untapezierten Wände, den einfachen Schrank und den einzigen klobigen Sessel.

Er hatte sich nie für seine Wohnung geschämt. Das Lewes-Building war zwar vielleicht ein wenig auf der spartanischen Seite, verglichen mit Albany oder anderen erstklassigen Junggesellengegenden, doch es war nichts Schäbiges daran. Trotzdem.

Es gab nur zwei Zimmer. Keine Speisekammer, keinen Platz für einen Dienstboten. Falls sie sich doch eingebildet hatte, dass er sie behalten würde, musste diese Illusion jetzt bröckeln wie schlampig gearbeiteter Putz.

»Es ist nichts Großartiges.« Er ging zum Tisch und begann, Papier und Tinte wegzuräumen, und die paar Briefe, die dort lagen. Irgendwo im Schrank hatte er ein Tischtuch. Oder?

»Es ist, wie ich es mir vorgestellt hatte.« Jetzt konnte er ihr Gesicht sehen, das seine Wohnung neugierig aufnahm. »Bescheiden und gut instand gehalten.«

Genau das war es. Und natürlich hatte sie sich auch nichts eingebildet. Keine Spur der Enttäuschung trübte ihren stillen Beifall zu seinen Räumlichkeiten. Er räumte Papier und Tinte in den Schrank. »Bist du hungrig? An der Ecke gibt es ganz annehmbare Taube-Champignon-Pasteten. Ich könnte uns welche holen und etwas Bier.«

»Ich bin nicht hungrig.« Ihre Rastlosigkeit erfüllte das kleine Zimmer völlig. »Ich nehme an, da geht's zu deinem Schlafzimmer?«

Verdammt. Er hatte sich noch ein paar friedliche Minuten

erhofft. »Ja. Aber, Lydia.« Jetzt. Er stellte den Sand weg und sah sie an. »Ich gehe heute nicht mit dir ins Bett.«

»Doch, das tust du.« Nicht die geringste Pause, um seine Weigerung zur Kenntnis zu nehmen, und keine Spur von Unsicherheit.

»Nein, das tue ich nicht. Es war ein langer, anstrengender Tag, und vor allem du bist nicht in der Verfassung …«

»Das war ich gestern auch nicht, wenn ich mich recht entsinne.« Sie zuckte die Schultern. Ihr Blick wurde fest und wandte sich von ihm ab, während sie begann, sich die Handschuhe auszuziehen. »Vielleicht solltest du etwas trinken. Claret scheint deine Skrupel ziemlich schnell zu überwinden.«

Zorn durchzuckte ihn, dann Gewissensbisse, doch dann fand er seine Entschlossenheit wieder. »Nein.« Er verschränkte die Arme und lehnte sich mit dem Rücken gegen die Wand. »Ich bleibe die ganze Nacht hier stehen, wenn du willst, und höre mir alles an, was du mir an den Kopf werfen willst. Du darfst mich so lange beschimpfen, wie du willst, wenn es dir hilft. Aber hier draußen. Im Stehen. Angezogen. Ich werde nicht mit dir schlafen.«

»Dann hättest du mich zu Hause absetzen sollen.« Sie begann, einzuknicken. Er hatte ihre Pläne durchkreuzt, und jetzt hatte sie offenbar keine Ahnung mehr, was sie tun sollte. Ein Handschuh löste sich von ihrer Hand und hing schlaff in der anderen. Sie stand still, blinzelte und presste die Lippen zusammen.

Jetzt brach alles über sie herein, wusste er. Die Angst, die sie unterdrückt hatte, um die Pistole abfeuern zu können. Der Schreck und die Erniedrigung, die sie erlitten hatte, als der Mann, der sie aushielt, ihr ins Gesicht geschlagen hatte. Die Frage, wo sie in ein paar Tagen wohnen sollte und wovon sie leben würde. Vermutlich gesellten sich auch die alten, bereits vertrauten Verluste zum allgemeinen Jammer.

Er stieß sich von der Wand ab und trat zu ihr. »Ich glaube, du solltest dich umziehen und schlafen gehen.« Er nahm den Handschuh, steckte ihn sich in die Tasche, und begann, ihr den zweiten auch auszuziehen. So besänftigend, wie er konnte, sprach er weiter. »Heute können wir nichts mehr tun. Du wirst dich besser fühlen, wenn du ein bisschen geschlafen hast, und morgen früh überlegen wir uns, wie wir weiter vorgehen.«

Ihre Hand klammerte sich krampfhaft um seine. »Ich werde mich *nicht* besser fühlen. Ich werde mich nie mehr besser fühlen.« Sie starrte an ihm vorbei; ihre Worte waren kaum mehr als ein Flüstern.

Er wartete ab, ob sie mehr sagen würde, und als sie es nicht tat, löste er behutsam ihre Finger und zog den Handschuh ab. »Es ist ganz natürlich, dass du das jetzt denkst, nach so einem Tag. Angst hinterlässt immer Spuren. Aber sie verlieren mit der Zeit an Schrecken. Sonst würden Soldaten nie heimkehren, heiraten und Familien gründen.« Mit dem Handschuh in der Tasche stellte er sich hinter sie. »Wenn du erlaubst, knöpfe ich dein Kleid auf und öffne dein Korsett. Nur, damit du dich fertig machen kannst. Meine Absicht in Bezug auf deine Person hat sich nicht geändert.«

Sie ließ den Kopf nach vorne fallen und entblößte ihr Genick – nackt und unendlich verletzlich. Ihm schwindelte bei dem Anblick, und sein Atem wurde plötzlich flach. Wie leicht hätte er sie an diesem Abend verlieren können. Wenn ihre Pistole nach hinten losgegangen wäre, wenn sie nicht so gut gezielt hätte, wenn auch nur ein Bandit etwas schneller reagiert hätte …

Nein. Das war der Weg in den Wahnsinn. Er konzentrierte sich auf die Knöpfe, kleine, knochenfarbene Dinger mit geschnitzten Kanten, die sich uneben in seine Daumen gruben. Behutsam und züchtig zog er sie Schicht für Schicht bis aufs

Hemd aus. Den Rest würde sie ohne seine Hilfe schaffen. Er sollte sich zurückziehen, im Schlafzimmer Wasser in die Schüssel gießen, damit sie sich waschen konnte.

Doch sie war so müde. Ihre Schultern hingen herab. Sie hatte beim Ausziehen nicht den geringsten Versuch unternommen, seine Verführbarkeit, die ihr wohlbekannt war, auszunutzen. Sie hatte auch nichts mehr gesagt.

Ach, zum Teufel! Er bückte sich und hob sie auf. Ihre Hand legte sich auf seinen Ärmel und ihre Muskeln entspannten sich alle auf einmal, Zustimmung so wunderbar, als wenn sie die erste Salve vertrauter Berührungen zwischen ihnen gewesen wäre und kein übersehenes Geschütz, das nachträglich ins Gefecht geworfen wurde.

Er blieb einen Augenblick lang mit geschlossenen Augen stehen und atmete ihren Geruch ein. Wenn es doch nur … Man durfte gar nicht daran denken. Doch einst waren sie von ganz ähnlichem Stand gewesen, jüngster Sohn und jüngste Tochter respektabler Familien, beide heiratsfähig mit unbefleckten Seelen. Wenn er ihr damals begegnet wäre … dann hätte er sie vielleicht eines Tages genau so über eine Schwelle tragen können, und …

Wahnsinn. Es führte zu nichts, sich dergleichen Gedanken hinzugeben. Die Schlafzimmertür stand halb offen; er benutzte den Fuß, um sie ganz aufzuschieben. Lydia hob den Kopf, um die Einrichtung zu betrachten. Dunkle Schemen im Feuerschein. Stuhl, Tisch, Waschtisch, Mangel und das Bett, ganz nüchtern, mit schwarzen Pfosten und weißer Bettwäsche. Er trug sie dorthin und setzte sich. Falls sie fragen würde, was er da tat, würde er keine Antwort haben.

Ihr Griff um seinen Arm wurde fester. Sie legte den Kopf an seine Schulter. Wo seine Arme sie umfingen, an den Schultern und in den Kniekehlen, spürte er, wie ihre Muskeln sich verkrampften, so als versuchte sie, sich ganz klein zu machen. »Ich möchte dir etwas erzählen«, sagte sie, und sein Herz begann davonzujagen wie ein Hetzhund.

»Du kannst mir alles erzählen, was du möchtest.« Er hielt sie fester.

Zweimal holte sie Luft, wie um anzusetzen, und stieß sie wieder aus. Beim dritten Anlauf schaffte sie es: »Ich habe dir erzählt, dass meine Eltern bei einem Unfall ums Leben gekommen sind.«

Hölle. Plötzlich wusste er alles.

»Sie starben bei einem Straßenraub. Sie wurden ermordet, von Männern wie denen, die wir heute …« Ihre Stimme versagte, und sie verbarg das Gesicht in seinem Rock.

Er atmete tief aus und legte das Kinn auf ihr hochgestecktes Haar. »Warst du bei ihnen?«

Sie schüttelte den Kopf; ihre Stirn rieb gegen den Wollstoff an seiner Schulter. »Ich erholte mich noch von der Krankheit, von der ich dir erzählt habe. Sie wollten sich ein Haus ansehen, in einem anderen Teil von Lancashire. Sie wollten …« Sie begann zu zittern und gab den Tränen nach. »Sie hatten vor, unser Haus zu verkaufen und in eine neue Gegend zu ziehen, wo uns niemand kannte …« Sie ließ seinen Ärmel los und fuhr sich mit dem Handrücken über das Gesicht. »Wegen dem, was ich getan hatte, hatten sie alles aufgeben und unter Fremden noch einmal ganz von vorn anfangen wollen. Wegen dem, was ich getan hatte, waren sie an dem Abend unterwegs.«

Er zog sie enger an sich, so eng er konnte. Sie zitterte wie ein kleines, unglückseliges Beutetier in den Fängen der Trauer. »Es war ein Unglück.« Mit seinem Körper würde er jedes Zittern von ihr abfangen, wie er ihre Wut abgefangen hatte, als er sie von dem Mann weggezogen hatte, den sie erschossen hatte. »Ein Unglück und ein Verbrechen. Dich trifft keine Schuld.«

»Das sage ich mir auch.« Sie ließ den Begriff *Unglück* unkommentiert. »Aber ich finde keinen Trost darin.« Noch tiefer vergrub sie den Kopf in seinem Rock. »Ich versuche mit aller Kraft, nicht daran zu denken, wie ihre letzten Minuten ausgesehen haben müssen.«

»Ich weiß, Liebling.« Alles, was er hatte, legte er in diese Worte. *Ich weiß genau, wie viel Kraft es kostet, nicht daran zu denken.* Er wusste, dass verdrängte Erinnerungen, verdrängte Bilder im Bewusstsein lauerten und nur auf eine Bresche in der Verteidigung warteten, um hervorzubrechen. »Deine Albträume …«

Sie nickte an seiner Schulter. »Ich glaube, ich habe ihr Ende hundertmal gesehen oder mehr.« Sie schluchzte und konnte kaum sprechen.

»Ich habe meine Eltern auch verloren, wie ich dir gesagt habe.« Er legte einen Arm um ihre Schulter und streichelte ihr mit der anderen Hand über den Oberarm, eine entsetzlich dürftige Geste des Trostes. »Meine Mutter im Kindbett, als ich zehn war; meinen Vater nach einer langen Krankheit vor ein paar Jahren. Es ist schwer genug, wenn es eine natürliche Ursache hat. Niemand sollte ertragen müssen, was du ertragen hast.«

Sollte. Das war das fadenscheinigste Konzept überhaupt, oder nicht? Wie mit einer Steinschleuder gegen eine Sturmflut anzugehen. Unheil widerfuhr den Menschen, und sie ertrugen es, oder auch nicht. *Sollte* hatte nichts damit zu tun.

Sie presste sich die Handballen auf die Augen. »Ich habe es nicht wirklich ertragen. Ich war nicht stark genug.« Sie zögerte. Ihre Stimme war fast nur noch ein Flüstern. »Ich wollte … das Leben ganz verlassen.«

»Hast du …« Er schluckte. »Hast du versucht …« Und dann wurde es ihm klar. »Natürlich hast du das. Du bist ins Bordell gegangen.«

Sie nickte wieder. »Ich dachte, ich würde mir die Pocken einfangen, mindestens. Ich dachte, das Leid würde mich vielleicht … reinigen, während es mich auffraß. Wie Feuer.« Einen Augenblick lang schwieg sie und betrachtete ihre Hände. »Ich hatte keine Ahnung.« Sie rieb die Handflächen aneinander und ließ die Hände sinken.

»Du warst stärker, als du gedacht hattest.« Den Rest ihrer Geschichte konnte er sich allein zusammenreimen. Sie war ausgezogen, sich selbst zu zerstören, Schicht für Schicht, doch ganz im Inneren hatte sie einen unerwarteten Lebenswillen entdeckt, und die Skrupellosigkeit, die sie seitdem durchs Leben gebracht hatte. Aus der Asche ihres katastrophalen Unglücks hatte sie sich selbst neu erfunden, furchteinflößend, abgehärtet und gestählt von jedem Desaster, das sie überstanden hatte. Zerstört hatte sie sich – Gott sei Dank! – nicht. Sie hatte überlebt. Und er hatte sie gefunden. Und hier war sie nun, auf seinem Schoß, in seinen Armen, vertraute ihm ihre dunkelsten Geheimnisse an, und er konnte sich im Leben nicht vorstellen, wie er sie je wieder hergeben sollte.

»In mancherlei Hinsicht vielleicht.« Ihre Worte zogen ihn zurück ins Gespräch. »Ich habe aber auch irreparable Schäden davongetragen.« Sie setzte sich zurecht. Er kannte ihre Körpersprache mittlerweile; sie bereitete sich darauf vor, etwas sehr Wichtiges zu sagen. »Ich werde nie wieder jemanden lieben, Will. Ich kann es nicht. Du verstehst, hoffentlich?« Sie sah ihn nicht an. Sie wartete, stumm und angespannt, auf seine Reaktion.

»Weil … du einen solchen Verlust nicht noch einmal riskieren willst?« Vor seinen Augen verschwamm alles ein wenig, so als sei er mit voller Geschwindigkeit auf eine Mauer geprallt.

»Ich *kann* es nicht.« Sie artikulierte die Silben mit äußerster Präzision. »Verzeih meine Anmaßung. Ich wollte damit nicht sagen, dass ich glaube, du könntest dir vielleicht Hoffnung … ich wollte nur, dass du verstehst.«

»Natürlich.« Wie trockene Spelzen rasselte das Wort seine Kehle empor. Er machte sich Hoffnung. Und er verstand nicht. Wie konnte sie ihm ein solches Geschenk machen, ihm ihr düsteres Herz ausschütten, bei ihm Trost suchen, ihm vertrauen, wie sie nie – das spürte er in jeder Faser seines Körpers – einem anderen Mann vertraut hatte, und dann die Tür zuschlagen und gegen das, was logischerweise hätte folgen sollen, verrammeln?

Er holte tief Luft. Sie wartete stumm und bewegungslos in seinen Armen. Sie wusste, dass das *natürlich* noch nicht die ganze Antwort gewesen sein konnte. »Ich will ehrlich zu dir sein, Lydia. Falls ich noch nicht in dich verliebt bin, dann bin ich sehr kurz davor. Es ist nichts Anmaßendes dabei, wenn du mich warnen willst, in Anbetracht dessen, was du in den letzten paar Tagen bemerkt haben musst.«

»Wir hätten niemals …«

»Schscht. Ich weiß.« Er legte ihr die Hand an den Hinterkopf und streichelte ihr Haar, um ihr zu sagen, dass sie ihn nicht zu trösten brauchte mit all den Gründen, aus denen seine Liebe niemals hätte Früchte tragen können. »Ich kann es mir nicht leisten, dich auszuhalten, und ich weiß, dass du nicht ausgehalten werden willst. Eine Heirat steht wegen unserer verschiedenen Stände außer Frage. Und es gibt auch noch andere Gründe, weshalb ich keiner Dame meine Hand anbieten kann. Dennoch wünschte ich, du würdest mich lieben. Obwohl ich es besser weiß, kann ich nicht ändern, was mein Herz will.« Er zog den Arm unter ihren Knien hervor, bis sie aufrecht auf seinem Schoß saß und er sie nur noch im Rücken stützte. »Das ist wohl ein weiterer Unterschied zwischen uns.«

»Es tut mir leid.« Ihr Gesicht war nah an seinem, die Augen rot und geschwollen. »Ich habe dich sehr gern, und ich – ich glaube, mein Körper hat heute Morgen für sich selbst gesprochen. Aber das ist alles, was ich dir geben kann. Ich wünschte, ich könnte erfüllen, was du dir wünschst, aber es ist zu spät für mich.«

»Gräm dich nicht.« Er drückte ihr einen Kuss auf die Stirn. »Es war ein schrecklich langer Tag. Ich gieße dir Wasser ein, und dann kannst du dich waschen und schlafen gehen.«

Er lag noch gut über eine Stunde wach, nachdem sie eingeschlafen war. Er lauerte auf Albträume, und er ließ alles Szenen ihrer Bekanntschaft Revue passieren, so als könnte er sie anders anordnen und so zu einem anderen Ende gelangen.

Es *sollte* ein anderes Ende geben. Sie gehörten zusammen. Ihre zerbrochenen Ränder passten an seine.

Doch das Schicksal kümmerte sich nicht darum, was besonders gut passte. Sie waren wieder genau da angekommen, wo sie an jenem ersten Morgen in Chiswell gewesen waren, als er über die Schulter geblickt und sie gesehen hatte, ohne Hut, in einen dünnen Mantel gehüllt. Nichts hatte sich an diesem Bild geändert. Jeder stand auf seinem einsamen, sturmumwogten Gipfel, in Sichtweite zwar, doch einfach nicht nah genug.

19

Würde sie denn nie mehr im richtigen Bett aufwachen? Der Gedanke hatte sich kaum in ihr Bewusstsein geschlichen, als ein kühnerer Gedanke ihn verdrängte: *Dies* ist *das richtige Bett.*

Unsinn. Sie war schlaftrunken und konnte noch nicht klar denken. Die letzten beiden Tage hatten einen zu hohen Tribut gefordert. Sie hatte über Wichtigeres nachzudenken.

Sie lag still und ließ ihre Sinne einen nach dem anderen erwachen. Leinen an ihrer Haut, ihr Haar auf dem Kissen ausgebreitet, kein Körper, der ihren berührte. Mehrere Gerüche, mal einzeln, mal miteinander verwoben. Bay Rum, und der Mann, zu dem dieser Duft gehörte. Kaffee. Ihr lief das Wasser im Munde zusammen. Schokolade? Toast. Ein gedeckter Frühstückstisch.

Das Rascheln von Papier unterbrach die Stille: eine Zeitung wurde umgeblättert. Sie öffnete die Augen. Will Blackshear saß völlig bekleidet in einem Sessel neben dem Bett; die *Times* in der einen Hand und mit der anderen Hand nach seinem Kaffee auf dem Nachttisch tastend. Er fand die Tasse und hob sie an, ohne den Henkel zu benutzen: die Hand über die Tassenöffnung gespreizt und mit den Fingerspitzen deren Rand haltend. Er trank den Kaffee durch den Bogen zwischen Daumen und Zeigefinger. Als er die Tasse wieder abstellte, fand er die Untertasse beim ersten Versuch, ohne von seiner Zeitung aufzusehen. Sie hätte einfach liegen bleiben und zusehen können, und nie wieder aus diesem falschen Bett aufstehen.

Seine Furchtlosigkeit verschlug ihr den Atem. Unbewaffnet

einer Bande Straßenräubern gegenüberzutreten. Einer Frau zu sagen, dass er kurz davor war, sich in sie zu verlieben, nachdem sie ihm bereits erklärt hatte, dass diese Empfindung unerwidert bleiben musste. Sie würde nichts von dem bereuen, was sie diesem Mann anvertraut hatte; nicht ihren Körper, nicht ihr Geschick für Zahlen, auch nicht die zermürbenden Bekenntnisse der letzten Nacht.

Auf ihrer Seite des Tischs standen zwei Tassen. Kaffee und Schokolade wohl. Er hatte nicht gewusst, was sie lieber mochte, also hatte er beides gebracht. Und er hatte die Untertassen auf die Tassen gelegt, damit der Inhalt länger heiß blieb.

Sie schloss die Augen. Irgendetwas am Anblick der beiden Tassen rührte an ihren wundesten Punkt, an jenen Teil ihres Bewusstseins, der nie aufhörte, sich Dinge zu wünschen, die sie nicht haben konnte.

Wenn sie ihn lieben könnte … wenn sie irgendwie die korrodierte Hülle um ihr Herz … wenn sie vielleicht eine Beziehung zusammenzimmern konnten, wie es unabhängige Männer und Frauen manchmal taten … würde sie ihn am Ende doch verlieren. Egal, wie sehr er sie jetzt lieben mochte, am Ende musste er sie verlassen, für eine respektable Frau, die ihm Kinder schenken würde.

Und das sollte er auch. Er sollte Kinder haben. Er verdiente eine blühende, sonnige, *ehrliche* Liebe, nicht eine Beziehung, die auf leichtsinnigem Herumgegrapsche in dunklen Winkeln oder fremden Betten basierte. Er verdiente eine Frau, die von seiner Familie anerkannt werden konnte und die dort ihren Platz einnehmen würde.

Vor allem verdiente er, von jeder Verpflichtung befreit zu werden, die eine solche Zukunft gefährden könnte. »Will.« Sie öffnete die Augen. »Ich denke, so solltest Mr Roanoke nicht gegenübertreten. Ich denke, du musst das Duell absagen.«

Seine Augenbrauen zogen sich beinahe unmerklich zusammen. Er ließ die Zeitung sinken und sah sie an. Es waren ja auch eigenartige Worte für einen Morgengruß. Er griff nach seiner Tasse. »Warum?«

»Weil du dabei umkommen könntest.« Sie ballte die Hände zu Fäusten, unter der Decke, wo er es nicht sehen würde. »Und es wäre ein sehr armseliger Grund, um zu sterben.«

»Du rechnest mir wohl keine großen Chancen aus.« Er führte die Tasse zum Mund, diesmal am Henkel und mit daruntergehaltener Untertasse. Es lag eine Förmlichkeit in seinen Manieren, eine Distanziertheit, die am Vortag noch nicht da gewesen war. Sie spürte, wie er den rechten Umgangston mit ihr suchte, jetzt, wo er wusste, dass er nicht auf ihre Liebe hoffen konnte.

»Vielleicht stehen deine Chancen auch hervorragend. Das kann ich nicht beurteilen, dazu weiß ich zu wenig über deine Schießkünste und über die von Mr Roanoke. Doch es steht zu viel auf dem Spiel, um auch nur ein marginales Risiko einzugehen.«

Ein Lächeln huschte ihm über die Lippen, als sei etwas Komisches dabei, das Risiko einzuschätzen. Dann wurde er wieder ernst. »Er hat dich geschlagen, Lydia. Ich bringe es nicht fertig, darüber hinwegzusehen.«

»Du hast nicht darüber hinweggesehen. Du hast ihn niedergeschlagen.« Sie hatte die Vernunft auf ihrer Seite, und falls das nichts half, hatte sie auch noch ein paar unfaire Tricks im Ärmel. »Was soll aus dieser Soldatenwitwe werden, wenn du stirbst? Was soll aus Mr Fuller werden und aus dem Schiff, das du mit ihm kaufen wolltest?«

Er runzelte wieder die Stirn und starrte diesmal seinen Kaffee an. Offensichtlich hatte er sich diese Fragen auch schon gestellt und offensichtlich ohne zu einer guten Antwort zu gelangen. Er stellte die Tasse ab und rieb sich geistesabwesend das verletzte Knie. »Ich weiß nicht, was aus ihnen werden soll. Aber der einzige Weg, um das Duell herumzukommen, wäre, mich zu entschuldigen. Und das kann ich einfach nicht tun.« Er sah sie an, sanft, aber bestimmt. »Ich glaube, du kennst den Unterschied zwischen *kann nicht* und *will nicht*. Du weißt, dass du mich nicht überreden kannst.«

Sie wusste nichts dergleichen. Seine Schwäche war sein Pflichtgefühl denen gegenüber, die von ihm abhängig waren. Sie würde diese Schwäche gnadenlos ausnutzen.

Er griff über den Tisch, nahm erst die eine, dann die andere Untertasse weg und stellte sie unter die dazugehörige Tasse. »Du solltest eins hiervon trinken, bevor es kalt wird. Hast du gemerkt, dass du die ganze Nacht durchgeschlafen hast, ohne Albträume? Jedenfalls habe ich keine bemerkt.«

Ihre Hand hielt auf halbem Wege zum Kaffee an. Ihr ganzer Körper erinnerte sich daran, wie er sie letzte Nacht gehalten hatte, als sie ihm ihr Herz ausgeschüttet hatte. Als hätte er gewusst, dass sie in tausend Stücke zerspringen könnte, falls er losließe. Sie tastete nach der Tasse und musste den Blick abwenden. »Du hast wohl einen sehr leichten Schlaf.«

»Wenn es nötig ist.« So deutlich sah sie ihn neben sich liegen, auf das geringste Geräusch lauschend, auf die geringste Bewegung. Denn er hegte … Gefühle für sie. Zärtliche Gefühle. Sie hatte, so fest sie konnte, auf *Gefühle* und *Zärtlichkeit* gespuckt, und sie hatte ihn kein bisschen entmutigt.

Auch das ist seine Schwäche. Verwende sie gegen ihn! Sie setzte sich auf, ergriff Tasse und Untertasse und zwang sich, ihn anzusehen. »Gestern Abend hast du gesagt, wir könnten darüber sprechen, was aus mir werden soll, und was als Nächstes zu tun ist.«

»Richtig.« Er schlug die Beine übereinander und wandte ihr

den ganzen Körper zu. »Wann erwartest du Mr Roanoke zurück in London?«

»Sonntag.« Es war Mittwoch. Innerhalb von vier Tagen musste sie eine neue Unterkunft finden, sich um Janes Sicherheit kümmern und Mr Blackshear von dem Duell abbringen. »Will.« Keine Frage, wo sie anfangen musste. »Mir fehlen sechzehnhundertachtundzwanzig Pfund zu meiner Kapitalanlage. Wie viel fehlt dir zu deinem Schiff?«

»Etwas über achthundert.« Sein Blick wurde aufmerksam. Er wusste, worauf sie hinauswollte.

»Ich muss wieder in die Spielhöllen. Und ich brauche dich dabei.« *Brauche*. Der Meißel, mit dem sie ihn bearbeiten würde, Stück für Stück, bis sein Widerstand in Bröckchen vor ihren Füßen lag. »Mit weiteren hundert für meine Ausgaben, bis die Rentenzahlungen beginnen, und, sagen wir, zweihundert für deinen Unterhalt, bis das Schiff Profit abwirft, wären wir insgesamt bei zweitausendfünfhundertachtundzwanzig Pfund, die wir brauchen.«

»So viel können wir unmöglich an vier Abenden gewinnen.« Doch alles in seiner Miene zeugte davon, dass er inständig hoffte, sie würde ihm widersprechen.

»Wir haben mindestens fünf Abende.« Sie stürzte einen raschen Schluck Kaffee hinunter. »Wenn Mr Roanoke am Sonntag zurückkommt, wäre Montag bei Tagesanbruch der früheste Termin. Dienstag ist wahrscheinlicher. Ich kann mir nicht vorstellen, dass er direkt nach seiner Ankunft einen Sekundanten suchen geht und ihn unverzüglich zum Viscount schickt, um alles Weitere zu arrangieren. Gehen wir von sechs Abenden aus.« Sie setzte sich auf. »Im Durchschnitt brauchen wir nur vierhunderteinundzwanzig Pfund und sechs Schilling pro Abend. Wenn du dich erinnerst: Beim ersten Mal haben wir an einem einzigen Abend elfhundertzweiundsechzig gewonnen.«

»Du setzt voraus, dass wir jeden Abend gewinnen.« Ein berechtigter, verständiger Einwand, doch Hoffnung brannte sich inzwischen in ihn wie ein Lauffeuer durch Felder. Er wollte *so gern* sein Versprechen gegenüber Fuller einlösen, dem gefallenen Soldaten Wort halten und für sie tun, was er konnte, auch wenn sie ihn nicht lieben würde.

»Ganz und gar nicht. Ich sprach von einem Durchschnitt. An manchen Abenden verlieren wir vielleicht, und an manchen Abenden gewinnen wir bestimmt mehr.« Noch ein stärkender Schluck Kaffee, und ein letzter, wohlplatzierter Hieb. »*Ich* muss auf jeden Fall dorthin. All meine Hoffnung auf ein anständiges Leben, für mich und mein Dienstmädchen, hängen davon ab.«

»Dann spielen wir. Wir fangen heute Abend an. Du weißt sehr gut, dass ich dich dort nicht allein hingehen lassen kann.«

Sie trank noch mehr Kaffee und sagte nichts. Ihr Schweigen würde ihm die Gelegenheit geben, auf den Gedanken zu kommen, dass sie sehr wohl ohne seinen Schutz in die Spielhöllen gehen würde, falls er im Duell ums Leben kam. Und wenn sie erst einmal am Tisch saßen und gewannen, würde ihm aufgehen, was er alles Gutes tun könnte mit dem Gewinn. Wenn er genug gewonnen hatte, um Mr Fullers Teilhaber zu werden und die Zukunft jener Witwe zu sichern, würde er sicherlich wieder so sehr am Leben und an seiner glänzenden Zukunft hängen, dass ihm schon der Gedanke an ein Duell völlig absurd erscheinen würde.

An jenem Abend verloren sie tausendzweihundert. Natürlich verlor er das Meiste davon. Sie winkte ihn zu einem scheinbar günstigen Zeitpunkt dazu, er spielte und setzte genau so, wie sie ihm soufflierte, und dennoch fielen die Karten schlecht aus und er musste zusehen, wie sein Vorrat an Jetons unaufhaltsam zusammenschmolz.

»Glaubst du, der Bankier betrügt?«, fragte Will, als sie endlich das Signal zu einer Unterredung gegeben hatte. Das Etablissement, das außer seiner Adresse keinen Namen hatte, war um einiges karger als das *Oldfield's*. Es bot keine Korridore oder Vorzimmer, die für eine private Unterredung geeignet gewesen wären; die Tür aus dem Spielsalon führte direkt zur Treppe und die Treppe direkt zur Haustür, die sie von der Außenwelt abschloss. Sie mussten sich in einer Ecke des Salons vor aller Augen unterhalten, einen betrunkenen Flirt mimend, während sie leise, nüchterne Worte wechselten.

»Ich glaube nicht. Wenn ja, dann benutzt er bessere Tricks, als ich kenne.« Sie legte ihm eine Hand auf den Arm und verzog die Lippen zu einem Lächeln, das Tricks versprach, von denen kein Bankier auch nur zu träumen wagte. »Manchmal bekommt man schlechte Karten, auch wenn die Chancen gut stehen. Denk daran, wie ich dir drei Karten hingelegt habe und du auf Anhieb das Ass gefunden hast. Mit der Zeit wird sich die Wahrscheinlichkeit durchsetzen.«

Aber sie hatten keine Zeit. Nach dem heutigen Abend blieben ihnen noch fünf, vielleicht nur vier Nächte, und der Weg, der vor ihnen lag, war viel länger geworden, als er es vor ein paar Stunden gewesen war, als sie den Salon betreten hatten. Er fuhr mit einem Fingerknöchel an ihrem Kiefer entlang, doch mit der Kaltblütigkeit, die sie an den Tag legte, konnte er bei Weitem nicht mithalten. »Willst du noch weiterspielen? Ich vertraue deinem Urteil.« Er klang ebenso jämmerlich, wie er sich fühlte.

»Ich muss gestehen, dass mich unsere Verluste ablenken und ich nicht so sehr bei der Sache bin, wie ich es gern wäre.« Sie ergriff seine Hand, zog sie an ihren Mund und schlug die Augen nieder. »Lass uns gehen.«

Sein Körper brachte nicht einmal eine anständige animalische Reaktion auf das Kitzeln ihres Atems auf seiner Haut zustande. Dass sie zugab, sich über ihre Verluste Sorgen zu machen, beunruhigte ihn nur noch mehr. Mit größter Anstrengung verzog er den Mund zu einer anzüglichen Geste und ließ die Hand von ihren Lippen über ihre Schulter an ihrem Arm hinabgleiten. »In Ordnung.« Er ergriff ihre Finger. »Gehen wir.«

Ihre kokette Wärme verschwand augenblicklich, als die Haustür sich hinter ihnen schloss. Sie wurde stumm und reserviert. Die Sorge überschattete sie wie eine kleine persönliche Wolke, und er hatte nicht die geringste Ahnung, wie er sie vertreiben sollte.

Ob er mit ihr ins Bett gehen sollte? Es könnte sie zumindest beide für ein oder zwei Stunden ablenken. Sie würde ohnehin in seinem Bett sein. Da die Spielhöllen von St. James zu Fuß erreichbar waren und sie kein Dienstmädchen hatte, das ihr beim An- und Ausziehen half, hatten sie beschlossen, dass sie bei ihm bleiben würde, bis – ja, bis wann genau hatten sie nicht genauer festgelegt. *Bis sie ihre zweitausend Pfund hat und sich ein Haus nehmen kann* war die zuversichtlichste Möglichkeit, den Satz zu beenden, doch andere mögliche Ausgänge drängten sich ebenfalls auf. *Bis Cathcart ihr die Nachricht von meiner Niederlage in dem Duell bringt*, zum Beispiel.

Eine Straßenlaterne warf ihren halbherzigen Lichtschein in den Nebel und die Schatten der stillen Straße. Eine ungebetene Vision huschte durch sein Bewusstsein: Wie sie allein durch diese selben Straßen ging, ohne Beschützer auf dem Weg in die Spielhöllen, oder vielleicht sogar mit fremden Gentlemen, die sie angesprochen hatte, weil er nicht mehr war, um auf sie aufzupassen. Diese Aussicht würde ihm weiß glühende Panik durch die Adern treiben, wenn er weiter darüber nachdachte.

Er berührte sie am Ellbogen. »Bist du hungrig? Soll ich uns etwas raufschicken lassen, wenn wir ankommen?« Lächerlich, dieser Drang, für ihr leibliches Wohl zu sorgen, während er den wichtigen Fragen, die ihre Zukunft anbelangten, so machtlos gegenüberstand.

»Nein, danke.« Ihre andere Hand berührte seine, beinahe abwesend, wo er ihren Ellbogen hielt. »Ich denke, ich gehe gleich schlafen, wenn du nichts dagegen hast. Aber du kannst dir gern selbst etwas bestellen und ohne mich essen.«

Das klang nicht gerade nach einer Einladung ins Bett. »Kann ich denn gar nichts für dich tun?« Seine Worte drifteten und waberten in der schweren Nachtluft und wurden immer gewichtiger. Wenn all seine Worte zu ihr in einen Topf geworfen und zu ihrer reinsten Essenz eingekocht werden würden, wären es gewiss diese paar Silben, die übrig bleiben würden.

»Ich wünschte, ich könnte die Gewissheit haben, dass du in einer Woche noch da bist.« Sie sah ihn nicht an, als sie ihre Antwort gab. »Ich wünschte, du würdest von dem Duell zurücktreten.«

Er seufzte. »Ich habe dir doch heute Morgen gesagt, weshalb das unmöglich ist. Nichts hat sich seitdem geändert.«

Sie nickte nur, und den Rest des Wegs legten sie schweigend zurück. Er half ihr aus Kleid und Korsett, als sie in seiner Wohnung angekommen waren, und sie umschlichen einander in den beengten Räumlichkeiten, um sich zum Waschen, Zähneputzen und Ablegen der letzten Kleidungsstücke so viel Privatsphäre wie möglich zu geben.

Im Bett legte sie sich auf den Rücken und tastete nach seiner Hand.

»Ich weiß nicht, was aus meinem Dienstmädchen werden soll«, sagte sie.

»Wegen Mr Roanokes Drohung, meinst du?« Er war gerade

rechtzeitig ins Arbeitszimmer gekommen, um dessen groben Hohn mitanzuhören. »So etwas wird sie doch wohl kaum zustimmen?«

»Ich hoffe nicht. Aber manchmal, wenn alle anderen Möglichkeiten … wenn er ihr zum Beispiel ein Zeugnis verweigert, wird es schwer für sie werden, eine neue Anstellung zu finden. Wenn er das Duell nicht überlebt, wird sie in derselben Klemme stecken. Und eine junge Dame ohne Geld kann so vielen verschiedenen …« Sie ließ unvollendet, wohin ein Gentleman ihr vielleicht nicht folgen konnte. »Ich hatte gehofft, genug Geld zu haben, um sie selbst anstellen zu können.«

»Ihr müsst gute Freundinnen sein, du und dein Mädchen.«

»Eigentlich nicht. Eigentlich gar nicht.« Ihr Haar streifte über das Kissen, als sie sich umdrehte. In der Dunkelheit bestand ihr Gesicht nur aus dunklen Konturen; ihre Augen glitzerten nicht. »Wir haben nicht viel gemeinsam, und ich glaube, ich langweile sie mit meinem Gerede von Karten und Berechnungen. Wahrscheinlich ist es dumm, dass ich mich so verantwortlich für sie fühle.«

»Das würde ich nicht sagen. Ich nenne das bewundernswert.« Sein Daumen beschrieb kleine Kreise in ihrer Handfläche.

»Ja, natürlich tust du das.« Er hörte ihr Lächeln, obwohl er es nicht sehen konnte. Und er spürte, in der Luft zwischen ihnen, wie ihre Gedanken umschwangen. »Nimmst du mich mit zu deiner Witwe?«

»Wie bitte?« Eine düstere Vorahnung stahl sich ins Zimmer. »Warum soll ich das denn tun?«

»Sie ist deine Verantwortung, wie mein Dienstmädchen meine. Ich glaube … ich möchte sie mir vorstellen können. Damit ich dich besser kennenlerne. Sagtest du nicht, sie hat ein Kind?«

Will verspürte ein Prickeln im Nacken, wie es Soldaten immer verspürten, wenn irgendetwas nicht so war, wie es sein sollte. Da sie ihn nicht lieben konnte, und da sie offenbar davon ausging, dass er Anfang nächster Woche irgendwo auf einem Stück Rasen seinen letzten Atemzug tun würde, während König Kieferknochen seine Pistole einstecken und davonstolzieren würde, konnte er sich nicht vorstellen, weshalb sie ihn noch besser kennenlernen wollte.

Ob sie argwöhnte, dass an der Geschichte von seiner Verpflichtung Mrs Talbot gegenüber mehr war, als er ihr bisher verraten hatte? Eine noch stürmischere Welle des Unwohlseins schlug in der Stille über ihm zusammen. Er hatte Verschiedenes durchblicken lassen, was eine halbwegs intelligente Frau stutzig werden lassen musste. Dass der Krieg ihn verändert hatte. Dass er sich nicht mehr in die Kirche traute. Dass er aus gewissen Gründen keiner Dame seine Hand anbieten konnte. Vielleicht hatte sie begonnen, die Hinweise zusammenzufügen. Vielleicht hatte er das die ganze Zeit gehofft.

»Willst du mich wirklich kennenlernen, Lydia?« Sein Daumen hielt in seiner Bewegung inne. »Es gibt Dinge, die ich dir erzählen könnte, die du vielleicht gar nicht wissen willst.«

»Ich weiß.« Ihre Finger schlossen sich über seinem Daumen. »Ich weiß schon lange, dass du Geheimnisse hast.« Sie sah ihn an, obwohl sie seine Züge gewiss ebenso wenig ausmachen konnte wie er ihre. »Ich weiß, dass ich vielleicht nicht gerade die geeignetste Vertrauensperson bin. Aber ich habe keine Angst vor dem, was du mir erzählen kannst.«

»Du bist besser geeignet, als du glaubst.« Wer, auf der ganzen weiten Welt, würde eher verstehen als eine Frau, die selbst Tote auf dem Gewissen hatte? Und doch … wenn sie *kein* Verständnis haben würde, brauchte er nicht mehr zu hoffen, dass es jemals jemand haben würde.

Er lag still. Wie sollte er auch nur anfangen?

»Du musst mir nichts erzählen, wenn du nicht willst.« Sie war die Standfestigkeit in Person, ein dunkler Fels im schattigen Raum. »Ich habe keinerlei Anspruch auf deine Geheimnisse.«

»Darf ich es mir bis morgen überlegen? Ich habe noch nie darüber nachgedacht, mit dir darüber zu sprechen – oder überhaupt mit irgendjemandem. Ich bin nicht sicher, ob es gut wäre.«

»Natürlich.« Ihre Finger gaben seinen Daumen frei. »Vielleicht können wir aber diese Witwe besuchen, und ich kann dich ein bisschen besser kennenlernen. Ohne meine Nase in Dinge zu stecken, die du lieber für dich behalten möchtest.«

Der Vorschlag ergab noch immer keinen Sinn. Wie sollte ein Besuch bei Mrs Talbot ihr dabei helfen, ihn besser kennenzulernen? Einerlei. Ein Besuch bei der Witwe klang nach der harmlosesten aller Zerstreuungen, verglichen mit der Aussicht, seine Beichte abzulegen. »Wenn du möchtest«, sagte er, und dann gab es nichts mehr zu tun, als wach zu liegen, über ihre Beweggründe nachzusinnen und sich zu fragen, ob er den Mut hatte, ihre gute Meinung von sich aufs Spiel zu setzen.

Er war irgendwie verantwortlich für den Tod des Mannes dieser Frau. Das war die offensichtliche Erklärung, und man suchte nicht ohne Grund nach anderen Erklärungen. *Entia non sunt multiplicanda propter necessitatem*, wie Henry immer zu zitieren gepflegt hatte. Keine unnötige Verkomplizierung der Dinge.

Lydia saß auf einem Sofa in einem kleinen Salon in Camden Town und kämpfte gegen den Drang an, die Hände zu ringen. Will saß zu ihrer Linken. Das Unwohlsein, das er verströmte, machte sie besorgt und nervös, während die andern beiden Frauen im Raum es gar nicht zu bemerken schienen. Vermutlich war es dumm von ihr gewesen, zu glauben, ein Besuch hier würde seinen Lebenswillen stärken.

»Ist das ein älterer Zweig der Familie, die Slaughters? Ich meine fast, mich zu erinnern, mal von einem Lord Slaughter gehört zu haben.« Mrs John Talbot, die Frau des Bruders des Soldaten, und Herrin des Hauses, schien fest entschlossen, das ganze Gewicht dieses Besuchs auf sich zu beziehen, und musste nun erst einmal herausfinden, wie gewichtig er war.

»Der ist mir nicht bekannt. Ich bezweifle, dass er mit uns verwandt ist.« Je weniger Aufhebens über die Slaughters gemacht wurde, desto besser. »Um ehrlich zu sein, verdanken wir den größten Teil unseres Ansehens der Blackshear-Linie.«

»Meine Cousine schmeichelt uns.« Will schlug bescheiden den Blick nieder, was ihn nur noch vornehmer aussehen ließ. »Die Blackshears sind gemeiner Landadel, nicht mal ein Ritter dabei.« Er machte eine kleine, unwillkürliche Bewegung, um seine Manschette zurechtzurücken.

»Aber das kann sich ja ändern, nicht wahr?« Die Frau ließ sich nicht beirren. »Ritterschläge gibt es immer mal wieder, und auch Baronetswürden werden verliehen. Manchmal werden sogar Leute in den Hochadel erhoben.«

»Korrekt.« Er stimmte ihrem Einwand mit einer kleinen Verbeugung zu. »Doch mein ältester Bruder hat bereits einen tadellosen Ruf und kann es an Ehrwürdigkeit mit jedem Lord aufnehmen, aber er hat einen sturen Stolz, der es ihm verbietet, seinen Stand jemals verlassen zu wollen. Mein zweitältester Bruder würde, glaube ich, lieber Einfluss auf einen Lord haben, als selbst einer zu werden. Und meine Schwestern sind beide bereits verheiratet, keine von beiden mit einem Adligen. Also erwarte ich zumindest in meiner Generation keine betitelten Blackshears.«

Zwei Brüder, der eine Jurist, der andere in der Politik. Und noch eine Schwester außer der, die Jane damals nach Hause gefahren hatte. Leute, die sie nie kennenlernen würde, selbst wenn er das Duell abblies oder überlebte. Vor ihnen könnte er sie schwerlich als Verwandte ausgeben.

»Ich glaube, heutzutage verdienen die jungen Männer sich ihren Ruf mit Taten.« Mrs Talbot, die Witwe, äußerte diese radikale Meinung etwas zögerlich – es schien durchaus möglich, dass Mrs Talbot, die Ehefrau, ihr über den Tisch hinweg eine Ohrfeige verpassen würde –, aber dennoch mit stiller Überzeugung. »Denken Sie nur an Wellington. Ein jüngerer Sohn, und noch dazu Ire, aber dennoch höher angesehen als selbst der Prinzregent, möchte ich behaupten.«

»Ganz meine Meinung.« Mrs John Talbot riss das Gespräch sofort wieder an sich. »Selbst jüngere Söhne können auf Titel hoffen, wenn sie sich den richtigen Leuten vorstellen lassen. Ein Mann wie Sie, Mr Blackshear, könnte es eines Tages zu mehr bringen als Ihre Brüder.«

Mrs George Talbot verfiel in entsetztes Schweigen. Sie hatte ganz eindeutig nicht so unverschämt sein wollen, anzudeuten, dass Will sich um einen Titel bemühen solle.

Ich habe nicht vor, ihr den Hof zu machen, hatte er gesagt. Falls er tatsächlich in irgendeiner Weise für ihr Witwentum verantwortlich war, war das nur verständlich. Doch eine Dame *wie* Mrs Talbot, wenn schon nicht Mrs Talbot selbst, würde ihm guttun. Sie war ein bewundernswertes Beispiel dafür, wie man Schicksalsschläge mit Würde tragen konnte. Der Verlust ihres Mannes und ihr Sturz in die Abhängigkeit von ihren Verwandten mussten schrecklich gewesen sein, doch sie hatte die Kraft gefunden, weiterzumachen. Sie war nicht ausgezogen, um sich in einem Bordell selbst zu zerstören, wie es schwächere, ungestümere Frauen taten.

Ungestüm zu sein konnte sie sich natürlich auch nicht leisten, mit einem Kind, an das sie denken musste. Doch war das nicht genau der Grund dafür gewesen, dass sie Will hierhergebracht hatte? Um ihn an die Menschen zu erinnern, an die *er* denken musste, die Menschen, die von ihm abhängig waren und um derentwillen er sein Leben nicht in einem Duell aufs Spiel setzen durfte?

»Miss Slaughter!« Die andere Mrs Talbot richtete sich mit abrupter Lebhaftigkeit auf. »Ich wäre *so* dankbar für Ihre Meinung zu dem Garten, den ich gerade angelegt habe. Würden Sie wohl einen kleinen Spaziergang mit mir machen?«

Will zuckte neben ihr zusammen. Gegenüber von ihnen errötete die Witwe Talbot. Mrs John Talbots Absicht hätte nicht offensichtlicher sein können.

Lydia griff nach der Sofalehne und verfehlte sie völlig. Ihre Glieder waren plötzlich eiskalt, sie konnte nur noch mit Mühe aufrecht sitzen und jeder Atemzug verlangte eine bewusste Anstrengung.

»Machen wir doch alle einen Spaziergang!« Will war zur Besinnung gekommen. »Ich habe in letzter Zeit angefangen, mich sehr für Landwirtschaft zu interessieren, vor allem dafür, was auf geringstem Raum alles möglich ist.« Er sprach mit solchem Enthusiasmus, dass die andere Mrs Talbot sicher sein konnte, dass er nicht darauf aus war, dem Tête-à-Tête zu entfliehen, sondern überhaupt nicht verstanden hatte, was beabsichtigt wurde.

Das würde ihm aber nur eine Gnadenfrist einbringen. Es konnte kein Zweifel daran bestehen, was folgen würde, wenn er das Duell überlebte. Er würde sich Vorwürfe machen, bei den Talbots falsche Hoffnungen hervorgerufen zu haben. So, wie sie ihn kannte, würde er seine Verpflichtung ehren wollen, selbst wenn sie auf einem Missverständnis beruhte. Schließlich gab es ein Versprechen und eine ernste Bürde. Er würde eher seine eigene Zukunft opfern, als Mr Talbots Witwe im Stich zu lassen.

Vielleicht war es aber auch gar kein Opfer. Hast du nicht gerade gedacht, dass diese Frau genau das ist, was er braucht? Sie erhob sich, so träge und ungraziös, als zöge sie sich aus einem Sumpf, und ging mit den anderen nach draußen.

Ein Gedanke keimte kleinlaut in ihr auf, während sie sich durch den Talbot'schen Gartens schleppte: Vielleicht würde er *jetzt* vom Duell zurücktreten. Welche anständige Frau würde schließlich wollen, dass ihr Mann sich aus einem solchen Anlass duellierte?

Ich habe nicht vor, ihr den Hof zu machen. Falls ich noch nicht in dich verliebt bin, dann bin ich sehr kurz davor. Es hätte nie etwas daraus werden können. Sie hatte es nie im Geringsten gehofft. Weshalb fühlte sie sich plötzlich, als sei sie im tiefsten Winter ohne Mantel vor die Tür gesetzt worden?

Der Rundgang durch den Garten kam endlich zu seinem erbarmungsvollen Ende, und nach einer Runde Verabschiedungen, guter Wünsche und anderer qualvoller Nettigkeiten stand sie wieder mit Mr Blackshear auf der Straße. Sie ging los. Eine Diskussion würde zu nichts führen, also sagte sie nichts.

»Lydia.« Er kam neben sie, sein Tonfall tief und eindringlich. »Ich versichere dir, ich hatte keine Ahnung!«

»Es macht nichts.« Sie wickelte sich fester in ihren Mantel und zog das Tempo an.

»Ich will nur, dass du weißt, dass ich dich nicht angelogen habe, als ich dir gesagt habe, dass es keinerlei Erwartungen gibt. Ich wäre nie mit dir ins Bett gegangen, wenn es welche gegeben hätte. Ich weiß überhaupt nicht, wie sie darauf …«

»Ich sagte doch, es macht nichts.« Die Worte klangen brüsker, als sie beabsichtigt hatte. Sie sprach sanfter. »Ich zweifle nicht an deinem Wort. Ich habe gesehen, wie überrascht du warst.«

»Ich war nur ein paarmal hier. Und sie trägt Trauer.« Er versuchte, sich selbst zu überzeugen, ebenso wie sie. »Ihr Mann ist noch kein Jahr tot. Ich bin einfach gar nicht darauf gekommen, dass …«

»Du hast dich klar ausgedrückt. Und du brauchst dich nicht zu rechtfertigen. Nichts davon geht mich etwas an.« Sie schaffte es einfach nicht, höflich zu sein. Und plötzlich waren die zwei Meilen nach St. James', in denen sie zweifellos die ganze Zeit seine Versuche, ein Gespräch zu beginnen, abwürgen musste, mehr, als sie ertragen konnte.

Abrupt blieb sie stehen und fuhr zu ihm herum. »Ich denke, ich gehe nach Hause, da wir so nah an Somers Town sind. Ich muss noch mein restliches Geld für heute Abend holen, und ich muss ein paar Dinge sortieren.«

Sein ohnehin schon geplagter Blick wurde noch verzweifelter. »Ich dachte …« Er trat einen Schritt zurück und blickte auf ihre Stiefel. »Ich hatte gedacht, wir würden zurück zu mir gehen und … reden.«

Oh Gott. Er hatte sich entschlossen, ihr sein dunkles Geheimnis zu verraten. Er war endlich bereit, ihr sein Herz auszuschütten, sie mit seinem tiefsten Vertrauen zu ehren, ausgerechnet jetzt, wo sie auf einmal nicht mehr dazu in der Lage war. Nicht jetzt. »Ich denke, es ist praktischer, wenn wir uns einfach später im *Oldfield's* treffen.«

Er sah ihr wieder in die Augen. Er verstand nicht. Wie sollte er auch. Sie verstand es ja selbst kaum.

»In Ordnung.« Er akzeptierte diese neuerliche Enttäuschung mit milden Worten und einem Nicken, wo er jedes Recht hatte, eine Erklärung zu verlangen. »Ich bringe dich nach Hause.« Er hielt ihr den Arm hin.

»Das ist lieb von dir, aber danke. Nein danke.« Ihre Füße bewegten sich bereits und trugen sie fort, rückwärts die Straße entlang. »Ich werde ab halb elf im *Oldfield's* sein. Ich erwarte dich gegen elf.«

Er erhob keine Einwände, wie er es in einer ähnlichen Situation vor einigen Wochen getan hatte. Er gab überhaupt keine Antwort. Er steckte lediglich die Hand in die Manteltasche und stand da, bis sie verschwunden war.

Ihr Herz – ihr dummes, vergiftetes Herz, das jahrelang unter einem Trümmerhaufen aus Wut ausgeharrt hatte, um ausgerechnet in diesem ungünstigsten aller Momente wieder hervorzukommen – ihr Herz würde ganz bestimmt brechen, wenn sie den Ausdruck in seinen Augen auch nur eine Sekunde länger mitansehen musste. Mit wehenden Röcken und Mantel fuhr sie herum und machte sich auf den Weg.

20

An jenem Abend trug sie ihr einfaches weißes Musselinkleid, da sich alle eleganteren Roben im Koffer in Mr Blackshears Wohnung befanden. Jeder, der sie von ihrem letzten Besuch hier wiedererkannte, musste annehmen, dass sich ihr Blatt inzwischen gewendet hatte, wenn nicht wegen des schlichten Kleids, dann aufgrund ihres Benehmens.

Sie täuschte diesmal Trunkenheit vor, denn sie brachte es einfach nicht übers Herz, zu flirten, weder mit Mr Blackshear noch mit jemand anderem. Also gab sie sich abwechselnd still und depressiv und laut und unwirsch, und in diesen Ausbrüchen brachte sie ihre Hinweise für Will unter. Fünf setzen. Vier setzen. Sieben. Jetzt stehenbleiben.

Hinter ihr ratterte der Roulettekessel. Neben ihr klapperten Würfel in jemandes Hand, bevor sie aufs Tuch purzelten. Um sie herum waren überall Unterhaltungen im Gange, die sie nichts angingen. Die Geräusche verwoben sich und traten diskret in den Hintergrund, bis es nichts mehr gab als Karten, Berechnungen und kühle Entschlossenheit und die einzigen Herzen von Bedeutung waren die, deren Punkte man zählen konnte.

Im Leben eines anständigen Mannes hatte sie nichts verloren, weder als Ehefrau noch als Geliebte, und auch nicht als verschwiegene Zuhörerin. Doch bei allem, was ihr heilig war – hier war sie nicht fehl am Platz. Schamlos, unanständig und liederlich, wie sie war, würde sie sich nehmen, was sie haben wollte, eine Handvoll nach der anderen, ohne Erbarmen.

Und wie um sie wieder willkommen zu heißen, nachdem sie vom rechten Wege abgekommen war, fielen die Karten ein ums andere Mal zu ihren Gunsten aus. Beziehungsweise zu Mr Blackshears Gunsten, denn die hohen Einsätze tätigte ja er. Acht Einheiten. Neun Einheiten. Elf, mit der Bemerkung, sie werde all ihr Silber verpfänden müssen – jede Anspielung auf Metall führte zu *Bronze* und *Bronze* zu *onze*. Als sie sich den Code ausgedacht hatten, war sie nicht davon ausgegangen, dass sie das jemals brauchen würden.

Ohne Uhren maß man die Zeit nicht in Stunden, sondern in Geld, und irgendwo bei der schwindelerregenden Summe von achtzehnhundert Pfund streckte Will sich, um eine Besprechung einzuberufen. Sie sah weg. Wenn er müde war, konnte er sich für ein paar Minuten empfehlen, ohne ihr Rechenschaft schuldig zu sein. Wenn er der Meinung war, sie hätten für heute genug gewonnen, hatte er nicht mit dem Ausmaß ihrer Entschlossenheit gerechnet. Und wenn er ihr irgendetwas anderes zu sagen hatte, war das nicht nötig. Es war alles gesagt.

Nach zwanzig Minuten gab er das Signal erneut. Nachlässig und träge hob er den rechten Ellbogen und legte die linke Hand daran.

Irgendwo in ihrem Gehirn gab es einen Aussetzer. Ein Zahnrad verfehlte das andere, oder vielleicht sprang eine Sprungfeder aus ihrer Halterung, und plötzlich war sie sich nur allzu deutlich der unsichtbaren Muskeln bewusst, die sich gerade in seiner Seite dehnen mussten, vom Handgelenk bis zu seinem erhobenen Ellbogen.

Lass die Finger von ihm. Wenn du ihm einen Gefallen tun willst, dann bleib hier sitzen und spiel weiter. Doch mit dem nächsten Atemzug drang ihr der Duft von Bay Rum in die Nase, und die Karten und die Zahlen traten zu den anderen Geräuschen des Raums in den Hintergrund.

In Ordnung. Sie tippte sich an die Lippen und begann, äußerlich völlig ruhig ihre Jetons einzustreichen, während ein nervöser Impuls nach dem anderen durch ihre verworrenen Nervenbahnen jagte. Sie würde auf das viel versprechende Spiel verzichten, um ihn im Korridor zu erwarten, wenn er darauf bestand. Doch falls er glaubte, sie in eine schmerzhafte und überdies völlig sinnlose Diskussion verwickeln zu können, hatte er sich getäuscht.

Was zum Teufel war falsch gelaufen zwischen ihnen? Offensichtlich fiel es mit ihrem Besuch bei den Talbots zusammen, doch was genau hatte ihr seine Gesellschaft auf einmal so unerträglich gemacht?

Auf dem Weg zu jenem Korridor, in dem ihre Beziehung das letzte Mal so zerrüttet worden war, ballte Will immer wieder die Fäuste. Er hatte ihr gesagt, dass er in Bezug auf sein Verhältnis zu Mrs Talbot nicht gelogen hatte, und sie hatte gesagt, dass sie ihm glaubte. Woher kam aber dann diese steinerne Regungslosigkeit, in die sie seit ihrem Besuch verfallen war?

Sie hat es erraten. Ein kaltes Flüstern in seinem Genick, das jeden Wirbel einzeln einfror. Nicht die Einzelheiten. Doch vielleicht hatte sie die ungefähre Art seines Vergehens erraten, und sein schlecht verborgenes Unbehagen während des Besuchs konnte jeden dunklen Verdacht, den sie vielleicht gehabt hatte, nur bestärkt haben.

Er kam um die Ecke. Keine Spur von ihr. Er ging ein Stück tiefer in den Korridor und blieb stehen. Ob ihr das Warten zu lang geworden war und sie wieder an den Spieltisch zurückgekehrt war? Nein, da hätte sie an ihm vorbeikommen müssen. Plötzlich durchfuhr ihn eine unangenehme Erinnerung: die kalte Nachtluft, als er auf sie gewartet hatte, sie auf der Straße gesucht hatte, bevor ihm klar geworden war, dass sie ohne ihn abgefahren war. Ob sie nur aufgestanden war, um ihren Mantel zu holen und ihn ein für alle Mal zu verlassen?

»Hier.« Kaum drang die Silbe aus der Dunkelheit am andern Ende des Gangs an sein Ohr. Sein Genick prickelte. Was tat sie dort, und warum hatte sie sich nicht gleich zu erkennen gegeben?

Er ging direkt auf die Stelle zu, von der ihre Stimme gekommen war, und streckte die Hände aus, doch da war nur eine leere Wand. Jetzt prickelte auch seine Kopfhaut.

»Hier.« Sie hatte sich bewegt. Sie war links hinter ihm. Seine Augen hatten sich noch nicht hinreichend an die Dunkelheit gewöhnt, um ihre Silhouette auszumachen, doch sie konnte ihn gewiss sehen.

Ein leises Stoffrascheln verriet ihm, dass sie sich wieder bewegte, um ihn herum. Die Luft zwischen ihnen war so dick, dass man sie mit einem Messer hätte schneiden können. »Lydia, bitte sag mir, was los ist.« Er stieß die Worte aus, bevor er vergessen konnte, weshalb er gekommen war.

»Nichts, im Augenblick.« Ihr seidenes Murmeln ging ihm direkt unter die Haut, und eine Hand durchquerte die Dunkelheit und legte sich auf seinen Arm.

»Ich habe den Eindruck, dass du wütend bist.« Beinahe blieben ihm die Worte im Halse stecken. Er wusste genau, worauf sie aus war: Sie wollte diese Aussprache verhindern, und ihr war jedes Mittel recht, um ihn abzulenken. Gewisse empfängliche Teile von ihm waren bereits abgelenkt.

»Meinst du?« Sie stand direkt vor ihm. Ihre Hände legten sich an seine Ärmel. Sie stellte sich auf Zehenspitzen und verströmte einen Hauch von Rosenduft, bevor ihre Lippen im Dunkel seine fanden.

Sie schmeckte nach ungetrübter Verlockung. Das wusste er, weil seine Zunge sich in ihrem Mund befand. Seine Arme waren ebenfalls um sie gewandert und hatten sie an sich gerissen, völlig unwillkürlich. Ihrer Manipulation nachzugeben, sich zu vergessen und die Geheimnisse, die er hatte erzählen wollen, ein weiteres Mal zu begraben, wäre das Einfachste auf der Welt.

Doch sie … sein Gehirn tastete blind nach seinem Verstand … sie tat das nicht aus aufrichtiger Lust. Sie wollte lediglich sein Verlangen gegen ihn verwenden, und das war nicht, was er … »Lydia, warte.« Er hielt die Luft an, die Lippen gerade weit genug von ihren entfernt, um sprechen zu können. »Das ist nicht, was ich … Ich habe dich hergerufen, weil ich mit dir sprechen will.« Er fasste sie an der Taille und schob sie sanft von sich, schuf einen Zwischenraum zwischen ihrem Körper und seinem.

Ihre starrsinnige Wut brach über ihn herein. Sie ließ von seinen Ärmeln ab und legte die Handflächen flach auf seine Brust. Einen Augenblick lang stand sie einfach nur da, und Trotz pochte in ihrer Berührung. Dann wanderten ihre Handflächen seinen Bauch hinab, während sie ihm entglitt und mit flüsternden Röcken auf die Knie sank. »Sprich, soviel du willst«, sagte sie. »Ich werde nicht dazu in der Lage sein.«

Zur Hölle. »Das war nicht meine Absicht.« Doch seine verräterische Hand hatte sich bereits den Weg zum ersten Hosenknopf gebahnt. »Das ist es nicht, was ich von dir will.« *Lügner.* Er fummelte sich von Knopf zu Knopf, während er sprach, und seine Hand zitterte beinahe, so sehr wollte er es.

Er hatte seit jenem letzten Morgen in Chiswell nichts mit ihr gehabt. Fast drei Tage waren es jetzt. Und er hatte noch gar nicht die Geheimnisse ihres Mundes kennengelernt. *Sie kann einen Mann durch Raum und Zeit blasen.*

Verdammt, war er denn keinen Deut besser als der Grobian, der sie ausgehalten hatte? Doch. Er *war* besser. Er konnte es noch aufhalten. »Um Gottes willen, das ist Wahnsinn! Wenn jemand kommt …!« Seine Finger fanden ihre: Sie war dabei gewesen, die andere Seite seines Hosenlatzes aufzuknöpfen, der jetzt herabfiel. Sie trug keine Handschuhe. Wahrscheinlich hatte sie sie abgelegt, weil sie gewusst hatte, dass er kapitulieren würde.

»Keine Sorge.« In ihrer Stimme schwang die Zuversicht, die die Oberhand mit sich brachte. »Niemand wird uns sehen. Es ist dunkel, und ich arbeite schnell.«

Ihre Finger lagen noch immer in seinen, geschickt, hinterhältig und nackt. Er ließ zwei Atemzüge verstreichen. »Nein.« Er ließ sie los. »Langsam. Lass es eine Weile währen.«

Leinen quälte ihn mit seiner sanften Reibung, als sie ihn von seiner Unterhose befreite. Sie zog die Kniehosen hinunter und er legte die ausgestreckten Hände an die Wand hinter sich. Jetzt konnte er ihre Umrisse ausmachen, und mit unheiliger Gier sah er zu, wie sie sich vorbeugte und ihn Zentimeter für Zentimeter ins barmherzige Himmelreich ihres Mundes nahm.

Nichts auf der Welt war mehr von Belang – nicht seine Sünden, nicht seine Versprechen, nicht die Dinge, die er ihr hatte sagen wollen, oder das Duell, dem er sich in wenigen Tagen stellen musste; nichts außer ihren Lippen und ihrer Zunge und der meisterhaften Art und Weise, wie sie ihn in den Wahnsinn trieben. Oder vielleicht noch ihre Hand, die sich emporstahl, seine Hoden umschloss und zackige Blitze der Lust an sein Gehirn sandte.

»Nicht zu schnell. Nicht zu fest.« *Ich verliere sonst den Verstand.* Sein Körper gierte danach, zuzustoßen, doch ganz so wahnsinnig, oder so jenseits jedes Anstands war er denn doch noch nicht. Er kämpfte gegen den Drang an und ließ stattdessen langsam die Hüfte kreisen, dankbar für die Dunkelheit, die ihn davor bewahrte, so gesehen zu werden – sinnlich kreisend wie der Tanzsklave irgendeiner Amazone. Sie blieb bei ihm, als er sich bewegte. Ihre freie Hand legte sich an sein Kreuz, auf die Muskelstränge, während ein vorsichtiger Finger gerade über seiner Spalte zu spielen begann.

Konnte man vor Lust sterben? Sein Herz fühlte sich an, als wollte es unter seinen Rippen bersten, so hart schlug es. Was für ein schmachvolles Ende das wäre, und wie beschämend für seine Familie. Unbeschadet aus Waterloo heimgekehrt, nur um in einer abgelegenen Spielhölle mit heruntergelassenen Hosen und gequältem Gesichtsausdruck auf dem Boden gefunden zu werden. Hoffentlich würde sie so schlau sein, sich aus dem Staub zu machen, falls das geschah.

Er nahm eine Hand von der Wand und legte sie an ihren Hinterkopf, um sie als dürftigen Ausgleich für den Wirbelsturm, der in ihm tobte, zu streicheln. Zum Teufel damit. Er *war* ihr Sklave. Und sie war besser als jede Amazone, sie war Herrin seines Fleischs. Ihre Hände stützten ihn, ihre Zunge trieb ihn, und ihr Finger spielte nicht mehr, sondern quälte ihn, hatte sich kühn dorthin gestohlen, wo er nichts verloren hatte.

Sie würde sein Innerstes nach außen kehren. Sie würde ihn auslöschen, und es war ihm egal. »Fester«, murmelte er, als ihre Zunge sich verlangsamte und er spürte, wie sie ihren Mund sanft zurückzog. »Fester!«

Ihr Lieblingswort. Und sie befolgte den Befehl so gern, wie sie ihn gab. Er krallte sich an der Tapete fest, legte den Kopf in den Nacken und biss in einer animalischen Grimasse die Zähne zusammen. In einer Minute würde er kommen. Er sollte sie warnen. Sie wollte bestimmt nicht …

Doch die erbarmungslosen Strudel der Lust hielten ihn gefangen, und er fand keine Worte. Sie war selbst schuld, mit ihrer Hand, die seine Eier drückte und ihrem Mund, der ihn so tief empfing, und ihrem Finger, der unaussprechliche Dinge tat. Ihre anderen Finger umfingen seinen Hintern und sie übte leichten Druck aus. Dann wieder. Sie lud ihn ein, zuzustoßen.

Das ließ er sich kein drittes Mal sagen. Mit den Händen an ihren Ohren hielt er sie fest, damit ihr Mund genau da blieb, wo er war, und dann gab er es ihr in kleinen Schüben. Nicht zu hart. Nicht grob. Gerade genug, um der instinktiven Bewegung nachzugeben, nach der sein Körper, wie sie wusste, so sehr gierte. Und die Worte, die er sagen musste, die Warnung, die es ihr ersparen würde, entwischte ihm weiter und weiter.

Keine Worte. Hände. Er versuchte, sie wegzuschieben, als der Höhepunkt auf ihn zudonnerte. Sie bewegte sich nicht. »Lydia!«, keuchte er, doch sie gab keinen Millimeter nach, sondern trieb ihn nur noch stärker, noch fester an, bis er erzitterte und taumelte und sich endlich der süßen, süßen Schande hingab, den Mund einer Frau mit seinem Samen zu fluten.

Sie sank mit ihm zu Boden. Als er wieder zu sich kam, saß er an der Wand und sie hockte neben ihm und hob gerade den Kopf.

»Es tut mir leid.« Die Schande überkam ihn, auf einmal kein bisschen mehr süß. Er hatte mit ihr reden wollen; um herauszufinden, was los war, um ihr Einvernehmen wiederherzustellen, und er hatte all seine guten Vorsätze in den Wind geschlagen, um seinen Schwanz in ihren Mund zu stecken. Und dann hatte er sie auch noch besudelt. »Ich wollte es dir …«

»Ich weiß. Du wolltest ein Gentleman sein, bis zum bitteren Ende.« Sie fuhr sich mit dem Handrücken über den Mund. »Du vergisst, dass ich mit Gentlemen nichts anfangen kann.« Ihre Hand fiel an seinen Schenkel, immer noch nackt, über seinen heruntergelassenen Hosen. »Bring mich zu dir nach Hause. Lass uns die Jetons einlösen und gehen.«

Sie war wieder eine Fremde, lüstern und herrschsüchtig, ohne jedes Interesse daran, die Kluft, die sich zwischen ihnen aufgetan hatte, zu überwinden. Und – Gott helfe ihm – es war ihm egal, solange sie ihn ficken wollte.

»Ja«, sagte er, und legte seine Hand auf ihre. »Komm.«

Sie konnte nicht bereuen. In ein paar Tagen würde sie diese Nacht vielleicht als entsetzlichen Fehler betrachten, als eine weitere Quelle des Schmerzes, obwohl dieser Strom weiß Gott bereits genug Zuflüsse hatte. Einerlei. *So sollte es sein.* Eine Hure und der Mann, den sie sich geangelt hatte, gingen wortlos durch die mitternächtlichen Straßen von St. James'.

Einmal blieb er stehen und drängte sie an einen Laternenpfahl, um sie zu küssen, mit einer Gier, die er nicht im Geringsten zu verbergen suchte. Es mangelte nicht an zweckdienlichen Schatten, doch er suchte sich ausgerechnet den Ort aus, wo sie am allerbesten zu sehen waren. Wenn er sie gebeten hätte, an Ort und Stelle die Röcke zu raffen, hätte sie es getan. So stand es um sie.

Sie erreichten seine Wohnung und er zog sie aus, geschickt und schweigend, mit nur einer kurzen Unterbrechung, um die zusammengerollten Scheine aus seiner Tasche in eine Schublade zu legen. Kein Stück seiner eigenen Kleidung legte er ab, nicht einmal die Stiefel. Vor dem Spiegel im Schlafzimmer ließ er sie niederknien und kniete sich neben sie. Seine dunklen, lodernden Augen blickten über ihre Schulter, während seine Handschuhe in völliger Freizügigkeit über ihren nackten Körper wanderten. Schultern. Ellbogen. Hüften. Eine Hand legte sich um ihre Brust; ein Finger strich über ihren Bauch und blieb in ihrem Nabel hängen. Wieder erinnerte er sie an einen Bildhauer, der ihre Proportionen studierte, um sie für zukünftige Zwecke im Gedächtnis zu bewahren.

»Mein.« Es war das erste Wort, das er sprach, seit sie das *Oldfield's* verlassen hatten. Er beugte den Kopf und flüsterte es ihr kitzelnd ins Ohr. Seine Hand glitt zu ihren Schenkeln hinab. »Alles mein.«

»Ja, für heute Nacht.« So viel stimmte. Wenn sie schon nichts anderes für ihn sein konnte, dann doch wenigstens ganz die Dirne, nach der es ihn in dieser Nacht gelüstete.

»Das reicht mir nicht.« Sein Blick suchte im Spiegel ihren. Seine Fingerspitzen wanderten durch die Locken zwischen ihren Schenkeln. »Sag, dass du ganz mein bist.«

Sehnsucht verbrannte ihr die Kehle, doch die Antwort, die er verlangte, wollte nicht kommen. Sie hatte nicht genug Fantasie, um zu vergessen, dass er sterben könnte, oder das Duell überleben und sich an Mrs Talbot binden. Ob er sie liebte, ob ihr Herz ihm antwortete, war völlig irrelevant. Sie konnten einander nicht gehören.

»Ich kann dafür sorgen, dass du es sagst.« Unbeeindruckt von ihrem Schweigen zog er an seinem rechten Handschuh und streifte ihn ab.

Sie protestierte kein bisschen. »Tu dein Schlimmstes«, sagte sie, und es war kein Trotz, sondern eine Einladung.

Der Handschuh fiel zu Boden und seine Hand machte sich sofort ans Werk. Beide Hände. Die linke, noch im Handschuh, glitt empor und machte sich an ihren Brüsten zu schaffen, während die rechte, bar und köstlich warm, zwischen ihre Schenkel fuhr.

Sie schloss die Augen und zwang sich dazu, sie wieder zu öffnen. Diesen Anblick würde sie im Gedächtnis bewahren. Zusehen würde sie, wie seine Hände sie festhielten, sie besaßen, zusehen, wie der Schweiß auf ihrem Körper im Kerzenschein glitzerte, wenn sie vor Lust erzitterte, und zusehen, wie er sie ansah.

»Zeig mir, wie es dir gefällt, Lydia.« Mit dieser Stimme hätte er sie dazu bringen können, sich in eine Feuersbrunst zu stürzen. »Zeig mir, wie gut es sich anfühlt.«

Ein unvollständiger Scherz schimmerte am Rande ihres Bewusstseins. Er hatte damit zu tun, dass er nun doch noch zu seinem erotischen Spektakel kam, doch den Gedanken zu beenden, geschweige denn, ihn auszusprechen, war mehr, als sie zustande brachte. Sie wand sich, völlig ausgeliefert, und das war sowieso die Antwort, die er haben wollte. Im Spiegel sahen sie aus wie ein Bild von einem alten Mythos, eine Nymphe, die dem rohen Griff eines Halbgotts entschlüpfte, indem sie sich in Luft auflöste, oder eine tanzende Fontäne oder Mondlicht auf unruhigem Wasser.

Doch der Halbgott aus diesem Mythos besaß sie dennoch. Er war unermüdlich, eisern, und er würde ihr mit unbeirrtem Willen und seinen göttlich geschickten Händen durch jede Metamorphose folgen. »Habe ich dich versklavt, Lydia?«, fragte er in ihr Ohr, und seine Finger beschleunigten sich, um die Antwort aus ihr herauszukitzeln, die er hören wollte.

»Ja.« Das war der Anfang der Kapitulation.

»Und du mich. Willst du mich?«

»Ja.« Ein heftiges Zittern ergriff sie.

»Und ich dich. Bist du jetzt mein?« Gleißende Dringlichkeit loderte in seinem Blick.

Ein Wort: *ja.* Eine kurze Silbe, doch es hätte auch eine Arie voller hoher Cs sein können, so absolut unmöglich war es Lydia, ihr Ausdruck zu verleihen.

Stattdessen gab sie ihm unartikulierte Schreie, begierig und wild, und schlug in seinen Armen um sich, damit er wusste, welche Lust sie verspürte. Der Höhepunkt war in Sicht, er war ganz nah, und dann kam er über sie, blendete sie, sodass sie das Bild von sich und ihm nicht mehr sehen konnte, schloss alles aus, was er murmelte, beraubte sie aller Sinne und ließ sie in Flammen aufgehen wie einen heidnischen Scheiterhaufen.

Als das Feuer hinuntergebrannt war, hing sie schlaff in seinen Armen, die sie an Brust und Taille hielten, damit sie nicht fiel. Sie öffnete die Augen, und darauf hatte er nur gewartet: Er legte ihr die Arme unter Knie und Schultern, hob sie hoch und trug sie ins Bett. Dann streifte er endlich seine Kleider ab und kam zu ihr.

»Du bist ein sündhafter Mann, Will Blackshear!« Sie hätte beinahe erröten können bei der Erinnerung an den Ausdruck in seinen Augen, als er zugesehen hatte, wie er sie völlig verrückt gemacht hatte. »Du versuchst, den Gentleman zu spielen, aber du bist durch und durch verdorben!«

Jetzt hätte er sie auf sich ziehen sollen, oder sich auf sie rollen. Als er sich ausgezogen hatte, hatte sie gesehen, dass er bereit war.

Doch er lächelte nur, ein dünnes Lächeln, das ebenso schnell verschwand, wie es gekommen war. Seine Augen wurden ernst und blickten an ihr vorbei.

Sie hatte etwas Falsches gesagt. *Sündhaft*. Er hatte Gründe, sich für noch schlimmer zu halten, und sie hatte ihn daran erinnert. Und plötzlich war sie bereit, sich anzuhören, was er ihr zu sagen hatte.

Sie drehte sich auf die Seite. Mit der rechten Hand ergriff sie ihn beim Arm. »Du kannst es mir jetzt erzählen.« Sie wartete, bis seine Augen sich verdunkelten und ihr zeigten, dass er sie verstanden hatte. »Sag es mir, Will. Ich will es wissen.«

Einen Augenblick lang zog sich jeder Muskel in seinem Körper zusammen im Bedürfnis, die Flucht zu ergreifen. Er sollte zumindest die Kerzen ausmachen. Wenn ihr Gesicht vor Grauen erblasste, wäre das vielleicht mehr, als er ertragen konnte.

Doch das würde ihr Gesicht natürlich nicht tun. Ihre Gefühle zeichneten sich nie dort ab. Mit ihrem ausdruckslosen Falkenblick lag sie auf der Seite und sah ihn an. War das besser als Grauen oder schlimmer?

Er holte Luft. »Es hat etwas mit Talbot, dem Mann der Witwe zu tun. Darauf bist du vermutlich schon gekommen.«

Sie nickte. Ihre Finger legten sich sanft um seinen Arm.

Er würde es ihr erzählen. Gott helfe ihm. Obwohl seine Liebe für sie nicht erwidert werden konnte, obwohl sie keine Zukunft hatten, in der sie sich aufeinander verlassen, des anderen Leid mittragen und einander vor den kalten Winden der Welt schützen würden, würde er ihr alles erzählen.

»Er wäre vielleicht sowieso gestorben, Mr Talbot.« Das hatte der Feldscher gesagt. Es gab keinen Grund, daran zu zweifeln. Er richtete den Blick auf die Decke, wo ein Riss im Putz sich von einer Ecke bis in die Mitte des Raums zog.

»Aber du gibst dir die Schuld.« Keine Wärme, kein Urteil. Sie sprach lediglich eine Tatsache aus.

»Ich hätte ihn nicht bewegen dürfen.« Er verspürte die bleischwere Kapitulation in sich, als alle Erinnerungen zurückkehrten. Bilder, Geräusche, Gerüche und erdrückende Verzweiflung. »Er war in einen Kavallerieangriff geraten und an der Wirbelsäule verletzt worden, und …« Er holte abermals Luft, angestrengt dieses Mal, so als wäre er zu lange unter Wasser geblieben. »Und er war nicht gestorben. Er hatte stundenlang im Schlamm zwischen den Leichen gelegen, mit entsetzlichen Schmerzen, bevor ich ihn fand. Und danach auch noch.«

Er warf ihr einen Blick zu. Noch immer die ausdruckslose Miene. Man hätte meinen können, sie höre solche Geschichten jedes Mal, wenn sie mit einem Mann ins Bett ging.

»Und es war Nacht. Ich war erschöpft, und ich konnte keinen der Krankenträger dazu überreden, ihn zum Lazarett zu bringen. Ich verlor langsam die Hoffnung, dass ihm noch jemand helfen würde, und da habe ich ihn schließlich selbst getragen, und … alles nur noch schlimmer gemacht. Als der Feldscher ihn sich angesehen hat, konnte Talbot seine Glieder schon nicht mehr bewegen.«

Hier hätte sie einspringen und ihm Absolution erteilen können: *Bestimmt hätte jeder in deiner Situation das Gleiche getan. Bestimmt bestand sowieso keine Hoffnung mehr für ihn.* Doch kein Laut passierte die Lippen der Gestalt zu seiner Rechten außer dem gleichmäßiger Atemzüge.

Und, Gott helfe ihm abermals, erst jetzt wurde ihm klar, wie verzweifelt er gehofft hatte, dass sie Mitleid haben und ihm mit der ganzen Kraft ihres rationalen Verstands sagen würde, dass es unsinnig war, sich die Schuld zu geben.

Denn das war es nicht. Diese Wahrheit pulsierte tief in ihm wie eine Glocke unter Wasser. Sie konnte ihn genauso wenig freisprechen, wie er sich selbst.

»Weiter«, sagte sie, denn ihre Adleraugen durchschauten ihn, und sie wusste, dass das noch nicht alles war.

Er holte wieder Luft, um erneut einzutauchen. »Ich trug ihn zu drei verschiedenen Feldlazaretten, weil ich dachte … Ich war so müde, ich konnte nicht mehr klar denken. Ich hatte die Hoffnung, dass mir irgendwo ein Feldscher eine andere Antwort geben würde. Ich wollte nicht aufgeben.«

»Weil du wusstest, dass er Frau und Kind hatte.«

»Ja.«

»Und weil du gehofft hast, den Fehler, den du begangen hattest, wiedergutmachen zu können.«

»Ja.« Seine Stimme klang rau und krächzend, genau wie in jener Nacht. Die Erinnerung grub ihre Klauen in ihn und zog ihn dorthin zurück; er schmeckte wieder die saure Qual zu vieler Stunden ohne Wasser. »Aber vor allem, weil ich ihm versprochen hatte, dass alles gut werden würde, und er meinem Wort vertraute.«

»Und das Ende?« Ruhig und direkt wie ein Korporal, der einen Gefangenen verhörte.

»Ich konnte nichts für ihn tun.« Das schreckliche, schreckliche Gefühl der Nutzlosigkeit, Machtlosigkeit, kam zurück und hüllte ihn ein wie ein Leichentuch. »Ich konnte nicht einmal Opium für ihn beschaffen. Ich haben ihn nur herumgezerrt und seine Qualen um viele Stunden verlängert. Am Ende flehte er mich an, ihm eine Kugel zu geben.«

Ein kurzes Schweigen, während sie alles aufnahm. »Tatest du ihm den Willen?«

»Wir trugen keine Gewehre in unserem Regiment. Ich hätte eine Muskete benutzen müssen, und ich …« *Ich war pingelig in der Wahl meiner Mordwaffe.* »Ich benutzte meine Hände.«

Wieder schwieg sie, diesmal so lange, dass er sich schließlich umdrehen und sie ansehen musste. In ihrem Gesicht sah er nichts außer einer nachdenklichen Stirnfalte. »Zeigst du mir, wie?«

Gütiger Gott. Die dunkelste Tat seines Lebens, und das Erste, was sie interessierte, war die Mechanik. Sie wollte seine Erzählung wohl ausschmücken, oder vielleicht glaubte sie, das Wissen eines Tages gewinnbringend anwenden zu können.

Einerlei. Er hatte beschlossen, ihr zu beichten, anstatt auf eine warmherzige, gefühlvolle Frau zu warten. Verständnisvoll und zuversichtlich. Mit all jenen Eigenschaften, die ihm scheinbar nichts mehr bedeuteten.

Er fand ihre Hände und legte sie an seinen Hals, tastete nach der Stelle, wo sie ihren Daumen hinlegen musste. »Da ist eine Vene.« Sie runzelte kaum merklich die Stirn und betrachtete die Anordnung ihrer Finger. »Wenn du darauf drückst, kannst du die Blutzufuhr unterbrechen. Dann hört alles auf.«

Ihre Augen, leer und glitzernd, blickten wieder in sein Gesicht. Ihre Hände blieben, wo sie waren. Einen Augenblick lang schien es möglich, dass sie … Und würde er sich zur Wehr setzen, wenn sie es tat? Würde er sich ihr ein letztes Mal hingeben und ihr erlauben, ihn für immer von seiner Last zu befreien?

Doch sie tat es nicht. Sie zog die Hände zurück, und diesmal kam keine auf seinem Arm zu liegen. Beide wanderten unter das Kissen unter ihrem Kinn. Sie sagte nichts.

Er hätte es ihr nicht erzählen sollen. Oder er hätte es ihr vor langer Zeit erzählen sollen. Bevor er sie berührt hatte, befriedigt hatte, seinen Körper an ihren geschmiegt hatte.

»Bitte sag doch etwas, Lydia!« Fall es möglich war, das zu sagen, ohne dabei jämmerlich zu klingen, wusste er nicht, wie. Er fühlte sich leer, haltlos, wie er so neben ihr lag und keine Ahnung hatte, was sie dachte. »Ich konnte dich noch nie durchschauen. Ich weiß nicht … Ich habe keine Ahnung, was du jetzt willst. Was ich jetzt tun soll.« *Dir beim Anziehen helfen und eine Droschke rufen, die dich nach Hause fährt. Mich dafür entschuldigen, dass ich bei dir gelegen habe. Die Klappe halten und einfach einschlafen.*

Zwei Sekunden verstrichen in Stille. Dann erhob sie sich und schob ein Knie über ihn. Ihre Handflächen kamen neben seinen Schultern auf der Matratze zu liegen und sie sah ihm fest in die Augen. »Fick mich«, sagte sie. »Ich will, dass du mich fickst.«

Alles in ihm schreckte zurück. Das jetzt zu tun, einer so düsteren und ernsten Beichte Fleischeslust folgen zu lassen würde ihn den letzten Rest seines Anstands kosten. »Das kann ich nicht.« Konnte sie das denn nicht verstehen? »Nicht nach dem, was ich dir gerade erzählt habe.«

»*Jetzt* plötzlich bist du zimperlich?« Kalt und vorwurfsvoll funkelten ihre Augen im Halbdunkel. »Nichts von alledem, was du mir erzählt hast, ist neu. Das war doch alles schon wahr, als du mich das erste Mal geküsst hast.« Sie senkte ihre Hüfte, bis sie auf ihm saß und ihre feuchte Wärme seine achtbaren Ambitionen verhöhnte. »Es war wahr, als du in Chiswell mit mir ins Bett gegangen bist. Als du deinen Mund auf mich gelegt hast. Als du verlangt hast, dass ich *alles* von mir mit ins Bett bringe. Als ich im Korridor im *Oldfield's* für dich gekniet habe, und als ich vor diesem Spiegel da drüben für dich gekniet habe.« Sie bewegte sich, kaum merklich, und – verdammt sei seine Seele – er wurde schon wieder steif. »Was auch immer dich jetzt davon abhält, hätte dich doch wohl da auch schon abhalten sollen.«

»Ich hätte es dir sagen sollen, ich weiß, und dir die Wahl lassen.« Sein ganzer Körper verweigerte den Gehorsam: Seine Hände wanderten auf ihre Arme. »Aber ich konnte dir nicht widerstehen. Ich kann dir nicht widerstehen. Nicht mal jetzt.« Da war seine Schwäche, vor ihr offenbart.

»Du bist nicht so ehrenhaft, wie du gern wärst.« Ihre Hand verließ die Matratze und tastete nach seinem Glied – schändlich, unanständig steif – und ließ es in sich gleiten.

So oft, wie er sie zurückgehalten hatte – wie oft hatte sie sich *Lydia, das ist nicht das, was ich will* anhören müssen? – hätte dies doch wohl der Moment sein sollen, wo er darauf bestand, bevor er in Abscheu vor sich selbst ertrank. Stattdessen bäumte er sich in ihr auf und stöhnte laut. Und nicht nur vor Lust – es war so unendlich tröstlich, zu wissen, dass sie ihn immer noch wollte. Zu wissen, dass sie trotz der schlimmsten Dinge, die er ihr sagen konnte, zumindest noch diese Verwendung für ihn hatte. Eine liebevolle, respektable, verständnisvolle Frau hätte das niemals getan.

Ihre Hände stützten sich wieder auf die Matratze, und ihr eiskalter Blick kam näher. »Du bist kein guter Mann, Blackshear«, flüsterte sie.

»Ich weiß.« Es fühlte sich an, als würde ihm das Fleisch zentnerweise aus dem Leib geschnitten. Er schloss die Augen.

»Du brichst dein Wort, du fickst anderer Männer Frauen, und du hast nicht mal mehr eine Seele vorzuweisen!«

Ein Stich heißer, trauerbefleckter Lust durchfuhr ihn. »Ich weiß.« Er ruckte das Kinn und nickte.

»Du hast dich als ehrenvoller Mann ausgegeben, als du mit mir ins Bett gestiegen bist, doch das warst du nie.«

Er schüttelte den Kopf, die Zähne fest zusammengebissen. Er hatte sie verraten. Er hatte sich selbst verraten. Es gab keine Entschuldigung auf der Welt.

»Du hast deine Seele verwirkt, als du das Herz dieses Mannes angehalten hast, und du bekommst sie nie, nie wieder zurück.«

»Ich weiß.« Noch ein Zentner Fleisch. Er hatte diese Wahrheit nie laut aussprechen wollen. Er hielt den Atem an, als ihn abermals die Lust durchzuckte, trotz seiner Verzweiflung, und schüttelte den Kopf. *Hör auf. Mehr kann ich nicht ertragen.* Das waren die Worte, die er hätte sagen sollen, doch er wusste nicht mehr, wie man sie aussprach.

Und er wusste, es wäre zwecklos, um Gnade zu bitten. Dieses Wort hatte für das Wesen, das ihm in die Augen sah, keinerlei Bedeutung.

Sie starrte auf ihn herab, seine Richterin und seine Verführerin, abstoßend wie der Adler, der jeden Tag von Prometheus' Leber fraß, und er ebenso machtlos wie der Titan, an seinen Felsen gefesselt, aufgerissen, seine dunkelsten, unaussprechlichsten Geheimnisse offenbart.

Ihre Augen verengten sich. Sie presste die Lippen zusammen. Lehnte sich einen Zentimeter vor. »Ich liebe dich«, hauchte sie, gerade laut genug, damit er es hörte.

Er sog die Luft ein, die lebenserhaltende Luft, in einem einzigen, tiefen Atemzug. Und dann packte er sie mit unnachgiebigem Griff, rollte sie unter sich und stieß in sie, in ihre Wahrheit, ihre entsetzliche Stärke und ihre gnadenlose Liebe, die in dieser Welt seine einzige Erlösung war.

Und kam, erhob Anspruch auf sie, ergab sich ihr, einer Frau, die so wundervoll gebrochen war, dass sie einen seelenlosen Mann lieben konnte.

21

Er schlief fast sofort ein, er war völlig am Ende. Als die Atemzüge langsam und gleichmäßig wurden, schlüpfte sie aus dem Bett, verließ das Schlafzimmer und zog geräuschlos die Tür hinter sich zu. In der Ecke, in der ihr Koffer stand, war gerade noch genug Platz für sie; mit angezogenen Knien sank sie zwischen Koffer und Wand auf den Boden, vergrub das Gesicht in den Händen und weinte, bis sie vor Trauer zitterte.

Er würde nie erfahren, was es sie gekostet hatte, seine Geschichte anzuhören. Nie. Hätte sie irgendwelche Emotionen gezeigt, so hätte er sein gequältes Herz sofort wieder verschlossen und all seine Kraft darauf verwendet, sie zu trösten. Dabei hatte er seine Last weiß Gott lange genug getragen, und es war verdammt noch mal höchste Zeit, dass jemand stark genug war, zuzuhören und Zeuge des ungeheuren Ausmaßes dessen zu werden, was er durchgemacht hatte, und zwar vom Anfang bis zum bitteren, herzzerreißenden Ende.

Doch war es richtig gewesen, so zu ihm zu sprechen? Sie ballte die Fäuste und presste sie sich vor die Augen. Sie hätte gütig sein und ihm die Wahrheit sagen können. *Du* bist *ein guter Mann. Der feinste, den ich kenne. Du hattest miserable Karten und hast sie so gut gespielt, wie es überhaupt möglich war. Es ist weder an mir noch an irgendeiner Kirche, über den Zustand deiner Seele zu richten.*

Doch gewiss hatte er erwartet, dass ein Zuhörer diese Dinge sagen würde. Und er hätte sie nicht geglaubt. Er hätte gedacht, sie würde sie nur sagen, weil sie nicht das Herz hatte, der entsetzlichen Verderbtheit gegenüberzutreten, die unter seiner Haut wohnte.

Jetzt wusste er, dass sie vor nichts zurückschrak. Das Schlimmste, was er über sich sagen konnte, reichte nicht aus, um sie abzuschrecken. Ohne mit der Wimper zu zucken, hatte sie seine düsterste Beichte angehört und mit der düstersten Beichte geantwortet, die sie ihrerseits machen konnte.

Ich liebe dich. Sie fuhr mit den Fingern über die Tränen, die ihr über die Wangen liefen. Er war so dankbar gewesen, es zu hören. So erleichtert. Sie würde es nicht bereuen, auch wenn nichts als Leid darauf folgen konnte.

Noch ein paar Minuten lang ließ sie den Tränen freien Lauf. Als sie sich ausgeweint hatte, schlich sie zurück ins Schlafzimmer. Eine einsame Kerze brannte noch immer; sie löschte sie und kroch unter die Decke. Er murmelte im Schlaf und drehte sich um. Seine Hand berührte ihre. Bewegungslos lag sie da, maß seine Atemzüge und die Abstände dazwischen und staunte über die Stelle, an der ihre Körper sich berührten – die Fingerknöchel seines Zeige- und Mittelfingers, ihr Handrücken.

»Will.« Nur ein Wort. Wenn er aufwachte, würden sie reden. Wenn nicht, würde sie ihn schlafen lassen.

»Mhm?« Ihr Bedürfnis war wie ein Angelhaken, der ihn unbeirrt aus dem Schlaf zog.

Sie atmete langsam ein. Langsam aus. »Ich kann dich nicht zu diesem Duell gehen lassen.«

Sie spürte, wie er schläfrig nach der besten Methode suchte, sie zu beruhigen. »Gräm dich nicht.« Seine Hand streichelte über ihren Arm. »Schlaf jetzt. Lass das Duell meine Sorge sein.«

»Ich kann dich nicht sterben lassen. Und ich kann dich nicht …« *Ich kann dich nicht noch einen weiteren Tod auf dein Gewissen laden lassen.* War ihm denn nicht klar, wie wichtig das war?

»Es läuft nicht zwangsläufig auf einen Tod hinaus.« Jetzt wurde er langsam wach. »Manchmal wird nur jemand verwundet. Eine oder beide Parteien könnten das Ziel gänzlich verfehlen.« Seine Hand blieb an ihrem Handgelenk, und Daumen und Zeigefinger umschlossen es wie ein Armband. »Jedenfalls kann ich der Verteidigung deiner Ehre jetzt erst recht nicht den Rücken kehren. Das musst du doch einsehen.«

»Ich sehe es *nicht* ein.« Ihre Stimme war wund vor Verzweiflung. Sie hatte all ihre Trümpfe ausgespielt: dass die Lebenden auf ihn angewiesen waren, dass sie ihn in den Spielhöllen brauchte, sogar dass es ihr das Herz brechen würde, ihn zu verlieren. Was konnte sie jetzt noch versuchen? »Meiner Meinung nach geht die Ehre einer Frau nur sie selbst etwas an.«

»Die Ehre einer Frau geht auch ihren Mann etwas an.« Wie Wasser fluteten seine Worte den Raum bis in alle Ecken, bevor ihre Zunge ihr wieder gehorchte.

»Aber ich bin nicht deine Frau.« Mehr brachte sie nicht hervor.

»Noch nicht.« Seine Finger gaben ihr Handgelenk frei; die Hand glitt über ihren Bauch, legte sich an ihre Taille und zog sie an sich. »Willst du mich heiraten, Lydia?«

Seine Worte wrangen ihr das Herz wie frisch gewaschene Wäsche. Natürlich meinte er es nicht böse. Doch das Wissen, dass er sie liebte und sich an sie binden würde, ehrbar, wenn er konnte, ließ die übrigen unüberwindbaren Hindernisse nur umso grausamer erscheinen. »Du weißt, dass das unmöglich ist.« Sie würde ihm die Gründe einen nach dem anderen in Erinnerung rufen, wenn es sein musste.

»Es spricht sehr vieles dagegen. Das ist nicht das Gleiche wie unmöglich.« Sie spürte seinen kräftigen Herzschlag, wo ihr Arm auf seiner Brust lag. »Ich liebe dich. Du hast gesagt, dass du mich liebst. Du wirst mir sicher glauben, wenn ich dir bezeuge, dass ich mir nach heute Nacht nicht mehr vorstellen kann, mit jemand anderem ein neues Leben anzufangen.«

Seine Wortwahl ließ ihr ein bitteres Lachen im Hals stecken bleiben und trieb Tränen in ihre Augen. »*Ein neues Leben anfangen* ist genau das, was du mit mir nicht kannst. Hast du das vergessen?«

Er schwieg mehrere Sekunden lang und überließ es ihrer Vorstellungskraft, seinen Gesichtsausdruck zu deuten. »Ich bin ein jüngster Sohn«, sagte er schließlich. »Die Welt giert nicht gerade nach einer Kopie von mir.«

»Du weißt genau, dass es nicht nur darum geht.« Er hatte nicht umsonst gezögert. Das Thema ließ ihn nicht so kalt, wie er ihr weismachen wollte. »Stell dir vor, wie es wäre, zu wissen, dass deine Linie mit dir aussterben wird. Keine Nachkommen, die sich im Alter um dich kümmern. Keine Kinder, die du lieben kannst. Keine kleinen Gesichter, die dir ähnlich sehen.« Oh Gott. Jetzt wurde sie auch noch sentimental.

»Ich behaupte nicht, dass ich daran nicht manchmal denken werde und den Verlust betrauern. Aber wir werden ihn gemeinsam betrauern. Und ich werde dich haben, um mich zu trösten. Das ist nichts Geringes.« Er rollte sich auf den Rücken und führte ihren Kopf mit seiner großen Hand an seine Schulter. »Ich habe dir erzählt, dass meine Mutter im Kindbett gestorben ist.« In der Dunkelheit, aus dieser Nähe, klang jede Silbe wie ein kostbares Geheimnis. »Es war ihre zehnte Geburt, und von ihr war bereits nicht mehr viel übrig. Ich glaube, mein Vater ist nie über den Verlust hinweggekommen, und ich glaube, er hat nie aufgehört, sich die Schuld daran zu geben.« Er ergriff eine Haarsträhne und zwirbelte sie langsam um einen Finger, dann um einen zweiten. »Ich habe gesehen, wie mein ältester Bruder beinahe die Wände hochgegangen ist, als es bei seiner Frau so weit war. Ich werde diese Angst nie kennenlernen, wenn ich dich heirate. Wir können einander lieben, ohne dass diese düstere Wolke über uns schwebt. Dieses Glück haben nicht viele Männer.«

Vier Sekunden lang ließ sie sich einfach auf seinen Worten treiben. Seine so furchtbar zärtliche Gesinnung trug sie wie Salzwasser. »So einfach ist das nicht«, sagte sie schließlich.

»Natürlich nicht. Es wird überhaupt nicht einfach.« Er ließ ihre Haarsträhne los und legte die Hand wieder an ihren Kopf. »Meine Familie wird mich vermutlich verstoßen, ich muss irgendetwas wegen Mrs Talbot unternehmen, ich brauche eine Unterkunft und ein Einkommen, das ich mit dir teilen kann, und ich muss dieses verdammte Duell überstehen. Es wird alles andere als einfach.« Seine Stimme wurde langsamer und tiefer wie eine Geige, die zum Abschluss eines komplizierten Konzerts in eine andere Tonart wechselte. »Aber wir haben beide einige Erfahrung mit Schwierigkeiten, oder nicht? Wir haben schon einige Prüfungen bestanden. Garantiert werden wir auf Hindernisse und Widrigkeiten stoßen. Aber besteht nicht Grund zu der Hoffnung, dass wir ihnen gewachsen sind?«

Es war der schönste, großartigste, am besten argumentierte Heiratsantrag, den eine Dame sich überhaupt wünschen konnte. Ihr Herz hüpfte wie ein leeres Fass auf rauer See.

Doch es war schon spät. Er war gerade mit Leidenschaft übersättigt worden, und vermutlich schwirrte ihm noch der Kopf. Und er war zärtlich gestimmt nach der Erleichterung, sein Geheimnis endlich ans Licht gebracht zu haben. Vielleicht würde er am Morgen ganz anders gesinnt sein. Zumindest würde er vermutlich einsehen, wie dumm es war, Zukunftspläne zu schmieden, solange das Zusammentreffen mit Edward noch drohend vor ihm lag.

Sie suchte seine Hand und wob ihre Finger zwischen seine.

»Wenn du mich liebst – wenn du dein Leben mit mir teilen willst – dann solltest du doch wohl dieses Duell aufgeben.«

Er seufzte, und unter ihrem Kopf hob und senkte sich seine Brust. Es war eine jämmerliche Antwort gewesen. *Ja*, hätte sie sagen müssen. *Ich liebe dich. Ich möchte allen Widrigkeiten trotzen, mit dir an meiner Seite.* Stattdessen waren sie dorthin zurückgekehrt, wo sie begonnen hatten. Sie hatte angehört, was er verkündet hatte, und es ohne Umschweife in Munition für ihren unbeirrten Feldzug verwandelt. »Lass uns jetzt schlafen, Lydia.« Er zog sich unter ihr hervor und überließ sie dem sehr viel dürftigerem Komfort ihres Kissens. »Für heute Nacht haben wir ein Patt, würde ich sagen. Lass uns morgen weiterreden. Dann überzeuge ich dich schon davon, mich zu heiraten.«

Doch als der Morgen kam, wollte er sie nicht wecken. Es war eine schrecklich lange Nacht gewesen, allein in Stunden, und das war noch das Geringste.

Er lag auf der Seite, ihr zugewandt. Sie lag auf dem Rücken. Sie wusste es jetzt, und trotzdem war sie da. Ein- oder zweimal blinzelte er, nur um sicherzugehen.

Das war die Frau, die er heiraten würde. Das Leben hatte sie füreinander gemacht. Jeden Morgen würde er zu diesem Anblick aufwachen: die kraftvollen Linien ihrer Nase, ihrer Stirn, ihres Kinns und die weichen, leicht geöffneten Lippen, die ihre furchtbare Miene Lügen straften. Jetzt musste er nur noch sie davon überzeugen, dass es keinen anderen Weg gab.

Na ja, nein. Er hatte noch eine ganze Menge mehr zu tun. Langsam und vorsichtig, um sie nicht zu wecken, drehte er sich auf den Rücken. Dieses kleine Zwischenspiel in einem Zimmer mit rissiger Decke war genau das – eine kurze Überleitung, nur eine Atempause von der Welt, in der sie ihren Weg finden mussten. Er hatte Vorbereitungen zu treffen, Scheitern zu beichten, Leute zu enttäuschen und – Herrgott! – ein verfluchtes Duell zu überstehen. Er konnte genauso gut aufstehen und einfach anfangen.

Als sie nach einer Stunde, in der er sich angezogen und Briefe geschrieben hatte, noch immer nicht aufgewacht war, setzte er sich wieder an den Tisch und verfasste eine weitere Notiz, diesmal an sie. Das Papier wisperte leise, als er es auf das Kopfkissen legte, dorthin, wo er vorher gelegen hatte, ein flüsterndes Versprechen, ein Zeichen all dessen, was er ertragen und opfern würde für ein Leben mit ihr.

Am frühen Nachmittag stand er auf der Schwelle zum ersten Opfer, bei seinem ältesten Bruder im Salon, und blickte ein wenig zu lange in jedes einzelne der dort versammelten Gesichter. So, als bereitete er sich innerlich darauf vor, das nächste Schiff nach Indien zu besteigen. Andrew und seine Frau. Kitty und ihr Mann. Martha und Mr Mirkwood. Nick, allein in einem Sessel, mit derselben aufmerksamen Miene, die er vermutlich im Gericht aufsetzte.

»Raus damit, Will!« Seine älteste Schwester, vorlaut wie immer. »Dass es nichts Gutes sein kann, ist uns schon klar.«

Er verschränkte die Arme hinter dem Rücken, stellte sich aufrecht vor den Kamin und krümmte und streckte nervös die Zehen in den Stiefeln, wo es keiner sah. »Du hast ganz recht. Ich komme gleich zur Sache. Ich bin in wenigen Tagen zu einem Duell verabredet. Der Anlass wird der Familie nicht zur Ehre gereichen: Ich habe mich mit der Geliebten eines anderen Mannes eingelassen.«

Er hatte sich vorher ausgemalt, wie seine Geschwister jeweils reagieren würden, und im Großen und Ganzen erfüllten sie seine Erwartungen. In Andrews Gesicht zuckte ein Muskel, während seine Hände die Armlehnen des Sessels umklammerten. Nick zog die Augenbrauen in die Höhe, um seinen Augen den nötigen Platz für ein stummes *Hast du den Verstand verloren?* zu geben. Kittys missbilligender Ausdruck wich plötzlich schwesterlicher Besorgnis. Und Martha, aufrecht und ernst, presste die Lippen zusammen.

»Ist es Miss Slaughter?«, fragte sie leise, als seien sie und er ganz allein im Raum.

Er biss sich beinahe auf die Zunge, so unerwartet kam die Frage. »Wie zum Teufel bist du darauf gekommen?«

»Ihr Dienstmädchen kann sich nicht gut verstellen. Wir haben uns ein wenig unterhalten, als ich sie nach Somer's Town gefahren habe, und sie hat Dinge gesagt, die mich zu der Vermutung gebracht haben, sie könnte womöglich in solchen Umständen leben, wie du jetzt gesagt hast. Aber ich wusste nicht –« Ihr Mund zuckte hierhin und dorthin, während sie nach der richtigen Formulierung suchte. »Ich dachte, sie wäre nur eine entfernte Bekannte von dir.«

»Wer hat die Herausforderung ausgesprochen?« Andrew war an Nebensächlichkeiten wie dem Namen der Dame oder dem genauen Verhältnis, in dem sie zu Will stand, nicht interessiert, sondern ging gleich ans Eingemachte, wo er vielleicht noch etwas retten konnte. »Kann sie zurückgenommen werden?«

»Auf keinen Fall.« Hinter dem Rücken rang Will die Hände, das einzige Anzeichen des Ärgers, den er verspürte. Er war sechsundzwanzig, er war im Krieg gewesen und zurückgekehrt, und trotzdem schien sein Bruder der Meinung zu sein, dass er mit solchen Dingen nicht allein zurechtkam. »Ich habe ihn niedergeschlagen, als ich gesehen habe, wie er sie geschlagen hat. Eine Entschuldigung kommt nicht infrage.«

»Dass du in einem Duell ums Leben kommst, kommt nicht infrage! Hast du eine Ahnung, welche Sorgen sich deine Schwestern gemacht haben, als du in Belgien warst?« Andrew war rot angelaufen und sah so aus, als könnte er jeden Augenblick mit bloßen Händen den Stuhl zerlegen, auf dem er saß. »Du bist noch kein Jahr wieder zurück. Ich werde nicht zulassen …« Abrupt riss er eine Hand vom Stuhl los und fuhr sich damit über die Stirn. Und zum ersten Mal verstand Will wirklich, wie schlimm sein Verlust für die Familie wäre.

Sein würde. Falls sie ihn nicht durch das Duell verloren, dann durch das, was kurz danach stattfinden würde. Er zwang sich einen Schritt vorwärts. »Es tut mir leid. Ich wünschte, ich müsste euch das nicht antun. Aber ich beabsichtige, dieses Duell auszutragen, und vorausgesetzt, dass ich weder getötet noch festgenommen werde, beabsichtige ich, Miss Slaughter danach zu heiraten.«

Oh Gott. Er hätte sie besser vorbereiten sollen. Kitty starrte ihn an, als hätte er plötzlich überall Pusteln, Nick rutschte immer weiter auf die Stuhlkante, und Andrew sah aus, als würde er jeden Moment explodieren.

»Ich bin mir durchaus bewusst, was das für eure Familien bedeuten wird. Bitte glaubt mir, dass mir diese Entscheidung alles andere als leicht gefallen ist.« Er spürte, wie ihm sechsundzwanzig Jahre der Zuneigung, der Sticheleien und der heimlichen Scherze durch die Finger rannen. Doch er hatte gewusst, was der Preis sein würde. Wenigstens kam es nicht unerwartet. »Ich kann nur sagen, dass der Krieg mich und meine Ansichten verändert hat. Unter anderem sehe ich nicht ein, weshalb ich eine Dame – eine Dame von mindestens ebenso hoher Geburt wie wir – für die Entscheidungen, die ihr ein wenig beneidenswertes Schicksal aufgezwungen hat, verurteilen soll.«

Marthas ohnehin schon aufrechte Haltung wurde so steif,

dass man danach hätte mauern können, und abrupt legte sie eine Hand auf die ihres Mannes. »Mrs Mirkwood und ich wären geehrt, wenn Sie sie uns als Erstes vorstellen würden«, sagte dieser, so als sei nichts Ungehöriges geschehen.

Will sackte unter dem plötzlichen Gewicht der Dankbarkeit beinahe zu Boden. Er biss die Zähne zusammen und nickte, denn seine Gefühle waren zu empfindlich, um sie in Worte zu fassen.

Nick schnaubte und sprang auf. »Ja, Sie finden das gut, nicht wahr? Daneben sehen Sie beide geradezu respektabel aus.« Er fuhr zum Fenster herum und kehrte dem Scherbenhaufen, der einmal eine Familie gewesen war, den Rücken.

»Ich fand sie sympathisch.« Ruhige Entschlossenheit schwang in Marthas Stimme. »Ihre Sorge um ihr Dienstmädchen spricht für sie. Und in verzweifelten Lagen tun die Menschen eben, was sie tun müssen.«

Ihre Schwester war weniger großherzig. Ihre Töchter waren älter als Marthas, und das Übel, das diese Verbindung für ihre Aussichten bedeutete, war dementsprechend natürlich auch stärker in Kittys Bewusstsein. »Ich glaube dir gern, dass sie eine anständige Person war, die sich nicht aus freiem Willen zu einem solches Leben entschlossen hat. Ich bin auch gern bereit, zu glauben, dass sie ihr Dienstmädchen und ihre sonstigen Untergebenen beispielhaft behandelt.« Händeringend rutschte sie weiter vor. »Aber verstehst du denn nicht, dass das alles nicht den geringsten Unterschied macht?«

»Auch ein Gentleman aus gutem Hause kann sich nicht immer aussuchen, wo die Liebe hinfällt«, steuerte ihr Mann neben ihr beschwichtigend bei.

»Entschuldigt bitte, aber er kann gerne lieben, wen er will.« Nick fuhr herum und legte die Hände auf die Sessellehne. »Gentlemen verlieben sich ständig in unpassende Frauen. Aber sie heiraten sie nicht. Wenn du sie einfach aushältst, diskret, braucht es keinen Skandal zu geben.«

»Der Skandal tut mir leid. Wirklich! Es tut mir leid, wenn ich deinem Namen und deinem Geschäft Schaden zufüge, und es würde mich mehr, als ich in Worte fassen kann, schmerzen, wenn die Aussichten meiner Nichten durch mich beeinträchtigt würden. Doch Tatsache ist: In einer Gesellschaft, in der es respektabler ist, in Sünde mit einer Frau zu leben, als ihr meine Hand und meinen Namen zu geben, gibt es für mich einfach keinen Platz mehr.«

»Wag es ja nicht, Moral vorzuschützen!« Andrew hatte endlich seine Stimme wiedergefunden, und sie war furchteinflößend: leise, angespannt und voller nur mit Mühe unterdrückter Wut. »Und beleidige uns nicht mit *wenn*. Du *wirst* dem Namen und dem Geschäft deines Bruders Schaden zufügen, entweder durch das Duell oder durch diese … Verbindung … die du deiner Familie antun willst. Du *wirst* meinen Töchtern Leid antun, und Kittys Töchtern, und Marthas Tochter, indem du ihnen jede Chance auf eine vorteilhafte Partie nimmst. Wenn du darauf bestehst, diesen unglaublich selbstsüchtigen Plan in die Tat umzusetzen, wirst du zumindest in diesem Haus ein Fremder sein.«

Er hatte es erwartet. Er hatte zehnmal schlimmere Schläge ertragen. Und dennoch fuhr es ihm wie eine eiskalte Klinge ins Herz. Für einen Augenblick schlug er den Blick nieder. »Ich will dir nicht widersprechen. Vermutlich wäre es in der Tat das Beste, wenn ihr den Kontakt zu mir abbrechen würdet.« Er blickte wieder auf, um die vertrauten Gesichter noch einmal anzusehen. »Falls ich das Glück haben sollte … Na ja, jedenfalls werde ich versuchen, meinen Namen aus dem Getratsche möglichst herauszuhalten und so wenig in euren Kreisen zu verkehren wie möglich.«

Niemand sagte etwas – und was gab es auch zu sagen? Also verneigte er sich und schickte sich an, den Salon zu verlassen. Martha sprang auf und erreichte vor ihm die Tür, die Hand ausgestreckt. »Jeder Tag nächste Woche passt für euren Besuch. Ich freue mich darauf, sie kennenzulernen.« Mit heftiger Entschlossenheit drückte sie seine Hand, wie um ihn mit ihren festen Zukunftsplänen sicher durch das Duell zu bringen.

»Ich freue mich auch.« Ununterdrückbare Hoffnung durchfuhr ihn bei dem Gedanken, dass er Lydia womöglich doch mehr zu bieten hatte als nur sich selbst. Sie würde eine Schwester bekommen, einen Bruder und eine Nichte, wenn er bloß – nein. Er würde Marthas Beispiel folgen und das *wenn bloß* überspringen. »Ich danke dir«, sagte er leise. »Und deinem Mann. Ich kenne ihn kaum. Aber ich werde dafür sorgen, dass sich das ändert.«

Seine Schwester nickte und errötete vor Freude. Sie kannte sich ein wenig damit aus, wie es war, ein schwarzes Schaf zu heiraten. Kein Wunder, dass sie für ihn eingetreten war. Mochte Gott geben, dass er lange genug leben würde, um ihr ihre Loyalität zu vergelten.

Mit einem letzten Händedruck empfahl er sich. Schon stand er in der Eingangshalle und wartete auf Hut und Mantel, da vernahm er auf der Treppe hinter sich brüske, entschlossene Schritte. Nick. Wenn er nicht gerade in eine Spielhölle geschleift wurde, schritt sein Bruder immer aus, als sei er zu einem wichtigen Ort unterwegs und habe etwas Wichtiges zu tun, wenn er dort ankam.

Will richtete sich auf, drehte sich aber nicht um. Obwohl er es besser wusste, konnte er nicht ganz die Hoffnung unterdrücken, dass seine Geschwister kollektiv nachgegeben hatten und Nick geschickt hatten, um ihn dorthin zurückzuholen, wo er hingehörte.

Er schob der Hoffnung den Riegel vor. »Versuch nicht, mir das Duell oder die Hochzeit auszureden. Es gibt mehr Gründe, als die, die ich euch anvertrauen kann, aus denen heraus ich nicht anders handeln kann.«

Nicks Schritt verlangsamte sich und er blieb stehen. »Ich hatte nicht vor …« Er brach ab, ungewöhnlich zögerlich. »Das heißt, ich wünschte schon, du würdest deine Meinung ändern. Und es tut mir leid, dass du mir deine Gründe nicht verraten kannst. Aber ich bin nur gekommen, um dich zu fragen, ob du einen Sekundanten benötigst.«

Da drehte Will sich doch um. Sein Bruder stand auf der untersten Treppenstufe, die Hand am Geländer, die Zähne in pflichtbewusster Entschlossenheit zusammengebissen. Will neigte den Kopf. »Ich danke dir für das Angebot. Aber Cathcart hat bereits zugesagt.«

»Oh. Na dann.« Nick sah weg, fast so, als sei er verletzt, dass er nicht gefragt worden war.

Wieder verspürte Will die Kluft, die sich zwischen ihm und seinem Bruder – Hölle, zwischen ihm und allen anderen Blackshears – aufgetan hatte, seit er in den Krieg gezogen war. Diese letzte, entscheidende Entfremdung war vielleicht unausweichlich gewesen, und dennoch. Falls er in ein paar Tagen tödlich verwundet sein würde, würde er unter anderem bedauern, dass er in den Monaten seit seiner Heimkehr nicht stärker versucht hatte, die alten Familienbande neu zu knüpfen.

Nicht mehr zu ändern. »Es tut mir wirklich leid, Nick.« Da kam der Diener mit dem Mantel, er musste sich kurzfassen. »Ich weiß, was dein Beruf und dein guter Name dir bedeuten. Mein eigenes Glück würde ich gern opfern, wenn nur mein eigenes Glück auf dem Spiel stünde.« Er setzte den Hut auf. »Aber sie liebt mich. Sie vertraut mir. Eher sterbe ich, als dass ich sie verrate.«

Und das würde er vielleicht, in gar nicht ferner Zukunft. Als er seines Bruders Stadthaus verließ und die Treppe zur Straße hinunterging, kam er nicht umhin, sich zu fragen, ob einigen in seiner Familie dieses weniger skandalöse Ende nicht lieber wäre.

Eine Stunde später saß er vor Fullers Schreibtisch, die Ellbogen auf den Stuhllehnen, und starrte stirnrunzelnd aus dem Fenster auf das unter Sonnenentzug leidende Grün vom Russell Square. »Ich verstehe nicht. Warum machst du mir keinen Vorwurf?« Er drehte sich wieder um.

»Du machst dir doch selbst schon genug Vorwürfe.« Fuller zuckte die Schultern, die Hände auf seiner Post gefaltet. »Und du hast heute bereits den größten Teil deiner Familie verloren. *Und* du könntest nächste Woche tot sein.« Ein Grinsen machte sich auf seinem Gesicht breit. »Alles in allem denke ich, ich sollte dir lieber etwas zu trinken anbieten.« Er stützte sich auf den Tisch und stand auf.

»Aber was wirst du jetzt tun? Kannst du so schnell einen anderen Investor finden?«

»Vielleicht. Ich habe Interessenten. Du wärst mir lieber gewesen, muss ich aber ehrlich sagen.« Am anderen Ende des Raums holte Fuller eine Flasche und zwei Gläser aus dem Schrank. »Die anderen können meine Handelspartner nicht mit so feinen englischen Manieren beeindrucken. Und sie sind auch nicht so vertraueneinflößend wie du.«

»Unterm Strich ist diese Gabe eher ein Fluch als ein Segen, glaube ich.« Er drückte sich die scharfe Ecke eines Manschettenknopfs in den Daumen, ein winziger Akt der Selbstkasteiung. »Menschen wie du vertrauen mir, aber vielleicht sollten sie das lieber nicht.«

»Jetzt übertreibst du aber ein bisschen, Blackshear, meinst

du nicht?« Der Branntwein gurgelte leise, als Fuller erst das eine, dann das andere Glas füllte. »Was hätte denn ein vertrauenswürdiger Mensch anders gemacht als du? Beide Augen zugedrückt, als Miss Slaughters Gentleman sie geschlagen hat? *Tut mir leid, Liebling, aber Jack Fuller erwartet von mir, dass ich ihm helfe, ein Schiff zu kaufen, und deswegen muss ich gut auf mich aufpassen?*« Er steckte den Korken wieder auf die Flasche und stellte sie weg. »Du hast nach bestem Wissen gehandelt. Du hast ja nicht vorgehabt, dich zu verlieben, dir ein Duell anzulachen, und Geld für Miss Slaughter zurücklegen zu müssen, falls du ums Leben kommst.« Vorsichtig hob er die Gläser auf und trug sie mit ungleichmäßigen Schritten durch den Raum. »Wenn du das alles extra eingefädelt hättest, wäre das was anderes. Dann würde ich jederzeit mit Freuden über dich herziehen.«

»Ich bewundere deinen Gleichmut.« Will ergriff seinen Branntwein und stürzte einen tüchtigen Schluck hinunter. »Du hättest mal meine Brüder sehen sollen.«

»Ich glaube, das ist ein Vorteil meines Standes.« Fuller setzte sich wieder. »Wir Händler werden von früh an damit konfrontiert, dass die Dinge nicht immer so laufen, wie wir es gern hätten. Da lernt man Gelassenheit.« Er nahm ebenfalls einen Schluck. »Ich kann den Handel nur jedem empfehlen, allein schon als Charakterschule. Das kannst du deinen Brüdern ausrichten.«

Ha! Vielleicht würde er das. Schriftlich wenigstens. Noch ein Schluck Branntwein, und schon verspürte er die wärmende Wirkung. Oder vielleicht hatte das warme Gefühl auch andere Gründe.

Es war alles wahr, was Andrew gesagt hatte – er hatte eine eigennützige Entscheidung getroffen und die Familienehre besudelt – und doch gab es hier, am Russell Square, andere Wahrheiten. Andere Erwartungen. Nicht *einmal* hatte sein Freund vorgeschlagen, er solle Miss Slaughter im Stich lassen, oder als Mätresse aushalten, um einen Skandal zu vermeiden. In dieser Welt war eine solche Verbindung vielleicht gar nicht so etwas Besonderes.

Er stellte das Glas ab und lehnte sich vor. »Fuller.« Der Alkohol musste ihm wohl prompt zu Kopf gestiegen sein. »Ich werde ein Einkommen brauchen, falls ich das Duell überlebe. Kein großes – das Geld, was wir gewonnen haben, ist schon eine ganz annehmbare Absicherung –, aber wenn ich heiraten will, brauche ich eine feste Geldquelle.«

Er hielt kurz inne, um Luft zu holen. Den Mann das zu fragen war mehr als unverschämt. Aber zum Teufel damit! Er würde vielleicht sowieso nicht mehr lange leben. »Die Eigenschaften, die du an mir als zukünftigem Investor geschätzt hast … Könnte ich die womöglich in einer anderen Funktion einbringen? Es geht nicht nur um das Geld, weißt du. Ich hatte mich darauf gefreut, ein Teil von all dem hier zu werden. Ich habe mich über Schiffe und Schifffahrt schlaugemacht.« Jetzt hatte der Branntwein von seiner Zunge Besitz ergriffen. Er gebot ihr Einhalt. Er hatte gesagt, was er hatte sagen wollen, und konnte die Antwort abwarten.

Fuller rieb sich nachdenklich mit der Hand über das Kinn. »Wenn die Amerikaner kommen, könnte ich dich allerdings gebrauchen.« Er schwieg eine Weile lang abwesend und überlegte, wo Will sich einbringen könnte. »Komm nach dem Duell vorbei, wenn es dir möglich ist.« Er grinste wieder. »Wenn du versprichst, deine Frau ab und zu mitzubringen, damit sie sich meine Bücher ansieht, dann lässt sich da vielleicht was machen.«

Seine Frau. Das klang hervorragend. Wenn er es schaffen würde, seine eigene Hochzeit zu erleben, bestand Grund zur

Hoffnung. Sie würden hart arbeiten müssen, beide, und sich vom bloßen Überleben zum Komfort vorkämpfen. Mit der Aussicht auf ein Einkommen konnte er auch wieder daran denken, einen Teil seiner Spielgewinne für Mrs Talbot anzulegen.

Irgendwo in ihm zuckte ein Muskel. Das schlechte Gewissen. Wie sollte er es sich verzeihen, falls er der Witwe falsche Hoffnungen gemacht hatte, und sie nun enttäuschen musste? Und wenn er in ein paar Tagen sterben würde? Mit den knapp zweitausendachthundert Pfund, die er eingespielt hatte, konnte er eine Frau unabhängig machen. Nicht zwei.

Abermals presste er den Manschettenknopf in seinem Daumen, doch die Schuldgefühle zuckten nur stärker. Irgendwann in den nächsten Tagen würde er nach Camden Town fahren müssen und in den sauren Apfel beißen, jegliche falsche Vorstellungen bezüglich seiner Absichten klarzustellen. Doch wie er das Versprechen, dass er Talbot gegeben hatte, einlösen, und gleichzeitig der Frau, die jetzt allen Anspruch auf sein Herz hatte, die Zukunft sichern sollte, war eine Rechenaufgabe, die größere mechanische Begabung und tieferes Verständnis erforderte, als er aufbieten konnte.

22

Die Ehre einer Frau, hatte er gesagt, ginge auch ihren Mann etwas an. Dann ging die Ehre des Mannes doch wohl auch die Frau etwas an, und seine Schulden und Verpflichtungen waren auch die ihren. Und so kam es, dass sie jetzt vor dem Eingang des kleinen Hauses in Camden Town stand und darauf wartete, dass die Witwe Talbot ihren Mantel holte, um mit ihr einen Spaziergang zu machen.

Lydia wand sich die Kordeln ihres Retiküls immer und immer wieder neu ums Handgelenk, bis die Börse fest in ihrer Hand lag. Er war ausgezogen, sich dem Zorn seiner Familie zu stellen, hatte auf dem Zettel gestanden, und danach von seinem Geschäftsverhältnis mit Mr Fuller zurückzutreten. Sie war zu spät aufgewacht, um ihn daran zu hindern. Doch um nichts in der Welt würde sie ihm die Chance geben, diese ernsteste seiner Verpflichtungen nicht einzuhalten. Nicht in ihrem Namen.

»Es ist sehr gut von Ihnen, noch mal vorbeizukommen.« Mrs Talbot kam die Treppe herab, und vorsichtige Höflichkeit schwang in ihren Manieren mit. Das Mitleid kam, trotz Lydias fester Vorsätze. Diese Frau hatte ihren Mann auf eine Weise verloren, die zu entsetzlich war, um sie sich vorzustellen. Und sie würde auch nicht den Trost haben, Mrs Blackshear zu werden. Es wäre für beide nur grausam gewesen, wenn Will sie geheiratet hätte, mit dem Geheimnis, das er trug. Das war ihr jetzt klar.

»Es ist sehr aufdringlich von mir. Bitte verzeihen Sie. Gehen wir?« Sie wandten sich nach Süden. Die Röcke der Witwe schwangen im Rhythmus mit den ihren. Zeit, die Schultern zu straffen und es anzugehen. »Mein Kommen hat einen konkreten Anlass. Mein Cousin ist seit unserem gestrigen Besuch einigermaßen verwirrt.«

»Das wundert mich nicht.« Mrs Talbot bekam plötzlich Grübchen, errötete, schüttelte den Kopf und senkte den Blick auf das Straßenpflaster. »Bitte richten Sie ihm aus, dass mir diese unangenehme Situation sehr leidtut. Ich versichere Ihnen, dass ich ebenso überrascht war wie er, als ich von Mrs John Talbots Erwartungen erfahren habe.«

»Sie sahen in der Tat … überrumpelt aus.«

»Vielleicht hätte ich das nicht sein sollen.« Sie reckte das Kinn und starrte stirnrunzelnd in die Ferne. »Meine Schwägerin würde es sehr begrüßen, ihr Haus wieder für sich zu haben, mit ihrem Mann und ihren Kindern. Da ist es vermutlich kein Wunder, dass ihr jede Chance, mich und meinen Sohn anderweitig untergebracht zu sehen, sehr gelegen kommt.«

Das war doch so gut wie eine Bestätigung, dass sie sich keine derartigen Hoffnungen gemacht hatte, oder? Er konnte diese Witwe auf keinen Fall heiraten. Und doch – es mit Sicherheit zu wissen, zu ihm zurückgehen und sagen zu können, *du hast keinerlei Hoffnungen enttäuscht*, wäre ein Preis, für den es sich lohnte, etwas zu riskieren. Lydia verkrampfte die Hand, mit der sie sich den Umhang zuhielt. »Das wünschen Sie sich doch sicher auch. Es muss sehr schwer sein, bei Verwandten zu leben, die Ihnen das Gefühl geben, eine Last zu sein. Zu heiraten, und noch dazu jemanden mit Mr Blackshears Vorzügen, muss dagegen doch eine sehr attraktive Option sein.«

»Nicht für mich.« Sie betrachtete wieder die Pflastersteine, bevor sie den Kopf hob und Lydia direkt in die Augen sah. »Ich will ehrlich zu Ihnen sein, Miss Slaughter. Ihr Cousin scheint ein hervorragender Mann zu sein. Mr Talbot hat immer nur

Gutes über ihn geschrieben, und seine aufmerksame Freundlichkeit ehrt ihn sehr. Er verdient eine Frau, die ihn lieben wird, nicht eine, deren Herz mit einem anderen Mann begraben ist.« Ihre Augen glitzerten blau und klar wie ein See unter wolkenlosem Himmel. »Ich würde nie wieder heiraten, wenn ich es vermeiden könnte. Mr Blackshear werde ich ein solches Leid ganz gewiss nicht zufügen.«

Da hatte sie ihren Preis, Balsam für seine Seele, den sie ihm mitbringen konnte. Besser noch, sie hatte auch einen Preis für Mrs Talbot. Mit der freien Hand ergriff sie sie beim Ellbogen und führte sie zum Straßenrand. »Mr Talbot muss gewusst haben, was Ihr Wunsch sein würde.« War das eine überzeugende Geschichte? Benebelt von der immer stärker werdenden Freude konnte sie nicht mehr ganz klar denken. »Sie werden Mr Blackshear gewiss verzeihen, dass er Ihnen noch nichts gesagt hat, doch er wollte warten, ob etwas daraus wird. Ihr Mann hat nämlich eine Investition getätigt, für die er meinem Cousin eine Vollmacht ausgestellt hat, und diese Investition hat sich jetzt ausgezahlt …« Sie tat das Richtige. Ohne Zweifel tat sie das Richtige. »… und ich habe das große Privileg, Mrs Talbot, Sie jetzt fragen zu dürfen, ob Sie wohl eine Stunde Zeit erübrigen könnten, um mich zur Bank zu begleiten.«

In der Droschke weinte Mrs Talbot. Ihre anmutigen Züge verbargen nichts; Lydia sah genau, wann sie verstand, dass sie unabhängig sein würde. Ihre Augen weiteten sich und ihre Lippen öffneten sich kurz, bevor sie sie in einem erfolglosen Versuch, sich in der Gewalt zu behalten, zusammenpresste. Doch da zitterte ihr ganzer Kiefer bereits. Sie hob die Hände, nur um sie hilflos wieder fallen zu lassen, und wandte sich vom Fenster ab. Dann gab sie vollends auf und ließ die Tränen einfach fließen.

Es war wundervoll, vielleicht eins der wundervollsten Dinge, die Lydia je gesehen hatte. Ihr dummes Herz floss über wie eine Teetasse, in die jemand unaufhörlich goss, und leistete der Tränenflut der Witwe Gesellschaft.

»Ich empfehle Ihnen, zweihundert für die laufenden Ausgaben zurückzubehalten. Davon können Sie der Familie Ihres Mannes zahlen, was immer Sie für angemessen halten.« Ein hilfloses Lachen drang zwischen den hilflosen Tränen hervor und löste eine weitere Woge in Lydias Herz aus. »Damit blieben Ihnen zweitausendfünfhundert zum Anlegen, wovon Sie jährlich einhundertfünfundzwanzig Pfund Zinsen bekommen würden.«

Mrs Talbot fand ein Taschentuch und drückte es sich auf die Augen. »Ich weiß gar nicht, was ich denken soll. Das ist Vorsehung, nicht wahr? Dass dieses Geld kommt, wo ich es gerade am nötigsten brauche?« Sie suchte eine trockene Stelle im Taschentuch und tupfte sich wieder die Augen. »Mein Jamey hat selbst zweitausend Pfund aus noch so einer Anlage, wussten Sie das?«

Sie hatte es nicht gewusst. Doch sie erinnerte sich plötzlich an den Abend, an dem sie nach dem Erlös aus dem Verkauf von Wills Patent gefragt hatte. Ein Teil davon stehe ihm nicht zur Verfügung, hatte er gesagt. Sie berührte ihre eigenen Augen mit dem Handschuh. »Ich bin so froh für Sie. Sie haben es bestimmt verdient.«

Sollte sie ruhig glauben, dass es Vorsehung war. Das war es ja auch. Es war so vorgesehen, dass die Menschen einander halfen. Die Besten von ihnen machten eine heilige Pflicht daraus. Menschen wie sie selbst konnten wenigstens dafür Sorge tragen, dass sie so noblen Absichten nicht im Wege standen.

Bei der Bank stand sie in derselben Schlange an und näherte sich langsam, aber sicher demselben Angestellten, dessen unverschämte Manieren eine ähnliche Mission sechs Wochen zuvor vereitelt hatten.

In sechs Wochen konnte sich jedoch einiges verändern. Sie hatte in dieser Zeit die Hand gegen einen Mann erhoben und zwei erschossen. Und sie hatte ihr Herz zurückerobert, mit all seiner Zerbrechlichkeit und all seiner Stärke.

Außerdem brauchte Mrs Talbot sie, wie Jane sie niemals wirklich gebraucht hatte. Und Mr Blackshear, ohne es zu wissen. Die Verantwortung für andere war ein erstaunlich stärkendes Elixier – als sie endlich an der Reihe waren, hätte sie einem Dutzend anzüglich grinsender Bankangestellter gegenübertreten können, nackt, wenn es nötig gewesen wäre, ohne mit der Wimper zu zucken.

Es war aber nur einer. Und er brachte nicht einmal ein vernünftiges Maß an Anzüglichkeit zustande. »Guten Nachmittag, Sir«, sagte sie, sobald sie und die Witwe sich gesetzt hatten. »Ich möchte Ihnen Mrs Talbot vorstellen, die Witwe eines unserer tapferen Veteranen. Sie würde gern in die Navy investieren. Sie hat keinen Vertreter, aber sie hat zweitausendfünfhundert Pfund.« Sie hielt inne, um ohne Eile Luft zu holen. »Und sie hat mich. Und ich werde diese Bank nicht verlassen, bis sie ihre Police in den Händen hält, und wenn ich mich an ein Dutzend Ihrer ehrenwerten Kollegen wenden muss, bis jemand bereit ist, mir weiterzuhelfen.« *Kollegen, denen ich ein paar Dinge über Sie erzählen könnte.*

Das brauchte sie gar nicht laut zu sagen. Seine Miene verriet ihr deutlich, dass seine Vorstellungskraft die Lücke gefüllt hatte. Er tauchte den Federkiel in die Tinte und begann, die Daten der Witwe aufzunehmen, ohne Lydia dabei ins Gesicht zu sehen.

Dreißig Minuten später traten sie wieder auf die Straße. Mrs Talbot umklammerte ihre Police und suchte wieder nach ihrem

Taschentuch. »Sie sind so freundlich, Miss Slaughter. Wenn es jemals etwas gibt, was ich für Sie tun kann –«

Und *das* war alles, was noch gefehlt hatte, der letzte Wert, der die Gleichung aufgehen ließ. »Sie könnten mir tatsächlich einen Gefallen tun. Sie haben jetzt die nötigen Mittel, ein Dienstmädchen anzustellen, und ich kenne zufällig jemanden, der genau solch eine respektable Anstellung sucht.«

Er konnte nicht sagen, wie lange er schon an derselben Stelle auf dem Bett gesessen hatte, als sie endlich durch die Tür kam. Er war auch eine geraume Weile auf den Beinen gewesen. Millimeter für Millimeter hatte er die Wohnung durchkämmt, um zu sehen, ob noch irgendetwas anderes fehlte, und dann um zu sehen, ob nicht doch irgendwo ein erklärender Zettel lag. Doch den Großteil der Zeit hatte er genau hier verbracht und die Schublade angestarrt, die er wieder und wieder ausgeleert hatte. Nach dem letzten Angriff hatte er sie nicht wieder zugeschoben, und jetzt ragte sie mit einer gewissen Trotzigkeit aus der Kommode, wie als sei sie sich der Tatsache, dass sie ihn enttäuscht hatte, nur allzu bewusst und entschlossen, sich nicht darum zu scheren.

Die Tür fiel ins Schloss und er drehte langsam den Kopf. Er stand nicht auf.

Sie trug das einfache dunkelblaue Kleid, das sie getragen hatte, als Martha sie auf der Straße entdeckt hatte. Ein Retikül hing schlaff an ihrem Handgelenk. Sie blickte sich im Raum um und kam mit vorsichtigen Schritten zur Schlafzimmertür.

Er wartete, bis sie ihn entdeckt hatte, und die ausgezogene Schublade. Er ließ seinen eigenen Blick zur Schublade zurückwandern. Die Frage wollte ihm nicht über die Lippen, doch das war auch gar nicht nötig. Eine zehnmal dümmere Frau hätte gewusst, dass er nicht wegen eines fehlenden Paars Strümpfe so verzweifelt war.

»Ich habe das Geld genommen.« Verdammt, sie klang nicht einmal zerknirscht. »Ich war bei Mrs Talbot. Ich habe ihr erzählt, Mr Talbot hätte dir eine Vollmacht für eine Geldanlage gegeben, die jetzt Profit abgeworfen hat.«

»Wie viel hast du ihr gegeben?« Die Luft schien zu dünn, um zu atmen.

»Zweitausendsiebenhundert Pfund.«

Er sprang auf, als der verzweifelte Verdacht der vergangenen Stunden zu einer handfesten Panik mutierte, die von seinem ganzen Körper Besitz ergriff. »Lydia, das war *alles*!« Mit zwei Schritten war er bei der Kommode und stieß die Schublade zu. »Das war alles, was ich auf der Welt besessen habe!«

»Nicht ganz.« *Jetzt* klang sie befangen, denn natürlich war ihr klar, dass das nicht die passende Antwort war. Doch sie konnte sie ebenso wenig herunterschlucken, wie eine Uhr es sich verkneifen konnte, die Stunde zu schlagen. »Du hattest darüber hinaus noch zweiundsechzig Pfund, drei Schilling und einen Sixpence.« Sie hielt das Retikül hoch, wie zum Beweis. »Und die hast du noch.« Leises Münzgeklimper bekräftigte ihre Worte.

Er legte die Hände auf die Kommode und ließ den Kopf sinken, bis er nichts mehr sah als ausgeblichenes Mahagoni. »Mit diesem Geld hätte ich dich absichern können.« Er hatte wieder den altbekannten Geschmack guter, vom Schicksal vereitelter Absichten im Mund. »Dann hätte ich wenigstens in der Gewissheit, dass ich dich nicht mutterseelenallein *und* völlig mittellos zurücklasse, in das Duell gehen können.«

»Ich weiß. Genau das wollte ich verhindern.« Ohne das geringste Anzeichen der Reue schlüpfte sie neben ihn und legte ihre rechte Hand auf seine linke. »Du hast geschworen, Mrs

Talbot zu versorgen, bevor du mich überhaupt zum ersten Mal gesehen hast. Ihr Anspruch ist älter.«

»Sie hat ein Dach über dem Kopf. Sie hat Verwandte, wenn auch nicht gerade die besten. Ich kann nur eine von euch unterhalten …« Er brach ab. Er hasste sich dafür, auch nur daran zu denken, sein Versprechen zu brechen.

»Siehst du?« Sie grub die Finger zwischen seine. »Du magst es nicht einmal aussprechen. Du weißt genau, dass eine solche Tat deiner nicht würdig wäre.«

»Ich glaube, ich habe zu viel darüber nachgedacht, was meiner würdig ist.« Er wandte den Kopf ab. Er mochte sich hassen. Doch Selbstverachtung war ein Preis, den er im Tausch für ihre Sicherheit bereitwillig gezahlt hätte. »Ich glaube langsam, die Ehre ist auch nur eine Form der Eitelkeit, und sie zu bewahren ist ein armseliger Trost, wenn …«

»Nein.« Die kurze Äußerung hatte so viel Autorität wie ein Donnerschlag. »Dein Ehrgefühl ist das Allerbeste an dir, Will Blackshear! Und das will was heißen, da wird mir jede Frau, die dich je nackt gesehen hat, zustimmen!«

Er ließ den Kopf in den Nacken fallen und hätte am liebsten laut aufgelacht. Er wollte etwas zerschlagen, aus dem Zimmer rennen, er wollte sich diese Frau über die Schulter werfen und sie schnurstracks ins Bett verschleppen. Stattdessen zog er seine Hand unter ihrer hervor und legte ihr vorsichtig den Arm um die Taille. Ihr Kopf kam sofort auf seiner Schulter zu liegen. »Du warst bei Mrs Talbot?«

»Sie hatte nie vor, dich zu heiraten. Sie hätte dich abgewiesen, wenn du ihr einen Antrag gemacht hättest, selbst wenn sie bei ihren Verwandten hätte bleiben müssen.« Sie verrenkte den Hals, um ihm in die Augen sehen zu können. »Die Aussicht auf ein unabhängiges Leben hat sie so glücklich gemacht. So dankbar. Ich wünschte, du hättest dabei sein können.«

Diese Nachricht tröstete ihn ein wenig, und auch ihre Nähe und das Gewicht ihres Kopfs auf seiner Schulter, und das Wissen, dass sie ihm das sagte – dass sie es in Erfahrung gebracht hatte –, weil sie wusste, wie es um sein Gewissen bestellt war, und ihn von Selbstvorwürfen befreien wollte, wo sie konnte.

Er legte seine Wange auf ihren Scheitel. »Meine Schwester wird sich nicht von mir abwenden, wenn ich dich heirate.« Jetzt konnte er ihr erzählen, wie er den Tag verbracht hatte. »Die, die du kennengelernt hast, Mrs Mirkwood. Ihr Mann ebenfalls. Wir sind nächste Woche bei ihnen eingeladen, wenn ich … wenn wir können. Und ich bekomme vielleicht eine Stelle in Mr Fullers Geschäft. Zu ihm soll ich auch nächste Woche kommen.«

Sein Hals schmerzte plötzlich. Noch vor einem Tag hätte es ihm nicht besonders viel ausgemacht, zu sterben. Doch jetzt, wo er eine so lebenswerte Zukunft in beinah greifbarer Nähe vor sich hatte, sahen die Dinge anders aus.

Es hatte keinen Sinn, sich darüber den Kopf zu zerbrechen. »Du hast noch deine paar Hundert, hoffe ich?« Dann mussten sie die Einsätze eben so gut es ging vermehren, heute Abend und an jedem Abend, der ihnen noch blieb. Er konnte nicht garantieren, dass sie versorgt sein würde. Diesen Anspruch würde er aufgeben müssen. Alles, was er tun konnte, war, gut zu zielen, wenn es so weit war, und insgeheim um Glück zu beten.

Als am Montag die Nachricht von Cathcart mit Ort und Zeit des Duells eintraf, hatten sie sechshundertacht Pfund, zwei Schilling und einen Viertelpenny. Sie hatten die letzten drei Abende recht erfolgreich gespielt, doch Mr Blackshear hatte darauf bestanden, vorsichtig zu setzen, und … sie hatte es einfach nicht übers Herz gebracht, ihm zu widersprechen. Sechshundert Pfund und ein paar Münzen also. Nicht genug, um die Zukunft einer Frau abzusichern.

»Ich habe dir die Adresse meiner Schwester aufgeschrieben«, sagte er, als sie abends im Bett lagen. »Der Zettel liegt in der obersten Schublade. Ich denke nicht, dass sie dir ihre Hilfe verwehren würde.« Keusch lagen sie nebeneinander. Der Ernst hatte sich im Bett breitgemacht und der Leidenschaft keinen Platz gelassen. »Oder du wendest dich an Mrs Talbot. Je nachdem, wie weit ihre Dankbarkeit reicht. Wenn sie jetzt ein eigenes Haus hat …«

»Ja. Danke.« Sie klang wie eine Leiche, wenn Leichen hätten sprechen können. Doch als Leiche hätte sie wenigstens Ruhe gefunden. Stattdessen fühlte sie sich, wie sie sich immer in ihren Albträumen fühlte: Sie schrie mit aller Kraft und brachte doch keinen Laut hervor.

Wie sie sich immer gefühlt *hatte*. Sechs Nächte hatte sie in diesem Bett geschlafen, und kein einziger Albtraum hatte sie heimgesucht.

Das Leben muss nicht völlig sinnlos sein ohne ihn. Oder völlig freudlos. Denk daran, wie es sich angefühlt hat, Mrs Talbot zu retten. Denk daran, wie es sich angefühlt hat, Jane sicher unterzubringen.

Nein. Diesen tröstlichen Gedanken würde sie sich erst morgen zuwenden, wenn sie musste. Heute Nacht durfte sie sich ganz der grauenvollen Vorstellung hingeben, wie es wäre, wenn er ihr durch die hilflosen Finger entrinnen würde.

»Ich habe schon vor, das Duell zu überleben, Lydia.« Er hatte den Kopf zu ihr gedreht. Aus den Augenwinkeln sah sie seine ernsthaften, dunklen Augen im Mondschein leuchten. »Dich auf alle Eventualitäten vorzubereiten, ist nur vernünftig.« Seine Hand wanderte über mehrere Zentimeter Matratze, bis sie die ihre fand. »Cathcart wird dir in jedem Fall sofort eine Nachricht zukommen lassen. Du wirst nicht im Ungewissen gelassen.«

»Das wird nicht nötig sein.« Sie hatte gar nicht gewusst, dass sie das beabsichtigte. »Ich komme mit zum Primrose Hill.«

»Lydia.« Ihr Name klang wie ein Seufzer. Er war zu erschöpft, zu sehr mit seinen Gedanken anderswo, um schlagkräftige Argumente vorzubringen. Stattdessen setzte er darauf, dass sie die Absurdität ihres Vorhabens selbst einsah.

»Gib dir keine Mühe. Das muss dir klar gewesen sein, als du den Zettel hast herumliegen lassen. Wenn du mich nicht mitkommen lässt, nehme ich mir eine Droschke.«

»Es ist ein Duell. Kein Ort für …«

»Kein Ort für die Frau, um derentwegen es ausgetragen wird? Kein Ort für mein zartes, weibliches Gemüt? Versuch's gar nicht erst. Denk an die Straßenräuber!« Sie würde diesen Disput gewinnen, weil ihr nichts anderes mehr blieb. Je früher er das einsah, desto besser.

»Ich will nicht mit dir streiten. Nicht heute Nacht.« Sie hörte, wie er den Kopf drehte und wieder zur Decke sah. Seine Hand umschloss ihre noch immer fest.

Jeder Beweis seiner Zuneigung – jede Erinnerung an alles, was sie vielleicht verlieren würde, bevor sie es richtig hatte genießen können – traf ihr Herz wie ein Peitschenhieb.

»Ich komme mit«, wiederholte sie, anstelle eines halben Dutzends anderer Dinge, die sie nicht über die Lippen brachte.

Die Sterne hatten gerade begonnen, in der schwindenden Dunkelheit zu verblassen, als Cathcarts Kutsche vorfuhr. Will half Lydia hinein und setzte sich neben den Arzt, der eigens für den Anlass beschafft worden war, ein sauertöpfischer Kerl, der ob dieser unerwarteten zusätzlichen Person verstimmt über seine Brille hinwegschielte.

Cathcart öffnete den Mund und schloss ihn wieder. Er warf Will einen sehr kritischen Blick zu.

»Ihre Sache.« Er wandte sich ab und starrte aus dem Fenster. An diesem vielleicht letzten Morgen seines Lebens war ihm nicht danach, sich zu rechtfertigen.

Wenn er sich heimlich hätte davonstehlen können, ohne sie zu wecken, wäre der Platz ihm gegenüber jetzt leer. Doch natürlich war sie ausgerechnet heute endlich einmal vor ihm aufgestanden, und er war noch immer nicht gewillt, mit ihr zu streiten. Es war gut so. Wenn es ihm bestimmt war, heute zu sterben, wäre sie wenigstens zugegen, um das Letzte zu sein, was er sah.

Die Fahrt über herrschte Stille, beziehungsweise jenes Schweigen, das alle zufälligen Geräusche umso stärker hervortreten lässt. Das Quietschen der Federung, das Rumpeln der Räder auf dem Kopfsteinpflaster, das Klappern der Pferdehufe und ein gelegentliches metallisches Scheppern aus der Tasche des Chirurgen.

Er kannte es aus den Stunden vor einer Schlacht: das beinahe körperliche Verlangen danach, jedes noch so unbedeutende Geräusch und jeden Eindruck aufzunehmen. Der schale Geschmack des Morgens in seinem Mund, weil er zu früh aufgestanden war, um im Frühstücksraum unten auf Kaffee hoffen zu dürfen. Die Textur der Innenseite seiner Handschuhe, normalerweise so unaufdringlich wie seine eigene Haut. Die Art und Weise, wie das Licht einer Straßenlaterne von einer zur anderen Seite wanderte, während die Kutsche vorbeifuhr, Lydias ernstes Gesicht überflutete und in ihren Augen funkelte, bevor es sie wieder der Dunkelheit überließ. Heute, ausgerechnet heute, konnte er ihr ihre Gefühle ansehen. Doch schließlich war er ja auch für das, was in ihrem Gesicht geschrieben stand, verantwortlich.

Er griff nach ihrer Hand – zum Teufel mit den beiden Zuschauern – und hielt sie, bis Räder und Hufschlag sich schließlich verlangsamten und zum Stillstand kamen. »Ich werde mich nicht einmischen«, sagte sie, als hätte er des Versprechens bedurft. Er stand auf, lehnte sich vor, um sie auf die Stirn zu küssen, und kletterte aus der Kutsche. Draußen wand er sich seinen Schal enger um den Hals. Verfluchtes Jahr, um zu sterben, mit diesem endlosen Winter.

Inzwischen graute der Morgen, und er konnte die Örtlichkeiten ausmachen. Freies Feld, ein paar verstreute Bäume, und ein Hang, von dem aus man einen Blick auf die Dächer Londons haben würde, falls der Nebel sich jemals lichten sollte.

»Sie sind schon da.« An seiner Seite nickte der Viscount in Richtung eines Landauers, der in etwa zehn Metern Entfernung stand. »Das ist sein Sekundant, der da an der Kutsche steht. Irgendein Verwandter.«

Darauf hätte er auch getippt, als er nahe genug herangekommen war, um die Züge des Mannes ausmachen zu können. Er hatte helleres Haar, doch seine Augen waren ähnlich, und sein Kiefer war ebenso kantig wie der Roanokes. Er nickte, als Cathcart sie einander vorstellte, und schwieg. Seine Miene ähnelte der, die Lydia schon den ganzen Morgen aufgesetzt hatte.

Irgendetwas zersplitterte irgendwo in Wills Brust. Das war der Unterschied zwischen einem Duell und einer Schlacht oder einem Kampf gegen Straßenräuber: Man wusste nicht nur auf einer abstrakten Ebene, dass der Feind vermutlich Mutter oder Schwester hatte, die ihn betrauern würden, man musste dem Angehörigen ins Gesicht sehen. Man spürte, mit welcher Mühe dieser sich unbeteiligt gab, während er sich insgeheim für Trauer wappnete.

Ungebeten und unwillkommen drängte sich ihm die Vision eines Sommertags auf, den er mit seinen Brüdern draußen verbracht hatte. Es war nichts Bedeutendes geschehen – sie hatten den Nachmittag damit verbracht, mit Steinen nach Zielen zu werfen –, doch er schätzte die Erinnerung, wie er Hunderte solcher Erinnerungen an gemeinsame Stunden mit Nick und Andrew schätzte. Zweifellos hatte dieser Mann auch goldgefärbte Erinnerungen an Kindertage, in denen Kieferknochen der bewunderte Ältere gewesen war.

Dann hätte Kieferknochen diese Bewunderung eben zu schätzen wissen und sich ihrer würdig erweisen sollen. Will empfahl sich; Cathcart und Roanokes Sekundant hatten noch Details über die Pistolen und den Chirurgen zu besprechen, und er hatte seinen Gegner selbst erspäht, der mit der Schulter an einem Baum lehnte, den anderen den Rücken zugewandt. Hut und Mantel hatte er bereits abgelegt, vielleicht um zu zeigen, wie wenig ihm die Kälte ausmachte. Unklug. Seine Reflexe würden dafür bezahlen.

Als Will sich ihm näherte, blickte er auf und verschränkte die Arme hinter dem Rücken, jedoch nicht schnell genug, um zu verbergen, dass sie zitterten. Vielleicht vor Kälte. Aber dann hätte er nicht blass wie verbrauchter Talg ausgesehen.

Zur Hölle. Will klopfte sich die Hände ab. Er hatte jedes Recht, diesen Aufschneider zu erschießen und alle Vorteile, die die Natur und seine Erfahrung ihm verschafften, auszunutzen. »Sie sollten sich den Mantel anziehen«, sagte er dennoch. »Besser, Ihre Muskeln sind warm, wenn es so weit ist.«

Roanoke nickte knapp, ohne Will anzusehen, rührte sich aber nicht.

Zum Teufel mit ihm. Zum Teufel mit diesem ganzen verfluchten Unternehmen. Will steckte die Hände tief in die Manteltaschen. Die beiden Sekundanten sprachen inzwischen mit dem Arzt, und die Kutsche stand offen. Undeutlich konnte er Lydias Gestalt erkennen. »Ist das Ihr Bruder, der mit Ihnen gekommen ist?« Der Kerl sah wirklich aus wie eine feinere Kopie von Roanoke, wie es in Familien manchmal vorkam.

Kieferknochen nickte abermals, ohne sich umzudrehen. Er fuhr sich kurz mit der Hand über den Mund, bevor er sie wieder hinter den Rücken nahm. Will kam nicht umhin, sich zu fragen, ob er sich hatte übergeben müssen. Dann erwiderte Roanoke seinen Blick. »Er kennt nicht alle Umstände. Falls er Sie fragen sollte – falls das hier mein Ende ist, zum Beispiel, und er wissen will, wie es dazu kam –, wäre ich Ihnen verbunden, wenn Sie nicht erwähnen würden, dass ich Lydia geschlagen habe.«

»Für Sie jetzt Miss Slaughter.« Die Worte entfuhren ihm schneidend wie ein gezogenes Schwert, und wenn er in dem Moment eines gehabt hätte, hätte er für nichts garantieren können. »Sie würden in seiner Achtung sinken, meinen Sie, wenn er wüsste, dass Sie eine Frau geschlagen haben?«

»Er hat ziemlich feste Vorstellungen davon, was sich gehört.« Stirnrunzelnd starrte Roanoke auf seine Stiefelspitzen und ließ vor Kälte eine Schulter nach der anderen kreisen. »Ich habe sie nie geschlagen, wissen Sie, bis auf das eine Mal.« Es war fast nur noch ein Murmeln, obwohl ihm klar sein musste, dass sein Bruder weit außer Hörweite war. »Und ich glaube nicht, dass ich es getan hätte, wenn sie mich nicht zuerst geschlagen hätte. Ich war einfach völlig überrumpelt, und ich habe nicht nachgedacht und mich völlig vergessen.« Er verlagerte sein Gewicht auf den anderen Fuß und lehnte sich erneut gegen den Baum.

»Soll das eine Entschuldigung sein?« Will sah seinen eigenen Atem, der in der Kälte kleine Wölkchen machte.

Der Mann zögerte und schüttelte dann den Kopf. Dummer Bastard. Er zitterte und würgte und wurde leichenblass bei der Vorstellung, dass jemand eine Pistole auf ihn richten würde, doch eher ließ er sich erschießen, als ein Feigling genannt zu werden. »Ich habe sie vorher nie geschlagen. Das wollte ich nur sagen.«

Eine Reihe von Antworten zog vorbei. *Glauben Sie, dass das irgendetwas ändert? Soll ich vielleicht vergessen, dass Sie in Chiswell die ganze Zeit niederträchtig zu ihr waren? Erhoffen Sie sich davon vielleicht Gnade im Jenseits – denn ich versichere Ihnen, mich beeindruckt diese Aussage nicht im Geringsten.*

Er ließ den Blick zurück zur Kutsche wandern, wo er eine Gestalt in einem grauen Mantel ausmachen konnte, das Gesicht im Schatten. »Sie können mit ihr sprechen, wenn Sie möchten. Falls Sie ihr noch etwas zu sagen haben.« Vermutlich hätte er dieses Angebot nicht ohne ihre Erlaubnis machen dürfen. Zu spät. »Sie hat darauf bestanden, dabei zu sein, da das Duell ihretwegen ausgetragen wird.«

Roanoke fuhr überrascht auf, warf dann einen verstohlenen Blick in Richtung der Kutsche, bevor er sich wieder umdrehte. »Ich wüsste nicht, was ich ihr noch zu sagen hätte. Sie weiß, dass ich sie sonst nie geschlagen habe.«

Will zuckte die Schultern und trat einen halben Schritt zurück. Seine Muskeln brauchten die Bewegung, und den Abstand, um der Versuchung zu entgehen, diesen sturen Hohlkopf abermals niederzuschlagen. »Das geht mich nichts an.« Er legte den Kopf in den Nacken und starrte grübelnd in die kargen Äste. »Ich spreche nur aus Erfahrung. Es ist hilfreich, allen Ballast abzuwerfen und reinen Tisch zu machen. Man zieht auch nicht gern unversöhnt in die Schlacht, wenn es die Möglichkeit zur Versöhnung gegeben hätte.« Noch ein halber Schritt zurück, noch ein Schulterzucken. »Vielleicht haben Sie ihr nichts zu sagen. Das kann ich nicht wissen. Aber wenn, dann ist jetzt der Zeitpunkt.«

Roanoke warf noch einen Blick hinter dem Baum hervor. Er verschränkte die Arme, die Schultern vor Kälte hochgezogen, und legte die Hände an die Ellbogen. Er atmete ein, und für die Dauer eines Atemzugs schien es möglich, dass er zusammenkratzen würde, was er an Ehre besaß, auf dem Absatz umkehren und Lydia irgendeine Erklärung geben würde.

Dann atmete er wieder aus und schüttelte den Kopf. »Ich habe ihr nichts zu sagen.« Er blickte mehrere Schritte von Will entfernt zu Boden.

Armselig. Erbärmlich. Bemitleidenswert. Gütiger Gott, hatte er wirklich Mitleid mit diesem Mann? Was war aus seiner puren, ermutigenden Verachtung geworden?

Doch er konnte es nicht ändern. Jemanden so willensschwach um Ehrenhaftigkeit ringen zu sehen – und bestimmt hatte Roanoke eine gewisse Vorstellung von dieser Tugend, sonst würde es ihm ja nichts ausmachen, was sein Bruder von ihm dachte – und mitzuerleben, wie er erkannte, wenn auch nur vage, dass er ihr nicht annähernd gerecht werden konnte, musste das Mitleid jedes gerechten Mannes erregen. Schließlich wusste er, wie es war, die gute Meinung eines Bruders zu verlieren. Er wusste, wie es war, ein schlechtes Gewissen zu unterdrücken. Und verdankte er nicht die hellste Freude in seinem Leben den Fehlern, Übertretungen und vorsätzlichen Täuschungen, die die Mätresse ebendieses Mannes in sein Bett gebracht hatten?

Eine Bewegung bei der Kutsche erregte seine Aufmerksamkeit. Sie war ausgestiegen. Vermutlich hatte sie gemerkt, dass beide Männer mehrmals in ihre Richtung geblickt hatten, und nun stand sie direkt an den Rädern, hielt ihren im Wind flatternden Mantel zu und wartete, ob man sie rufen würde. Ihre Augen bannten ihn so fest wie an jenem ersten Abend in der Bibliothek, doch diesmal war ihr Blick alles andere als unbeteiligt. All ihrer Stärke und Willenskraft zum Trotz sah er darin eine glühende Hoffnung. Selbst jetzt noch erlaubte sie sich, zu glauben, dass er und Roanoke zu irgendeiner Einigung gelangen könnten, die das Duell abwenden würde.

Wieder verspürte er dieses Gefühl der Zersplitterung in der Brust. Das allein hätte ihn vielleicht nicht umgestimmt, selbst zusammen mit dem sonderbaren Sonnenstrahl des Mitleids vielleicht nicht. Doch sein rechter Daumen entschloss sich just in diesem Augenblick, ihn wieder Talbots versiegenden Puls spüren zu lassen, und das war der letzte Tropfen, der zum Zaubertrank noch fehlte, oder das Prisma, durch das ein Sonnenstrahl in etwas glänzendes Neues verwandelt wurde.

Plötzlich gab es nur noch Klarheit, einen Entschluss und dessen Ausführung. »Hören Sie, Roanoke.« Er hatte nicht mehr viel Zeit. Cathcart und Roanokes Bruder waren mit dem Arzt und den Pistolen fertig und wandten sich ihm zu. »Ich werde danebenschießen.«

Kieferknochen riss den Kopf hoch, seine Nasenlöcher weiteten sich, und Unglaube stand auf seiner Stirn geschrieben. Es war ja auch wirklich eine schimpfliche Tat. Eine Entschuldigung war der ehrenvolle Weg aus einem Duell.

Zum Teufel. Nach allem, was er durchgemacht hatte, fand er, er hatte es verdient, selbst entscheiden zu dürfen, was ehrenvoll war und was nicht. »Offen gestanden ist mir heute Morgen nicht nach Blutvergießen. Wenn ich mir meiner Treffsicherheit sicher sein könnte, würde ich Ihnen ins Bein schießen. Aber ich kenne die Pistolen nicht.« Schnell. Da kamen sie schon. »Vielleicht haben sie gerade genug Drall, um die Kugel in Ihren Eingeweiden landen zu lassen. Alles in allem ist es wohl sicherer, wegzuzielen. Oh – ist es so weit?« Er fuhr herum, um sich an die Sekundanten zu wenden, bevor Roanoke dazu kam, zu antworten. Er brauchte keine Antwort. Er hatte seine Entscheidung getroffen.

König Kieferknochen verdiente nicht mehr Gnade als vor

zehn Minuten. Daran hatte sich nichts geändert. Die Veränderung hatte sich in seiner Sichtweise ereignet, so als hätte er einen Gipfel erklommen, sein Leben von oben betrachtet und das Duell aus einer anderen Perspektive gesehen. Er hatte das Privileg und die Macht, Gnade zu gewähren, egal ob sie verdient war. Und wenn er das tat, wenn er von seinem Recht, diesen unwürdigen Schurken ins Jenseits zu befördern, keinen Gebrauch machte, dann würde seine Geschichte einen irrationalen Akt der Barmherzigkeit beinhalten, der die Erinnerung an seine hilflose Beihilfe zum Tod eines anderen Mannes ein ganz kleines bisschen ausgleichen würde.

Außerdem würde er dem blonden Roanoke, der jetzt vor ihm stand, die Pistolen aushändigte und alle an die vereinbarten Regeln erinnerte, damit einen Gefallen tun. Jeder einen Schuss, gleichzeitig, ein Fehlschuss zählte als Schuss. Cathcart sagte auch etwas, über den Arzt und dessen Qualifikation, und darüber, welche Schritte sie unternehmen würden, um das Gesetz zu umgehen, falls medizinische Hilfe notwendig sein würde. Der Viscount hatte sich als überraschend großzügiger und verlässlicher Freund erwiesen. Er würde es ihm vergelten, vorausgesetzt, Cathcart hatte nichts dagegen, mit dem Mann einer Halbweltdame befreundet zu sein – und natürlich vorausgesetzt, Roanoke würde nicht auf einen Mann schießen, der ihm bereits zugesichert hatte, dass sein Schuss nicht treffen würde.

Sein Herz schlug robust und gleichmäßig, als er die Pistole entgegennahm und den Sekundanten zu der Stelle folgte, die sie ausgesucht hatten. Falls er tödlich verwundet werden sollte, würde es ziemlich schwer werden, mit den letzten Atemzügen zu erklären, weshalb er danebengeschossen hatte.

Einerlei. Vorher die Bedingung zu stellen, dass sein Gegner ebenfalls vorbeischießen würde, wäre eine ziemlich feige Geste gewesen. Und Feigheit hatte auf einem Duellplatz nichts verloren.

Zwanzig Schritt. Er ging nach links, damit er Lydia sehen konnte, und als er sich aufgestellt hatte, betrachtete er sie ausgiebig.

Sie hatte den Mantel losgelassen und ließ die Arme hängen. Die Hände waren zu Fäusten geballt. Ihr Kinn war erhoben, wie um jedem Beobachter zu zeigen, wie wenig sie sich vor der Szene zierte. Ihre Augen funkelten wie ein alchimistisches Missgeschick: Quecksilber und zersplittertes Glas.

Ich liebe dich um deiner Klugheit und deiner Zerbrochenheit und deiner scharfen Kanten willen. Mochte sie das in seinen Augen lesen, in seinem Gesicht, an seinem ganzen Körper, als er den rechten Arm mit der Pistole hob und seitwärts ausstreckte. Er drehte den Kopf nach rechts, visierte am Arm entlang und beugte den Ellbogen. In vierzig Schritt Entfernung tat Roanoke dasselbe, und irgendwo außerhalb seines Blickfelds zählte einer der Sekundanten ein.

Mochte kommen, was wollte. Er drehte den Kopf, um Lydia noch einmal anzusehen, ihre wilde, ungewöhnliche Schönheit noch einmal aufzunehmen. Sie sah, wie er von seinem Ziel wegsah, sah, wie er plötzlich das Handgelenk bewegte, und als die Pistole losging, sah er durch den Pulvernebel nichts als nur das Lächeln, das sich strahlender als der schönste Sonnenaufgang auf ihrem Gesicht ausbreitete.

Epilog

Drei Monate später

»Ich bin mir ziemlich sicher, deine Eltern werden sich das noch anders überlegen. Eine solche Bekanntschaft steht keiner jungen Dame gut an.« Lydia sprach leise, denn die besagten Eltern gingen nur wenige Schritte hinter ihr. Miss Mirkwood, an die die Worte gerichtet waren, nahm sie so weise zur Kenntnis, wie es einem Säugling nur möglich war, ohne dabei aufzuhören, sich die Bänder ihrer Haube in den Mund zu stopfen.

Natürlich hatte sie diese Warnung schon gehört, mehr als einmal. Lydia legte Wert darauf, sie bei jedem Treffen in der einen oder anderen Form zu wiederholen. Auf diese Weise würde es sie wenigstens nicht unvorbereitet treffen, wenn die Mirkwoods endlich zur Besinnung kamen und den Kontakt abbrachen.

»Sollten sie sich in dieser Angelegenheit jedoch weiterhin so unverantwortlich verhalten, bis du alt genug bist, dann werde ich dir eine ganze Menge über Kartenspiele beibringen. Vingt-et-un-Kenntnisse zum Beispiel können dem Schicksal einer Dame in mehr als einer Hinsicht sehr zuträglich sein.«

Falls sie die Worte verstand, musste Miss Mirkwood sich fragen, was das für ein Schicksal sein mochte, das eine Frau in diese Gegend verschlug. Enge Straßen, heruntergekommene Gebäude, alle möglichen aufdringlichen Gerüche, die dem städtischen Zusammenleben auf engstem Raum geschuldet waren, und der Gestank des Flusses. »Sind Sie sicher, dass sie weiter mitkommen wollen?«, fragte sie über die Schulter hinweg. »Wenn Sie möchten, können Sie auch einen Block zurückgehen und dort mit dem Kind auf mich warten.«

»Bewahre! Mrs Mirkwood liebt das Elend.« Das Grinsen des Mannes – perfekte Zähne, manche Frauen standen ja angeblich auf so etwas – war dermaßen boshaft, dass es die Duldsamkeit einer Ehefrau, die etwas auf sich hielt, schon gehörig strapazieren dürfte. Doch fremde Ehen waren ein Mysterium. Mrs Mirkwood schien es geradezu zu genießen, gepiesackt zu werden. »Ich interessiere mich für die *Bekämpfung* des Elends, wie es jede Grundbesitzerin tun sollte!« Sie hatte das gleiche entwaffnende Lächeln wie ihr Bruder, und die gleichen schokoladenbraunen Augen. »Armut gibt es nicht nur in der Stadt. Ich denke nicht, dass mich nach allem, was wir in Sussex erlebt haben, auf diesem Spaziergang noch irgendetwas schockieren kann. Das wollte Mr Mirkwood sagen.«

»Ganz genau«, pflichtete ihr Mann ihr bei, ebenso zufrieden damit, von ihr korrigiert zu werden, wie sie es war, sich von ihm necken zu lassen. »Uns kann nichts schrecken. Gehen Sie nur weiter!«

Weiter ging sie also, vorbei an Hafenarbeitern, die aus Spelunken torkelten, Huren, die sich frisch an Land gekommenen Matrosen anboten, und Kindern, die Wagen hinterherliefen, um vielleicht etwas zu ergattern, was herunterfiel. Als respektable Dame hätte sie sich hier niemals zu Hause gefühlt. Wie viel sie verpasst hätte!

Ihr Herz begann zu klopfen, als das Straßenpflaster unter ihren Füßen in Holz überging und sie sich den riesigen Kais mit ihren Lagerhallen, Kontoren und ihrem allzeit geschäftigen Treiben näherten. Vor ihnen drängte sich eine kleine Gruppe von Auswanderern, die darauf warteten, von einem der Boote zu den Schiffen gebracht zu werden, die draußen im Fluss ankerten. Sie schlängelte sich zwischen ihnen hindurch – eine Mirkwood auf dem Arm, zwei weitere im Schlepptau – und bog rechts zu dem Kontor ab, der ihr Ziel war.

Die Tür stand offen und sie blieb auf der Schwelle stehen, um einfach nur zu schauen.

Ihr Mann stand an einem Tisch der Tür direkt gegenüber, ohne Rock, ohne Manschettenknöpfe und mit hochgekrempelten Ärmeln. Er hatte die Hände zu beiden Seiten eines Schriftstücks, das er gerade studierte, auf die Tischplatte gestützt, und als er so vornübergebeugt dastand und ihm das Haar ins Gesicht fiel, wurde ihr allein von der Schönheit seiner Unterarme schwindlig.

Zu seiner Rechten stand ein Mann, den sie als den ersten Maat des Schiffs wiedererkannte. Er erklärte gerade etwas, und Will nickte mit einer mühelosen Autorität, die er sich vermutlich in Soldatentagen angewöhnt hatte. Er sah auf, um eine Frage zu stellen, erblickte sie und lächelte.

Sein Lächeln – nichts gegen Mr Mirkwood, doch *so* sollte das Lächeln eines Mannes aussehen, schief und voller Charakter – ließ sie aufblühen wie eine Blume in der Sommersonne.

So war sie auch auf dem Primrose Hill unter seinem Lächeln aufgeblüht, als sie verstanden hatte, dass er Edward verschont hatte. Zugegeben, sie hätte Edward eigenhändig erwürgt, wenn er so feige gewesen wäre, diese Milde auch nur mit einer Fleischwunde zu beantworten, doch das war nicht nötig gewesen. Auch in Edward war etwas aufgeblüht, zumindest für die Zeit, die es gedauert hatte, auf den Boden zu zielen und einen unverständlichen Fluch über schlechte, krumme Pistolen auszustoßen. All das rief ihr Mann in den Menschen hervor.

»Bringst du etwa den Landadel her, damit er diejenigen von uns, die für ihr täglich Brot arbeiten, begaffen kann?« *Einen Augenblick*, sagte er dem Seemann mit einer Geste und kam hinter dem Tisch hervor. »Vielleicht sollten wir Eintritt verlangen. Sixpence oder das erstgeborene Kind.« Miss Mirkwood hatte ihn inzwischen entdeckt und die Arme nach ihm ausgestreckt; er nahm sie Lydia ab und setzte sie sich geübt auf die Schulter. »Was meinst du, Fuller?«

Mr Fuller, der an seinem eigenen Schreibtisch vor dem Fenster an der Ostwand gesessen hatte, war auf die Füße gekommen. »Wenn in meinen Büchern irgendwo Ordnung herrscht, dann verdanke ich das Mrs Blackshear. Sie darf mitbringen, wen sie will.« Er schickte eine Verbeugung in Richtung der Mirkwoods, die er vom Hochzeitsfrühstück her längst kannte. Das mit den Büchern war natürlich übertrieben, doch Lydia sah darüber hinweg.

Manchmal fühlte sich ihr neues Leben an wie etwas, das man ihr gar nicht hätte anvertrauen dürfen. Eine kostbare, zerbrechliche Spieluhr in den Händen eines ungeschickten Kindes. Doch es war auch der Preis, um den Will und sie gekämpft und den sie schließlich errungen hatten. Mit eigenen Händen hatten sie es sich aus einem Trümmerhaufen von Fehlern und Schicksalsschlägen aufgebaut.

Nie würden eigene Kinder auf den Schultern ihres Mannes sitzen. Ihr Leben würde einfach sein, sie würden Kaufleute als Nachbarn haben, und aus ihrem Spielerlös würde nur ein bescheidenes Einkommen zu Wills Lohn hinzukommen. Vermutlich würden sie nie viele Freunde haben. Und doch – nach allem, was sie beide über die Höhen und Tiefen des Lebens erfahren hatten, erschien ihr ihr neues Leben manchmal beinahe zu gut, um wahr zu sein.

»Wir wollen nicht stören.« Sie trat einen Schritt weiter in den Kontor. Noch ein Ort, von dem sie sich nie hätte träumen lassen, dass sie dort eines Tages ganz selbstverständlich ein und aus gehen würde. »Mr und Mrs Mirkwood sind geschäftlich in der Stadt und haben uns zum Abendessen eingeladen. Ich habe beschlossen, dir die Einladung gleich zu überbringen, und die beiden wollten mitkommen.«

»Hervorragend.« Mit einem weiteren Lächeln ließ er ihre Knie weich werden und wandte sich wieder dem Maat zu. »Lasst mich das hier nur kurz zu Ende bringen, dann zeige ich euch alles.« Und schon war er wieder in seine Besprechung vertieft, eine Hand über der Schulter, um das Kind zu stützen, so als sei das das Natürlichste auf der Welt.

Stunden später strahlte er noch immer vor Stolz und Freude darüber, dass die Verwandten, die ihm noch blieben, seiner Arbeit diese Anerkennung zollten. Ausgestreckt lag er auf dem Bett, satt von dem sechsgängigen Menü, das sie in der Brook Street zu sich genommen hatten, und zumindest vorübergehend auch in anderer Hinsicht gesättigt, und sah aus, als könnten jederzeit Funken von ihm auf die Bettwäsche überspringen.

»Lydia«, sagte er. »Mrs Blackshear.« Einen Augenblick lang ließ er die Worte in der Luft zwischen ihnen stehen, während sein Blick über ihr Gesicht wanderte. »Wie du weißt, habe ich allen Grund dazu, nicht an die Güte des Schicksals zu glauben.«

»Ich weiß. Ebenso wie ich.« Das war das Bedeutsamste, was sie gemeinsam hatten. Sie hob eine Hand und ließ die Fingerspitzen über seine unrasierte Wange gleiten.

»Wir erklären wir es uns dann? Wie erklärst *du* es dir?« Er liebkoste sie, ohne sie zu berühren, nur mit Worten, mit dem Duft von Bay Rum und mit seinem Vertrauen in ihren Verstand. »Dass wir uns gefunden haben. Dass wir beide ausgerechnet in dieser Zeit leben, und unsere Seelen sich beide ausgerechnet England ausgesucht haben, und nicht meine Frankreich und deine China.«

»Dass wir beide unsere Kindheit überlebt haben.«

»Genau. Das ist keine Kleinigkeit.« Jetzt liebkoste er sie auch mit der Hand, die der Kurve von ihren Rippen zur Taille zur Hüfte entlangfuhr. »Dass ein ungeheuerlicher Zufall nach dem anderen dazu geführt hat, dass wir beide am selben Abend im selben Spielclub waren.«

»Und dass du mich nicht zum Teufel gejagt hast, nachdem ich dich an jenem ersten Abend geprellt hatte.«

»Ja, das auch.« Ein Grinsen umspielte seine Mundwinkel. »Die Wahrscheinlichkeit, dass wir beide zusammen in diesem Bett landen würden, heil und zufrieden, muss doch beinahe unermesslich klein gewesen sein. Und doch sind wir hier. Wie erklären wir uns das?«

»Manche Teilwahrscheinlichkeiten kann man berechnen. Wenn man zum Beispiel überlegt, wie viele Menschen momentan in jedem Land der Welt leben, und wenn man schätzen könnte, wie viele Menschen je gelebt *haben* …« Doch das war die falsche Antwort. Sie wusste es. Nicht, weil er das Gesicht verzogen hätte – er sah sie einfach nur an, mit einer Zärtlichkeit, die alles, was sie sah, verschwimmen ließ –, sondern weil ihr plötzlich die richtige Antwort eingefallen war, klar und deutlich.

»Glück«, sagte sie und meinte es. »Ich glaube, es war einfach Glück.«